Namrata Patel
Das stürmische Leben von Meena Dave

AF214620

TINTE
&
FEDER

Das Buch

Die junge Fotojournalistin Meena lebt überall auf der Welt und kommt gut allein zurecht. Als sie plötzlich von einer Fremden eine Wohnung in Boston erbt, stellt das ihr Leben auf den Kopf. Einerseits ist da ihr attraktiver Nachbar Sam, andererseits ist ihr die Gemeinschaft in dem alten viktorianischen Haus zu eng; die Bewohnerinnen mischen sich in alles ein und die Türen sind nie abgeschlossen. Meena fasst den Entschluss, so schnell wie möglich weiterzuziehen.

Doch je mehr sie über die Verstorbene erfährt, desto neugieriger wird sie: Was hat all das mit ihrer Vergangenheit zu tun? Bald muss Meena sich der Frage stellen, wer sie wirklich ist – und wer sie sein will.

Die Autorin

Namrata Patel ist eine indisch-amerikanische Autorin. Es liegt ihr besonders am Herzen, über Menschen mit indisch-amerikanischen Wurzeln zu schreiben. Dabei zeigt sie gern den Unterschied zwischen den Familien auf, in die wir hineingeboren werden, und denjenigen, die wir uns selbst aussuchen.

Nach Aufenthalten in Indien, Großbritannien und den USA lebt Namrata Patel heute in Boston.

NAMRATA PATEL

DAS STÜRMISCHE LEBEN VON MEENA DAVE

Roman

Aus dem Amerikanischen von Katja Rudnik

TINTE & FEDER

Die amerikanische Ausgabe erschien 2022 unter dem Titel
»The Candid Life of Meena Dave« bei Lake Union Publishing, Seattle.

Deutsche Erstveröffentlichung bei
Tinte & Feder, Amazon Media EU S.à r.l.
38, avenue John F. Kennedy, L-1855 Luxembourg
Juli 2023
Copyright © der Originalausgabe 2022
By Namrata Patel
All rights reserved.
Copyright © der deutschsprachigen Ausgabe 2023
By Katja Rudnik

Die Übersetzung dieses Buches wurde durch Amazon Crossing ermöglicht.

Umschlaggestaltung: semper smile, München, www.sempersmile.de
Originaldesign und Illustration: Kimberly Glyder
Lektorat: Cathérine Fischer
Korrektorat: Manuela Tiller / DRSVS
Gedruckt durch:
Amazon Distribution GmbH, Amazonstraße 1, 04347 Leipzig /
Canon Deutschland Business Services GmbH, Ferdinand-Jühlke-Straße 7,
99095 Erfurt /
CPI books GmbH, Birkstraße 10, 25917 Leck

ISBN 978-2-49671-409-8
e-ISBN 978-2-49671-408-1

www.tinte-feder.de

Für meine Eltern Arvind und Pushpa und meine Schwester Amy.

ANMERKUNG DER AUTORIN

Die Erfahrungen von Einwanderern reichen von denen, die erst vor Kurzem eingewandert sind, bis zu denen, die schon vor Hunderten von Jahren kamen. Dennoch denken wir in Amerika bei historischer Einwanderung oft an Westeuropäer und schließen andere aus, die in geringerer Zahl in die USA immigriert sind.

Meine Wahrnehmung von indischer Einwanderung wurde durch das geprägt, was ich erlebt, nicht durch das, was ich in der Schule gelernt habe. Erst während meines Studiums entdeckte ich die Geschichten derer, die Generationen vor mir, vor allem wegen einer akademischen Ausbildung, gekommen waren.

Ich habe erfahren, dass es bereits 1790 Inder in Amerika gegeben hatte, als Kapitäne, die für die East India Company arbeiteten, sie als ihre Bediensteten in den Osten der Vereinigten Staaten brachten. Es gab hier und da noch andere isolierte Gruppen von ein paar Hundert Indern, die auf der Suche nach Arbeit kamen, darunter die Sikhs in den 1900er-Jahren. Vor ein paar Jahren stieß ich auf eine wissenschaftliche Arbeit von Ross Bassett, der jeden indischen Absolventen des MIT seit dessen Gründung bis ins Jahr 2000 katalogisierte. In »MIT-Trained Swadeshis: MIT and Indian Nationalism, 1880–1947« schreibt er über die hundert indischen Männer, die nach Boston kamen, um am MIT zu studieren, mit dem einzigen Ziel, Indien nach der Kolonisierung wiederaufzubauen. Sie stammten größtenteils aus Familien der Oberschicht. Einige waren Anhänger Gandhis und sie beeinflussten die technologische Zukunft des unabhängigen Indiens.

Ich dachte darüber nach, wie wenig ich über die indische Einwanderung wusste und wie wenige Geschichten es über Inder in Amerika jenseits der ersten oder zweiten Generation gab. Ich lebe in Boston und gehe auf denselben Wegen, die sie vielleicht gegangen sind. Dennoch kannte ich diesen Teil meiner Kulturgeschichte nicht. Ich stellte mir vor, wie einsam es für sie gewesen sein musste, so weit weg an einem ungewohnten Ort zu sein. Doch sie kamen in Gruppen und fanden möglicherweise ihre eigene Community. Ich wollte diese Themen zusammen mit der Frage untersuchen, wie die Assimilation der dritten Generation aussehen könnte. Wie würde sich eine individualistische Kultur auf eine von Grund auf kollektive auswirken?

»Das stürmische Leben von Meena Dave« schrieb ich nicht nur, um ein Beispiel indisch-amerikanischer Geschichte zu geben, sondern auch, um zu zeigen, was es bedeutet, in der Isolation eine Gemeinschaft aufzubauen. Die Tatsache, dass ich dieses Buch während der jüngsten Pandemie schrieb, ermöglichte es mir, diese Themen als Individuum und als Teil einer gemeinsamen Erfahrung zu untersuchen.

Identität ist etwas, mit dem sich die meisten von uns irgendwann in ihrem Leben auseinandersetzen. Es ist etwas Universelles, dass wir uns in unserem Körper, unserer Haut, unserer Gemeinsamkeit und unserem Anderssein wohl oder unwohl fühlen.

Es ist Meenas Geschichte, aber ich glaube, dass sie für alle von uns gilt, die sich losgelöst und ihren Ankerplatz gefunden haben.

KAPITEL 1

Meena Dave war müde, und das nicht nur wegen der sechsunddreißigstündigen Reise. Sie hatte ein Schmuckstück erwartet, so etwas wie einen Ring, als sie von einer Erbschaft erfuhr. Das Ganze hätte problemlos ablaufen sollen, ein kurzer Zwischenstopp in Boston auf ihrem Weg von Auckland nach New York.

»Wenn Sie auf unsere ersten Anfragen reagiert hätten ...«

Meena hörte in der rauen Stimme der Frau, die auf der anderen Seite des wuchtigen Mahagonischreibtisches saß, dass sie sich bereits ein Urteil gebildet hatte. Die groß gewachsene Dame in dem taillierten schwarzen Hosenanzug passte zu diesem schicken Eckbüro mit den übergroßen Fenstern.

»Ich war in Neuseeland«, sagte Meena. *Und in Tasmanien, Tokio und Nova Scotia.* Sie setzte sich aufrechter hin, um die Müdigkeit zu bekämpfen, die sie überkam. Außerdem lief ihre Korrespondenz hauptsächlich über E-Mail oder Kurznachrichten. Ihre Briefe holte sie manchmal monatelang nicht ab.

»Wie ich schon sagte«, fuhr Sandhya Shah fort, »haben Sie bereits die Hälfte des Ihnen zugestandenen Jahres vergeudet, aber immerhin haben Sie es innerhalb des Zeitfensters geschafft.«

Meena las die Papiere noch einmal durch. »Sind Sie sicher, dass ich die richtige Person bin? Ich kenne keine Neha Patel.« Ein weiterer Grund, warum sie der Sache keine Priorität eingeräumt hatte, als sie drei Monate zuvor auf dem Weg von Portugal zum Pazifik die Post aus ihrem Postfach in Manhattan geholt hatte.

»Wir haben Ihre Identität überprüft und machen keine Flüchtigkeitsfehler bei Menon und Shah.«

Meena warf einen Blick auf die Karteikarte in ihrer Hand. Sie sah genauso aus wie die, die sie in der Highschool zum Lernen für den Universitätszulassungstest verwendet hatte. Auf dieser Karte standen zwei Wörter und ihre Definition.

Ingenieur/in (Nomen)

1 a: ein Konstrukteur oder Erbauer von Maschinen

b: eine Person, die in einem Zweig des Ingenieurwesens ausgebildet ist oder einen Beruf in dieser Branche ausübt

c: eine Person, die ein Unternehmen durch Einfallsreichtum führt

konstruieren (Verb)

2 a: mit mehr oder weniger raffiniertem Geschick einen Plan entwerfen oder ausarbeiten

b: den Lauf der Dinge lenken

»Und was ist das?« Meena hielt die Karte hoch.

»Das war Teil des Pakets, das Ihnen zusammen mit den Schlüsseln ausgehändigt werden sollte.« Sandhya klopfte mit einem manikürten Fingernagel auf den Stapel vor Meena. »Sobald Sie die Papiere unterschrieben haben, können Sie das Apartment übernehmen.«

Meena überflog die wenigen Absätze, die sie verstand, und überging das Juristische.

»Um die Bedingungen noch einmal zu wiederholen ...«

»Ich muss ein ganzes Jahr – also jetzt noch sechs Monate – warten, bevor ich verkaufen kann«, unterbrach Meena die Anwältin.

»Und die Wohnung kann nur an einen der anderen vier Eigentümer des Hauses verkauft werden«, sagte Sandhya. »Keine externen Käufer.«

Meena widerstand dem Drang, den unordentlichen Dutt zu lösen und die Enden ihrer langen Haare zu flechten. Eine Angewohnheit, die ihre Mutter nie gutgeheißen hatte. Hannah Dave, die Frau, die sie als ihre Mutter bezeichnete. Die Einzige, die für sie zählte. Meena starrte aus den großen Fenstern. Am Himmel drängten sich die Wolken. »Laubhaufenhimmel«, hätte ihr Vater ihn genannt. Sie waren im Herbst oft in den Garten gegangen und hatten das Laub zu Haufen zusammengeharkt. Danach nahm Meena Anlauf und sprang bäuchlings hinein. Das war der Grund, warum sie den Bundesstaat Massachusetts mied, seitdem sie ihn gleich nach der Highschool verlassen hatte. Zu viele Erinnerungen.

»Und wenn ich sie nicht will?« Nicht, dass Meena leichtsinnig gewesen wäre. Eine Wohnung im historischen Kern von Back Bay war nichts, was man ablehnen konnte, wenn man als freiberufliche Fotojournalistin arbeitete.

»Wollen Sie die Wohnung denn nicht?« Die Anwältin wusste, dass Meenas Zögern nur ein Bluff war.

Meena hätte am liebsten geseufzt, unterließ es jedoch. »Ich brauche sie nicht wirklich.« Ihr Leben war nicht für eine dauerhafte Bleibe ausgelegt. »Mein Flug geht in ein paar Stunden.«

Sandhya schaute Meena an, als wäre das alles nicht ihr Problem. »Die Schlüssel sind zusammen mit dem Zugangscode für das Haus in diesem Umschlag. Die Nebenkosten, einschließlich WiFi, sind bis April bezahlt, dann können Sie entscheiden, was Sie machen wollen.«

Meena nahm den Stift. »Was sein muss, muss sein.« Sie murmelte einen der Lieblingssprüche ihrer Mutter vor sich hin und unterschrieb dort, wo der Plastiknagel hintippte.

Sandhya sammelte die Papiere zusammen, gab Meena die Kopien und stand auf, um das Ende der Besprechung zu signalisieren.

»Was ist, wenn keiner der anderen Eigentümer ein Kaufangebot macht?«

»Dann behalten Sie die Wohnung, bis es einer tut«, sagte Sandhya. »Das Apartment befindet sich in einem Haus mit Eigentumswohnungen, sodass Sie für die Instandhaltung, die Nebenkosten und die sonstigen Ausgaben verantwortlich sind, auch wenn Sie nicht dort wohnen.«

Meena steckte die Kopien der Papiere zusammen mit den Schlüsseln und der Karteikarte in einen großen gelben Umschlag und nickte der Anwältin zu, bevor sie ihren schweren Rucksack auf eine Schulter hievte. Sie verließ das Gebäude und ging durch die belebte Gegend von Downtown Crossing in Richtung Boston Common, dem zentralen öffentlichen Park. Die Stadt war ihr zwar von Schulausflügen vertraut, aber sie brauchte dennoch den Stadtplan auf ihrem Handy, um die Adresse zu finden.

Es war noch nicht einmal zehn Uhr morgens und zum Stadtteil Back Bay waren es etwa zwanzig Minuten Fußmarsch. Sie würde die Wohnung unter die Lupe nehmen, den Zustand begutachten und ihre nächsten Schritte überlegen. Wenn sie sechs Monate lang nichts damit anfangen konnte, würde sie das Apartment leer stehen lassen. Hierzubleiben war keine Option. Sie befand sich in einer auftragsfreien Phase, was bedeutete, dass sie Redaktionssitzungen in New York planen musste, um weitere Jobs zu bekommen. Und was noch wichtiger war: Dieser Bundesstaat gehörte zu ihrer Vergangenheit und Meena blickte nicht zurück. Niemals.

Sie kannte Neha Patel nicht, aber man hinterließ Fremden keine so großen Geschenke. Hier gab es eine Verbindung und sie wäre dumm, nicht den wahrscheinlichsten Grund in Betracht zu ziehen, weshalb ihr das Apartment in die Hände gefallen war. Hannah Dave war in jeder Hinsicht Meenas Mutter gewesen, nur nicht in biologischer. Diese Erbschaft, ihre Tragweite und die besonderen Bedingungen erweckten den Eindruck, als würde jemand im Jenseits seine Schuldgefühle lindern.

* * *

Sie war ganz in der Nähe der Wohnung, die sie aus unerfindlichen Gründen geerbt hatte, vielleicht ein oder zwei Häuserblocks entfernt. Als das Chaos in Form eines kleinen Welpen alles auf den Kopf stellte. In der einen Minute starrte Meena mit dem Umschlag in der Hand auf ihr Handy und in der nächsten verhedderte sie sich in einer losen Leine, verlor wegen ihres schweren Rucksacks das Gleichgewicht und fiel auf die Knie. Sie zuckte zusammen, als sie hörte, wie ihr Handy auf dem Beton aufschlug. Dann schnappte sich das kleine Monster ihren Umschlag und schüttelte ihn so heftig, dass die Schlüssel herausfielen. Das lenkte das Fellknäuel genug ab, um den Umschlag durch den Schlüsselring als neues Kauspielzeug zu ersetzen. Bevor Meena den Umschlag aufheben konnte, wehte ein Oktoberwindstoß ihn außer Reichweite.

Sie rannte hinterher und stoppte das davonwehende Papier mit einem Fuß, zog es zu sich heran und griff mit der linken Hand nach der Leine, um den Welpen davon abzuhalten, mit ihren Schlüsseln davonzulaufen. Sie wankte in einer unnatürlichen Kämpferpose. »Hiergeblieben!«

Das Fellknäuel legte den Kopf schief, als wunderte es sich über ihre seltsame Haltung, in der sie einen Fuß auf den Umschlag gestellt und das andere Bein und den Arm ausgestreckt hatte, um den Hund festzuhalten.

»Wally, aus!«, rief ein Mann, der auf Meena und den Welpen zulief. Er betrachtete ihre unbeholfene Haltung. »Beeindruckend.«

»Yoga.«

»Namasté.«

»Sehr witzig.« Die Leute nahmen oft an, nur wegen ihrer braunen Haut ihre Identität zu kennen.

»Ich bin Inder«, sagte er grinsend. »Ich darf das.«

Meena reichte ihm die Leine und hob die Papiere auf. Sie griff nach ihrem Handy und betete: »Bitte sei nicht kaputt.«

»Mit Dingen zu sprechen, könnte ein Anzeichen für eine Kopfverletzung sein«, sagte der Mann. »Sind Sie sicher, dass mit Ihnen alles in Ordnung ist?«

Meena stieß einen frustrierten Seufzer aus. »Sind Sie etwa Arzt?«

»Ingenieur für Spezialeffekte.« Er grinste, als er den Welpen hochhob. »Was hast du denn da, Wally?«

»Meine Schlüssel.«

Der Mann zog sie dem Hund aus dem Maul und starrte darauf. Meena bemerkte seinen neugierigen Blick. Sie griff nach den Schlüsseln und wischte sie an ihrer Cargojacke ab.

»Brauchen Sie eine Wegbeschreibung?«

»Nein, ich komme zurecht.« Seit ihrem sechzehnten Lebensjahr war sie auf sich allein gestellt. Sie brauchte keine Hilfe.

»In Wallys Namen möchte ich mich entschuldigen«, sagte er. »Ich habe kurz nicht aufgepasst und schon ist er weggelaufen. Er ist noch in der Entwicklungsphase. Hoffe ich jedenfalls.« In seiner Stimme mischten sich Frustration und Zuneigung, als er den Welpen auf den Boden setzte, aber die Leine festhielt.

Meena wollte sein Lächeln nicht erwidern, musste aber zugeben, dass er unglaublich sympathisch war. Er war ein paar Zentimeter größer als ihre ein Meter dreiundsiebzig und trug einen Parka über seinen Jeans, wie es für den Herbst angemessen war. Der Wind zerzauste seine schwarzen Haare. Meena wettete, dass er seine Grübchen einsetzte, um alles zu bekommen, was er wollte.

Wally lief um Meena herum und verhedderte sich mit seiner Leine zwischen ihren Beinen. Sie verlor das Gleichgewicht und griff nach der Schulter des Mannes, der seinen freien Arm um sie schlang und sie festhielt. »Wally, aus. Bei Fuß. Sitz.« Während er sie noch immer festhielt, löste er die Leine und nahm den Welpen auf den anderen Arm. »An den Manieren müssen wir noch arbeiten.«

Meena ließ den Mann los und trat einen Schritt zurück. »Viel Glück«, sagte sie und wandte sich ab.

»Warten Sie!«, rief der Mann ihr nach. »Wenn Sie irgendwo in der Nähe hinmüssen, können wir Sie begleiten. Ich wohne in dieser Gegend.«

»Ich weiß nicht«, sagte Meena.

»Sam Vora«, stellte er sich vor.

Meena schüttelte ihr Handy. Der Bildschirm war schwarz, wahrscheinlich ein Dauerzustand. Aber sie erinnerte sich an die Karte und hatte keine Orientierungsschwierigkeiten. Die Wohnung lag nur eine Straße weiter. »Ich komme klar.«

»Der hohen Kunst der Konversation zufolge stellt man sich selbst auch vor, wenn einem jemand seinen Namen verraten hat«, sagte Sam.

Meena schenkte ihm ein schwaches Lächeln. »Machen Sie's gut, Sam Vora.«

Sie nahm ihren Rucksack und ging in die entgegengesetzte Richtung davon.

KAPITEL 2

Die weiße Steinfassade der Marlborough Street 10 schimmerte in der Vormittagssonne. Das zweistöckige Gebäude in einer historischen Straße war elegant und unauffällig, sauber und gepflegt. Das Bostoner Viertel Back Bay war ein Anziehungspunkt für Touristen, alteingesessene Bostoner, College-Studenten und Einkaufslustige. Es war weitläufig und idyllisch, eingerahmt von Fenway, dem berühmten Baseballstadion, auf der einen Seite und den Parks Public Garden und Boston Common auf der anderen. Das Viertel war durchzogen von charmanten baumgesäumten Straßen, in denen sich Touristen wegen der beliebten Fotomotive tummelten.

Zu beiden Seiten von Hausnummer zehn standen viktorianische Backsteinhäuser, die so dicht beieinanderlagen, dass kein Zentimeter Platz zwischen ihnen war. Zwei hohe, dichte Hecken trennten den Vorgarten vom Bürgersteig, und der steinerne Gehweg zum Haus war frei von herbstlichen Hinterlassenschaften. Der Weg teilte den Vorgarten in zwei Hälften. Er war mit üppigen Blumenbeeten und steinernen Pflanzenkübeln voll mit karminroten, orangefarbenen und gelben Blumen in perfekter Symmetrie angelegt. Auf der weißen Steintreppe mit schwarzem Eisengeländer stand zu beiden

Seiten jeder Stufe ein Kürbis. Die Doppeltüren, die von zwei eisernen Laternen eingerahmt waren, wirkten mit ihrem kühlen schwarzen Lackglanz eher einschüchternd als einladend. Die goldfarbenen Türknäufe waren auf breiten rechteckigen Platten aus demselben Metall befestigt. Unter dem Knauf der rechten Tür befand sich ein verziertes Schlüsselloch. Das goldene Schild mit der Hausnummer darauf befand sich neben dem goldenen Briefschlitz auf der linken Tür. Weder Staub noch Fingerabdrücke waren zu sehen.

Es kam selten vor, dass Meena vor einem Gebäude in Ehrfurcht erstarrte, aber ihre Hand zitterte, als sie nach dem Türknauf griff. Die hohen makellosen Türen hatten etwas Abweisendes an sich.

Meena schob ihre Nervosität beiseite. Sie hatte nichts zu befürchten. Das Apartment in diesem Haus gehörte ihr nur auf dem Papier. Sie zog die Schlüssel aus ihrer Jackentasche. Der große hatte scharfe Kanten und einen langen Metallhalm, dessen Ende in einen Ring mündete. In den Halm war ein I eingraviert. Der Schlüssel sah aus, als würde er hier in das Schlüsselloch passen. Die anderen waren von der üblichen Sorte und wahrscheinlich für die Innentüren. Auf einem Klebezettel aus dem Umschlag stand der vierstellige Alarmcode. Altertümliche Eleganz gepaart mit moderner Zweckmäßigkeit. Meena entdeckte den goldenen Eingabekasten auf der rechten Seite und schob die Abdeckung nach oben, um das Tastenfeld zum Vorschein zu bringen. Sie tippte die Zahlenfolge ein und hörte ein leises Klicken.

Als sie den Knauf der rechten Tür drehte, bemerkte Meena abermals den Buchstaben I, der in das goldene Schild eingraviert war. Sie drückte die Tür auf und trat in den stillen Korridor. Der schmale Raum war durch den großen Kronleuchter über ihr hell erleuchtet. Seine Kristalle funkelten im Licht der Glühbirne in der Mitte. Der Duft von Salbei und Zedernholz passte nicht zu der kühlen Strenge der Außenfassade und erweckte den Eindruck, als wären Geborgenheit und Wärme nur für innen vorgesehen.

Die Tür rechts von Meena war angelehnt und unter dem goldenen Türklopfer hing ein Herbstkranz aus Kiefernzapfen und Beeren. Wohnung eins. Gegenüber war Nummer zwei. Ein passender Kranz schmückte auch diese Tür. Meena runzelte die Stirn. Sie stellte ihren Rucksack auf den Boden und holte das Unterlagenpaket der Anwältin heraus, um sich zu vergewissern, dass dies die richtige Wohnung war. Sie warf einen Blick auf den Türkranz. Vielleicht hatten die Leute von gegenüber die Dekoration aufgehängt.

Man hatte ihr gesagt, dass dieses Apartment unbewohnt sei. Sie befürchtete, dass dies vielleicht nicht die richtige Wohnung war, doch als Meena den Schlüssel ins Schloss steckte, passte er. Sie drehte ihn und dann den Knauf und versuchte, die Tür aufzudrücken, nur um festzustellen, dass sie sie stattdessen abgeschlossen hatte. Die Wohnung war unverschlossen gewesen. Verblüfft drehte Meena den Schlüssel erneut, um die Tür zu entriegeln, und öffnete sie vorsichtig Zentimeter für Zentimeter. Sie stand auf der Schwelle und war fassungslos über den Anblick, der sich ihr bot. Die Wohnung war vollständig möbliert und auf dem kleinen Tisch neben der Tür lag ungeöffnete Post, als würde noch jemand dort wohnen.

Sie machte ein paar Schritte in die Wohnung, die sauber war, wenn auch vollgestopft mit einer Unmenge von Dingen. Die Zierkissen auf dem Sofa waren aufgeschüttelt und an beiden Enden platziert. Bücher, Lampen, Polsterhocker und Sessel standen dicht gedrängt im großen Wohnbereich. Dutzende von Nippessachen bedeckten jede Oberfläche. Doch selbst mit den dunklen Einbauregalen machte alles einen hellen und freundlichen Eindruck.

Farben dominierten den Raum. Zwei tiefblaue Lesesessel standen auf beiden Seiten des Kamins. Ein knallgelbes Sofa, auf dem drei Personen Platz hatten, bildete den Abschluss des offenen Wohnbereichs. Davor stand ein dunkler Couchtisch. Auf der einen Ecke lag ein Stapel Bücher, auf der anderen ein Satz antiker Untersetzer. Meena ging weiter in die Wohnung hinein. Halb heruntergebrannte Kerzen standen in wuchtigen Eisenständern. Meenas Füße versanken in einem dicken grauen Teppich. Bücher füllten jedes Brett der in die Wände eingebauten Regale. Es war, als befände sich die Wohnung in einer alten Bibliothek, nur ohne den Staub. Die Wände des kleinen Badezimmers und der Küche waren sonnengelb gestrichen. In dieser Wohnung schien die Zeit stehen geblieben zu sein. Eine Momentaufnahme. Selbst der leicht penetrante Geruch von Reinigungsmitteln lag noch in der Luft.

Es war, als wäre Neha losgegangen, um eine Besorgung zu machen, und nicht mehr zurückgekommen. Dies war nicht das Zuhause von jemandem, der wusste, dass er sterben würde. Meena schlenderte in das riesige Schlafzimmer. Auf dem Bett lagen eine hellrosa Decke und korallenrote Kissen. *Man weiß nie, wann man das letzte Mal in seinem eigenen Bett schläft.* Meena empfand Mitleid mit der Frau, die hier gelebt hatte. Neha musste diese Wohnung geliebt haben. Sie musste lange hier gelebt haben, um so viele Dinge anzusammeln. Merkwürdigerweise standen oder hingen nirgendwo Fotos. Keine Hochzeitsbilder in silbernen Rahmen oder Familienfotos auf dem Kaminsims. In der Wohnung fehlte alles Persönliche. Nur abstrakte und kitschige Kunst hing an den wenigen Wänden ohne Regale.

»Wer sind Sie?«

Meena vernahm eine schrille Stimme an der Eingangstür, drehte sich um und erblickte eine Frau in roter Seidenbluse und schwarzer Hose, die mit verschränkten Armen dastand.

»Meena. Und Sie?«

19

»Die Verwalterin dieses Hauses«, sagte die Frau. »Was machen Sie hier?«

Meena hielt die Schlüssel hoch. »Ich bin die neue Eigentümerin.«

»Das ist unmöglich. Dieses Apartment gehört Neha.«

Meena hörte das Zittern in der Stimme der Frau und setzte einen milderen Gesichtsausdruck auf, um zugänglicher zu wirken. Eine Taktik, die sie gut beherrschte, um nervöse Personen zu beruhigen. »Sie hat es mir vererbt. Ich habe die ganzen Papiere.«

Die Frau straffte die Schultern. »Aha. Und Sie ziehen ein?«

Nein! Die Reaktion kam reflexartig. Sie wohnte nirgendwo. Meena hatte eine Anlaufstelle in London – ein kleines Zimmer in der Wohnung ihrer College-Freundin Zoe, wo sie ihre Sachen aufbewahrte – und ein Postfach in Manhattan. »Das überlege ich mir noch.«

»Dann tun Sie es bald«, forderte die Frau. »Das ist eine Wohnung, die bewohnt werden und nicht leer stehen sollte.«

Meena schenkte ihr ein breites Lächeln. Vielleicht würde diese Frau sie kaufen wollen. Dafür war es zwar noch zu früh, aber wenn die Möglichkeit bestand, würde das die Sache vereinfachen. »Ich habe Ihren Namen nicht verstanden.«

»Sabina.«

»Freut mich, Sie kennenzulernen.«

Die Frau nickte und verließ die Wohnung. Meena schloss hinter ihr die Tür ab.

Sie holte ihren Laptop aus dem Rucksack, warf einen Blick auf die überwältigende Menge von Dingen, um die sie sich jetzt kümmern musste, und seufzte. Wenn es doch nur ein tragbares Erbstück gewesen wäre wie zum Beispiel eine tongaische Webmatte oder gar ein klischeehaftes Medaillon mit einem Foto.

Aber Meena lebte nicht mit Wenns. Ein paar Monate Therapie als Teenager hatten sie gelehrt, dass Dinge passierten, Umstände sich änderten. Ein unentdecktes rostiges Gasrohr konnte ein Haus in die Luft jagen, während ein Paar frühstückte. Im Nu wurde ihre Tochter im Teenageralter zum Waisenkind. Da konnte man nichts anderes tun, als es zu akzeptieren und weiterzumachen. Meena loggte sich ein, um ihren Flug umzubuchen. New York würde eine Woche warten müssen, während sie sich überlegte, was sie mit Neha und dieser Wohnung anfing.

* * *

Meena wachte auf und blinzelte, um ihre Augen an die Dunkelheit zu gewöhnen. Es dauerte ein paar Sekunden, bis sie sich zurechtfand. Das Licht einer Straßenlaterne fiel durch die zur Vorderseite des Hauses gerichteten Fenster. Meena stand vom Sofa auf. Sie hatte in Jacke und Boots geschlafen und ihr Laptop lag noch aufgeklappt auf dem Couchtisch neben ihr. Sie war es gewohnt, an fremden Orten und zu seltsamen Zeiten aufzuwachen. Je nach Dauer ihres Auftrags stellte sich ihre innere Uhr schnell darauf ein, wo immer sie auch war.

Sie warf einen Blick auf ihre Armbanduhr, eine silberne Timex, die sie vor ein paar Jahren auf einem Straßenmarkt in Kathmandu gekauft hatte. Sie funktionierte immer noch. Achtzehn Uhr. Den größten Teil des Tages hatte sie verschlafen und drehte ihren Kopf hin und her. Sie brauchte dringend Koffein. In der Küche entdeckte sie eine Schachtel mit Teebeuteln sowie Tassen. Keine von ihnen glich der anderen. Jede sah aus, als wäre sie auf einem Flohmarkt gekauft worden. Die, die Meena herausnahm, hatte die Form eines Basketballs. Während Meena Wasser in der Mikrowelle erhitzte, durchstöberte sie die Schachtel mit den einzeln verpackten Teebeuteln.

In der ersten Papierhülle, die sie in die Hand nahm, befand sich kein Beutel. Meena öffnete sie und fand darin stattdessen einen zusammengefalteten Zettel.

Die Handschrift darauf kam ihr bekannt vor. Klein und präzise wie auf der Karteikarte.

Traue niemandem, der zu faul ist, Tee zu kochen. Gewöhnliche Teebeutel verwendet man nur zum Abschwellen der Augenpartie. Wenn du dieses Zeug trinkst, will ich dich nicht kennenlernen.

»Wie engstirnig von dir, Tee.« Meena sprach laut zu sich selbst, während sie die Schachtel durchwühlte und ein Tütchen mit einem Teebeutel darin fand. Während sie ihn ins heiße Wasser tauchte, las Meena den Zettel noch einmal. Welch seltsame Person. Es musste Neha gewesen sein, schlussfolgerte sie. Das Geschriebene war skurril genug, um zu der Frau zu passen, die in dieser Wohnung gelebt hatte. Einer Frau, die nicht zueinander passende Tassen in seltsamen Formen besaß sowie ein Zuckergefäß, das aussah wie ein Frosch und dessen oberes Kopfteil als Deckel diente.

Mit der Teetasse in der Hand ging Meena zurück ins Wohnzimmer und steckte die Papierverpackung mit der Notiz in den Umschlag mit der Karteikarte. Dann nahm sie die Quiltdecke von der Rückenlehne des Sofas und zog sie sich über den Schoß. Sie war weich und Meena spürte die Unebenheiten der Nähte. Jemand hatte sie von Hand und nicht mit der Maschine genäht. Vielleicht war Neha Quilterin gewesen, Kunsthandwerkerin. Oder aber die Decke war ein Geschenk gewesen.

Die Kühle war angenehm und Stille umgab Meena. Kein Straßenlärm von Autos oder Menschen war zu hören. Es fühlte sich nicht einmal so an, als wäre sie in einer Großstadt. Ein paar Minuten lang konnte sie durchatmen und sich darüber freuen, dass sie in diesem Moment keiner Geschichte hinterherjagte, sich nicht darauf vorbereitete, reiste oder fotografierte. Sie war einfach hier, in diesem ruhigen Haus, in dem ihr von einer Fremden eine Wohnung geschenkt worden war.

Wahrscheinlich hing das mit ihrer Vergangenheit zusammen.

Meena griff nach ihrem Handy, doch dann fiel ihr ein, dass es kaputt war. Morgen früh würde sie sich darum kümmern müssen. Sie fuhr ihren Computer hoch und öffnete den Videochat, um Zoe anzurufen, die einzige Konstante in ihrem Leben, seit sie sich in ihrem ersten Jahr an der George Washington University kennengelernt hatten. Die beiden hatten sich ein Zimmer geteilt. Es war kurz nach dreiundzwanzig Uhr an einem Freitagabend in London, was bedeutete, dass Zoe entweder unterwegs oder gerade nach Hause gekommen war.

»Wo bist du?«

Das fragte Zoe immer, wenn sie Meenas Videoanrufe entgegennahm.

»In Boston«, antwortete Meena.

»Wegen eines Auftrags?«

Meena sah Zoes Gesicht auf dem Bildschirm. Ihr Make-up war immer noch perfekt. Geschwungener Eyeliner und tiefroter Lippenstift. Zoe wusste genau, wie sie die Schönheit ihrer mediterranen Gene verstärken konnte.

»Nein.« Meena kaute auf ihrer Lippe. »Wegen etwas Persönlichem.«

»Ich hoffe, du hast dir endlich mal Urlaub genommen«, sagte Zoe. »Du hattest seit letztem Weihnachten keine richtige Pause mehr – oh, warte, ich meine das Weihnachten davor, denn das von letztem Jahr hast du verpasst, weil du in Lappland Rentiere gejagt hast.«

»Und das ist eine nicht ganz so dezente Erinnerung daran, dass du mir immer noch nicht verziehen hast, dass ich dein traditionelles vorweihnachtliches Essen verpasst habe.«

»Und dass du es in diesem Jahr nicht verpassen darfst«, meinte Zoe. »Wie lange wirst du in Boston bleiben?«

»Ehrlich gesagt weiß ich das noch nicht so genau. Ich wollte eigentlich nur ein paar Stunden bleiben, aber es ist komplizierter, als ich dachte.«

»Hast du einen Mann kennengelernt? Kuschelst du deshalb auf einem knallgelben Sofa?«

Meena lachte. Zoe liebte Romantik. »Nein!«

»Erzählst du es mir?«

»Jemand hat mir in seinem Testament eine Wohnung vererbt.«

»Wow! Wirklich?« Zoes bleistiftdünne Augenbrauen schossen in die Höhe. »Wer?«

»Eine Frau, die ich nicht kenne. Ich weiß nicht einmal, wie sie mich gefunden hat. Die Lage ist toll und das Haus schön. Die Wohnung ist voll möbliert, sauber und sieht bewohnt aus.«

»Und es gab keine Begründung?«

Nur eine diffuse Karteikarte. »Nein.«

»Wie ist sie gestorben?«, fragte Zoe

»Keine Ahnung«, antwortete Meena. »Ich habe die Anwältin gefragt, aber sie war ziemlich zugeknöpft. Es hieß nur: ›Unterschreiben Sie hier, hier und hier.‹ Und: ›Das und das müssen Sie wissen, weisen Sie sich bitte aus, und da ist die Tür.‹ Über Neha, so heißt die Frau, die mir die Wohnung vererbt hat, wollte sie mir nichts erzählen.«

»Klingt wie eine Episode von ›The Living and the Dead‹«, meinte Zoe.

»Du siehst zu viel fern.«

»Und du nicht genug. Wie sieht die Wohnung aus?«

Meena starrte auf die Leuchte an der Decke. »Sie ist alt. Nicht heruntergekommen, sondern eher historisch. So mit Zierleisten. Und die Deckenleuchte ist umgeben von

Gipsschnitzerei. Es ist eine Mischung aus Shabby Chic wie in Bibliotheken und Landhauskitsch.«

»Hört sich toll an.«

»Es gibt keine Fotos von ihr.«

»Ich weiß, dass du nie darüber redest«, sagte Zoe. »Aber könnte sie … mit deiner biologischen Familie in Zusammenhang stehen?« Zoe war die Einzige, die wusste, dass Meena als Baby adoptiert worden war.

»Das würde Sinn ergeben«, stimmte Meena zu. »Mein Vater hat mir immer erzählt, dass meine eine private Inkognito-Adoption war. Das heißt, sie wussten nichts über meine leibliche Mutter, nicht einmal ihre ethnische Herkunft oder wo sie lebte.« Die Vergangenheit ließ man am besten dort, wo sie hingehörte: in der Vergangenheit. Gelegentlich hatte Meena mit dem Gedanken gespielt, einen Gentest machen zu lassen, um ihre biologische Herkunft zu bestimmen, nur um einen Anhaltspunkt zu haben. Sie reiste durch die ganze Welt, wusste aber nicht, wohin sie gehörte. Diesen Schritt hatte sie jedoch nicht getan. Sie hatte liebevolle Adoptiveltern gehabt und wollte die Menschen, die sie zu sich geholt hatten, nicht hintergehen. Sie brauchte nicht nach etwas zu suchen, wenn sie dadurch die Familie, zu der sie einst gehört hatte, verlieren würde.

»Ich verstehe, dass du es nicht wissen willst …« Zoe sprach mit einfühlsamer Stimme.

»Ich hatte unglaubliche Eltern«, erzählte Meena. »Wir waren eine perfekte Familie.«

»Stimmt«, sagte Zoe. »Was wirst du jetzt tun?«

»Ich nehme mir eine Woche Zeit, um das zu klären. Es wird eine Weile dauern, bis ich verkaufen kann.«

»Du kannst die Wohnung untervermieten.«

Zum ersten Mal an diesem Tag hatte Meena einen Plan. »Du hast völlig recht. Ich kann sie vermieten, bis sie jemand kaufen will.« Und wenn niemand im Haus ein Angebot machen würde, hätte sie eine zusätzliche Einnahmequelle. »Das ist die perfekte Lösung.«

»Gern geschehen«, sagte Zoe. »Jetzt gehe ich ins Bett. Vorweihnachtliches Abendessen. Schreib es in deinen Planer.«

»Das steht schon hier drin.« Meena tippte sich an den Kopf. Es war ein Running Gag, dass Meena ihren Terminplaner nicht benutzte. Sie hatte einen Online-Kalender, mit dem sie ihr Leben organisierte. Die herkömmlichen Planer, die Zoe ihr jedes Jahr schenkte, blieben unbenutzt.

Meena erhob sich von der Couch und ging nachdenklich im Zimmer herum. Ihre Eltern hatten nie über die Adoption gesprochen. Als Meena alt genug gewesen war, um zu bemerken, dass sie ihren Eltern, die helle Haut und helle Haare hatten, überhaupt nicht ähnlich sah, hatte sie die offensichtliche Frage gestellt. Sie hatten Meena erklärt, dass sie ein Geschenk Gottes sei und dass nicht das Blut die Familie ausmache, sondern die Liebe, und davon gab es bei ihnen genug. Als Meena später mehr wissen wollte, hatten Hannah und Jameson Dave gezögert, darüber zu sprechen, wie sie zu ihnen gekommen war. Schließlich hatte Meena akzeptiert, dass es keine Rolle spielte. Ihre Fragen taten ihnen nur weh, also hörte sie damit auf. Es reichte zu wissen, dass sie das einzige Kind von Eltern aus der Mittelschicht war. Sie war in der katholischen Kirche getauft worden. Die Gemeinde ihrer Eltern war ihre Gemeinde.

Wenn sie wegen eines Auftrags an Orten mit anderen braunhäutigen Menschen unterwegs war, versuchte sie herauszufinden, ob sie eine Vertrautheit spürte, sich ihnen zugehörig fühlte. Aber der einzige Ort, an dem sie sich jemals wie zu Hause gefühlt hatte, war die überwiegend von Weißen bevölkerte Hippie-Enklave Northampton gewesen.

Hannah und Jameson Dave hatten sie bei sich aufgenommen. Hatten sie geliebt. Und sechzehn Jahre lang war Meena das Geschenk einer Familie zuteilgeworden. Das war mehr, als manche anderen bekamen. Sie hatte damit Frieden geschlossen. Die Vergangenheit lag hinter ihr. In der Gegenwart hatte sie die Kontrolle und sie zog es vor, in ihr zu leben. Als ihre Eltern starben, hatte sie ganz aufgehört, daran zu denken. Sie wollte ihre Liebe nicht beschmutzen, indem sie nach etwas suchte, das über die Familie hinausging, die sie füreinander gewesen waren.

Meena atmete tief durch und erlaubte sich, die Wahrheit zu verarbeiten, die ihr den ganzen Tag im Hinterkopf herumgespukt hatte. Neha hatte ihr dieses Apartment aus einem bestimmten Grund vererbt. Meena musste herausfinden, ob sie wissen wollte, welcher das war.

KAPITEL 3

Meena schnappte sich ihr Portemonnaie und die Schlüssel und ging hinaus. Es war ein frischer Morgen und sie war am Verhungern. Kaum hatte sie die Tür geöffnet, rannte ein vertrautes schwarz-weißes Fellknäuel zwischen ihren Beinen hindurch in die Wohnung.

»Dich kenn ich doch!« Sie lief hinter dem Hund her. Beim Klang ihrer Stimme drehte er um und machte einen Satz auf sie zu. Sie hob die Hand. »Halt!« Der Welpe rutschte über den Holzboden und kam unbeholfen vor ihren Boots zum Stehen.

Sie ging in die Hocke und streckte die Hand aus, um den Hund daran schnuppern zu lassen. Als er sie anstupste, streichelte sie ihn. Er drehte den kleinen Kopf, um Meena zu weiteren Streicheleinheiten zu ermuntern.

Sie lachte, als sie sah, wie sehr ihm das gefiel. Sein Fell war weich und sie spürte die Wärme seines Körpers, als er sich herumrollte und ihr den Bauch entgegenstreckte.

»Wally.«

Meena schaute auf. »Er scheint ständig von Ihnen wegzulaufen.«

Sam betrat die Wohnung. »Er will sich wohl eher den Bauch kraulen lassen.«

Wally sprang auf, rannte zu seinem Besitzer und kaute am Saum von Sams Jeans herum.

Sam bückte sich und zerrte seine Hose aus Wallys Fängen.

»Sie sind das also. Die Frau, die gern Yoga auf der Straße macht.«

»Sie scheinen nicht überrascht zu sein, mich hier zu sehen.« Meena legte den Kopf auf die Seite.

»Der Schlüssel, auf dem Wally herumgekaut hat, ist wirklich unverwechselbar.«

Meena erinnerte sich an das eingravierte I auf dem Halm des großen altmodischen Schlüssels. »Was machen Sie hier, Sam Vora?«

»Ich wohne gegenüber.«

»Nette Bastelarbeit.« Meena deutete auf den Kranz an der Tür.

»Oh, der ist nicht von mir, sondern von den Tanten. Tanvi dekoriert gern. Ziehen Sie ein?«

Meena stand auf. »Eher vorübergehend.«

»Warum?«

»Sie sind sehr neugierig.«

»Ich möchte mich nur ein bisschen unterhalten.« Sam grinste. »Sie sollten sich eher vor den Tanten in Acht nehmen. Die werden viele Fragen stellen.«

Meena fragte sich, ob er die Frau meinte, die sie am Vortag getroffen hatte.

»Sie reisen mit leichtem Gepäck«, bemerkte Sam.

»In gewisser Weise.« Ihr Koffer befand sich in einem Schließfach in der Nähe des Flughafens, weil sie ihn nicht zu ihrem Treffen mit der Anwältin hatte schleppen wollen.

Sam streichelte Wally, während er den Schnürsenkel seines Sneakers aus dem Maul des Hundes zerrte. Der Mann hatte eine unbekümmerte Art an sich, als wäre er es gewohnt, auf Fremde zuzugehen und zwanglos mit ihnen zu plaudern. Sein Haar war immer noch zerzaust und er hatte den Parka gegen einen schwarzen Pullover getauscht. Seine dunklen Augen waren groß und ausdrucksstark und umrahmt von markanten Augenbrauen. Er war eine durchaus attraktive Erscheinung, einschließlich hoher Wangenknochen, und wirkte irgendwie liebevoll und männlich zugleich. Meena ertappte sich dabei, dass sie sich fragte, wie er wohl im Bett sein würde. Sie wandte sich ab. Es war weder der richtige Zeitpunkt noch der richtige Ort für eine Ablenkung, auch wenn es schon eine Weile her war. Acht Monate? Argentinien und ein professioneller Polospieler.

Ihr Magen knurrte und erinnerte sie daran, dass sie dringendere Bedürfnisse hatte. »Nett, dass Sie vorbeigeschaut haben, aber ich wollte gerade gehen.«

Beim Klang ihrer Stimme richtete Wally sich auf und sauste wieder zwischen ihnen hin und her.

»Wenn Sie eine Frühstücksmöglichkeit suchen, gehen Sie in die Boylston Street, ein paar Häuserblocks vom Fluss entfernt«, sagte er. »Es gibt auch ein kleines Café an der Ecke Commonwealth und Mass Ave.«

»Danke.« Meena schaute zu, wie er Wally zur Tür zog. Er sah unbeschwert aus und sein Gesichtsausdruck war so offen, dass es Meena in den Fingern juckte, nach ihrer Kamera zu greifen. Sie wollte ihn durch die Linse sehen, seinen Blick einfangen, herausfinden, was sich dahinter verbarg. Intelligenz und Liebenswürdigkeit waren offensichtlich, aber was noch? Es war schwer zu sagen, ohne mehr zu erfahren, tiefer zu gehen.

»Irgendwelche Tipps, wo man ein neues Handy herbekommt?« Meena überraschte sich selbst mit dieser Frage. Nie bat sie bei etwas um Hilfe, das sie selbst erledigen konnte.

»Der Apple Store auf der Boylston gegenüber dem Prudential Center ist die beste Adresse«, gab Sam Auskunft. »Auf der Newbury gibt es auch einen kleinen Laden, der Handys repariert.«

»Ich glaube, das hat sich erledigt.« Das Handy hatte ihr in den letzten vier Jahren gute Dienste geleistet, und obwohl ihr die Kosten für ein neues missfielen, war es eine berufliche Notwendigkeit.

»Das war Wallys Schuld.« Sam beugte sich hinunter, um dem Welpen einen Klaps zu geben. »Wir ersetzen es Ihnen, wenn Sie wollen.«

Meena lachte. »Nein, nein. Ich habe mit Handy, Papieren und einem Rucksack jongliert und nicht aufgepasst.«

»Sam, was machst du …?« Eine Frau mit langen schwarzen Haaren steckte ihren Kopf durch die Tür. »Was ist denn hier los? Wer sind Sie?«

Meena hatte sich gegen die Rückenlehne des Sofas gelehnt und richtete sich jetzt auf.

Wally sprang auf und lief zu der weiteren Person im Raum.

»Tante Tanvi«, sagte Sam. »Das ist … Ich kenne Ihren Namen nicht.«

Meena lachte fast über die Verwunderung in seinem Gesicht. »Meena Dave.«

»Dave?«, sagte die Frau. »Sie sprechen es falsch aus. Nicht auf die indische Art.«

»Indische?«

Tanvi schaute überrascht. »Nicht? Oh, kommen Sie aus Pakistan oder Bangladesch?«

Meena schwieg.

»Welcher Ethnie gehören Sie an?«

Eine Frage, die Meena nie hatte beantworten können.

»Tante Tanvi!«, schaltete Sam sich ein. »Das kannst du doch nicht fragen.«

»Ich habe nicht gesagt: ›Was sind Sie?‹ Oder: ›Woher kommen Sie?‹«, verteidigte Tanvi sich. »Das ist eine angemessene Frage.«

»Ich bin in Northampton aufgewachsen«, erklärte Meena. »Und habe einen amerikanischen Pass.«

»Aber woher kommen Ihre Eltern? Was machen Sie in Nehas Wohnung?«

Meena schenkte beiden ein freundliches Lächeln. »Ich plaudere gern später mit Ihnen, aber ich bin gerade auf dem Sprung.«

»Ich wollte Wally im Garten ein paar Kunststücke beibringen. Warum kommst du nicht mit uns, Tante Tanvi?« Sam hob den Welpen hoch. »Wir können uns später noch mit Meena unterhalten.«

Als sie ihre Wohnung verließen, hörte Meena Tanvi sagen: »Sabina wird ausrasten.«

* * *

Ein paar Stunden später war Meena dank eines Schinken-Ei-Käse-Sandwiches aus dem Café, das Sam empfohlen hatte, gesättigt. Sie hatte sogar geduscht, um sich frisch zu machen, obwohl sie keine Kleidung zum Wechseln dabeihatte, weil sie ihren Koffer noch aus dem Schließfach holen musste. Zum Glück ging es bei ihrer A-Körbchen-Oberweite auch einmal ohne BH. Als Teenager war sie androgyn und sehr dünn gewesen. Kleider hatten an ihr nur so heruntergehangen, Jeans mussten schlabberig sein, um das Vorhandensein eines kleinen Hinterns vorzutäuschen. An den Hüften war sie etwas fülliger geworden, aber Kurven hatte sie immer noch keine. Meena war eher kantig. Immerhin musste sie sich keine Sorgen mehr darüber machen, nicht zum Erstsemesterball eingeladen zu werden. Sie zog dasselbe T-Shirt, denselben Pullover und dieselben Jeans an – alles Kleidung, die sie schon seit drei Tagen trug –, schnüffelte an ihren Achseln und hoffte, dass die Dusche geholfen hatte.

Dann ging sie in Nehas Schlafzimmer und schaute in den großen Schminkspiegel, während sie ihr langes schwarzes Haar frisierte. Das Zimmer hatte einen weiteren Kamin, der an der Wand zum Wohnzimmer stand. Dieser war dekoriert mit einem riesigen Strauß rosafarbener und weißer Seidennelken in einer orangefarbenen Bronzevase, die in der Mitte stand. Der Blumenstrauß passte zum bunten Schlafzimmer. Zu Meenas Linken führten breite weiße Fenstertüren auf eine kleine Veranda mit Blick auf einen eingezäunten Garten. Die Bettwäsche in Rosa und Violetttönen sprühte vor Farbe und um den Spiegel des weißen Schminktischs war eine Lichterkette dekoriert. Der Raum wirkte wie das Schlafzimmer eines jungen Mädchens, nicht wie das einer erwachsenen Frau. Auf dem Schminktisch stand ein Schmuckkästchen. Meena klappte es auf und entdeckte eine Karteikarte.

Ich bin Lexikografin. Ein schwieriges Wort, eines, das nicht so recht über die Zunge rollen will. Nicht wie Koch oder Arzt. Ich schreibe Wörterbücher und führe Buch über unsere sich ständig weiterentwickelnde Sprache. Mir gefällt der Gedanke, dass das, was ich dokumentiere, was ich schreibe, noch lange nach meinem Tod gelesen werden kann. Ich habe keine Kinder. Nur Wörter, mit deren Definition ich mein Leben verbringe.

Meena erkannte die Handschrift. Es war dieselbe wie auf der Teebeutelverpackung und der Karteikarte. Sie setzte sich auf die Bettkante und schaute sich um, ob sie noch mehr Mitteilungen entdeckte.

Dann gestand sie sich ihre Müdigkeit ein. Normalerweise würde so etwas wie das Auftauchen versteckter Notizen ihre Neugier wecken. Sie liebte Rätsel jeglicher Art. Doch im Moment, an diesem Ort, fühlte es sich zu anstrengend an. Vor allem, weil Meena nicht danach gesucht hatte. Die Mitteilungen hatten sie gefunden und blockierten gerade ihr Leben.

Sie zügelte ihre Gedanken. Alles war vergänglich. Das hatte sie von einem buddhistischen Mönch in Birma gelernt und zu ihrem Mantra gemacht. Wenn ihre Gedanken zu dem wanderten, was einmal gewesen war, lenkte sie sie zurück in die Gegenwart. Im Moment war sie hier und hatte Dinge zu erledigen.

Meena legte die Karte zu den anderen Notizen, die sie gesammelt hatte. Sie schnappte sich ihre Schuhe, ihr Portemonnaie und ihr kaputtes Handy. Es würde ein Nachmittag voller Besorgungen werden. Als sie ihre Jacke von einem der blauen Sessel holen wollte, stieß sie gegen ein Buch auf dem Kaminsims und es fiel herunter.

Shakespeares »Verlorene Liebesmüh«. Ein weißer Papierstreifen lugte zwischen den Seiten hervor. Meena schlug das Buch auf und zog die Karteikarte heraus.

Mein Mann ist vor drei Tagen gegangen. Ich habe nicht nach ihm gesucht. Eigentlich wünsche ich ihm alles Gute. Wir haben nicht zusammengepasst und nur geheiratet, um beide den gesellschaftlichen Konventionen nachzugeben. Er war ständig auf der Suche nach dem Glück. Einem schwer fassbaren, subjektiven, situationsbedingten Konstrukt.

Er ist ein ganz normaler Mensch. Ich verwende das Präsens, weil ich nicht glaube, dass er tot ist.

Ich denke, das könnte für mich nicht der Anfang vom Ende, sondern das Ende vom Anfang sein. Das ist ein lustiger Satz. Ich könnte ihn analysieren. Eigentlich sollte er keinen Sinn ergeben, aber er tut es doch, weil unsere Sprache flüssig und lebendig ist.

Meena drehte die Karteikarte um.

Anfang – Nomen. Der Punkt, an dem etwas beginnt. Man braucht mehr, besonders wenn man das Wort »beginnen« nicht kennt. Auch hat es die Bedeutung von Ursprung und Entstehung.

Ich stelle mir vor, wie wir Monate benötigen würden, um dieses Wort zu definieren, zu kommentieren, auf verschiedene Arten zu zerlegen, so lange anzustarren, bis es keinen Sinn mehr ergäbe und nur noch ein Durcheinander von Buchstaben in einer bestimmten Reihenfolge wäre.

Meena setzte sich auf die Couch, las die Karte noch einmal und schaute sich im Zimmer um. Was für eine eigenartige Frau Neha doch gewesen war. Meena rieb über die Gänsehaut auf ihrem Arm. Im Zimmer war es zwar kühl, aber es waren die eindringlichen Worte auf der Karte, die sie verunsicherten.

Sie war nicht unterschrieben. Aber wie bei den anderen hatte Meena das Gefühl, dass sie von Neha verfasst worden war. Die Handschrift war dieselbe. Sie war sehr exakt, die Worte klein und präzise. Sie schrieb in geraden Linien, sogar auf der unlinierten Karte. Das Gegenteil von ihrer chaotischen Wohnung. Die Fremde hatte einen Weg gefunden, aus dem Jenseits zu kommunizieren. Nun ergoss sich die Neugier doch wie eine Welle über Meena. Sie musste mehr herausfinden.

Also klappte sie ihren Laptop auf und loggte sich ein. Dann gab sie »Neha Patel« in die Suchleiste ein. Fast vierundzwanzig Millionen Ergebnisse! Sie schränkte die Suche auf Boston ein und fügte die Adresse hinzu. Schließlich ein Treffer. Ein Nachruf ohne Foto. Warum gab es von dieser Frau keine Fotos? Es war eine kurze Erwähnung ihres Todes im Boston Globe:

Neha A. Patel, 65, aus Boston, Massachusetts, starb am 24. April eines natürlichen Todes. Sie hinterlässt ihre Eltern, Ambalalbhai Dhirubhai Patel und Chanchalben Ambalalbhai Patel. Harvard-Absolventin. Lektorin bei Merriam-Webster.

Das war alles. Kein Hinweis auf einen Ehemann, obwohl auf der Karteikarte stand, dass sie einen gehabt hatte. Meena stöberte noch ein wenig herum, konnte aber nicht mehr als oberflächliche Informationen finden. Sie fragte sich, ob »Verlorene Liebesmüh« ein Hinweis war oder nur ein praktisches Versteck für Nehas Karteikarte.

Meena schob sie in den Umschlag zu den anderen. Als die Sonne höher am Himmel stand, erstrahlte das Wohnzimmer in Licht und Farbe. Meena grübelte über die ihr bekannten Informationen, suchte nach Zusammenhängen und Bedeutung.

Überrascht von einem Klopfen an der Tür, öffnete sie. Drei Frauen stürmten ungebeten herein.

KAPITEL 4

»Kann ich Ihnen helfen?«, fragte Meena.

Zwei der drei Frauen erkannte sie. Sie waren etwa gleich alt, vielleicht in den Fünfzigern, aber ihre dunkle Haut war makellos. Jede trug etwas in der Hand: ein Behältnis, einen Blumenstrauß und eine Thermoskanne.

Die Frau, die sie nicht kannte, trug Jeans und ein Sweatshirt mit dem Logo der Boston University darauf. Sie hatte einen stufigen Kurzhaarschnitt. Die Frau mit dem Blumenstrauß war Tanvi von heute Morgen. Sie trug immer noch ein langes Samtkleid mit mehreren um den Hals drapierten Ketten, aber ihr Haar war jetzt zu einem großen Dutt gedreht, der von einer Perlenspirale zusammengehalten wurde. Die Frau mit der Thermoskanne war die erste, die sie getroffen hatte, Sabina. Heute trug sie ein langes grünes Seidenshirt und Leggings. Ihr Haar war zu einem Zopf geflochten, der ihr über die rechte Schulter hing. Sie hatte zwischen ihren stark geschwungenen Augenbrauen einen kleinen roten Punkt auf der Stirn.

»Oje, warum tragen Sie in der Wohnung Straßenschuhe?«, fragte Sabina. »Wo sind Ihre Hausschuhe?«

»Noch einmal … Kann ich Ihnen helfen?«

»Nein«, unterbrach Tanvi sie. »Wir sind hier, um Sie mit Chai und Parathas zu begrüßen. Und frischen Blumen, damit Sie sich wie zu Hause fühlen.« Sie legte den großen Strauß auf den Konsolentisch neben der Tür.

»Danke«, Meena zögerte, »aber ich bin schon auf dem Weg nach draußen.«

»Wohin wollen Sie?«, fragte die Frau mit dem Behälter.

Meena schürzte die Lippen. Sie war es nicht gewohnt, jemandem gegenüber Rechenschaft abzulegen. »Zum Flughafen.«

»Reisen Sie schon ab?«, fragte Sabina.

»Ich hole nur meinen Koffer.«

»Warum haben Sie ihn dort gelassen?«, wollte die Frau mit dem Behälter wissen.

Meena seufzte und schloss die Tür. Die Frauen setzten sich an den Esstisch vor den Fenstern, die zum Vorgarten hinausgingen, und Meena wurde klar, dass sie sich nicht rühren würden, bevor sie nicht ihre Fragen beantwortete.

»Ziehen Sie Ihre Schuhe aus und setzen Sie sich.« Tanvi winkte sie heran. »Ein Happen zu essen und ein Schluck Tee geben Ihnen Energie für Ihre Erledigungen.«

Meena wusste, dass in vielen asiatischen Kulturen Schuhe im Haus ein Tabu waren. Sie gehorchte und setzte sich zu den drei Frauen an den Tisch.

»Chai und ein Plausch«, sagte Tanvi. »So läuft das im Ingenieurhaus.«

»Wo?«

»In diesem Haus«, erklärte Sabina mit offensichtlichem Stolz. »Es heißt seit fast einhundert Jahren das Ingenieurhaus und ist nach den ursprünglichen Bewohnern benannt, die hier gelebt haben, während sie am MIT studierten.«

Meena erinnerte sich an die Karteikarte, die bei der Besitzurkunde der Wohnung gelegen hatte. Darauf musste sie sich bezogen haben.

»Das ist Uma.« Tanvi deutete auf die Frau mit dem Boston-University-Sweatshirt. »Sie hat Parathas mitgebracht, weil die ihre Spezialität sind.«

»Ein Geschmackserlebnis.« Uma blickte Tanvi an, während sie das sagte.

»Sie ist auch sehr von sich überzeugt. Hält meine Küche für fade. Aber mein Mann hat Bluthochdruck«, erklärte Tanvi.

»Da geht es um Salz, aber was ist mit all den fehlenden Gewürzen?«, fragte Uma.

»Sodbrennen.«

Uma verdrehte die Augen und schüttelte den Kopf.

»Sabina hat Chai mitgebracht.«

Tanvi ging in die Küche. »Sie ist die Chefin in diesem Haus.«

»Die Verwalterin«, stellte Sabina klar. »Ich bin für das Haus und seine Familien verantwortlich.«

»Sie wird Sie verhören und ist der Typ, der Sie so lange für schuldig hält, bis Ihre Unschuld bewiesen ist«, rief Tanvi.

»Das stimmt nicht«, wehrte Sabina sich.

»Einmal, als wir Teenager waren«, Uma zündete eine Kerze auf dem Ecktisch neben dem Fenster an, »hat sie mich beschuldigt, ich hätte ihre Lieblingsmütze verloren, die sie mir geliehen hatte. Ich beteuerte ihr wochenlang, sie zurückgegeben zu haben, aber sie hat mir nicht geglaubt. Und dann hat sie sie eines Tages beim Saubermachen unter ihrem Bett gefunden.«

»Ich habe mich entschuldigt«, murmelte Sabina. »Aber du hackst immer noch darauf herum.«

Meena hörte ihrem Geplapper zu, während die Frauen Teller und Tassen aus Nehas Küche holten. Sie schaute aus dem Fenster. Es war ein sonniger Tag. Ein paar Leute liefen vorbei und ein Pärchen machte Fotos von der Straße. Sie entdeckte Wally, der auf der kleinen Rasenfläche im Vorgarten herumlief und an den üppigen roten Blumen schnupperte, die sorgfältig entlang der Hecke gepflanzt worden waren. Meena fing Sams Blick auf. Er hob den Finger an die Lippen, das allseits bekannte Zeichen für: Sagen Sie niemandem, dass ich hier bin. Sie nickte und wandte ihre Aufmerksamkeit den Frauen zu, die geschäftig umherliefen, als kämen sie oft in diese Wohnung, um das Ruder zu übernehmen.

Obwohl sie nicht besonders hungrig war, wollte Meena das Fladenbrot probieren, das Uma ihr servierte. Es ähnelte einer Tortilla, war aber kleiner und grün mit Sesamkörnern darin.

»Was ist das?«

»Paratha mit Spinat.« Uma rollte eines auf, tauchte es in ihren Chai und biss ab. »Haben Sie das noch nie probiert?«

»Nein, ich glaube nicht«, antwortete Meena.

»Das ist eine Spezialität aus Gujarat«, klärte Tanvi sie auf. »Warme Parathas mit eingelegten Mangos und heißem Chai. Ein echtes Wohlfühlessen.«

Meena zerriss das Brot mit beiden Händen.

»Nein. So. Schauen Sie her.« Sabina drückte den Daumen ihrer rechten Hand in das Paratha und riss dann mit Zeige- und Mittelfinger ein Stück davon ab. Als sie ein ansehnliches in der Hand hielt, nahm sie damit ein wenig von der eingelegten Mango auf und schob es sich anmutig in den Mund.

»Ich glaube nicht, dass ich das kann.« Die Bewegungen der Finger wirkten geradezu akrobatisch.

»Versuchen Sie es.« Sabina schob den Teller näher an Meena heran.

Meena probierte es und schaffte es, ein großes Stück abzureißen. Gewürze, Salz und Schärfe explodierten in ihrem Mund. Es war köstlich und wohltuend. Wenn sie indisch aß, war es normalerweise Butterhühnchen oder Tikka Masala, obwohl

Currychips in London ihr Lieblingsessen waren, wenn sie einen Kater hatte. Dies hier war etwas ganz anderes als das, was in Restaurants serviert wurde. »Es ist köstlich.«

»Sie sind sicher keine Inderin«, meinte Sabina. »Sie sehen zwar so aus, aber ...«

»Denk an unseren Toleranzverein.« Tanvi klopfte Sabina auf den Arm. »Wir entschuldigen uns, Meena. Es ist nur so, dass alle im Ingenieurhaus indischer Abstammung sind, und wir haben angenommen, dass Sie es auch sind.«

»Schon gut«, sagte Meena. »Was ist ein Toleranzverein?«

»Es fing damit an, dass Uma in Büchern oder Filmen eine gewisse Problematik aufgefallen ist«, erklärte Tanvi. »Also haben wir einen Verein gegründet, in dem wir etwas über Inklusion und Zugehörigkeit lernen.«

»Welchen familiären Hintergrund haben Sie?«, fragte Sabina.

Meena zog es vor, Fragen zu stellen, statt welche zu beantworten. »Ich bin in Northampton aufgewachsen.«

»Was?«, rief Uma.

Meena lenkte das Thema wieder auf die Frauen. »Wohnen Sie alle in diesem Haus?«

»Ja. Ich wohne über Ihnen.« Uma deutete zur Decke.

»Ich wohne gegenüber von Uma«, fügte Tanvi hinzu. »Und Sabina wohnt im obersten Stockwerk.«

»Was ist Ihr Beruf?«, wollte Sabina wissen.

»Ich bin Fotojournalistin.«

»Wie aufregend!« Tanvi klatschte in die Hände. »Haben Sie einen Instagram-Account?«

»Ja.« Das war jetzt Teil ihrer Arbeit. Die meisten Fotografen und Fotografinnen waren in den sozialen Medien präsent. Meena postete nicht gerade viel und wenn, ging es immer nur um ihre Arbeit, nie zeigte sie ihr Privatleben auf ihrem Profil.

Tanvi zückte ihr Handy. »Finde ich es unter Meena Dave?«

»Dave!«, korrigierte Meena Tanvi barsch, denn sie hatte ihren Nachnamen »Duh-veh« ausgesprochen. So schwer war das doch nicht. Ein sehr geläufiger Name. Zwar keine Abkürzung für David, aber ganz einfach.

»Duh-veh«, sagte Uma. »Das ist die Gujarati-Version. Deshalb dachten wir, dass Sie Inderin sind und vielleicht eine amerikanische Variante Ihres Namens verwenden.«

»Ich kenne nur die Aussprache Dave«, gab Meena zurück.

»Sie sollten Ihre Eltern fragen«, riet Uma ihr. »Sie könnten ihn vor ein paar Generationen geändert haben, um sich anzupassen.«

Bei der beiläufigen Erwähnung ihrer Eltern spürte Meena einen Druck auf der Brust, denn es hörte sich an, als wären sie noch am Leben.

»Das ist ein irischer Name. Früher war der Name gälisch, und als die Familie meines Vaters hierherkam, wurde er geändert und gekürzt.« Das hatte ihr Vater ihr erzählt, als sie nach der Familiengeschichte gefragt hatte. Sie hatte sich so sehr gewünscht, Teil von etwas zu sein, das mehr als nur sie drei umfasste.

»Ist Ihr ethnischer Hintergrund auf die Seite Ihrer Mutter oder die Ihres Vaters zurückzuführen?«, fragte Sabina.

Meena ignorierte die Frage, denn sie wusste es nicht genau, aber ihre braune Haut musste von mindestens einem ihrer leiblichen Elternteile stammen. Die Chancen standen fünfzig zu fünfzig.

»Und woher kennen Sie Neha?«, fragte Sabina weiter.

»Ich kannte sie nicht«, gestand Meena. »Ich bin hier, weil sie mir dieses Apartment vermacht hat.«

»Ich habe gestern mit Nehas Anwältin gesprochen«, fuhr Sabina fort. »Sie hat mir nichts gesagt, nur Ihren Namen bestätigt.«

»Sie haben mich überprüft?«

»Ich musste mich doch vergewissern«, verteidigte Sabina sich. »Das ist schließlich meine Aufgabe.«

Vielleicht wussten *sie*, weshalb Neha ihr die Wohnung hinterlassen hatte. »Neha muss Ihnen doch erzählt haben, wer ich bin und warum sie mir das hier vererben würde.«

Sabina drückte das Kreuz durch. »Nein. Ich habe versucht, mit ihr über ihre Pläne zu reden, aber sie hat immer das Thema gewechselt. Als sie starb, wurden wir nur darüber informiert, was sie uns vermacht hatte.«

»Sie hat uns kleine Erinnerungsstücke hinterlassen«, fügte Tanvi hinzu.

»Kein Wort darüber, was sie mit dieser Wohnung vorhatte«, sagte Sabina.

Von diesen dreien würde Meena also nicht viel erfahren. Enttäuscht nippte sie am heißen Chai, in dem Zucker fehlte. Sie streckte die Hand nach der Zuckerdose aus, aber Sabina nahm sie, gab zwei Teelöffel in Meenas Tasse und rührte um. Meena nickte ihr dankend zu.

»Wir haben uns um die Wohnung gekümmert.« Uma wischte sich die Hände an einer Papierserviette ab. »Wir wussten nicht, was wir sonst tun sollten.«

»Und haben Sie vor zu bleiben?«, fragte Sabina. »Hier zu wohnen?«

Nein. »Ich denke noch darüber nach.« Die Notizen hatten sie neugierig gemacht und jetzt wollte sie mehr wissen.

»Neha hat Ihren Namen nie erwähnt«, bemerkte Tanvi, »und wir kannten sie unser ganzes Leben lang.«

»Andererseits war Neha … ähm … wie sagt man auf nette Weise, dass sie nicht ganz richtig im Kopf war?«, fragte Uma. »Sie hat gemacht, was sie wollte, und scherte sich selten um irgendwelche Regeln.«

»Über alle konnte sie sich aber nicht hinwegsetzen.« Sabina schob die Paratha-Krümel auf ihrem Teller zu einem kleinen Haufen zusammen. »In diesem Haus gibt es ein strenges Erbfolgeverfahren.«

»Und Neha hat einen Weg gefunden, es zu umgehen«, sagte Uma. »Wie damals, als sie einen Handwerker engagiert hat, der die Wand zum zweiten Schlafzimmer herausriss und so ein riesiges offenes Wohnzimmer mit Essbereich geschaffen hat. Und dann baute er an den meisten Wänden Regale für ihre Bücher ein. Sie hat uns nicht um Erlaubnis gefragt und eines Tages sogar alle Möbel an völlig Fremde verschenkt.«

»Glauben Sie, dass das alles einfach aus einer Laune heraus passiert ist?«, fragte Meena. »Dass sie auf eine meiner Fotoreportagen gestoßen ist, meinen Namen herausgefunden und mir diese Wohnung hinterlassen hat?«

Es war unwahrscheinlich, aber Meena wollte herausfinden, wie viel die Tanten wussten.

»Nein«, meinte Sabina. »Ich glaube nicht, dass Sie zufällig ausgewählt wurden. Und Sie glauben das doch auch nicht.«

»Ich habe ihren Namen noch nie gehört und wusste bis gestern nichts von ihr.« Meena trank ihren Chai aus.

Sabina warf ihr einen Blick zu, suchte nach irgendetwas. »Solange Sie hier sind, fragen Sie uns, wenn Sie etwas brauchen. Wir helfen uns gegenseitig in diesem Haus.«

Meena lächelte und nickte. »Danke für den Chai und die Parathas.« Sie verhaspelte sich bei der Aussprache. Meena beherrschte nur wenige Sprachen, Gujarati gehörte nicht dazu. »Ich räume auf, wenn ich zurückkomme, und bringe Ihnen dann Ihre Behälter zurück.«

»Seien Sie nicht albern«, wehrte Tanvi ab. »Die Küche wird blitzblank sein, wenn Sie wieder da sind. Und klopfen Sie bei Sam. Er fährt Sie Ihr Gepäck abholen.«

»Das ist schon okay«, sagte Meena. »Ich komme zurecht.«

An der Tür hielt sie inne. Die Tanten schienen es nicht eilig zu haben. Uma goss sich Tee nach, während sie sich weiter unterhielten. Dass dies nicht ihre Wohnung war, schien sie nicht zu stören. Meena schnappte sich die Schlüssel, ihren Laptop und ihre Kameratasche. Das Ganze war schwer, aber ihr Rucksack enthielt Ausrüstung im Wert von Tausenden von Dollar. Ihr ganzes Leben befand sich darin. Und ihr wurde klar, dass sie keine Ahnung hatte, wer diese Frauen eigentlich waren.

KAPITEL 5

Zwei Tage später ging Meena auf die Veranda vor Nehas Schlafzimmer. Es war ein kühler Tag. Sie zog ihren langen grauen Pullover enger um sich und atmete tief ein. Die Luft roch nach verbranntem Holz und Kiefer. Als Kind war der Herbst ihre Lieblingsjahreszeit gewesen, auch wenn er das Ende des Sommers und die Rückkehr zur Schule bedeutete. Sie merkte sich den Tag, an dem das Holz für den Winter geliefert wurde, und beobachtete gespannt, wie es im Garten gestapelt wurde. Es war immer ihre Aufgabe gewesen, so viele Holzscheite zu holen, wie sie tragen konnte, damit ihr Vater den Kamin anfeuern konnte. Jameson Dave war sehr planmäßig vorgegangen, wenn es darum ging, Feuer zu machen und in Gang zu halten. Meena hatte stundenlang dagesessen und die Flammen beobachtet. Sie hatte es immer geliebt, in die mal gelben, mal orangefarbenen, mal etwas bläulichen Flammen zu schauen.

Als Meena Stimmen hörte, spähte sie hinunter in den Garten. Sabina, Uma und Tanvi unterhielten sich, als planten sie Großes. Sie waren mit Harken, Gartenhandschuhen und großen Papiertüten bewaffnet und trugen Leggings und übergroße Sweatshirts. Meena schaute zu, wie sie in verschiedenen Bereichen des Gartens arbeiteten. Uma stand bei den Rosenstöcken, die sich um ein Spalier entlang des hinteren Holzzauns rankten. Sie entfernte die einst roten und jetzt vertrockneten Blüten und schnitt mit einer kleinen Schere Zweige ab. Tanvi fegte um den kleinen Eisentisch mit den vier Stühlen herum. Eine passende Bank in demselben blaugrünen Ton stand an einer Seite unter einer Pergola aus kleinen Bäumen. Die üppig belaubten Zweige fingen an, ihre Farbe zu ändern, und hingen bis zum Boden herab. Sabina harkte die Blätter zusammen, die auf dem gepflasterten Weg verstreut lagen.

Es war ein hübscher, sehr gepflegter Garten. Meena ging zurück ins Wohnzimmer und holte ihre Kamera. Sie wollte sich umschauen und das konnte sie am besten durch die Linse. Die drei schienen einen gewissen Rhythmus zu haben und Meena knipste, um zu sehen, ob sie den Takt ihrer Freundschaft zutage fördern konnte.

Ihre Stimmen waren tragend, als sie sich gegenseitig etwas zuriefen und Anweisungen erteilten. Sie sprachen zwar hauptsächlich in einer anderen Sprache, aber es war genug Englisch dabei, dass Meena den Zusammenhang verstand. Beim Fotografieren erkannte sie die Zuneigung, die die drei füreinander empfanden.

»Meena!«, rief Uma ihr zu. »Warum machen Sie Fotos von uns?«

»Oh, tut mir leid, das mache ich ständig.« Sie legte die Kamera auf einen kleinen Tisch auf der Veranda.

»Wir haben Sie seit ein paar Tagen nicht mehr gesehen. Wie geht es Ihnen?«, fragte Tanvi.

»Mir geht's gut«, antwortete Meena.

»Denken Sie auch ans Essen?«, wollte Sabina wissen.

»Ich hole mir immer etwas Fertiges.«

»Ich mache heute eine große Lasagne«, meinte Sabina, »und bringe Ihnen etwas vorbei.«

»Danke.«

Meena schaute sich die Aufnahmen an, als sie wieder hineinging. Es war schön, einfach so zu fotografieren, ohne Auftrag, nur für sich. Auf diese Weise konnte sie ihre Kreativität ausleben und ihre Neugierde stillen. Sie war schon so lange von Auftrag zu Auftrag gehetzt, dass sie sich nicht mehr daran erinnern konnte, wann sie das letzte Mal ihre Kamera nur so zum Spaß in die Hand genommen hatte. Sie ließ Nacken und Schultern kreisen. Diese Woche half ihr, etwas von den Strapazen abzuschütteln, denen sie sich in den letzten zehn Jahren ausgesetzt hatte.

Sie blätterte durch die Notizbücher auf Nehas Schreibtisch. Vielleicht befand sich darin eine weitere Nachricht. Dann zog sie die Schublade auf und kramte darin herum. Ganz hinten ertastete sie etwas Starres und zog es heraus. Eine Karte in einem Umschlag. Er war mit rotem Wachs versiegelt, in dessen Mitte die Initialen NP geprägt waren. Sie öffnete ihn und zog die Karte heraus.

Geschichte (Nomen)

1 a: ein Wissensgebiet, das vergangene Ereignisse aufzeichnet und erklärt

2 a: Ereignisse, die den Gegenstand von Geschichte bilden

2 b: Ereignisse in der Vergangenheit

2 c: etwas, das abgeschlossen oder erledigt ist

Erbe (Nomen)

1: etwas, das von einem Vorgänger weitergegeben oder übernommen wurde

Meena überflog die Worte. Neha war Wörterbuchlektorin gewesen, also konnten die Definitionen für ihre Arbeit bestimmt gewesen sein. Aber Meenas Bauchgefühl sagte ihr, dass es sich auch um eine Botschaft handeln konnte. Diese Worte schienen nicht zufällig gewählt oder das Produkt eines Bewusstseinsstroms zu sein. Sie steckte die Karte zurück in den Umschlag und legte ihn zu den anderen Mitteilungen. Jede Karte war Teil einer Reihe von Hinweisen. Meena fragte sich, ob sie für sie bestimmt waren.

KAPITEL 6

Der Tag Mitte Oktober war sonnig und warm, als Meena vom Kenmore Square in Richtung Back Bay ging. Ihr Treffen mit einem Makler war besser verlaufen als gedacht und Clifton Warney war zuversichtlich, dass die Wohnung innerhalb einer Woche vermietet sein würde, sobald sie auf den Markt kam. Er brannte darauf, sie zu sehen, aber Meena brauchte ein paar Tage, um einige von Nehas Sachen auszuräumen.

Als sie die Commonwealth Avenue zu deren breitem, begrüntem Mittelstreifen überquerte, wurde es ruhiger. Die große, von Bäumen gesäumte Promenade erstrahlte in herbstlichen Farben. Blätter in Bernstein-, Gold- und Brauntönen klammerten sich verzweifelt an die trocknenden Äste und verzögerten ihren unvermeidlichen Fall zu Boden. Meena wich Touristen aus, die stehen blieben, um Fotos von verschiedenen Statuen zu machen. Das Boston Women's Memorial schien am beliebtesten zu sein, denn Mütter und Töchter posierten neben den drei Bronzeskulpturen.

Auch ihr Vater hätte Meena und Hannah gebeten, sich dorthin zu stellen, damit er unzählige Aufnahmen mit seiner Kleinbildkamera machen konnte. Er hatte seinen Fotoapparat geliebt und Meena als neugieriger Achtjähriger gezeigt, wie man ihn bediente. Zu ihrem fünfzehnten Geburtstag hatte sie eine eigene Kamera bekommen. Sie hatte etwas mehr als ein Jahr ihr gehört, bevor die Explosion sie zusammen mit allen Familienfotos vernichtete. Meena rieb mit den Fingerknöcheln über ihre Brust, um den Druck zu lindern.

Erbe. Sie hatte keines. Kein genetisches jedenfalls. Sie war die, zu der ihre Eltern sie erzogen hatten. Gottesdienst am Sonntag und Erdnussbutter-Gelee-Sandwiches in der Pausenbrottüte. Bücher, in denen die Eltern aussahen wie ihre, aber sie nicht den Kindern ähnelte. Sie würde nicht zulassen, dass das wichtig war. Schließlich war sie geliebt worden. Das war das Einzige, was zählte.

»Du und ich, Meena, wir sind Träumer«, würde ihr Vater sagen.

»Und ich bin hier, um dafür zu sorgen, dass ihr träumen könnt«, würde ihre Mutter hinzufügen. »Träume bringen kein Essen auf den Tisch.«

Meena verdrängte die Erinnerung, um sich auf die praktischen Dinge, wie das Herrichten der Wohnung für Mieter, zu konzentrieren. Sie wollte auch die Bedeutung der Karteikarte entschlüsseln, die sie an diesem Morgen auf dem Boden einer Schmuckschatulle gefunden hatte.

Die Frauen in diesem Haus haben das Sagen, die Ehemänner sind überflüssig. Die Männer heirateten in die Geschichte des Ingenieurhauses ein, hatten aber nicht die gleiche Zuständigkeit und Verantwortung. Leitung und Instandhaltung des Ingenieurhauses obliegen den Frauen, die direkt von den ursprünglichen Ingenieuren abstammen.

Meena ließ ihren Gedanken freien Lauf, als sie von der Commonwealth Avenue in die Newbury Street einbog. Nur einen Häuserblock weiter veränderte sich das Straßenbild deutlich und die mit Einkaufstüten beladenen Leute durchstöberten entlang ihres Weges die Speisekarten der zahlreichen

Cafés. In den Ladenfenstern standen Schaufensterpuppen in Sportbekleidung, Abendkleidern und allem, was dazwischenlag. Mit Geschäften in den oberen beiden Etagen und einem Restaurant im Souterrain reihte sich ein niedriges Gebäude ans nächste.

Meena kaufte sich selten Kleidung. Sie brauchte nicht mehr als ein paar Jeans, praktische Yogahosen, T-Shirts, Pullover, ein schwarzes Mehrzweckkleid für formelle Anlässe oder geschäftliche Treffen und eine Jacke. Mit einem Paar Sneaker und ihren robusten Boots kam sie auf den meisten Terrains zurecht, auf denen sie sich bewegte. Wenn sie etwas anderes brauchte, besorgte sie es sich dort, wo sie gerade war, wie ein Kopftuch in einem muslimischen Land oder Handschuhe bei Kälte in Kiew. Wenn sie das Land wieder verließ, verkaufte oder verschenkte sie die Sachen.

Das meiste, was sie besaß, brauchte sie für ihre Arbeit. Zwei Kameras, die bevorzugten Canon-Kameraobjektive mit fünfunddreißig und fünfzig Millimeter Festbrennweite, ihren Laptop mit Ladegerät, Kamera-Akkus, Speicherkarten, externes Blitzkabel, verschiedene Anschlusskabel, externe Festplatten und andere Ausrüstungsgegenstände, die sie kaufen musste, wenn ein Auftrag es erforderlich machte.

Meena blieb vor einem Kosmetikgeschäft stehen. Ihre einzige Schwäche war Make-up. Sie hatte einen kleinen Beutel mit Lippenstiften, Eyelinern, Mascara und Feuchtigkeitscremes. Lipgloss hatte sie immer in ihrer Jackentasche. Sie fühlte sich einfach besser, wenn sie einen Hauch von Farbe auf den Lippen trug.

Ihre Mutter war genauso gewesen. Hannah Dave hatte ihr Schlafzimmer nie verlassen, ohne komplett geschminkt zu sein. Von den sanften Wellen ihrer hellen Haare bis zum Tupfer Chanel Nr. 5 hinter den Ohren war sie immer bereit für Besuch.

»Das ist das Merkmal einer Frau, die auf sich achtet.« Für Hannah war die Zeit, die sie damit verbrachte, sich fertig zu machen, eine Stunde, die ihr allein gehörte und in der sie sich auf ihr Äußeres konzentrierte. Von der gepflegten Haut bis zu den gebürsteten Augenbrauen. Der Duft von Pond's Cold Cream katapultierte Meena immer direkt zurück in jenes Schlafzimmer.

Der Wind peitschte Meena die offenen Haare ins Gesicht und sie strich sie zurück, als sie sich weiter auf den Weg zum Ingenieurhaus machte. Ihre Gedanken wanderten zu Neha. Da es weder Fotos noch andere Informationen im Internet gab, hatte Meena ein wenig Zeit damit verbracht, sich vorzustellen, wie Neha wohl ausgesehen hatte. Sie stellte sich eine stämmige Frau mit krausem Haar vor. In der Wohnung hatte Meena kein Make-up gefunden, nur eine simple Feuchtigkeitscreme, Seife und ein 2-in-1-Shampoo mit Pflegespülung. Nach der Länge der Hosen im Schrank zu urteilen, könnte sie groß gewesen sein und breite Schultern gehabt haben.

Ein flüchtiges Durchsuchen des Apartments ergab nur wenige Hinweise auf die Frau. In ihrem Kleiderschrank befanden sich bunte Pullover, einfarbige Hosen und Röcke. Die Speisekammer war voll mit Lebensmitteln in Dosen und Packungen, der Kühlschrank allerdings leer, doch den hatte wahrscheinlich eine der Tanten ausgeräumt. Die Möbel standen so eng beieinander, dass nur wenig freier Platz blieb, aber die Wohnung war nicht unordentlich.

»Wally, warte!«

Meena wappnete sich, als der Welpe auf sie zustürmte, und verteilte ihr Gewicht auf beide Beine. Aufgeregt und glücklich stürzte der Hund sich auf sie und Meena ging in die Hocke. Sie streichelte und kraulte ihn. »Ja hallo, Wally. Hallo.«

Als Sam vor ihnen stand, schaute sie auf. »Warum büxt er eigentlich ständig aus?«

»Weil ich derjenige bin, der Grenzen setzt, ihn von der Couch jagt und ihn daran hindert, auf Dingen herumzukauen, die nicht sein Spielzeug sind.«

»Och.« Meena kraulte ihn. »Er ist doch so ein Braver.«

»Bei anderen Leuten«, sagte Sam. »Aber eigentlich ist er ein Gauner.«

»Das glaube ich keine Sekunde lang.« Meena stand auf, als Wally von einem Eichhörnchen in einem Baum abgelenkt wurde und es ankläffte.

»Du wirst es nicht schaffen, das Eichhörnchen zu fangen, Wally.« Sam bückte sich und hakte die Leine in Wallys Geschirr ein.

»Warum ist er frei herumgelaufen?«, fragte Meena.

»Weil er Sie gesehen hat und aus dem Garten gerannt ist«, murmelte Sam.

»Aha.«

Bei dem Gedanken, dass der Welpe ihre Nähe suchte, wurde ihr warm ums Herz. Als sie klein war, hatte sie sich immer einen Hund gewünscht, hatte sogar den Weihnachtsmann um einen gebeten. Aber ihr Lebensstil hatte es ihr nie erlaubt, einen Hund zu halten. Sie hatte nicht einmal beständige *Menschen* in ihrem Leben. Nur Zoe, die sie zweimal im Jahr sah. Natürlich kannte sie einige Leute. Sie hatte ein berufliches Netzwerk, frühere Mentoren, Kontakte vor Ort. Sie traf sich mit ihnen, wenn es sich ergab, aber da gab es keine echte Nähe.

»Kommen Sie oder gehen Sie?«

»Ich schlendere herum«, sagte Meena. »Es ist so ein schöner Tag.«

»Wir haben das Wort ›Bleib‹ trainiert.« Sam rüttelte an der Leine. »Nicht wahr, Wally?«

»Ich glaube, es hat nicht geklappt.«

Sam schüttelte den Kopf. »Wollen Sie mit uns eine kleine Runde um den Block drehen? Wally kann noch nicht weit laufen, aber ich hoffe, dass er danach einschläft, damit ich weiterarbeiten kann.«

»Woran arbeiten Sie denn?«

»Im Moment an einer Fernsehsendung«, erzählte Sam. »Das macht Spaß und der Showrunner und die Regisseure haben mir größtmögliche kreative Freiheit eingeräumt. Ich arbeite an einem multidimensionalen Monster, das die Eingangsstelle zu verschiedenen Galaxien ist. Wally, bei Fuß!«

Meena lachte, als der Hund Sam völlig ignorierte.

»Wally!«, rief sie.

Der Hund schaute auf und trottete zu ihr herüber.

»Sie sind wohl der neue schillernde Stern an seinem Hundehimmel«, stellte Sam fest. »Aber ich habe Leckerlis.«

Sie gingen ein Stück und bogen um die Ecke, verließen die Newbury Street in Richtung Beacon Street. Dahinter lag der Storrow Drive und dann der Charles River. In dieser Wohngegend war es ruhig. Donnerstagnachmittags arbeiteten die Berufstätigen, die hier wohnten.

»Hat sich Wally auch immer so gefreut, Neha zu sehen?«, fragte Meena.

Sam zog an der Leine und ging ein Stückchen weiter. »Sie sind sich nie begegnet. Wally war noch nicht einmal geboren, als Neha gestorben ist. Er ist erst zehn Wochen alt und ich habe ihn vor zwei Wochen bekommen. Deshalb liebt und ignoriert er mich abwechselnd.«

»Oh«, sagte Meena. »Ich weiß nicht viel über Hunde.«

»Jetzt ist er noch ein Baby«, erklärte Sam. »Aber er wird mal ungefähr dreißig Kilo wiegen.«

»Ich hoffe, dass er bis dahin Ihre Befehle versteht.«

»Sobald er vollständig geimpft ist, melden wir uns bei der Welpenschule an.«

Sie gingen bis zum Ende des Blocks und bogen dann rechts in die Marlborough Street ein. Der Public Garden lag zu ihrer Linken.

»Wally war ein Geschenk von Neha.« Sam lächelte. »Sie hat mir in ihrem Testament quasi einen Hund vermacht. Seit ich ein kleines Kind war, wollte ich einen haben, aber meine Eltern haben mir immer erklärt, dass das nicht erlaubt sei. Sabinas Familie hat sich ursprünglich um das Haus gekümmert und jetzt ist sie die Verwalterin. Sie ist kein Freund von Chaos und Unordnung, deshalb gibt es in der Hausordnung eine Menge Klauseln.«

»Und Sie sind alle damit einverstanden?«

»Im Großen und Ganzen schon.«

»War es Neha auch?« Aus den Erzählungen hatte Meena geschlossen, dass Neha eine starke Persönlichkeit gewesen war und sich nicht so leicht hatte bevormunden lassen.

»Sie war eine Herausforderung für Tante Sabina. Auch mit der Hundeaktion hat sie sie provoziert. Aus Nehas Testament ging hervor, dass sie bei einem Züchter eine gewisse Summe hinterlegt hatte und ich mir dort einen Welpen aussuchen sollte. Sie hat es so formuliert, dass Sabina nicht Nein sagen konnte. Ich weiß, dass sie es nicht gutheißt, aber sie hat mir nicht direkt gesagt, dass der Hund nicht willkommen sei. Also haben wir es einfach dabei belassen.«

Meena begann, ihn zu verstehen. »Sie suchen sich keine Schlachten aus, Sie überstehen sie einfach.«

Er schenkte ihr ein kleines Grinsen. Grübchen zeichneten sich auf seinen Wangen ab. Dann verfing er sich in der Leine. Meena unterdrückte ein Lachen und half ihm, sich zu befreien.

»Wie war Neha so?«, wollte Meena wissen.

»Auf ungeahnte Weise außergewöhnlich«, verriet Sam. »Sie war so klug, dass ihr Verstand manchmal eine Pause brauchte, und dann hatte sie diese Schübe von Unberechenbarkeit.

Einmal, als ich auf dem College war, kam sie in mein Wohnheim am MIT und bat mich, sie nach Vermont zu fahren. Sie hat Ben & Jerry's Eiscreme geliebt und wollte zu deren Fabrik. Ich habe ihr gesagt, dass es in der Newbury Street einen Ben & Jerry's Laden gäbe, aber davon wollte sie nichts wissen. Und dann haben wir uns im Februar auf eine dreistündige Fahrt gemacht. Für Eiscreme.«

Sam grinste und Meena verdrängte das Gefühl der Anziehung, das sie für ihn empfand. Es überraschte sie. Für Meena lief Anziehung normalerweise auf einen One-Night-Stand hinaus und es war keine gute Idee, sich mit jemandem einzulassen, dem sie immer wieder über den Weg laufen würde.

»Neha scheint ein guter Mensch gewesen zu sein«, sagte sie.

»Sie hatte ihre Phasen.« Sam wandte den Blick ab. »Und sie war auch eigen. Ein typisches Beispiel ist Wally. Neha wollte, dass ich einen Hund bekomme, weil sie mich gernhatte, und gleichzeitig wollte sie es Sabina noch einmal heimzahlen.«

»Waren Sie beide gute Freunde?«

»In gewisser Weise. Sie ist mit meiner Mutter aufgewachsen. Meine Eltern haben vor mir hier in meiner Wohnung gewohnt. Jetzt leben sie in Deutschland bei meinem Bruder und seiner Familie. Ich bin aus L. A. zurückgekommen, um hier einzuziehen. Für mich war sie immer Tante Neha, aber in den letzten Jahren wurden wir auch Freunde. Sie mochte Menschen, die Dinge für sie übernahmen, die sie nicht selbst erledigen wollte.«

»Hat sie allein gelebt?« Meena fragte sich, ob Sam Nehas Mann kannte oder den Grund, warum er sie verlassen hatte.

»Sie brauchte nicht viele Leute um sich«, erzählte Sam. »Nicht einmal mich, es sei denn, zu ihren Bedingungen. Sie konnte immer nur eine gewisse Zeit ohne ihre Arbeit und ihre Bücher verbringen.«

»Sie hat eine riesige Sammlung.«

Sam nickte und richtete seine Aufmerksamkeit auf Wally. Er zog ihm behutsam einen heruntergefallenen Ast aus dem Maul, der dreimal so groß war wie der Hund.

Meena spürte, dass Sam nicht mehr über Neha reden wollte. »Sie haben die Wohnung von Ihren Eltern gekauft?«

Sams Stimme klang zögerlich. »Nein. Ich habe sie bekommen. Die Wohnungen im Ingenieurhaus sind nur in gleicher Linie vererbbar und können lediglich an die anderen Eigentümer verkauft werden, das heißt, sie gelangen nie auf den Markt. Das älteste Kind bekommt die Wohnung, wenn es fünfundzwanzig wird.«

»Aber die anderen Frauen, die Tanten, wohnen doch noch in ihren Apartments.«

»Das ist eine Formsache. Die Kinder können entscheiden, wann sie die Wohnung übernehmen wollen.«

»Es gibt keine feste Regel?«

»Wollen Sie sich mit mir unterhalten oder mich ausfragen?«

Meena lächelte. »Gewohnheit. Ich stelle immer viele Fragen.«

»Dann passen Sie gut zu den Tanten«, meinte Sam. »Wally, aus!« Er zerrte eine zerknüllte Serviette aus Wallys Maul.

»Hatte Neha Geschwister oder Kinder?«, hakte Meena noch einmal nach.

Sam warf ihr einen Blick zu und schaute dann weg. »Nein.«

Meena bohrte weiter. »Glauben Sie, Neha hat mir die Wohnung aus einer Laune heraus vermacht? Oder aus Versehen?«

Sam schwieg und konzentrierte sich darauf, Wally beizubringen, wie man an der Leine lief.

Meena spürte, dass er etwas zurückhielt, und versuchte es erneut. »Wenn die Wohnungen in der Familie bleiben sollen ...«

»Sie hatte niemanden, an den sie sie hätte weitergeben können«, sagte Sam. »Ihre Eltern leben in Afrika und sie hatte keine
weitere Familie.«

Er klang so bestimmt, dass Meena ihre Vermutungen über
ihre Beziehung zu Neha infrage stellte. Wenn Neha und sie nicht
biologisch verwandt waren, warum sollte Neha dann Meena ihr
Zuhause vererben? Etwas ging ihr nicht aus dem Kopf. Sam
hatte gesagt, Neha sei eigen gewesen. Nutzte sie Meena als eine
Art Zündstoff in der Hausgemeinschaft? Wie den Hund, der
nicht erlaubt gewesen, aber posthum verschenkt worden war?

Als sie nach rechts abbogen und sich ihrem Haus näherten,
rannte Wally wie ein Derwisch um Meena herum, die sich in
seiner Leine verhedderte. Sam hielt sie mit einem Arm fest,
damit sie nicht das Gleichgewicht verlor, und ein paar Sekunden
lang spürte Meena ein Gefühl von Verlegenheit, Geborgenheit
und Zuneigung. Sie schauten sich an und plötzlich hatte sie
das Gefühl, ihn viel besser zu kennen, als sie es tatsächlich tat.
Meena befreite sich von der Leine.

»Wann geht's zur Welpenschule?«, fragte sie.

»Nicht früh genug«, antwortete Sam. »Wir müssen noch
eine Menge lernen, nicht wahr, du kleines Biest?«

Meena erhöhte ihr Tempo, um sich von dem seltsamen
Kribbeln an der Stelle an ihrem Arm abzulenken, an der Sam
sie festgehalten hatte. Als sie die Treppe zum Haus erreichten,
rief Tanvi ihnen zu. »Da seid ihr beide ja. Seid ihr spazieren
gegangen? Ist der Herbst nicht romantisch?«

KAPITEL 7

Tanvi hielt kegelförmige Kerzenständer in der Hand und Uma kam mit weiteren aus der Haustür.

»Wartet mal kurz, Tanten. Meena, können Sie Wallys Leine nehmen?« Sam drückte ihr die Leine in die Hand, lief die Treppe hinauf, um den Tanten die Kerzenständer abzunehmen und sie auf jede Stufe neben die Kürbisse zu stellen.

»Danke, Sameer.« Sabina kam mit einer Schachtel voller Dekorationsartikel heraus. »Wir haben dich schon gesucht.«

»Wally musste raus«, sagte Sam.

Beim Hören seines Namens bellte Wally und versuchte, auf die Stufe zu klettern, um an einem Kürbis zu knabbern. »Nein.« Meena zog ihn sanft zurück. Sein Geschirr spannte, als er versuchte, zu den anderen Kürbissen zu gelangen. Sie ging in die Hocke und kraulte ihn unterm Kinn, bis er sich auf den kalten Weg setzte.

»Wir haben auch bei Ihnen geklopft, Meena.« Tanvi deutete auf Meena und Sam. »Ich wusste nicht, dass ihr zusammen wart.«

»Das sind … äh … waren wir auch nicht«, erklärte Meena. Tanvi und Uma zogen die Augenbrauen hoch.

»Wir haben uns nur zufällig getroffen. Sind uns praktisch über den Weg gelaufen.« Meena verstummte. Es kam selten vor, dass sie sprachlos oder unbeholfen war, aber diese Frauen schienen anzudeuten und anzunehmen, dass zwischen Sam und ihr etwas lief, und das ließ sie vorsichtig werden.

»Seien Sie nicht so verlegen. Gegen einen gemeinsamen Spaziergang ist doch nichts einzuwenden«, meinte Tanvi. »Das sollten mehr Leute tun. Besonders an einem so schönen Tag wie heute. Ich liebe die Farben und das Rascheln der heruntergefallenen Blätter, wenn man durch sie hindurchläuft. Man sagt, der Frühling sei die perfekte Jahreszeit für Verliebte. Ich bin da anderer Meinung. Erst die vorwinterliche Gemütlichkeit weckt die Sehnsucht danach, sich an jemanden zu kuscheln.«

Meena weigerte sich, auf das einzugehen, was Tanvi gerade gesagt hatte, und kraulte stattdessen mit Hingabe Wallys Bauch. Sam schwieg ebenfalls und beschäftigte sich mit der Schachtel voller Dekorationsartikel.

»He, Poetin!«, rief Uma. »Hör auf zu quatschen und häng die Spinnen auf.«

Tanvi seufzte und griff nach ein paar Dekosachen.

»Sam.« Uma hielt glitzernde Keramikgespenster hoch. »Kannst du die neben den Türen aufhängen? Ich komme da nicht hin.«

Sam hängte die Gespenster an die Eisenlaternen zu beiden Seiten der Haustüren.

Der Welpe wurde müde und ließ sein Kinn auf Meenas Füße sinken. Sie setzte sich auf den Boden, erschrak, wie kalt der Beton war, und streichelte Wally, während sich seine kleinen schwarzen Augen langsam zum Schlafen schlossen. Sie hatte sich noch nie um jemanden oder etwas so Kleines gekümmert und Sam hatte ihr dieses kleine Fellknäuel anvertraut. Sie lächelte; es war schön, um Hilfe gebeten zu werden. Besonders, wenn es sich um solch eine einfache und angenehme Aufgabe handelte.

Meena zog Wally auf ihren Schoß. Er schnupperte ein wenig, bevor er sich niederließ.

»Ich kann ihn reinbringen«, bot Sam an.

»Schon gut.« Meena streichelte Wallys weiches Fell.

»Meena, Sie und Sam sind für den heißen Apfelsaft und die kleinen Pappbecher zuständig«, erklärte Sabina. »Ich teile Ihnen eine gemeinsame Aufgabe zu, da Sie noch neu sind.«

»Sorgt dafür, dass die Becher aus recycelter Pappe sind«, fügte Uma hinzu.

Meena schaute Sam an und wartete auf eine Erklärung.

»Für Halloween.« Sam gestikulierte in Richtung der Häuser auf beiden Seiten des Ingenieurhauses. »In diese Straße kommen viele Kinder aus der ganzen Stadt. Der Häuserblock ist bekannt für seine Dekorationen und die vielen Süßigkeiten, die es hier zu holen gibt.«

»Jedes Jahr haben wir im Ingenieurhaus ein Thema«, erklärte Sabina. »Wir sind am Abend von sechs bis acht Uhr draußen und verteilen Süßigkeiten und heiße Getränke an Kinder und Eltern.«

Das Haus und der Garten verwandelten sich nach und nach in ein Gruselanwesen, wenn es dabei auch seine gewisse Vornehmheit nicht verlor. Einfache Spinnweben aus Baumwollfäden oder Gespenster aus Bettlaken suchte man vergebens. Die Dekoration sah teuer aus, war aus Glas und nicht aus Plastik, und Bänder ersetzten Luftschlangen. Sam hängte orangefarbene und weiße Lichterketten in die Bäume und Sabina wickelte lilafarbene um das Geländer. Tanvi setzte große Hexenhüte aus Seide auf die Hecken, die als Zaun auf beiden Seiten des mittleren Weges dienten. Uma hängte einen schwarzvioletten Kranz mit kleinen Keramiktotenköpfen an eine der Türen.

Meena wünschte sich, sie hätte ihre Kamera dabei. Stattdessen zückte sie ihr Handy und machte Fotos, während die anderen mit ihrer Arbeit fortfuhren. Die Art und Weise, wie sie sich gemeinsam bewegten, plauderten und sich gegenseitig über Höhe und Ausrichtung der Dekoration rückversicherten, hatte etwas Rhythmisches an sich. Beiläufig wurde sich berührt, eine Hand auf Tanvis Rücken, als Uma vorbeiging, ein Klaps auf Sams Schultern von Sabina. Sie lächelten und lachten. Uma sprang mit einem lauten »Buh« vor Sam und der tat so, als hätte er sich zu Tode erschreckt.

»Wenn ich gewusst hätte, dass ich fotografiert werde«, prustete Tanvi, »hätte ich mir die Haare gemacht.«

»Sie sehen fabelhaft aus. Ist es okay, wenn ich ein paar Fotos von dem Spaß hier mache?« Meena hätte vorher fragen sollen, aber der Drang, die Szene festzuhalten, hatte sie spontan handeln lassen.

»Mir macht es nichts aus«, gab Tanvi zurück. »Ich bin gern Model, weil ich von Natur aus schön bin.«

»Wann ist dein nächster Friseurtermin?«, fragte Uma. »Um dein Haar wieder in seine ursprüngliche Farbe umzufärben.«

Tanvi streckte Uma die Zunge heraus und Meena hielt es im Bild fest.

»Das will ich sehen.« Tanvi kam herüber.

Meena hielt ihr das Handy hin.

»Die sind unglaublich.« Tanvi wischte mit den Fingern über den Bildschirm, um sich weitere Fotos anzuschauen. »Es steckt so viel in jedem einzelnen Bild. Das ist Kunst.«

Meena schwoll vor Stolz das Herz in der Brust. »Danke schön.«

»Sie könnten sie ausdrucken«, meinte Tanvi. »Veröffentlichen.«

Es waren ganz ungezwungene, lustige Aufnahmen von Leuten, die ihrem Tagewerk nachgingen. Vielleicht gab es hier irgendetwas über die drei und dieses Haus herauszufinden.

»Wir haben Sie gefunden«, sagte Uma. »Ihr Instagram-Account ist großartig. Sie waren ja schon überall auf der Welt. Ich möchte einige Ihrer Reportagen in einem meiner Kurse an der BU einbauen, vor allem Ihre Arbeit zum Thema Klimawandel und Ökotourismus.«

»Das freut mich.«

»Sind Sie Fotografin?«, fragte Sam.

Es machte sie glücklich, dass er keine Nachforschungen über sie angestellt hatte. Ihr gefiel die altmodische Art des Kennenlernens, bei der man sich nach und nach ein Bild vom anderen machen konnte, anstatt sich gegenseitig vorab zu googeln.

»Fotojournalistin.« Uma stupste ihn an. »Du solltest dir ihre Arbeiten ansehen, Sam.«

Meena wusste, was als Nächstes kam. Fragen darüber, wo sie gewesen war, was sie getan hatte, wohin sie gehen würde. Sie nahm Wally auf den Arm und stand auf. »Ich glaube, er braucht ein richtiges Nickerchen. Ich kann ihn mit reinnehmen.«

»Gehen Sie einfach in meine Wohnung. Die Tür ist nicht abgeschlossen«, sagte Sam. »Seine Hundebox steht im Wohnzimmer. Machen Sie sie bitte zu, damit er nicht wegkann.«

»Alles klar.« Es fühlte sich komisch an, einfach in Sams Wohnung zu gehen, aber es würde die Aufmerksamkeit von ihr ablenken.

»Vergessen Sie nicht die Becher«, erinnerte Uma Meena. »Sam wird den Apfelsaft besorgen. Sabina hat eine silberne Kanne dafür.«

Meena nickte, als sie die Treppe hinaufging. »Das sieht alles toll aus.«

»Es wird nicht dasselbe sein«, meinte Tanvi. »Ohne Neha.«

Meena blieb stehen. »Hat sie Ihnen immer beim Dekorieren geholfen?«

Tanvi lachte. »Nein. Sie spielte gern einen lebendigen Geist, indem sie an ihrem Fenster saß und ihr Gesicht langsam näher an die Scheibe bewegte, wenn Kinder kamen. Mit ihrer weißen Schminke, den roten Lippen und der langen schwarzen Perücke hat sie es geliebt, sie zu erschrecken.«

Tanvis Augen glänzten und ihre Stimme zitterte, als sie davon erzählte. Alle hielten mitten in ihrem Tun inne. Sabina drückte Tanvis Hand, um sie zu trösten.

»Es tut mir leid, dass Sie sie verloren haben.« Das war ein einstudierter Satz, einer, den Meena selbst jedes Mal hörte, wenn jemand von ihrem eigenen Verlust erfuhr. Sie wusste nicht, was sie sonst sagen sollte, aber sie fühlte mit ihnen. Diese Frauen hatten Neha gemocht und vermissten sie.

Tanvi fasste sich wieder. »Na, jetzt sind Sie ja hier. Und Sie werden die Becher besorgen.«

Meena nickte. »Und ich sorge dafür, dass sie recycelt sind.« Sie ging ins Haus und legte einen schlummernden Wally in seine Box, bevor sie den Flur überquerte. Sie hatte Sams Wohnzimmer kaum wahrgenommen; es fühlte sich zu aufdringlich an. Zurück in ihrer Wohnung ging Meena zu den Fenstern und stellte sich eine Frau vor, die sich einen Spaß daraus machte, Kinder an Halloween zu erschrecken.

Meena legte ihre Schlüssel auf den kleinen Konsolentisch und ihr Blick fiel auf ein Buch. Es war winzig, Hosentaschenformat. »Einstein's Dreams«. Der senffarben-schwarze Einband war schlicht. Sie nahm das Buch in die Hand und blätterte es mit dem Daumen durch. Dann entdeckte sie einen gefalteten dünnen Briefpapierbogen im viktorianischen Stil. Sie faltete den Zettel auseinander und erkannte Nehas Handschrift.

Ich arbeite in einer farblosen Umgebung. Mein Schreibtisch ist leer, bis auf das, was ich für meine Arbeit brauche: Kulis, Bleistifte, Textmarker, Karteikarten, Büroklammern und so weiter. Die Stille ist manchmal ziemlich ohrenbetäubend, perfekt für die einsame

Arbeit der Bestimmung der Definition eines Wortes, der Wortarten und der Wurzeln.

Meine Arbeit ist mein Leben, und meine Leidenschaft ist es, sie gut zu machen und mich ständig zu verbessern. Diese Woche lerne ich Isländisch. Ich bin fasziniert von der Konstruktion der Wörter. Gluggaveður. Aus den letzten fünf Buchstaben kann auf das Wetter geschlossen werden. Es handelt sich um eine alte Wortwurzel. Die wörtliche Übersetzung lautet jedoch »Fensterwetter«. Ich war über diese Entdeckung sehr erfreut.

Meena konnte das nachvollziehen. Die Stille war ohrenbetäubend und in diesem Moment erst recht. Wie für Neha war auch für Meena die Arbeit ihr Leben. Aber in letzter Zeit hatte sie das Gefühl, dass das nicht genug war. Die Begeisterung über einen neuen Ort, die Entdeckung einer neuen Geschichte, das Dokumentieren eines Augenblicks – das forderte sie heraus und trieb sie an. Doch in den letzten Jahren hatte sie auch ein wachsendes Gefühl der Leere gespürt. Wenn sie ehrlich zu sich selbst war, fehlte ihr etwas, obwohl sie nicht wusste, was es war.

Was sie allerdings wusste, war, dass sie für diese eine Woche alles auf Eis legen würde, um in Boston zu bleiben, Nehas Sachen durchzuschauen und dann weiterzuziehen. Aber sie spürte bereits einen Drang, mehr zu erfahren, vor allem, was diese Notizen bedeuteten.

KAPITEL 8

Clifton Warney hatte nichts Lässiges an sich. Selbst die dezenten Nadelstreifen auf seinem dreiteiligen schwarzen Anzug passten zu der rosafarbenen Seidenkrawatte.

»Das ist großartig.« Clifton stand dort, wo der Essbereich ins Wohnzimmer überging. »Wenn Sie erst einmal alles ausgeräumt haben, werden die Leute für diese Wohnung Schlange stehen. Allein die Lage wird Ihnen einen guten Preis einbringen, auch wenn sie nur ein Schlafzimmer hat, was den Kundenkreis einschränkt. Aber sie ist ideal für ein junges Paar.«

»Alles?« Meena hatte gehofft, die Einrichtung vorerst behalten zu können. Sie hatte keine Zeit für eine große Entrümpelung und wusste ehrlich gesagt nicht einmal, wo sie anfangen sollte. »Ein bisschen habe ich schon organisiert, aber ich habe nicht viel Zeit. Am Dienstag werde ich in New York erwartet.«

»Dann bleibt Ihnen nur noch dieses Wochenende.« Clifton zückte sein Handy. »Ich kann Ihnen eine Firma empfehlen, die alles zusammenpackt und einlagert.«

Das würde zusätzliche Kosten verursachen. »Sie sagten etwas von einem möglichen Mietbeginn im Januar.« Meena würde einen Mietvertrag für ein ganzes Jahr abschließen müssen, was bedeutete, dass sie erst am Ende des folgenden Jahres verkaufen könnte.

»Ja«, sagte Clifton. »Das heißt, Sie müssen die Wohnung so schnell wie möglich ausräumen, damit ich sie im November auf den Markt bringen und noch vor den Feiertagen einen Vertrag abschließen kann.«

Meena ging im Geiste ihren Terminkalender durch. Sie hatte geplant, bis Mitte November in New York zu sein. Und sie hatte dem Magazin *Gramophone* einen Artikel über das Bach-Festival in Montreal Anfang Dezember angeboten, bevor sie nach London reisen würde. Je nachdem, wie ihre Redaktionssitzungen verliefen, konnte sie Anfang November für eine Woche zurückkommen. »Was ist, wenn die Wohnung bis Mitte November ausgeräumt ist?«

Clifton schürzte die Lippen und tippte sich mit dem Finger gegen das Kinn. »Lassen Sie mich mal schauen, was verfügbar ist und wie umkämpft der Markt in dieser Gegend ist. Wir reden hier nicht von College-Studenten, was ein Leichtes wäre, aber internationale Doktoranden könnten vielleicht viertausend Dollar pro Monat aufbringen.«

Meena lachte. »Ist das Ihr Ernst?«

»Wenn Sie die Wohnung ausräumen und schnell die Böden polieren, können wir das für diese Lage bekommen.«

»Und wenn ich sie verkaufen würde?«

Clifton kniff die Augen zusammen. »Sie müssten einen Gutachter kommen lassen, aber grob geschätzt, wenn Sie die Küche auf den neusten Stand bringen und die Wände streichen, würde ich sagen etwa zweieinhalb bis drei Millionen Dollar. Und wenn Sie dann noch ein bisschen mehr Eigenleistung hineinstecken und zum Beispiel die Einbauregale herausreißen, könnten Sie sogar noch mehr bekommen.«

Meena stützte sich an der Rückenlehne des Sofas ab. Dieses Geld würde ihr Leben verändern. Sie musste nachdenken, alles verarbeiten. Ja, die Wohnung war geräumig und ihr war klar gewesen, dass sie einiges wert sein würde. Aber mit so viel hatte sie nicht gerechnet. »Ich ... okay. In zwei Tagen fliege ich wie gesagt nach New York. Kann ich mich Anfang nächster Woche bei Ihnen melden? Dann weiß ich genauer, wann ich zurück-komme und die Wohnung ausräumen kann.«

Er nickte. »Wenn Sie daran denken zu verkaufen ... diese Art von Wohnung kommt nicht so oft auf den Markt.«

Meena wusste nicht, ob sie überhaupt einen Makler brauchte, da sie nur an Eigentümer in diesem Haus verkaufen konnte. »Ich glaube, ich muss über vieles erst mal nachdenken.«

Als sie ihn hinausbegleitete, kam Uma gerade die Treppe herunter.

»Wer war das?« Sie kam direkt zur Sache.

»Wohin gehen Sie?«, stellte Meena eine Gegenfrage.

»Zur Sprechstunde«, murmelte Uma. »Die Studierenden werden Schlange stehen, um für die Zwischenprüfungen so viele Informationen wie möglich zu bekommen. Hatten Sie Besuch?«

»Oh, äh, nein.« Meena schüttelte den Kopf. »Er hilft mir bei etwas.«

»Bei was?«, wollte Uma wissen.

Meena war nicht bereit, näher darauf einzugehen. »Ach, es geht um die Wohnung.«

»Hm. Haben Sie das mit Sabina besprochen?«

»Warum?«

Uma seufzte. »Ich habe jetzt keine Zeit, aber sie hat das Sagen, und wenn Sie etwas in der Wohnung verändern wollen, zum Beispiel renovieren, dann brauchen Sie ihr Einverständnis.«

Meena ballte die Hände zu Fäusten, drückte fest und lockerte sie wieder, um den aufsteigenden Frust zu verdrängen, während Uma die Haustür öffnete und hinausging. Die kleine Frau war in eine braune Jacke gemummelt und eine sperrige Umhängetasche stieß gegen ihren Oberschenkel, als sie die Außentreppe hinuntereilte. Meena schloss die Haustür, bevor sie zurück in ihre Wohnung ging.

Sie gab dem Drang nach und löste ihren Dutt. Das lange, dicke Haar fiel herab. Sie zupfte ein paar Strähnen heraus und begann, sie umeinanderzuwickeln. Es war eine schlechte Angewohnheit, denn die Miniaturzöpfe bildeten schwer zu entwirrende Knoten. Das hatte sie schon als Kind gemacht, wenn sie für etwas Kompliziertes wie Chemie lernte oder nervös war oder nachdenken musste. Wann immer Meenas Mutter sie dabei erwischte, nahm sie sanft ihre Hände aus den Haaren und gab ihr etwas anderes zum Festhalten, zum Beispiel ein Glas Wasser oder einen Bleistift.

Aber Hannah war nicht hier, schon lange nicht mehr, und manchmal musste Meena dem Drang einfach nachgeben. Die Möbel, Bücher, Lampen, Schachteln, Schmuckstücke, Gemälde, Vasen, Kerzen schienen immer näher zu kommen. Es war gerade genug Platz, um zu stehen und sich durch das Sammelsurium zu bewegen. Sie hatte keine Zeit für das hier. Sie hatte für Sonntagnachmittag einen Flug gebucht und anderthalb Tage reichten nicht aus, um in dieser Wohnung auch nur das Geringste zu ändern.

Meena lehnte sich an den Kaminsims und starrte auf die Bücherstapel auf dem Schreibtisch vor den Fenstern. Und dann waren da noch die Karteikarten und Zettel. Es mussten noch mehr sein als die paar, die sie bisher gefunden hatte. Kleine Mitteilungen von einer Toten mit möglichen Hinweisen auf Meenas eigene Geschichte. Wenn sie alles in Kisten verstaute, würde sie vielleicht nicht alle finden.

Meena ließ ihr Haar los. Die Frage war nicht, ob sie vermieten oder verkaufen oder in ihr Leben zurückkehren wollte. Sie musste herausfinden, ob sie mehr wissen wollte, als dass sie und Neha auf irgendeine Weise miteinander verbunden waren. Eigentlich sollte das genügen. Es gehörte zur Vergangenheit, die man nicht mehr ändern konnte.

Und doch …

KAPITEL 9

Von einem Keramikigel zu Fall gebracht. Während ihrer beruflichen Laufbahn hatte Meena Dave ihr Objektiv auf angreifende Stiere in Barcelona gerichtet, sich selbst auf den Gipfel des Denali geschleppt und war einer Gruppe von Extrem-Kajakfahrern in Costa Rica gefolgt. Von der Mawlid al-Nabi in Kairo bis zu den schwindenden Gletschern am Kilimandscharo, von Tasmanien bis Transsilvanien – sie hatte alles mit höchstens ein paar Kratzern überlebt.

Eine Woche in dieser Wohnung und sie war unvorsichtig geworden. Der sie durchzuckende Schmerz in ihrem Handgelenk erinnerte sie daran, stets wachsam zu sein, aber der Papierfetzen, den sie bei der hellgrünen Figur ganz oben im Bücherregal entdeckt hatte, hatte sie in Versuchung geführt. Sie war geschickt genug, jedenfalls dachte sie das, um die eingebauten Regale mit Zehen und Fingerspitzen zu erklimmen, und hatte nicht damit gerechnet, dass ihr Fuß abrutschen würde, als sie nach dem Papier griff.

»Meena, alles okay?« Sam klopfte an die Tür. »Ich habe ein Krachen gehört. Ihre Tür ist abgeschlossen.«

Der Schmerz in ihrem Handgelenk verwandelte sich zu einem Pochen. Meena lag auf dem schmalen Stück Boden zwischen dem blauen Sessel und den Einbauregalen. Grüne Keramikscherben um sie herum. »Mir geht's gut.«

»Ich habe einen Ersatzschlüssel«, rief Sam. »Warten Sie.«

Natürlich hatte er einen. Ihr war aufgefallen, dass Sam seine Tür normalerweise einen Spalt offen ließ und die Tanten nur kurz anklopften, bevor sie zu ihm hineingingen.

Meena drückte ihr linkes Handgelenk an den Körper. Die Stelle war blutunterlaufen und schwoll an. Der Schmerz strahlte von den Fingerspitzen bis zur Schulter aus. Meena lag reglos da und starrte an die Decke. Der Kristallleuchter war zu modern, zu elegant für diesen Raum.

Scheibenkleister! Meena setzte sich auf und umklammerte ihr Handgelenk. Ihr Flug ging in vier Stunden. Sie brauchte Eis und Aspirin. Meena sah sich die Scherben an und achtete darauf, dass sie sich nicht auch noch an der anderen Hand Schnittwunden zuzog, als sie den Zettel, ihr ursprüngliches Ziel, herauszog. Auf dem Boden entrollte sie ihn und hoffte, die vertraute und präzise Schrift zu erblicken.

Igel haben einen gemeinsamen Stammbaum mit Spitzmäusen. Ich habe noch nie welche in echt gesehen und kenne sie nur von Fotos. Ihre Stacheln sind spitz, aber nicht giftig. Sie rollen sich zusammen, wenn sie mit Unbekanntem konfrontiert werden. Ich kann das nachvollziehen.

Dieser Zettel war nicht hilfreich und die Verletzung, die sie sich an ihrem Handgelenk zugezogen hatte, eindeutig nicht wert.

»Meena, ich komme rein.« Sam entdeckte sie auf der anderen Seite des Raumes. »Oh nein, was ist passiert?«

»Igel.«

»Haben Sie sich den Kopf angestoßen?«

Meena schob den Zettel in die Gesäßtasche ihrer Jeans. »Nein, ich wollte nach etwas greifen und bin dabei abgerutscht.«

»Lassen Sie mich mal schauen.« Sam hockte sich hin.

»Mir geht's gut.«

»Das Handgelenk ist total geschwollen«, sagte er.

»Das sehe ich.« Sie seufzte und versuchte aufzustehen, wobei sie sich mit der unverletzten Hand auf dem Boden abstützte, um das Gleichgewicht zu halten. Obwohl sie verschiedene Positionen ausprobierte, fand sie keinen Halt, um wieder auf die Beine zu kommen. Meena verlagerte erneut das Gewicht und stöhnte auf, als der Schmerz ihren Arm durchzuckte. Frustriert blieb sie sitzen. »Ich brauche so etwas wie ein Kühlpad.«

»Sie müssen in die Notaufnahme«, riet Sam. »Das könnte gebrochen sein.«

»Ich habe keine Zeit.« Meena griff mit ihrer unverletzten Hand nach der Sessellehne und hievte sich hoch. »In ein paar Stunden geht mein Flug.«

Sam stand mit ihr auf. Er trug eine graue Jogginghose und einen schwarzen, langärmeligen Pullover mit dem Bild eines Roboters aus »WALL-E« darauf. »Ich fahre Sie, damit das untersucht werden kann. Die Notaufnahme der Tufts-Klinik ist ganz in der Nähe.«

Meena wollte das nicht auch noch auf ihre To-do-Liste setzen.

»Ich werde es schon hinkriegen«, meinte sie.

Er trat zurück und gab ihr Raum. Sie konnte die Sorge in seinen dunkelbraunen Augen sehen. Gleichzeitig wusste sie es aber zu schätzen, dass er sie nicht drängte.

»Ich kann mir ein Taxi rufen.« Meena griff nach ihrem Handy.

»Wenn Ihnen das lieber ist ...«

Wie wäre es, einfach Hilfe anzunehmen? Meena war nicht der Typ dafür. Im beruflichen Umfeld griff sie zwar oft auf ein Netzwerk von anderen Fotojournalisten, Redakteuren, Fremdenführern, Assistenten und Fachleuten vor Ort zurück, aber im privaten Bereich regelte sie die Dinge immer selbst. Sam war zwar nett, aber sie wollte keine Belastung für ihn sein. Allerdings ließ sie sich von ihm helfen, ihre Sachen zusammenzusuchen, bevor sie hinausging, um auf das Taxi zu warten. Zuvor schenkte sie ihm noch ein aufmunterndes Lächeln und verbarg dahinter den Schmerz. »Ich bin gleich wieder da und mir sicher, dass es nur eine Verstauchung ist.«

* * *

»Ihre Röntgenbilder zeigen eine Colles-Fraktur«, sagte Dr. Yan. »Das ist nicht ungewöhnlich, wenn man auf die Hand fällt. Die Fraktur ist im Bereich der Metaphyse des distalen Radius mit Dislokation nach dorsal.«

»Ich habe keine Ahnung, was das bedeutet.« Meena lehnte mit dem Rücken am Behandlungstisch und drückte ihr Handgelenk an die Brust.

»Sehen Sie das hier?« Dr. Yan drehte ihr Tablet, um Meena die Röntgenaufnahme zu zeigen. »Dieser kleine Riss in Ihrem Handgelenk ist die Hauptverletzung.«

Ihr erster Knochenbruch überhaupt. Sie wusste, dass die Schwellung schlimm werden würde, aber sie hatte gehofft, dass es sich nur um eine schwere Verstauchung handelte. »Was geschieht jetzt?«

»Wir werden eine geschlossene Reposition durchführen, um die Knochen an Ort und Stelle zu bringen, und Ihnen dann von der Handoberseite bis zum Ellbogen einen Gips anlegen.«

»Wie lange wird das dauern?« Die Zeit lief. Sie hatte bereits auf die Röntgenbilder gewartet. »Mein Flug geht in zwei Stunden.«

»Das wird nicht möglich sein«, erklärte Dr. Yan.

Meena legte ihren Kopf an die Rückenlehne des Untersuchungstisches und schloss die Augen. Sie wollte den

Termin nicht noch einmal verschieben. Alles war organisiert. Ein von Clifton empfohlenes Umzugsunternehmen sollte Mitte der Woche alles in ein Lager bringen. Gegen Ende der Woche würde eine Reinigungsfirma kommen und dann würde die Wohnung zur Vermietung angeboten werden. Meena hatte geplant, alles, einschließlich des Mietvertrags, von unterwegs aus zu erledigen.

Sie hatte ihren Frieden gefunden und beschlossen, dass es am besten war, mit der Angelegenheit ganz sachlich umzugehen. Es genügte zu wissen, dass Neha ihr das Apartment hinterlassen hatte. Die Notizen waren eine nette Ablenkung gewesen, aber das war alles. Meena wollte nicht, dass sie mehr bedeuteten. Sie hatte ein Leben, eine berufliche Karriere. Das waren ihre Prioritäten.

Dann hatte sie den Zettel gesehen, der aus dem Maul des Igels ragte.

Das Pochen ließ nach, als das Lokalanästhetikum wirkte. Ihr Handgelenk und ihre Hand waren noch geschwollen, als hätte jemand Luft in einen Latexhandschuh geblasen. Dunkle Flecken zogen sich ihren Arm hinauf bis über den Ellbogen und sie konnte die Finger nicht bewegen. »Kann ich meine Kamera bedienen?« Selbst wenn sie sich nur auf den Autofokus verließ, bestand die Schwierigkeit darin, die Kamera zu halten und zu bedienen, während sie gleichzeitig mit den vielen anderen Ausrüstungsgegenständen jonglierte, die sie für einen Auftrag brauchte – selbst für einen Auftrag, der normalerweise nicht körperlich herausfordernd war.

»Wahrscheinlich nicht in den nächsten Tagen wegen der Schmerzen. Sobald der Schmerz nachlässt, sollte es aber gehen, da Sie Rechtshänderin sind«, sagte Dr. Yan. »Ich empfehle Ihnen, jetzt nicht durch die Gegend zu fliegen. Sobald wir Sie entlassen, fahren Sie bitte nach Hause. Ruhen Sie sich ein paar Tage aus und schauen Sie dann, wie Sie sich fühlen.«

Ein paar Stunden später, als ihr Flug wahrscheinlich gerade in LaGuardia landete, betrat Meena mit Schmerztabletten in der Hand ihre Wohnung.

Die Tür war nicht abgeschlossen gewesen und das Erste, was Meena auffiel, war, dass die Keramikscherben weggefegt waren. Wahrscheinlich Sam. Sie setzte sich auf die Couch, streckte die Beine aus und legte die Füße auf den Couchtisch. Sie wollte weg, zurück in ihr Leben als selbstbestimmte Jobnomadin. Aber trotzdem hatte sie nach einem weiteren Zettel gegriffen.

KAPITEL 10

»Verflixt und zugenäht!« Meena war vierunddreißig und gebrauchte beim Fluchen immer noch keine Schimpfwörter, weil sie Angst hatte, ihre Mutter zu enttäuschen.

Sie hatte eine Tasse Tee zubereiten wollen, aber mit nur einer einsatzfähigen Hand stieß sie das heiße Wasser um, als sie den Teebeutel mit den Zähnen aufriss. Obwohl die Keramiktasse auf den Boden fiel, blieb sie weitgehend unversehrt. Der Henkel hatte nicht so viel Glück gehabt und lag in Scherben.

Sie lehnte sich mit dem Rücken gegen den Edelstahlkühlschrank und hielt sich den Arm. Es war schon drei Tage her, dass sie sich das Handgelenk gebrochen hatte. Die meiste Zeit davon hatte sie geschlafen. Gelegentlich wurde sie von Sam geweckt, der mit einem Kühlpad an ihre Tür klopfte, oder von einer der Tanten, die ihr Essen brachte. Es hatte ein nebulöses Gespräch mit Sabina über die Abbestellung der Möbelpacker und Reinigungskräfte gegeben, dem sie nachgehen musste. Aber das war in Ordnung; es würde ihr sogar Geld sparen, wenn sie alles selbst machte. Sobald sie die Schmerzen in den Griff bekam. Alles tat ihr weh – der Arm, die Schulter und der Rücken vom Schlafen auf der Couch. Aber sie konnte nicht in Nehas Bett schlafen. Es war besser, Distanz zu wahren, auf dem Sofa zu bleiben und sich daran zu erinnern, dass der Aufenthalt hier nur vorübergehend war. Sie lehnte den Kopf zurück. Ihre Haare, die sie nicht hochstecken konnte, verfingen sich in irgendetwas, und sie riss sie heraus. Jetzt schmerzte auch noch ihre Kopfhaut.

Meena schluckte die aufsteigenden Tränen hinunter.

»Dein Leben ist so ausgefüllt, Meena. Es gibt keinen Grund zu weinen.« Das hatte ihr Vater immer gesagt, wenn Meena traurig gewesen war.

Sie hatte sich nie erlaubt, ihre Lebensumstände zu beklagen, denn im Großen und Ganzen war sie gesund, nicht durch chronische Krankheiten belastet und in der Lage, für sich selbst zu sorgen. Das hier war einfach eine Unannehmlichkeit, das war alles. Und trotzdem. Nur einmal wollte sie sich in Selbstmitleid suhlen.

Laut Dr. Yan brauchte ihr Handgelenk acht Wochen, bevor der Gips entfernt werden konnte. Sie würde damit zurechtkommen müssen und hatte allen Redakteuren, mit denen sie verabredet gewesen war, Nachrichten geschickt, um sie zu bitten, den Termin noch einmal zu verschieben. Dieses Mal wollte sie es nicht überstürzen. Sie würde bis Mitte November warten, sich die Zeit nehmen, die Wohnung auszuräumen, sie zur Vermietung anbieten und dann einen Flug nach New York buchen.

Meena beschloss, auf den Tee zu verzichten, schnappte sich ihre Kameratasche und breitete die Ausrüstung auf dem Couchtisch aus. Das Herumhantieren mit ihrer Fotoausrüstung half ihr, ihren Verstand zu beruhigen und sie von ihren umherschweifenden Gedanken abzulenken. Sie ließ ihr Zoomobjektiv fallen und stieß einen kleinen Schrei aus. Es kostete mehr als ein paar Monatsmieten. Sie hob das Objektiv auf, untersuchte es behutsam von allen Seiten und sprach ein kleines Dankesgebet, als sie feststellte, dass es in Ordnung zu sein schien. Aber das konnte sie mit Sicherheit nur herausfinden, wenn sie es montierte und fotografierte.

Sie legte das Objektiv ab und strich mit den Fingern darüber, um es auf nicht sichtbare Schäden zu untersuchen. In Afrika hatte sie es für eine Reportage über den Schutz von Elefanten verwendet. Meena nahm die Kamera in die Hand und beschloss, einen Aufsteckblitz anzubringen. Er sprang heraus und schlug gegen die Kante des Tisches.

»Scheibenkleister!« Meena fing den Blitz auf und legte ihn neben das Zoomobjektiv. Wenn er beschädigt war, dann wollte sie es nicht wissen. Frust stieg in ihr auf, auch wenn sie versuchte, ihn zu unterdrücken. Dieser Gips war ihr Feind. Genauso wie das Eingesperrtsein in dieser Wohnung. Die Spaziergänge in der näheren Umgebung des Hauses waren nicht mehr interessant. Meena hatte genug von den hübschen Straßen und verzierten Türen. Die bunten Blätterhaufen vertrockneten. Die Stadtluft war zum Ersticken. Sie wünschte sich, in Pakistan im K2-Basislager oder in der Transsibirischen Eisenbahn zu sein. Sie wollte, dass ihr Arm wieder uneingeschränkt einsetzbar war.

Das Klopfen an ihrer Tür verstärkte ihren Missmut noch. Sie war nicht in der Stimmung für Essen oder Eis. Sie wollte nicht, dass jemand sie mit zerzaustem Haar, ungewaschenem Gesicht und immer noch in ärmellosem T-Shirt und Yogahose sah.

Meena öffnete die Tür. »Sam.«

»Sie sehen enttäuscht aus«, sagte Sam. »Erwarten Sie jemand anderen?«

Meena schüttelte den Kopf. »Brauchen Sie etwas?«

»Was ist passiert?« Er deutete auf ihr T-Shirt.

»Wasserflecken.«

Dann deutete er auf ihre Haare. »Und das?«

Mit der Hand fuhr sie über das zerzauste Durcheinander. Sie wusste selbst, dass ihre Frisur katastrophal aussah, und er brauchte sie nicht darauf hinzuweisen.

»Sehen Sie?« Sie hielt den Arm mit dem dicken dunkelblauen Gips hoch. »Ich muss hiermit zurechtkommen, was es schwierig macht, damit zurechtzukommen.« Sie deutete auf ihr Haar. »Ich sehe nicht freiwillig so aus. Und das hier?« Sie deutete auf ihr T-Shirt. »Ich wollte mir eine Tasse Tee machen und habe sie mit dem Gipsarm umgeworfen.« Sie ging von der Tür weg, zurück in die Wohnung, und Sam folgte ihr. »Und dieses T-Shirt trage ich schon seit drei Tagen, weil der nächste Waschsalon vier Häuserblocks entfernt ist und der Gedanke, meine Klamotten dorthin zu schleppen, im Moment ein bisschen zu viel ist. Noch irgendwelche Kommentare darüber, wie ich aussehe?«

Sie ließ sich aufs Sofa fallen und ihr Gesicht fühlte sich heiß an, weil sie ihren Unmut am unschuldigen Sam ausgelassen hatte. Sie musste den Leuten doch zeigen, dass sie ruhig und kompetent war. Selten ließ sie jemanden wissen, was sie fühlte, und sie war eigentlich keine, die beim kleinsten Rückschlag jammerte.

Sam lief im Wohnzimmer herum. »Brauchen Sie das alles für die Arbeit?«

»Ja«, sagte Meena und war froh, dass er ihren Gefühlsausbruch unkommentiert ließ. »Ein paar Objektive, einige Blitzgeräte, Kameragehäuse, Batterien und ein paar andere Sachen.«

»Meine Ausrüstung würde nicht in einen Rucksack passen«, meinte Sam. »Es ist schwierig, ohne mehrere große Monitore umfassende und detaillierte Spezialeffekte für Filme zu konzipieren.«

»Wie geht es mit dem Galaxien-Monster voran?«

»Sie erinnern sich?« Sam grinste.

»Ich habe ein gutes Gedächtnis.«

»Ich esse Mandeln.«

»Was?«

»Ich vergesse schnell Dinge, die für mich nicht unmittelbar relevant sind. Uma hat mir empfohlen, Mandeln zu essen. Fünf pro Tag. Soll gut fürs Gedächtnis sein.«

»Und das tun Sie?«

»Genau«, sagte Sam. »Wie Vitamine.«

»Sie sind aber folgsam.«

Er lachte. »Nicht wirklich. Ist ja kein großes Ding und ich mag Mandeln.«

Sam hatte eine angenehme Art an sich, war nie in Eile, nie rechthaberisch und erinnerte sie an Malcolm, einen Mann, den sie auf der nördlichsten bewohnten Insel Schottlands fotografiert hatte. Er hatte über ein Jahrzehnt lang ein Haus gebaut und Meena erzählt, dass es ihm nicht um die Fertigstellung des Projekts ging, sondern um den Bau an sich.

Meena juckte es in den Fingern, ihre Kamera zu zücken und Fotos von Sam zu machen, der am anderen Ende des Sofas saß. Sein Gesicht zeigte keine Anspannung. Er hatte nicht einmal erwähnt, warum er an ihre Tür geklopft hatte.

»Kann ich Ihnen etwas zeigen?«, fragte er.

Meena nickte.

»Kommen Sie mit.«

Er führte sie in den kleinen Flur, von dem das Schlafzimmer und das Badezimmer abgingen. Dann drückte er gegen etwas, von dem Meena angenommen hatte, es sei eine dekorative Wand, und schob sie auf. Dahinter kam ein Schrank zum Vorschein.

Meena stöhnte. Darin befanden sich übereinandergestapelt eine Waschmaschine und ein Trockner aus Edelstahl. An der Tür hing ein kleines Regal mit Waschmittel und Weichspüler.

»Jetzt können Sie dieses Shirt waschen, das Sie schon zum dritten Mal tragen«, meinte Sam. »Wäre vielleicht nicht das Schlechteste.«

Meena lachte. »Wollen Sie damit sagen, dass ich stinke?«

»Nicht Sie, aber das Shirt.«

Sie schätzte seine Ehrlichkeit. »Sie haben recht. Danke, dass Sie mir das hier gezeigt haben.«

Auf dem Weg zurück ins Wohnzimmer gingen sie an ihrem weitgehend gepackten Koffer vorbei. »Ich schätze, Sie müssen noch ein bisschen bleiben.«

Meena lachte, als sie es sich auf der Couch gemütlich machte. »Es sollten eigentlich nur ein paar Stunden sein, aus denen dann ein paar Tage und jetzt ein paar Wochen geworden sind.«

»Das ist gut«, meinte Sam. »Dann können Sie alles erkunden. Und jeden im Haus richtig kennenlernen.«

Das stand nicht auf ihrer To-do-Liste. »Die Tanten klopfen zweimal am Tag mittags und abends mit Essen an meine Tür.« Sie hatten versucht zu bleiben, sich zu unterhalten, aber Meena hatte nur ihr schmerzendes Handgelenk umklammert, ihnen gedankt und sie zum Gehen bewegt.

»So läuft das in diesem Haus. Wir kümmern uns umeinander.«

Sie hörte die Herzlichkeit in seiner Stimme.

»Wenn Neha zu sehr von ihrer Arbeit vereinnahmt wurde«, fuhr Sam fort, »kam Sabina und machte sauber, wischte die Böden, staubte ab und all das. Uma hat immer dafür gesorgt, dass Nehas Vorräte nicht ausgingen, und Tanvi erledigte die Lebensmitteleinkäufe für sie. Neha hatte keine Lust, sich um die Dinge des täglichen Lebens zu kümmern. Ihr Gehirn musste gefüllt werden mit allem, was sie noch nicht wusste. Für so Sachen wie Wäsche war da kein Platz.«

»Komisch.« Meena bemerkte das Schimmern in seinen dunkelbraunen Augen.

»Ich versuche es zu erklären. Neha und ich waren befreundet. Sie war nicht wie meine Mutter oder die Tanten. Sie war … nun ja, manchmal launisch. Sie konnte wochenlang keine Lust haben, unter Leute zu gehen. Dann hatte sie diesen Energieschub und wollte alles machen.« Sam ging im Wohnzimmer auf und ab und nahm einen kleinen Spielzeugdinosaurier vom Tisch, um ihn gleich darauf wieder hinzustellen. »Jedes Jahr im Mai wählte Neha einen Samstag aus. Wir trafen uns dann alle um Punkt neun Uhr auf dem Flur. Die Tanten, ihre Ehemänner, die Kinder. Sämtliche Bewohner des Hauses wurden für die jährliche Tradition der Wanderung auf dem Freedom Trail benötigt. Neha trug ihr buntestes T-Shirt und überschüttete uns an jeder Sehenswürdigkeit mit Fakten.«

Meena zupfte am Rand ihres Gipses. So etwas Ähnliches hatte sie auch mit ihren Eltern erlebt. Vier Sonntage im Februar. Das jährliche Kunstfestival in ihrer Stadt. Zu dritt planten sie, welche Veranstaltungsorte sie an jedem Sonntag besuchen würden, und beendeten den Tag mit einem Abendessen in einem Restaurant, was immer etwas Besonderes war.

»Apropos«, sagte Sam und seufzte schwer. »Ich bin im Auftrag der Tanten hier.«

»Auweia.«

Sam setzte sich neben Meena aufs Sofa. »Geben Sie nicht dem Boten die Schuld, obwohl ich aus egoistischen Gründen hoffe, dass Sie damit einverstanden sind.« Er holte tief Luft. »Sie möchten, dass Sie Ihre Tür nicht mehr abschließen.«

Meena runzelte die Stirn. »Was? Warum?«

»Die einzige Tür, die in diesem Haus abgeschlossen wird, ist die Haustür. Mit Sicherheitsalarm und allem. Tagsüber bleiben die Wohnungstüren unverschlossen, es sei denn, man braucht unbedingt Privatsphäre. So können wir wie eine Familie leben.«

Als jemand, der immer die Sicherheit von Riegeln und Türketten bevorzugt hatte, war Meena damit nicht einverstanden.

»Außerdem haben unsere beiden Wohnungen den einzigen Zugang zum hinteren Garten«, erklärte Sam. »Die Tanten gehen dort ein und aus, und seit Sie eingezogen sind, benutzen sie meine Wohnung. Tanvi lässt sich von Wally ablenken, Uma will immer über meine Arbeit reden. Sabina fängt an, hinter mir aufzuräumen. Also bitte. Mir zuliebe?«

Sie wollte ihn nicht enttäuschen. Aber das passte einfach nicht zu ihr. »Das kann ich nicht. Schlösser bedeuten Sicherheit, etwas, das ich nicht als selbstverständlich ansehe. Und ich kenne die Ehemänner der Tanten nicht. Ich kann nicht behaupten, dass es mir gefällt, wenn Fremde in meiner Wohnung ein- und ausgehen.«

»Das verstehe ich«, sagte Sam. »Sie arbeiten die meiste Zeit an fremden Orten und müssen vorsichtig sein. Hier ist das nicht nötig, denn das Haus ist sicher. Der einzige Nachteil ist der Mangel an Privatsphäre. Wenn Sie mich fragen, ist es mit den Tanten viel schwieriger als mit ihren Männern. Die Onkel verbringen ihre Freizeit auf der Dachterrasse. Das ist ihr Bereich, wie sie gerne sagen. Die werden nicht in Ihre Wohnung kommen. Denken Sie wenigstens einmal darüber nach, Meena.«

Meena nickte ihm kurz zu. »Wo ist Wally?«

»In seiner Hundebox. Er hat Stubenarrest, weil er lieber am Bein meines Esstisches herumkaut als auf den ungefähr ein Dutzend Spielzeugen, die überall in der Wohnung herumliegen.«

»Armer Kerl.«

»Das sagen Sie nur, weil Sie nicht diejenige sind, die er frech anstarrt, während er genüsslich in die Couch beißt, obwohl Sie es ihm schon mehrmals verboten haben«, behauptete Sam.

Doch es lag so viel Liebe in seiner Stimme, als er über Wallys Streiche sprach.

»Möchten Sie zu Abend essen?«, fragte er plötzlich.

Die aus dem Zusammenhang gerissene Frage ließ sie aufschrecken. »Das mache ich nicht.«

»Abends essen?«

»Auf Dates gehen.« Er war attraktiv und nett zu ihr und sie war in Versuchung. Eigentlich wollte sie es, und es ging ihr dabei nicht nur um Sex. Sie wollte auch einfach mit ihm zusammensitzen, mit ihm lachen, mit ihm flirten. Mehr von seiner tiefen Stimme hören, dieses schelmische Lächeln sehen. Deshalb musste sie Abstand halten. Sie brauchte keine weiteren Freunde und ihr Leben war nicht für Beziehungen geeignet.

»Na gut.« Sam lehnte sich an die Rückenlehne des Sofas. »Aber ich frage eigentlich nur, weil Sie schon eine Weile in dieser Wohnung eingesperrt sind. Es würde Ihnen bestimmt guttun, mal rauszukommen.«

Meenas Gesicht brannte. »Tut mir leid. Ich hätte nicht annehmen sollen, dass Sie auf ein Date mit mir anspielen.«

»Schon gut«, sagte Sam. »Ich meine, Sie sind schön und ich bin auch nicht gerade abstoßend. Und wir sind beide Singles.«

»Wir müssen nicht darüber reden.«

»Aber ich möchte das.« Sam zwinkerte ihr kurz zu. »Ausführlich. Erzählen Sie mir mehr darüber, warum Sie Dates ablehnen.«

Sie lachte und ihre angespannten Muskeln lockerten sich. Es überraschte Meena, wie schnell er ihr die Befangenheit nahm. »Eigentlich habe ich wirklich mal wieder Lust, essen zu gehen. Bitte nur keine Pizza und kein chinesisches Essen. Davon habe ich die letzten Tage genug bestellt.«

Sam stand auf. »Perfekt. Es gibt ein Lokal nicht allzu weit von hier. Ist ziemlich beliebt. Es hat eine große Speisekarte und tolle Biersorten.«

»Hört sich gut an. Also ein Abendessen und kein Date«, stellte sie klar.

»Ein Abendessen«, bestätigte Sam. »Ich überlasse es Ihnen, einen Tag auszuwählen. Dann haben Sie genug Zeit, Ihre Wäsche zu waschen.«

»Ich stinke nicht.«

Sam hielt sich mit Daumen und Zeigefinger die Nase zu, als er ihre Wohnung verließ.

Automatisch schloss Meena hinter ihm ab. Sie blieb noch eine Weile an der geschlossenen Tür stehen. Wie wäre es, Leuten so sehr zu vertrauen, dass man die Tür zu seiner Wohnung unverschlossen ließ? Das war etwas für Menschen, die umsorgt wurden, die Familie hatten. Meena kümmerte sich um sich selbst. Sie ließ die Tür abgeschlossen.

KAPITEL 11

Es dauerte eine Woche, bis sie sich an den Gips gewöhnt hatte, aber mit dem Ausräumen der Wohnung war Meena nicht vorangekommen. Immerhin hatte sie es geschafft, die kleinen Dekosachen einzupacken, die überall in der Wohnung herumstanden. Staubfänger in seltsamen Formen und aus allen Arten von Materialien. Sie hatte sich die Zeit genommen, die Stücke anzuschauen und zu prüfen, ob sie irgendwelche versteckten Notizen enthielten.

Lediglich zwei hatte sie gefunden. Eine war eine kleine rosafarbene Serviette mit dem Refrain von Madonnas »Like a Virgin« darauf, die andere ein Kassenzettel eines Lebensmittelgeschäfts, auf dessen Rückseite ein kurzes Zitat aus »Der scharlachrote Buchstabe« stand: *Sie hatte das Gewicht nicht gekannt, bis sie die Freiheit fühlte.* Meena hatte sie zu ihrer kleinen Sammlung gesteckt.

Sie schloss den zweiten Karton, den sie gefüllt hatte, und schaute sich um. Auf den Tischen und Kaminsimsen standen noch mehr Sachen. Es würde ein Wunder geschehen müssen, damit sie diese Wohnung in den nächsten drei Wochen ausgeräumt bekam. Sie war dankbar für das Klopfen an der

Tür, denn das war eine dringend benötigte Ablenkung vom Herumschnüffeln in Nehas Leben.

Meena öffnete. »Sabina.«

Sabina kam herein, als wäre es ihr gutes Recht. Neben Meena in staubigem T-Shirt und Jeans sah sie mit einer dunklen Hose und einer fließenden weißen Seidenbluse sehr elegant aus.

»Wie geht es Ihnen?«, fragte Sabina. »Und was machen Sie gerade?«

»Ich sortiere einige dieser Sachen aus.«

»Sind Sie sich sicher, dass Sie es nicht übertreiben?«

Meena schüttelte den Kopf. Sabina war nicht so freundlich wie Tanvi oder so direkt wie Uma. Sie wirkte eher kalt.

»Ich kriege das schon hin«, behauptete Meena.

»Hier, setzen Sie sich.« Sabina führte sie an den Küchentisch. »Haben Sie schon gegessen?«

Reste vom chinesischen Essen zum Frühstück. »Ja.«

Sabina räumte die Styroporbehälter weg und wischte den Tisch ab.

»Das müssen Sie doch nicht machen«, wandte Meena ein.

»Sie brauchen Hilfe und ich habe zwei gesunde Hände.«

Meena wurde aus der Frau nicht schlau. Auf der einen Seite war sie distanziert, fast schon unnahbar, und auf der anderen Seite brachte sie Meena Essen, tat Zucker in ihren Chai und wischte die Arbeitsflächen in der Küche ab.

»Ich habe mit Clifton Warney gesprochen«, sagte Sabina.

Meena setzte sich auf. »Woher wissen Sie von ihm?«

»Am Tag nachdem Sie sich verletzt hatten, kamen wir, um Ihnen zu helfen. Sie waren nicht ganz bei sich, murmelten etwas von ein paar Dingen, die Sie vorhatten. Ich habe mich darum gekümmert.«

Meena konnte sich nicht vorstellen, irgendetwas von ihrer Liste irgendjemandem übertragen zu haben, nicht einmal in einem benebelten Zustand. »Daran erinnere ich mich nicht.«

Sabina brachte zwei Gläser mit Wasser und stellte eines vor Meena. »Ich habe Sie gefragt, ob Sie vorhaben, diese Wohnung zu vermieten, und Sie haben mir erzählt, dass bereits alles in die Wege geleitet sei. Ich habe Cliftons Visitenkarte auf dem Konsolentisch neben der Tür gesehen und ihn angerufen. Und dann habe ich mich um den Rest gekümmert.«

»Das ist aber nicht Ihre Wohnung«, wandte Meena ein.

»Ich habe es getan, um Ihnen Ärger zu ersparen«, sagte Sabina. »Die Wohnungen in diesem Haus sind alle von Eigentümern bewohnt. Das war schon immer so und steht ganz klar in der Hausvereinbarung.«

»Ich habe mir die Unterlagen der Anwältin angeschaut. Es gab keinen Hinweis auf irgendeine Art von Regelung.«

»Wenn Sie möchten, kann ich mir die Papiere anschauen«, bot Sabina an. »Es steht ganz deutlich in der Satzung der Eigentümervereinbarung, die alles testamentarisch Festgelegte aufhebt.«

Meena trank ihr Wasser. Sie musste nachdenken und dieses Dokument suchen, das Sabina erwähnt hatte.

»Sie wissen nicht viel über Wohnungsbesitz in einem Gebäude mit Eigentumswohnungen, oder?«, fragte Sabina.

Meena schüttelte den Kopf. »Das ist nicht mein Fachgebiet.«

»Dann lassen Sie mich Ihnen helfen«, bot Sabina an. »Ich weiß, dass Sie beruflich viel unterwegs sind, und diese Wohnung von überall auf der Welt aus verwalten zu müssen, ist nicht sehr effizient.«

Das stimmte und in gewisser Weise war es eine Erleichterung, dass Meena nicht die Möglichkeit hatte, die Wohnung zu vermieten. Sie wollte nicht Vermieterin sein und verkaufen konnte sie sie noch nicht. Aber sie hatte auch nicht vor, Sabina alles zu überlassen. »Ich würde mir diese Vereinbarung gern anschauen.«

»Natürlich.« Sabina trat den Rückzug an. »Ich schicke sie Ihnen per E-Mail.«

Meena ratterte ihre E-Mail-Adresse herunter und Sabina tippte sie in ihr Handy.

»Wie haben Sie sich eingelebt?«, fragte Sabina.

»Ich bin es gewohnt, mich an neuen Orten zurechtzufinden«, meinte Meena. »Ich brauche nicht lange, um mich einzuleben.«

»Das ist eine tolle Gabe.« Sabina stand auf und spülte ihr Wasserglas aus. »Ich bin auch schon ein bisschen gereist, aber sehr anfällig für Jetlag.«

»Manche Zeitzonen sind leichter als andere.«

»Oh, bevor ich es vergesse …« Sabina tippte sich mit dem Finger ans Kinn. »Was ist mit Ihren Nebenkosten? Ich war überrascht, dass ich in den letzten Monaten keine Rechnungen bekommen habe, und trotzdem scheint alles in Ordnung zu sein.«

»Ja«, sagte Meena. »Darum haben sich die Anwälte gekümmert, bis ich kommen konnte.«

»Ich verstehe.«

Sabinas Augen verrieten nichts, aber Meena erkannte, dass es ihr missfiel, nicht zu wissen, was los war. Es wäre ein Leichtes, Sabina über die Bedingungen aufzuklären, sie zu einer Art Verbündeten zu machen, aber Meena hielt sich zurück. Sie wollte mehr wissen. Nicht nur über Neha, sondern auch über Sabina. Meena spürte, wenn jemand auf Informationen aus war, und Sabina wollte etwas wissen. Meena war sich nur nicht sicher, was das war.

KAPITEL 12

Das von irgendwo draußen ertönende gespenstische Stöhnen war für Meena der Startschuss zum Halloweenabend. Sie war vor dem ovalen Spiegel neben der Eingangstür hektisch mit ihren Haaren beschäftigt. Der vergoldete Rahmen gab dem Glas Struktur. Der sepiafarbene Konsolentisch im Shabby Chic unter dem Spiegel passte zum Stil.

Sie schürzte die Lippen, um das rosafarbene Gloss zu fixieren, als das mal laute, mal leise Stöhnen erneut zu hören war. Meena blies die losen Haare weg, die ihr in die Stirn fielen. Besser bekam sie es nicht hin. Die kürbisfarbene Baskenmütze, die sie auf dem Markt gekauft hatte, rutschte nach rechts, und beim leichten Schütteln des Kopfes fiel sie herunter. Sie gab auf, nahm die Haare mit den Fingern ihrer eingegipsten Hand zusammen und band sie mit der rechten Hand mit einem Haarband zusammen. Das sah zwar ein bisschen unordentlich aus, war aber akzeptabel.

»Huuh …«

»Ich komme ja schon, du Quälgeist«, murmelte Meena. Sie trug Mascara auf und stellte sich auf die Zehenspitzen, um so viel wie möglich von ihrem ganz in Schwarz gekleideten Spiegelbild zu erkennen. Sie sah aus wie ein Beatnik aus den

Sechzigern. Meena warf noch einen wehmütigen Blick auf die Baskenmütze, zuckte mit den Schultern und akzeptierte, dass dies das Beste war, was sie heute Abend hinbekam.

Showtime. Sie hängte sich die Kamera über die Schulter, schnappte sich das Paket mit den zweihundert kleinen Pappbechern (recycelt) und verließ die Wohnung. Auf dem Flur begegnete sie Wally und ging in die Hocke, um ihn zu streicheln, während er um sie herumsprang. Sie war genauso begeistert, ihn zu sehen, wie er es war, mit ihr zu spielen.

»Hallo!« Meena kraulte ihn hinter den Ohren »Oh, ich habe dich auch vermisst. Schließlich ist es schon ganze sechs Stunden her, dass du in meine Wohnung gerannt kamst und am Riemen meiner Kameratasche herumgekaut hast.«

Sein Bellen klang zunehmend tiefer. Er wurde erwachsen.

»Als was bist du denn verkleidet?« Meena begutachtete das Kostüm des Hundes. Er war in eine hellgraue Decke eingewickelt, aus der seine Beine herausragten. Ein dicker Stofftrichter war um seinen Hals gewickelt und über dem Ohr befand sich ein grüner Ball, der innen am Trichter befestigt war.

Wally legte den Kopf schief, als würde er sich über ihre Neugier wundern.

»Hallo.«

Meena blickte auf, als Sam die Tür hinter sich schloss, und ihr fiel fast die Kinnlade herunter. Er trug einen Smoking und sein normalerweise zerzaustes Haar war glatt nach hinten gekämmt. Er war frisch rasiert und roch nach Seife und Moschus. Am liebsten hätte sie sein Kinn statt Wallys gekrault. Meena stand auf. »Hi.«

»Pantomime?«, fragte Sam.

Von seiner Frage verwirrt, legte Meena den Kopf schief, wie Wally es getan hatte.

»Ihr Kostüm. Was soll das darstellen?«

»Katze ohne Schwanz, Ohren und Schnurrhaare.«

»Wenn die Tanten fragen, sagen Sie am besten einfach Pantomime, sonst werden Sie in eines ihrer alten Kostüme gesteckt«, riet Sam ihr. »Und das wollen Sie garantiert nicht.«

»Danke für den Tipp. Warum sind Sie so schick, Sam?«

Er hob Wally hoch und hielt Meena die Hand hin, als wollte er sie schütteln. »Vora. Sam Vora.« Sein Gesichtsausdruck war ernst.

Meena runzelte die Stirn und schüttelte seine Hand. Sie war warm und sie hielt sie etwas länger fest als nötig. »Ich verstehe nicht.«

»007«, erklärte er. »Und Wally ist mein Martini. Geschüttelt, nicht gerührt. Mit einer Olive.«

»Ah ja.«

»Sie wissen, von wem ich rede, oder?«

»Sie sind James Bond«, vermutete Meena.

»Genau! Nicht beeindruckt?«

»Sehr raffiniert.«

»Ich weiß, dass ich nicht Daniel Craig bin.« Sam seufzte. »Aber ich glaube, ich kann Bond verkörpern. Vielleicht wenn ich es mit einem britischen Akzent versuche.«

Meena tippte sich mit dem Finger ans Kinn. »Dann lassen Sie mal hören.«

»Klingt ein bisschen altmodisch, oder?«, sagte Sam mit übertriebenem britischen Akzent. »Ich meine ein Duell in der Morgendämmerung.«

»Oh nein! Nein, tun Sie das nicht.« Meena schüttelte den Kopf.

»So schlimm ist es auch wieder nicht, aber Sie müssen zugeben, dass das ein berühmter Satz ist«, meinte Sam. »›Der Mann mit dem goldenen Colt‹.«

Meena hob die Augenbrauen.

»Was ist Ihr liebster Bond-Film?«, wollte Sam wissen. »Bitte sagen Sie nicht ›Stirb an einem anderen Tag‹.«

»Ich habe keinen gesehen.« Meena lachte über Sams schockiertes Gesicht. »Ich bin keine Kinogängerin.«

Er verzog das Gesicht und ließ die Schultern hängen. »Das ist wohl das Traurigste, was ich je gehört habe.« Wally bellte. »Mein Hund sieht das genauso.«

Sie drehten sich beide um, als sie Schritte von oben hörten.

»Sam, Meena!«, rief Tanvi. »Macht die Tür auf, wir sind so weit.«

Meena warf Sam einen fragenden Blick zu.

»Lassen Sie uns nach draußen gehen.« Sam dirigierte sie zur Treppe. »Die Tanten haben ihren großen Auftritt.«

Er nahm Wally an die Leine und reichte sie Meena. Sie folgte ihm zur Außentreppe und schaute zu, wie Sam beide Flügeltüren öffnete. Es war das erste Mal, dass sie die volle Breite der Türöffnung sah, und das Haus wirkte dadurch einladender. Meena führte Wally die Treppe hinunter zum Weg. Von dort aus erschien das Ingenieurhaus zwar gemütlich, aber dennoch mächtig. Die Dekoration, die Lichter, der Rauch, der Nebel nachahmte, all das verlieh dem Haus eine Aura der Pracht. Meena schaute sich um, als die Nachbarn aus den anderen Häusern auf den Gehweg kamen.

Sam schrie: »Bereit!« Dann sprang er die Stufen hinunter und stellte sich zu Meena und Wally.

Eine nach der anderen kamen sie die Innentreppe herunter. Meena hob die Kamera vors Gesicht, um den Bildausschnitt zu wählen und Fotos zu machen. Es wurde immer einfacher, da sie das Kameragehäuse auf dem Gips abstützte und sich zunehmend auf ihre unverletzte Hand verließ, um den Apparat in Position zu halten, zu fokussieren und den Auslöser zu drücken.

Uma trat als Erste heraus. Sie steckte in einer großen rechteckigen dunkelbraunen Schachtel. Die war glänzend und ging vom Hals bis zu den Knien. Ihr Kopf ragte oben aus einem Ausschnitt heraus. Arme und Beine steckten in eng anliegenden dunkelbraunen Ärmeln und Strumpfhosen. Die Schuhe waren klobig und passten zum Rest. Sie stellte sich seitlich auf die oberste Stufe der Außentreppe. Dann trat Sabina heraus. Sie trug das gleiche Kostüm, nur ganz in Weiß. Danach erschien Tanvi. Ebenfalls in einem Kartonkostüm, das jedoch rosafarben war. Die drei streckten die Arme nach unten und rückten so dicht zusammen, dass sich die Ränder ihrer Kartons berührten.

Sam applaudierte lachend neben ihr und die Nachbarn schlossen sich ihm an.

Meena beugte sich zu ihm und flüsterte: »Ich versteh's nicht.«

»Fürst-Pückler-Eiscreme-Schnitte«, erklärte Sam.

Jetzt ging Meena ein Licht auf und sie lachte.

»Zeit für Süßes!« Tanvi hielt ihren mit Süßigkeiten gefüllten Kessel hoch.

Die Kinder eilten an ihnen vorbei, um ihre Leckereien entgegenzunehmen. Sam gab Meena ein Zeichen und führte sie zur Apfelsaftstation, die er am Fuß der Treppe aufgebaut hatte. Sie machten sich an die Arbeit und gossen warmen Apfelsaft aus der silbernen Kanne in Pappbecher für die Kinder und ihre Eltern, die kamen und mit Leckereien gingen. Uma verteilte Schokoriegel, Sabina legte kleine Schachteln mit Waffeln dazu, und von Tanvi gab es Tüten mit Erdbeer-Toffeebonbons.

Meena machte weitere Fotos. Den Ehemännern der Tanten winkte sie kurz zu. Sie hatte sie manchmal im Vorbeigehen gesehen und sie hatten gegrüßt, aber offiziell waren sie ihr noch nicht vorgestellt worden. Sie waren nicht verkleidet und mischten sich im Vorgarten unter die Nachbarn.

Durch ihr Objektiv sah Meena, wie die Frauen mit den Kindern plauderten, während sie Süßigkeiten verteilten. Sie waren in ihrem Element. Mit ihrer souveränen Präsenz beherrschten sie die Treppe. Die Art und Weise, wie sie zusammenstanden, zeugte von einer gewissen Verbundenheit, so als hätten sie das hier schon oft gemacht. Und wo war Nehas Platz gewesen? Neben ihnen, zwischen ihnen oder in Opposition zu ihnen? Was Meena bisher über Neha erfahren hatte, schien hier nicht dazuzupassen.

Sie konzentrierte sich auf die Miniatur-Superhelden, Tiere, Prinzessinnen, Ballerinas, Zombies und Athleten, die von einer Mischung aus kostümierten und nicht kostümierten Erwachsenen begleitet wurden.

Bevor sie dem Halloweenbrauch entwachsen gewesen war, war Meena mit ihrer Mutter in der Nachbarschaft unterwegs gewesen. Am besten hatte es ihr in dem Jahr gefallen, als sie als Wonder Woman verkleidet gewesen war und ihre Mutter als Hippolyta. Ihr Vater war nicht mitgekommen, weil er zu Hause Süßigkeiten verteilte. Sie hatte die Hand ihrer Mutter gehalten, als sie von Tür zu Tür gingen. Meena verdrängte die Erinnerung. Sie zwang sich, ihr Augenmerk wie immer auf die Bilder in ihrem Objektiv zu richten.

* * *

Die Kanne war leer, der Weg mit Bändern und Schleifen übersät, die sich von Kostümen gelöst hatten. Von der belebten Straße hörte man kaum mehr etwas und die Leute begannen auf den umliegenden Treppen mit den Aufräumarbeiten.

Die Onkel gingen hinein, nachdem sie allen eine gute Nacht gewünscht hatten. Die Tanten, die ihre Kostüme abgelegt hatten, saßen in dicke Pullover gehüllt auf der Treppe und futterten die übrig gebliebenen Süßigkeiten und Kekse. Meena saß neben Sam vor ihnen und Wally schlief zwischen ihnen. Sie streichelte sein Fell, während er döste. Er hatte einen Riesenspaß daran gehabt, um die Kinder herumzulaufen, soweit es die Leine zuließ. Und er hatte ein paar Streicheleinheiten und Leckerlis ergattert.

»Tragen Sie immer ein Gruppenkostüm?«, fragte Meena.

»Seit wir klein waren«, sagte Tanvi. »Wir waren schon Gewürze, Charlies Engel …«

»Die Sanderson-Schwestern aus ›Hocus Pocus‹, das war lustig.« Uma steckte sich einen Keks in den Mund.

»In einem Jahr waren wir Amar, Akbar und Anthony.« Sabina wickelte ein Bonbon aus.

»Wer ist das?« Meena kratzte am Rand des Gipses.

Sam schüttelte den Kopf. »Sie schaut keine Filme.«

»Das ist klassisches Bollywood«, erklärte Sabina.

Tanvi klopfte Sabina auf die Schulter. »Wir sollten einen Filmabend veranstalten.«

»Ich bringe meine Goldfinger-DVD mit«, bot Sam an.

»Nein!«, riefen Sabina und Uma schnell.

»Sie hat noch nie einen Bond-Film gesehen«, wandte Sam ein.

Meena runzelte die Stirn. »Das klingt nicht nach einem Film, den ich sehen möchte.«

Er warf ihr einen übertrieben verletzten Blick zu. Seine Fliege hatte sich gelöst und hing ihm um den Nacken. Ein paar Locken hatten sich gegen das Produkt durchgesetzt, mit dem er sein Haar geglättet hatte. Meena hielt ihre Kamera hoch. Sie wollte ihn so festhalten. Vergängliche Eleganz.

Im Profil war er ausgesprochen gut aussehend. Sie schoss ein paar Fotos. Neben seinen Augen waren Falten zu erkennen und deuteten darauf hin, dass er gern lachte und lächelte. Er hatte ein kleines Grübchen am Kinn, daneben eine verblasste Narbe. Sam starrte sie an. Durch das Objektiv. Und einen Moment lang konnte sie nicht wegschauen. Sie sah das Nachdenkliche in seinen Augen. In ihm gab es etwas Unergründliches, wenn man bereit war, danach zu suchen.

Beklommen ließ sie die Kamera sinken.

»Entschuldigung«, sagte sie.

Seine Augen wurden klarer und überlagerten das Nachdenkliche. »Es macht mir nichts aus, für Sie zu modeln.« Sein Gesichtsausdruck spiegelte unkomplizierte Lässigkeit wider. »Vora. Sam Vora.«

»An deinem Akzent musst du aber noch feilen, Schätzchen.« Tanvi sprach mit dem perfekten Akzent der britischen Oberschicht.

Die Tanten lachten.

Um die Verbindung zwischen Sam und sich zu lösen, stand Meena auf und richtete ihre Kamera auf die Tanten. »Ich möchte das Danach festhalten.« Wally schaute auf, um sich zu vergewissern, dass alle noch da waren, dann ließ er den Kopf wieder sinken und schloss die Augen.

»Wie haben Sie entschieden, wer welche Geschmacksrichtung bekommt?«, fragte Meena.

»Das haben wir bei unserem Planungstreffen festgelegt«, erzählte Tanvi. »Manchmal ist es einfach und ergibt sich ganz von selbst. Zum Beispiel bei ›The Three Stooges‹. Da war ich natürlich Curly, Uma Moe und Sabina Larry. So war es auch dieses Mal.«

»Weil meine Persönlichkeit dunkel ist.« Uma runzelte übertrieben die Stirn.

»Laut ihr hier«, Sabina deutete auf Uma, »ist die Welt ein schrecklicher Ort und wir müssen jede wache Stunde damit verbringen, uns daran zu erinnern.«

Uma stupste Tanvi an. »Und versuch mal, das zu ändern.«

»Sabina ist ganz offensichtlich Vanille«, stellte Tanvi fest.

»Langweilig«, fügte Uma hinzu. »Unverfälscht, sauber und rein.«

Meena fing Sabinas Augenrollen ein.

»Und Tanvi ist säuerlich und süß.« Sabina warf Tanvi ein Bonbon zu.

»Mehr säuerlich als süß«, fügte Uma hinzu.

Tanvi fuhr sich über ihre üppige Hochsteckfrisur, die mit einer funkelnden Kette aus glitzernden Glaserdbeeren umwickelt war.

»Ich hatte in der Highschool mehr Spaß als die beiden«, erzählte Tanvi. »Zahlreiche Liebschaften, bis ich im College meinen Mann kennengelernt habe.«

»Pi, nicht wahr?« Meena erinnerte sich an den Mann, den sie vor Kurzem kennengelernt hatte. »Ich habe vorhin mit ihm geplaudert.«

»Ja, Piyush, aber abgekürzt Pi, weil er Matheprofessor ist und das lustig findet«, sagte Tanvi. »Ich lasse ihm seinen Willen, denn das ist das Geheimnis einer guten Ehe.«

»Onkel Jiten ist mit Tante Sabina verheiratet.« Sam streichelte Wallys müden Kopf.

»Der Investmentbanker«, erinnerte Meena sich.

»Und Vin, der Anwalt, ist meiner.« Uma steckte sich einen Keks in den Mund.

»Ja«, sagte Meena. »Er hat mir erzählt, dass Ihre Tochter Jura studiert.«

»Als unsere Kinder noch klein waren«, erzählte Sabina, »war Halloween immer sehr aufwendig. Alle unsere Feste waren das. Jedes einzelne ein Ereignis.«

In Sabinas Stimme lag ein Hauch von Wehmut.

»Ich habe kein Problem damit.« Uma wischte sich Krümel von der Brust. »Weniger Arbeit. Und ich bin müde.«

»Wir hätten noch einen Vorschlag zu machen«, sagte Tanvi. »Meena, wollen wir uns nicht alle duzen? Schließlich werden Sie jetzt für einige Zeit im Haus wohnen und der Rest von uns duzt sich schließlich auch.«

»Ja, sehr gern!« Meena freute sich über das Angebot und nahm es an.

»Dann können wir ja jetzt aufräumen.« Sam stand auf. »Ich wasche die Kanne aus.«

Die Tanten erhoben sich ebenfalls und griffen nach ihren abgelegten Kostümen. Wally spürte die Aufregung und sprang auf.

»Ich kann mit ihm Gassi gehen«, bot Meena an.

Sam schenkte ihr ein kleines Lächeln. »Das wäre prima. Danke.«

Meena führte Wally bis zum Ende des Weges Richtung Straße. Der Welpe schnüffelte am Boden herum und lief von einer Seite zur anderen, während Meena die Leine mit ihrer gesunden Hand festhielt. Sie hatte heute Abend Spaß gehabt. Die Bewohner des Ingenieurhauses waren interessant und großzügig mit ihrer Freundschaft. Sie hatte schon lange nicht mehr so viel Zeit mit denselben Leuten verbracht und sie kennengelernt, nur weil sie Nachbarn waren.

Wally zog an der Leine, um Meena zum Umkehren zu bewegen.

»Zu müde für einen Spaziergang?«

Wally zog erneut.

»Na gut, dann kehren wir um.«

Als sie sich der Hausnummer zehn näherte, tauchte das Gebäude groß vor ihr auf. Die Fenster waren dunkel und signalisierten das Ende der Feier. Die Eingangstür war frei, auch wenn die Dekoration noch nicht entfernt war. Sie ging die Treppe hinauf. Die Tür war angelehnt. Für sie. Eine angenehme Wärme überkam sie. Die Leute drinnen hatten an sie gedacht, wussten, dass sie zurückkommen würde, und hatten das Licht für sie in Form einer leicht geöffneten Tür angelassen. Es war schon lange her, dass sie zu Hause erwartet worden war.

Kapitel 13

Meenas Mutter pflegte zu sagen, dass es zwei Wesen gebe, die man niemals belügen könne: Gott und sich selbst. Doch im Laufe der Zeit hatte Meena die Fähigkeit des Leugnens, Vermeidens und Ausweichens verfeinert, wenn es darum ging, darüber nachzudenken, wer sie war und woher sie kam. Aber mit den vier neuen pastellrosa Klebezetteln in der Hand, auf denen Nehas präzise Handschrift fast jeden Millimeter bedeckte, hatte Meena keine andere Wahl. Sie musste sich der Vergangenheit stellen.

Dabei hatte sie nur die Taschentuchschachtel unter der Fischkopfdose aus Keramik austauschen wollen. Mit einer Hand hatte sie sie von der leeren Schachtel gehoben und da waren sie. Zunächst war Meena vor Freude ganz aus dem Häuschen gewesen. Sie hatte sich in diese kleinen Briefe von Neha regelrecht verliebt.

1. *Der Winter in Boston ist unvergleichlich. Zuerst ist er wie ein Gemälde mit schneebedeckten Zweigen. Stille liegt über der Stadt. Dann wechselt die Szenerie von strahlend weiß zu schwarz und rußig. Ich beobachte zwei*

College-Studenten, die auf der Straße ein
Auto ausgraben. Ihre Gesichter sind rot vor
Anstrengung.

2. *Ich hoffe, du hast meine kleinen Verstecke*
gefunden. Es hat mir Spaß gemacht, darüber
nachzudenken, wo ich diese Mitteilungen
aufbewahren kann. Nicht zu offensichtlich,
denn ich konnte nicht riskieren, dass Sabina
darüber stolpert, wenn sie bei mir putzt. Das
wird sie tun, wenn ich sterbe. Wahrscheinlich
mit Vergnügen. Sie kann mich nicht leiden. Das
beruht auf Gegenseitigkeit. Sie weiß es nicht,
aber sie wird diese Wohnung nicht bekommen,
wenn ich nicht mehr da bin.

3. *Ich bin kein netter Mensch. Als du geboren*
wurdest, versprach ich dir ein Leben weit weg
von hier, von mir. Ich halte meine Versprechen
nicht immer und die Dinge laufen nicht stets
nach Plan.

4. *Meena (Eigenname)*
Herkunft: Sanskrit
Fisch
Frau von Shiva

Meena saß in dem hohen blauen Sessel neben dem Kamin und mischte die Notizen mit einer Hand. Sie holte die anderen heraus und sah sie noch einmal durch. So. Da war sie also. Die Bestätigung dessen, was Meena die ganze Zeit über vermutet hatte. Dass Neha ihre leibliche Mutter war. Ihre Gedanken rasten, als sie sich die Notizen noch einmal mit zitternden Händen anschaute. Ein Engegefühl in der Brust erschwerte das Atmen. Sie musste nachdenken, durfte sich nicht von Gefühlen vereinnahmen lassen. Meena musste ihren Journalistenverstand und nicht ihren Waisenverstand einschalten.

Ein Klopfen an der Tür ließ sie zusammenzucken. Schnell stand Meena auf. Der Gips machte es ihr schwer, aber sie stopfte rasch alles in ihren Rucksack, fuhr sich mit der gesunden Hand übers Gesicht und holte tief Luft, bevor sie die Tür öffnete.

»Wenn du die Tür nicht abschließen würdest«, sagte Uma und kam herein, »könntest du dir den Weg sparen.«

»Wir sind keine Diebe«, erklärte Tanvi. »Wir sind deine Nachbarinnen. Du musst nichts schützen.«

»Außer mich selbst.« Ihre Stimme klang schroff.

Sabina hob eine Augenbraue.

Meena änderte ihren Tonfall. »So fühle ich mich sicher.«

Tanvi ging zu ihr hinüber und umfasste ihre Wange. »Du bist hier nicht in Gefahr. Wir passen aufeinander auf. Kümmern uns umeinander.«

Meena erlag fast ihrer sanften Zuwendung. Es kostete sie Kraft, sich zu zwingen zurückzuweichen. Sie hatte schon lange keine Zärtlichkeit mehr erfahren und durfte nicht daran denken, wie ihre Mutter ihre Wange auf die gleiche Weise umfasst hatte.

»Komm her, Meena«, wies Sabina sie an. »Setz dich an den Tisch. Du kannst deine Haare nicht so zerzaust lassen, das ist ja eine Zumutung für alle. Ich werde sie flechten, damit sie dir nicht im Weg sind.«

»Außerdem ist es gut, mit zusammengebundenen Haaren zu schlafen«, sagte Tanvi. »So verlierst du weniger. Ich gebe nachts Öl in meine Haare. Deshalb sind sie so gesund und stark. Anders als bei Uma.«

»Ich mag mein Haar lieber kurz.« Uma rieb sich den kahlen Nacken. »Weniger Aufwand.«

»Wie du dein Haar präsentierst«, dozierte Sabina, »zeigt der Welt, wie gut du dich pflegst.«

»Oder es zeigt der Welt, dass Eitelkeit bei dir Priorität hat«, argumentierte Uma.

»Wo ist deine Haarbürste?«

»Meine Haare sind in Ordnung«, sagte Meena.

Tanvi lachte. »In deinem Leben gibt es keine Tanten, oder?«

»Ich verstehe nicht.«

»Wenn eine Tante sagt, dass sie deine Haare in Ordnung bringt«, sagte Tanvi, »dann tut sie dir keinen Gefallen. Sie erteilt dir einen Befehl.«

Meena zuckte mit den Schultern. Auf diesen Kampf wollte sie sich nicht einlassen. Sie würde es zwar nie zugeben, aber es war ihr ganz recht, wenn ihr Haar geflochten wurde und ihr nicht mehr im Weg war. Sie ging zu ihrem Koffer, der auf dem Wohnzimmerboden lag, holte ihren Kulturbeutel heraus und reichte ihn Sabina.

»Setz dich«, kommandierte die.

Sabina stand hinter ihr und bürstete und flocht ihr Haar, während Tanvi Chai aus einer Thermoskanne einschenkte. Sabina war nicht gerade zimperlich, aber es fühlte sich gut an, dass jemand diese eine kleine Aufgabe für sie übernahm. Und es gab Meena Zeit, die Emotionen zu unterdrücken, die aus ihr zu entweichen drohten. Sie war nicht bereit, ihre Vermutung über die Notizen einzugestehen, geschweige denn darüber zu reden. »Danke.«

»Gern geschehen.« Sabina säuberte die Bürste und warf die daraus entfernten Haare in den Küchenabfalleimer, bevor sie sich die Hände wusch und sich zu den anderen an den Tisch setzte.

»Du hast so ein hübsches Gesicht«, sagte Uma. »Wenn dir die Haare nicht im Gesicht hängen, kommen deine Augen besonders gut zur Geltung. Groß und dunkel. In dem

Dunkelbraun ist ein wenig Bernsteinfarbenes zu erkennen. Sehr eindrucksvoll.«

»Ich werde dich zu meinem Augenbrauensalon mitnehmen.« Tanvi klatschte in die Hände.

»Nur eine Nachbesserung – sie sind so dick. Eine fein geformte Braue kann so viele Schönheitsfehler ausgleichen.«

Meena berührte ihre Augenbraue. »Welche Schönheitsfehler?«

Tanvi lachte. »Du hast keine. Noch nicht.«

»Ich werde dir den Namen meiner Augencreme simsen.« Uma griff nach ihrem Handy. »Du bist zu jung für diese winzigen Fältchen.«

»Ich habe es noch nicht geschafft ...«

»Und deine Lippen sind trocken«, sagte Sabina. »Vaseline vor dem Schlafengehen. Jeden Abend.«

Hatten sie Neha auch dermaßen kritisiert? Hatte Meena Ähnlichkeit mit Neha? Die Neugier nagte an ihr.

»Ich habe mich gefragt, warum es in dieser Wohnung keine Fotos gibt.« Meena nahm die Tasse, die Tanvi vor sie gestellt hatte, und ließ sich vom Aroma des Chai wärmen. Sie stützte ihren eingegipsten Arm auf der Tischplatte ab und verschränkte die Beine auf dem Stuhl. Die nackten Füße schob sie in die Kniekehlen.

»Neha war kein Fan von Erinnerungen.« Tanvi schob Meena eine volle Schale vor die Nase.

»Upma.« Sabina bediente die anderen, bevor sie sich vor ihr eigenes Essen setzte. »Das ist südindisch. Ein herzhaftes Frühstück.« Sabina gab zwei Löffel Zucker in Meenas Chai.

»Es ist meine Spezialität«, prahlte Uma. »Meine Familie stammt zwar aus dem Norden, aber das ist mein Lieblingsessen.«

»Ihr müsst doch Fotos von ihr haben«, bohrte Meena weiter.

Tanvi setzte sich. »Ich bin mir sicher, wir haben welche. Ich werde die Alben von früher mal durchblättern und ein paar für dich heraussuchen.«

»Warum so neugierig?«, fragte Sabina. »Du hast doch gesagt, du würdest sie nicht kennen und wüsstest nicht, warum sie dir diese Wohnung vermacht hat.«

»Ich bin Journalistin«, erinnerte Meena sie.

»Im Gegensatz zu diesem Fotomodell hier«, Uma deutete auf Tanvi, »ließ sich Neha nicht gerne fotografieren. Nicht einmal an Diwali oder Halloween. Sie hat die Kamera gemieden.«

»War sie schüchtern?«

Uma lachte. »Wohl eher das Gegenteil.«

Meena ließ das Thema fallen und schöpfte einen Löffel voll aus ihrer Schale. Das Essen hatte eine Konsistenz wie Grütze und enthielt fein gewürfelte Karotten, Erbsen und Zwiebeln. Knusprige gelbe Linsen lockerten die breiige Konsistenz auf. Aromen explodierten in Meenas Mund. Normalerweise konnte sie mit Schärfe umgehen, aber sie hatte nicht damit gerechnet, dass ihr der Biss in die grünen Chilis sofort die Luft nehmen würde. Sie hustete und nahm einen Schluck vom heißen Chai.

»Es ist nicht sehr scharf.« Uma nahm einen weiteren Bissen. *Eine Lüge.* »Ich bin mit Fleisch und Kartoffeln aufgewachsen«, sagte Meena.

»Ohne Gewürze?«, fragte Sabina.

Meena umfasste die Tasse Chai mit beiden Händen und genoss die Wärme. »Salz, Senf, schwarzer Pfeffer, ab und zu Knoblauch und viele Kräuter, die meine Mutter im Garten hatte.«

»Aber was ist mit Kreuzkümmel und Kurkuma? Nelken, Asant. Es gibt Hunderte von Gewürzen, die sich auf millionenfache Weise kombinieren lassen, um Speisen zu verfeinern«, sagte Uma. »Hat deine Mutter nicht gekocht?«

»Das hatte für sie keine Priorität«, verteidigte Meena ihre Mutter. »Sie war Botanikerin. Ihr Beruf stand an erster Stelle.«

»Das ergibt Sinn«, stimmte Uma zu. »Ich koche auch nicht, wenn ich es vermeiden kann.«

Meena war froh, dass die Tanten die Vergangenheitsform nicht bemerkt hatten, als sie ihre Mutter erwähnte.

»Der Trick ist, jemanden zu heiraten, der es kann«, sagte Tanvi. »Mein Mann macht sich sehr gut in der Küche. *Und* im Schlafzimmer.«

Meena verschluckte sich fast an ihrem Tee. »Glückwunsch.«

»Bestärke sie nicht noch«, rügte Sabina sie.

Tanvi zwinkerte Meena zu. »Es ist völlig in Ordnung, über Sexualität zu sprechen, sogar in gemischter Runde. Oder ich sollte besser sagen, besonders in gemischter Runde.«

Meena mochte Tanvi. Sie hatte immer ein Lächeln in ihrem runden Gesicht und kleidete sich auf kunstvolle Weise. Stets trug sie lange Samtkleider und schmückte ihr Haar mit Ketten, Haarnadeln und Bändern. Um die Augen hatte sie einen Lidstrich, der an den äußeren Rändern geschwungen auslief. Meena fragte sich, ob Nehas Patchworkstil je mit Tanvis Ästhetik kollidiert war oder ob Neha jemals mit den dreien zusammengesessen hatte, während sie über Essen und Sex diskutierten.

»Apropos«, scherzte Tanvi. »Was hältst du von unserem Sam?«

Meena stellte ihre Tasse ab. »Er ist nett.«

»Also«, grummelte Tanvi. »Kartoffelchips sind ganz nett. Was hältst du von ihm als Mann? Einem alleinstehenden, gut aussehenden Mann?«

Meena aß noch ein wenig in kleinen Bissen, um die Schärfe zu mildern. »Ist mir gar nicht aufgefallen.«

»Du bist eine schlechte Lügnerin«, bemerkte Tanvi. »Du schaust weg und deine Nase zuckt.«

Meena ließ den Löffel fallen. Ihre Mutter hatte immer dasselbe gesagt. Eine Welle der Sehnsucht erfasste sie. Sie atmete tief durch und nahm die Tasse in die Hand.

Tanvi seufzte und stützte sich mit dem Ellbogen auf dem Tisch ab. Die etwa ein Dutzend Armreifen, die sie an ihrem Handgelenk trug, klimperten bei der Bewegung. »Sam braucht Gesellschaft und ich sehe doch, dass er dich mag.«

Meena sprach betont gelassen. »Als Person. Außerdem mag er jeden.«

»Nicht so«, murmelte Sabina.

Meena schaute sie an, aber Sabina wiederholte ihre Aussage nicht.

»Ich bin mir sicher, dass er Freunde hat«, sagte Meena.

»Ja. Dinus, Ava und Luis.« Uma zählte sie an ihrer Hand ab. »Aber er arbeitet die ganze Zeit. Er braucht eine Freundin, eine Frau. Sam ist bestens als Ehemann geeignet.«

»Wir haben ihn gut trainiert«, fügte Tanvi hinzu. »In allem. Na ja, nicht in *allem*. Aber ich bin mir sicher, dass er auch auf *dem* Gebiet Erfahrungen gesammelt hat.«

Meena neigte nicht zum Erröten, aber ihr Gesicht wurde heiß bei der Vorstellung von Sams sexueller Erfahrung. Leider war er kein Typ für einen One-Night-Stand.

»Es wäre gut für ihn, wenn er zur Ruhe käme«, meinte Sabina. »Vielleicht mit einer netten Inderin. In unserer Kultur ist das allerdings nicht mehr zwingend, obwohl es das früher einmal war.«

»Wir entwickeln uns immer weiter«, sagte Uma. »Zum Besseren.«

»Es spricht einiges für eine gemeinsame Kultur, Sprache und Tradition«, argumentierte Sabina.

Meena nippte an ihrem Chai, um den Kloß in ihrem Hals hinunterzuschlucken.

»Und all das kann man lernen«, scherzte Uma. »Die Partnerin meiner Tochter ist Ecuadorianerin. Sie tauschen Rezepte aus und kochen füreinander. Und sie zelebrieren die Traditionen ihrer und unserer Feiertage.«

»Sameers Familie würde es vorziehen, dass er unserer Kultur treu bliebe«, sagte Sabina. »Die Voras waren schon immer konservativ. Sein Großvater war ein überzeugter Hindu, der seine Kinder und Enkelkinder wissen ließ, was er erwartet.«

»Sein Großvater ist tot«, blaffte Uma. »Außerdem sind Erwartungen nicht dasselbe wie Regeln. Er ist sein eigener Herr.«

»Sams jüngerer Bruder ist mit einer britischen Gujarati-Frau verheiratet.« Tanvi wandte sich an Meena. »Sie haben gerade ihr drittes Kind bekommen. Leider hat Sam seine Nichte noch nicht kennengelernt. Vielleicht wird er das auch nie.«

»Warum nicht?«

»Er ist mit seiner Familie zerstritten«, erklärte Uma. »So viel zum Thema Traditionen pflegen.«

Meena bemerkte den Blick, den Uma Sabina zuwarf. Sie sprachen über Dinge, zu denen Meena der Kontext fehlte, aber sie wollte es wirklich wissen.

»Seine Familie lebt in Deutschland, richtig?«

»In München«, antwortete Tanvi. »Die Eltern sind zu seinem jüngeren Bruder und dessen Familie gezogen.«

»Und was ist mit dir?«, fragte Sabina. »Du sagtest, deine Mutter sei Botanikerin gewesen. Ist sie in Rente?«

»Sie ist gestorben.« Diese Frauen waren schlau und erinnerten sich an alles. Meena musste mehr auf der Hut sein, vor allem, wenn sie sich so ungeschützt fühlte. »Mein Vater auch.« Meena wartete nicht auf die Frage, die garantiert gekommen wäre. Sie kam ihr zuvor, um das Thema abzuschließen.

Tanvi streckte die Hand aus und tätschelte Meenas Arm. Sie musste vor einer weiteren freundlichen Geste die Augen schließen.

»Das ist schon lange her«, präzisierte Meena. »Ich war sechzehn.«

»Oh nein!« Tanvi tätschelte ihre Hand. »Hast du dann bei einer anderen Familie gelebt?«

Meena spulte das Drehbuch ab, das sie bei den seltenen Gelegenheiten verwendete, bei denen dieses Thema aufkam. »Es war ein Unfall. Sie waren großartige Eltern. Ich hatte eine wunderbare Kindheit und habe jetzt ein gutes Leben.«

»Aber du warst ganz allein«, bemerkte Sabina.

»Darin bin ich gut.«

»Das heißt aber nicht, dass du nicht einsam bist«, entgegnete Uma.

»Wie auch immer.« Tanvi drückte ihre Hand. »Jetzt hast du uns. Und Sam.«

»Hör auf mit dem Verkuppeln«, schimpfte Uma. »Das ist ein sensibler Moment.«

Meena ergriff die Chance eines Themenwechsels. »Er hat mich tatsächlich zum Essen eingeladen.«

»Wann?«, fragte Tanvi. »Wo? Oh, wir müssen einen Einkaufsbummel machen. Ich sehe dich immer in denselben Jeans und Pullovern. Du musst ein bisschen mehr Farbe in deine Garderobe bringen.«

Wie Neha.

»Meine Kleidung ist in Ordnung.« Meena strich mit der gesunden Hand über den Saum ihres grauen T-Shirts. »Ich darf nicht zu viel besitzen, sonst passt es nicht in meinen Koffer. Außerdem haben Sam und ich keine festen Pläne.«

»Das ist ein Anfang.« Uma grinste. »Mein Mann hat mich nach dem Abschluss unseres Wirtschaftsstudiums zum Essen eingeladen und ein Jahr später waren wir verheiratet.«

Meena lehnte sich auf ihrem Stuhl zurück. »Äh, das ist nicht ...«

»Mach ihr keine Angst«, schimpfte Sabina.

»Ich entwerfe die Hochzeitseinladungen.« Tanvi klopfte zweimal auf den Gips.

Entsetzen zeichnete sich auf Meenas Gesicht ab. Sie trank den Chai aus und stand auf.

»Setz dich wieder.« Tanvi streckte die Hand nach Meena aus. »Ich habe doch nur Spaß gemacht.«

»Ich muss duschen.« Meena verließ die Frauen in Richtung Badezimmer.

Sie musste fliehen. Nicht nur vor dem Zimmer und den Tanten, sondern vor dieser Wohnung, dieser Stadt, dem Bundesstaat Massachusetts.

Als sie aus dem Bad kam, waren die Tanten zum Glück gegangen. Sie schloss die Wohnungstür ab. Meena musste handeln, nicht nachdenken. Ihr Brustkorb wollte sich nicht entspannen und sie hatte Schwierigkeiten, tief einzuatmen. Panik, Schmerz und Unbehagen schnürten ihr die Kehle zu. Sie hatte Eltern, erinnerte sie sich. Sie würde nicht zulassen, dass Neha etwas bedeutete. Sie wusste jetzt eine Sache mehr über sich als gestern. Das war alles. Zwischendurch musste sie E-Mails checken, Besprechungen anberaumen.

Und dann sah sie sie. Die Rettung in Form einer Nachricht von *Condé Nast Traveler*. Sie wurde weit weg von hier gebraucht.

KAPITEL 14

Meena war in der Slippbarinn, der bekanntesten Cocktailbar Reykjaviks. Die drei blonden Männer in ihrem Sucher lachten, als sie vor der Kamera performten und sich präsentierten. Meena schmunzelte über ihre Späße. Sie amüsierten sich prächtig. Meena machte noch ein paar Fotos von einem Barkeeper, der hinter einer massiven Bar aus Holzlatten Drinks mixte. Die Cocktailregale hinter ihm leuchteten rot, grün und weiß. Nach ein paar Tagen im Einsatz hatte sie sich gut mit dem Gips arrangiert; anstatt sich davon frustrieren zu lassen, hatte sie sich umgestellt und angepasst, damit es funktionierte.

Gäste waren wenige da, wahrscheinlich weil es erst kurz nach siebzehn Uhr Ortszeit war, obwohl der Himmel draußen eine pechschwarze Farbe hatte. Das hier war für die Reportage über die Barkultur in Reykjavik ihr drittes Lokal an diesem Tag. Zuerst war sie in der Pablo Discobar gewesen, einem gehobenen Lokal für Ausländer und Leute, die sich teure Cocktails leisten konnten, und dann in der Kaldi Bar, einem Bierlokal. Die Slippbarinn war ihre letzte Station an diesem Tag. Die Erschöpfung, die sie hinter sich gelassen zu haben glaubte, lastete auf ihr. Der Auftrag fühlte sich an wie ein Mittel zum Zweck. Sie spürte nicht den üblichen Reiz, die Freude darüber, den richtigen Moment einzufangen, um die Botschaft zu vermitteln.

Meena richtete ihre Kamera wieder auf die lachenden Gesichter der drei Jungs und machte noch ein paar Bilder von dem hell erleuchteten Lokal. Die jungen Männer hatten bereits die Genehmigungen für die Veröffentlichung der Fotos unterschrieben, damit sie Teil der Story sein konnten. In isländischen Bars gab es nicht viele Regeln und am Wochenende blieben manche davon bis halb fünf Uhr morgens geöffnet. Das war genau die Art von Auftrag, die Meena jetzt brauchte: spontan, ohne viel Vorbereitung und Ablenkung bietend. Sie war mittlerweile drei Tage hier und hatte kaum an das Ingenieurhaus gedacht.

Oder zumindest hatte sie versucht, nicht daran zu denken.

»Habe einen kurzfristigen Auftrag. Muss nach Island.«

Sie hatte direkt unter das neue Füllhorn, das Sabina gegen den Halloweenkranz ausgetauscht hatte, einen Zettel an ihre Wohnungstür geklebt. Das Apartment hatte sie unverschlossen gelassen und einen Nachtflug genommen. Von Reykjavik aus würde sie direkt nach Manhattan fliegen und wieder die Redaktionssitzungen wahrnehmen. Dann Weihnachten in London und weiter zum nächsten Auftrag.

Um die Wohnung würde sie sich im April kümmern.

Sie nahm den Kameragurt vom Hals und bewegte den Kopf hin und her, um die Verspannungen zu lockern.

Ein blonder Mann mit Locken und Brille kam auf sie zu und setzte sich auf einen quadratischen Barhocker aus Holz. Er war wie Sam auf eine jungenhafte Art süß, obwohl sie sich überhaupt nicht ähnlich sahen. Sie schätzte den Mann auf Ende zwanzig und er hatte mit den kräftigen Oberschenkeln und der breiten Brust eine Statur, mit der er in einem Ringkampf seine Gegner mit links hätte niederstrecken können. Meena beobachtete, wie sich die Muskeln in seinem Unterarm anspannten, als er ein Glas Bier an die Lippen hob.

Er zwinkerte ihr zu. »Ich bin Odkell.«

Sie schenkte ihm ein freundliches Lächeln. Ein bisschen Ablenkung war genau das, was sie brauchte, um den letzten Monat hinter sich zu lassen. So war ihr Leben. Vergnügliche Abende, die mit dem Wissen endeten, dass es kaum eine Chance gab, den anderen je wiederzusehen.

»Meena.«

»Hübscher Name«, sagte Odkell. »Und cooler Look.«

»Ich wünschte, ich könnte das Kompliment zurückgeben.«

Er lachte in einem Bariton. »Wodka hilft.«

»Das ist aber kein gutes Verkaufsargument.« Sie war mit dem Fotografieren fertig und bestellte beim Barkeeper einen Martini.

Odkell drehte sich zu ihr. »Mein Aussehen kann dich also nicht überzeugen. Na schön. Vielleicht das: Ich spiele Football. Zwar nicht in der Nationalmannschaft, aber ich kenne ein paar der Spieler. Das hier ist eine kleine Insel.«

»Ich hab's nicht so mit Sport.«

Er nahm ihre Hand in seine. »Ich bin, ähm, *klár*.« Er tippte sich an den Kopf.

»Clever?«

»Genau.« Er lächelte breit und zeigte dabei seine nicht ganz geraden Zähne. »Kannst du Isländisch?«

»Nein, nur ein paar einzelne Worte, die ich bei der Vorbereitung auf diese Reise aufgeschnappt habe.« Ein weiterer Ausdruck aus Nehas Mitteilungen fiel Meena ein. »Fensterwetter.«

»Gluggaveður«, übersetzte Odkell. »Das ist ein sehr gebräuchlicher Ausdruck. Die Touristen mögen ihn. Wo hast du das Wort gehört?«

Sie hielt inne. »Ich habe es irgendwo gelesen.« *In einer Nachricht, die mir eine Frau geschrieben hat, die wahrscheinlich meine leibliche Mutter ist.*

Er strich mit den Fingern über ihre Handfläche. »Was ist mit deinem Arm passiert?«

»Eine blöde Verletzung.« Sie entzog ihm ihre Hand.

»Ich seh schon, ich hab meine Chance vertan, bevor ich einen echten Versuch gestartet habe. Sollen wir uns stattdessen betrinken?« Odkell hob sein Glas. »Ich verspreche dir, ich bin ungefährlich.«

Meena lachte. »Ich trinke nicht viel Alkohol.«

»Ah, in Island ist das aber eine Art Nationalsport.« Odkell trank sein Glas leer. »Ich werde es dir beibringen.«

Meena beobachtete, wie er zwei Finger hochhielt und Reyka-Wodka bestellte. Sie würde ein oder zwei Drinks nehmen, aber sie würde sich nicht mit ihm betrinken. Obwohl ihr Instinkt ihr sagte, dass sie sich bei ihm keine Sorgen zu machen brauchte, war das nicht ihr Stil. Sie war für sich selbst verantwortlich und nahm diese Verantwortung nicht auf die leichte Schulter. Meena lachte und hob ihr Glas. »Skål.«

Er stieß mit ihr an und trank sein Glas in zwei Schlucken leer. »Wie lange bleibst du?«

»Ich reise morgen ab«, antwortete Meena.

»Zurück nach Hause?«

Die Worte trafen sie. Die deutliche Erinnerung daran, dass die Haustür in der Halloweennacht für sie offen gelassen worden war, ließ ihren Körper verkrampfen. Ihr tat das Herz weh von dieser kleinen Geste der Menschen, die sie kennengelernt hatte. Menschen, die freundlich zu ihr waren, auch wenn Meena dem nicht aufgeschlossen gegenüberstand.

»Habe ich etwas Falsches gesagt?«

»Nein.« Meena schüttelte den Kopf. »Ich habe mich nur gerade an etwas erinnert.«

Er grinste sie breit an. »Du hast nicht gelebt, wenn es nichts gibt, was du unbedingt vergessen willst.«

Sie schenkte ihm ein schwaches Lächeln.

»Mein Großvater sagt das immer«, erklärte Odkell. »Es ist unser Familienmotto. Wir sind dafür, Fehler zu machen und sie zu bereuen. Solange es niemandem wehtut.«

»Und wenn man sich dabei selbst wehtut?«

Er zuckte mit den Schultern. »Warum nicht? Dann verbucht man es unter Lebenserfahrung. Und wenn man dabei draufgeht, dann wenigstens bei etwas, das man unbedingt machen wollte.«

»Hast du keine Angst?«

»Vor Schmerzen? Nein. Wunden heilen bei mir gut«, antwortete Odkell. »Meine Narben sind Erinnerungen. Angst ist ein schlechter Ratgeber.« Odkell legte seine Hand auf ihre und drückte sie. »Trink noch einen Schluck. Ich erzähl dir mal einen Witz, um dich ein bisschen aufzumuntern.« Er umfasste ihre Hand mit beiden Händen. »Was machst du, wenn du dich in einem isländischen Wald verirrst?«

Meena zog die Stirn in Falten.

»Aufstehen.«

Sie legte den Kopf auf die Seite.

»Weil wir sehr kurze Bäume haben.« Er lachte über seinen eigenen Witz.

Meena tätschelte seine Hand. »Du kannst deiner Facettenliste ›urkomisch‹ hinzufügen.«

»Das werde ich«, sagte Odkell. »Es war schön, dich kennenzulernen, Meena. Und hab keine Angst, ja? Du wirst es überleben.«

»Oder es gibt immer noch Reyka.«

Er hob ein weiteres volles Glas an und trank mit großen Schlucken. Meena klopfte ihm auf die Schulter, schnappte sich ihren Rucksack und ging hinaus in die eiskalte dunkle Nacht.

Zum Glück war ihr Hotel nur ein paar Gehminuten entfernt. Ihre Lunge füllte sich mit eisiger Luft. Sie war frisch und rein. Es gab keinen Geruch von Schornsteinrauch, keine hohen viktorianischen Gebäude. Meena blickte in den Nachthimmel, der hier tiefer zu hängen schien. Der Betreuer in der Pflegeeinrichtung hatte ihr immer erzählt, dass er glaube, die Menschen würden zu Sternenstaub werden, wenn sie die Erde verließen. Sie hatte sich im Stillen gegen seine New-Age-Philosophie gewehrt. Auch wenn Hannah und Jameson Dave in der Künstlerstadt Northampton gelebt hatten, waren sie für Kristalle und Reiki zu pragmatisch gewesen.

Die Sterne funkelten über ihr. Meena stand in der Mitte der ruhigen Straße und hielt Ausschau. Ob es nun am Wodka lag, an der klirrenden Kälte oder an etwas anderem, sie ließ die Erinnerungen zu. Dort, auf einer Straße mit einem sehr langen Namen, wurde Meena von der Liebe erfüllt, die sie für ihre Eltern empfunden und die sie von ihnen bekommen hatte.

Sie streckte ihre behandschuhte Hand aus, um die Sterne nachzufahren, die so aussahen wie die, die sie an die Decke ihres Kinderzimmers geklebt hatte. Der Weltraum war unendlich und leer, aber ihr Vater hatte immer gesagt, er sei voller Teilchen. Meena hatte das damals so gedeutet, dass viele kleine Teilchen im Universum ein großes Ganzes ergaben. Die Tränen gefroren auf ihrem Gesicht, als sie ihre Wangen hinunterliefen, und flossen weiter, als sie das Hotel betrat und die Treppe zu ihrem Zimmer hinaufging. Zum ersten Mal seit langer Zeit erlaubte sie sich, ihre Eltern zu vermissen.

Eine halbe Stunde später und nachdem sie mehrere Schichten warmer Kleidung abgelegt hatte, lag Meena auf dem Bett und starrte in die Dunkelheit. Es war überstürzt gewesen zu fliehen, als sie mit der Wahrheit konfrontiert worden war. Kindisch fühlte es sich an. Sie war keine sechzehn mehr und reiste in der Welt herum. Ja, sie war dabei vielen Menschen begegnet.

Menschen, mit denen sie arbeitete, und den Protagonisten ihrer Fotoreportagen. Aber sie hatte die Menschen nicht an sich herangelassen, jedenfalls nicht wirklich. Sie hatte sich Geschichten über Hoffnungen, Träume, Ängste und Verlust angehört, aber selten hatte Meena ihre mit jemandem geteilt.

Sie fühlte sich leer und ausgelaugt. Vielleicht war sie bei ihrer Ankunft in Boston nicht vom Reisen erschöpft gewesen, sondern weil sie müde davon war, ihre Erinnerungen unter Verschluss halten zu müssen. Sie hatte den Verlust ihrer Eltern direkt nach deren Tod mit einer zweijährigen Therapie aufgearbeitet. Aber sie hatte all das hinter sich gelassen, als sie aufs College ging. Nie hatte sie zurückgeblickt. Nie war sie zurückgekehrt. Sie hatte sich selbst versprochen, nie wieder zuzulassen, dass ihr jemand so viel bedeutete.

Als sie in den Schlaf hinüberglitt, hörte sie immer wieder Odkells Worte: »Du wirst es überleben.«

KAPITEL 15

Meena schreckte aus einem Albtraum auf, in dem sie von einem riesigen Keramikfisch an die Wand gedrückt wurde, während gedrungene Bäume wie eine Armee auf sie zukamen. Sie rieb sich übers Gesicht und rollte sich auf die Seite, um ihren schmerzenden Rücken zu entlasten. Die Couch wurde immer unbequemer und ihr Körper machte Bekanntschaft mit den Kuhlen in den Polstern. Sie sollte das Bett benutzen, die Laken waschen, vielleicht Geld in den Kauf einer neuen Bettdecke und neuer Kissen investieren. Das Sofa war zu einer Möglichkeit geworden, keine Beständigkeit aufkommen zu lassen.

Letztendlich wusste sie, dass sie es durchziehen musste. Es waren weniger als zwei Monate bis Weihnachten. Sie würde sich die Zeit nehmen, nicht mehr reisen und in Boston bleiben, um die Wohnung auszuräumen. Sie würde sie herrichten und Wege finden, den Tanten auf den Zahn zu fühlen, ob eine von ihnen eventuell im April das Apartment übernehmen wollen würde. Danach würde sie wieder Aufträge annehmen. Das war ein vernünftiger Plan.

Meena ging ins Bad und dann in die Küche, um sich eine Tasse Tee zu machen. War es erst einen Monat her, dass sie an ihrem ersten Morgen hier das Gleiche getan hatte?

Damals hatte sie nichts von ihren Wurzeln gewusst. Ihre braune Haut war mit Erwartungen verbunden. Die Leute wollten wissen, welcher Ethnie sie angehörte, woher sie kam. Wenn sie sagte, sie wisse es nicht, waren manche beleidigt, als wollte sie die Frage absichtlich nicht beantworten. Andere wollten irgendwie helfen und stellten Vermutungen an. Auf ihren Reisen hatte Meena gelernt, wie tief verwurzelt manche Überzeugungen waren.

Zumindest jetzt, wenn sie in den Spiegel schaute, konnte sie die Ähnlichkeiten zwischen ihr und den Tanten, zwischen ihr und Sam erkennen. Sie hatten unterschiedliche Hauttöne, aber die Form ihrer Augenbrauen, der Knochenbau … Es war schwer zu beschreiben. Sie sahen zwar nicht gleich aus und doch bestand eine gewisse Ähnlichkeit. Meena war Teil einer Linie, einer Kultur.

Sie wusste nichts über den Rest ihres Erbes, außer den verwestlichten Versionen indischer Speisen, den kleinen Ausschnitten indischer Kultur in Filmen und Büchern. Sie wusste, was ein Sari war, hatte aber noch nie einen getragen und würde es wahrscheinlich auch nie tun. Sie war nicht hier, um zu lernen, wie man Inderin wurde. Sie war hier, weil …

Wie wäre es, dazuzugehören?

Der Gedanke drängte sich unaufgefordert auf, als Meena sich den Tee zubereitete. Sie drückte den Teebeutel aus und warf ihn in den Abfalleimer.

Sie ignorierte den Gedanken und ging ihre mentale Checkliste durch: Supermarkt für frische Grundnahrungsmittel als Ersatz für Take-away-Gerichte. Zwar kochte sie nicht, konnte aber mit ein paar frischen Zutaten und einem Zitronen-Senf-Dressing einen anständigen Salat zubereiten. Sie öffnete die Schränke, um eine Bestandsaufnahme zu machen. Lebensmittel, die noch nicht abgelaufen waren, würde sie verwenden. Hannah Dave hatte keine verschwenderische Tochter großgezogen. Viel Geschirr gab es nicht. Ein paar Platten und Schüsseln. Und auch nicht viele Kochutensilien.

Auf dem Weg zurück ins Wohnzimmer stieß Meena gegen den Notizblock, der am Kühlschrank hing, und er fiel zu Boden. Als sie ihn aufhob, um ihn zurückzuhängen, sah sie eine kleine Tasche auf dem Karton, an dem der Magnet befestigt war. Ein Schlitz, ein Umschlag. Sie zupfte daran herum, bis sie an den Inhalt gelangte. Zwei Visitenkarten, jeweils von einem Elektriker und einem Bauunternehmer. Auf der Rückseite der einen allerdings die kleine deutliche Handschrift.

Die englische Sprache ist komplex und einfach zugleich. Es ist die Bedeutung des Wortes, die zählt. Die Sprache lebt und entwickelt sich mit jeder Äußerung weiter. Spielt es eine Rolle, wo der Apostroph gesetzt wird, wenn man die Bedeutung des Satzes versteht? Und die Bezeichnungen. Nomen: eine Person, ein Ort oder eine Sache, aber nicht immer. Hoffnung ist ein Substantiv. Das gilt auch für Mord.

KAPITEL 16

Einen Tag nach ihrer Rückkehr war Meena Sam und Wally begegnet. Er hatte ihre Abreise und ihre Rückkehr gelassen hingenommen, ihr mit echtem Interesse ein paar Fragen gestellt und sie zum Essen eingeladen.

Ein paar Tage später traf Meena ihn im Foyer. Auf dem schmalen Beistelltisch stand ein frischer Strauß lilafarbener und weißer Dahlien. In der Luft lag ein Hauch von Zimt aus der Potpourri-Schale neben der Vase. Meena winkte Sam kurz zu, als er aus seiner Wohnung kam. Er war lässig gekleidet und trug einen einfachen blassblauen Pullover, eine dunkelbraune Jacke und Jeans. Diesmal war sein Haar nicht glatt frisiert, sondern nur nach hinten gekämmt, und die Locken fielen, wie sie wollten.

»Klingt so, als wollte Wally nicht, dass du gehst«, sagte Meena.

Sam seufzte, als er die Tür hinter sich schloss. »Wir brauchen beide etwas Zeit getrennt voneinander. Er wird sich schon beruhigen. Ich habe Tanvi strikte Anweisung gegeben, ihn nicht aus seiner Box zu lassen.«

»Liebevolle Strenge.« Meena taten beide leid. Der Welpe und Sam.

»Laut den Trainingsvideos auf YouTube ist das gut für ihn. Wir wollen doch nicht, dass er jedes Mal Trennungsangst hat, wenn ich ihn zu Hause lasse.«

»Meinst du, die Tanten werden sich fernhalten?«

»Das kann ich nur hoffen.«

Es dämmerte bereits, obwohl es erst kurz nach halb sechs war. Heute Nacht wurden die Uhren umgestellt. Meena hasste es, wenn die Sommerzeit endete, und erinnerte sich daran, wie sie früher im Dunkeln aus der Schule kam, obwohl es kaum sechzehn Uhr gewesen war. Ewige Dunkelheit. Sie hatte diese Seite von Herbst und Winter noch nie gemocht.

»Wie war deine Reise?«

»Gut und produktiv.«

»Bars auf Island. Klingt lustig.«

Sie erzählte ihm von den Leuten, die sie getroffen hatte, und wiederholte den Witz, den Odkell ihr erzählt hatte.

»Tanvi meinte, dass deine Tür wieder abgeschlossen war«, sagte Sam. »Daher wusste sie, dass du zurück bist.«

»Ich habe die Tanten noch gar nicht gesehen.«

»Alles in Ordnung?«

»Was meinst du?«

»Ich weiß nicht, aber du machst einen traurigen Eindruck.«

Sie schenkte ihm ein unsicheres Lächeln. »Ich bin müde. Außerdem habe ich mit einigen Dingen zu kämpfen und ich kann nicht aufhören, darüber nachzudenken.«

»Ich bin ein guter Zuhörer«, bot Sam an.

»Ich weiß«, sagte Meena. »Aber wie soll ich die richtigen Worte finden, um es zu erklären, wenn ich selbst nicht weiß, was los ist?«

»Ich verstehe.«

»Es ist auch keine große Sache.« *Nur eine berufliche Krise und das Auffinden meiner leiblichen Mutter, die tot ist, während ich endlich um meine richtigen Eltern trauere, die gestorben sind, als ich sechzehn war.*

Sie gingen eine Weile nebeneinanderher und Meena schätzte es, dass Sam es nicht für nötig befand, jede Pause zu füllen. Als sie sich dem Public Garden näherten, war die Straße voller Menschen, die auf dem Heimweg von der Arbeit oder auf dem Weg zu einem Treffen mit Freunden waren. Einige wenige, denen die klirrende Kälte nichts ausmachte, saßen auf Bänken. Meena fragte sich, ob Neha viel Zeit in dem großen Park inmitten der Stadt verbracht hatte.

»Ich habe Nehas Nachruf gelesen«, sagte Meena.

»Den habe ich verfasst.«

»Nicht die Tanten?«

»Sabina hat die Beerdigung geplant und Uma hat sich ums Essen gekümmert. Tanvi um die Blumen. Ihre Männer führten die Riten durch und ich habe den Nachruf geschrieben.«

»Ihr hattet alle eine Aufgabe.«

»Wir haben uns auf unsere Stärken besonnen.«

»Was ist mit ihren Eltern?« *Meinen Großeltern?*

»Sabina hat sie kontaktiert«, sagte Sam. »Neha hatte kein gutes Verhältnis zu ihnen. In ihrem Alter waren sie nicht mehr bereit für einen langen Flug von Nairobi nach Boston.«

»Die Tanten müssen Neha vermissen.«

Sam lachte kurz auf. »Wahrscheinlich. Sie hatten aber auch ihre Probleme miteinander.«

»Hat Neha denn nicht so richtig dazugehört?«

»Sie war ihnen nicht so nahe, wie die drei es untereinander sind.«

Sie gingen durch die Farbenpracht des Public Garden und über die Fußgängerbrücke. Als die Dämmerung in die Nacht überging, schimmerte die Skyline von Boston durch die gelb werdenden Trauerweiden. Das Laub raschelte, als Meena hindurchstiefelte. Sie steckte die Hände in die Taschen ihrer Jacke und spürte die frische Luft kühl und beruhigend auf ihrem Gesicht.

»Das hier war bis in die Zwanzigerjahre des neunzehnten Jahrhunderts die kürzeste funktionierende Hängebrücke der Welt«, erklärte Sam.

»Interessant.«

»Ich habe das nicht gesagt, um dich zu beeindrucken. Ein paar Freunde und ich nehmen regelmäßig an Quizspielen in einem Pub teil und deshalb weiß ich eine Menge solcher Dinge.«

»Das hast du nicht bei deiner jährlichen Wanderung auf dem Freedom Trail gelernt?«

Sam lachte. »Falls du es noch nicht bemerkt hast, befinden wir uns derzeit nicht auf diesem Pfad. Wenn du nach unten schaust und rote Linien siehst, dann ist das die Markierung.«

»Ich weiß.« Meena erinnerte sich an die langen Busfahrten als Kind. »Wir haben im Geschichtsunterricht manchmal Schulausflüge nach Boston gemacht.«

»An die erinnere ich mich auch«, sagte Sam. »Ich kann dir gar nicht sagen, wie oft ich schon auf der USS Constitution war.«

»Und im Bunker Hill Monument.«

»Welcher Ort hat dir auf all deinen Reisen am besten gefallen?«, fragte Sam.

Sie überquerten die Straße vom Public Garden zum Boston Common. Meena dachte über seine Frage nach. »Das ist schwer zu sagen. Es kommt darauf an.«

»Worauf?«

Meena blickte zum weißen Pavillon hinüber, als sie den Fußweg hinaufgingen.

»Auf den Auftrag. Ich liebe die Wildheit Schottlands, die Menschen in Vietnam, die Weite Alaskas. Jeder Ort hat etwas Besonderes.«

»Wo würdest du einfach gerne sein, Urlaub machen?«

126

»Urlaub habe ich noch nie gemacht.«

Sie überquerten die Beacon Street und gingen den Beacon Hill hinauf. Die Architektur veränderte sich. Die Straßen wurden schmaler, die Reihenhäuser kleiner. Die Straßenlaternen verliehen der Gegend ein viktorianisches Flair. Meena konnte fast hören, wie Pferde durch die Straße trabten.

»Warum nicht?«

Meena zuckte mit den Schultern. »Ich schätze, an Urlaub habe ich nie gedacht, weil ich sowieso immer unterwegs bin.«

Sam seufzte. »Das ergibt Sinn. Einfach den Aufenthalt zu verlängern, um die Gegend zu erkunden oder zu entspannen, wo immer du auch bist.«

Meena ließ ihn in dem Glauben. Im Entspannen war sie nicht gut. Deshalb meditierte sie. Sie konnte sich nicht vorstellen, an den Stränden Indonesiens zu liegen, ohne etwas zu tun. Immer wartete schon das Nächste auf sie. Vielleicht war das alles, was sie brauchte. Einen langen Urlaub. Allerdings würde sie ihren Gedanken nicht davonlaufen können. »Und du? Wo bist du am liebsten?«

»Ich mag London«, sagte er. »Ich habe dort ein paar Jahre gearbeitet und bin viel gereist, als ich dort gelebt habe. Nach Spanien, Belgien, Schweden.«

»Ich habe da auch eine Unterkunft – in London«, erzählte Meena. »Na ja. Sozusagen. Vorher war ich in Seoul.«

»Wo bist du zu Hause?«

»Ich habe keins.« Das war eine reflexartige Antwort. In Wahrheit war ihr Zuhause bei einer Explosion vollkommen zerstört worden, als sie ein Teenager gewesen war. Aber darauf reagierten die Leute nicht gut.

»Ich kann mir nicht vorstellen, wie das ist«, sagte Sam. »Ich brauche ein Zuhause. Einen festen Ort. Ich mag es, meine Nachbarschaft zu kennen. Die Bäckerei, die Restaurants, in denen ich so oft esse, dass sie mir nicht einmal mehr die

Speisekarte bringen. Ich mag den Wechsel der Jahreszeiten vor meinem Fenster. Die tägliche Routine, die Beständigkeit.«

»Ich mag es, wenn ich nach dem Aufwachen ein paar Minuten überlegen muss, wo ich bin und warum. Unvorhersehbarkeit ist für mich belebend.«

Sie durchquerten Beacon Hill und bogen nach rechts in die belebte Cambridge Street ein.

»Da wären wir.« Sam blieb vor dem Restaurant stehen. »Tip Tap Room.«

Es war laut und in dem riesigen Raum standen große und kleine Tische verstreut. Sie folgten der Bedienung und gingen an der langen Theke vorbei, die voller Leute war, die mit einem Bier in der Hand lachten und sich unterhielten. Als sie vom Kellner die Speisekarte entgegennahm, fühlte Meena sich zum ersten Mal seit Langem etwas unbeschwerter, weniger ermattet von der Last ihrer Lustlosigkeit.

»Es ist schön hier«, sagte sie. »Ich bin froh, dass wir beschlossen haben auszugehen.«

Er hob die Augenbrauen.

Sie lachte. »Du weißt, was ich meine.«

Er lachte ebenfalls. »Ich bin froh, mit dir zu Abend zu essen und kein Date zu haben.«

Sie versteckte ihr verschmitztes Lächeln hinter der riesigen Speisekarte. In der Ecke spielte ein Trio Popmusik und der Sänger übertönte das Getöse der Gäste. Die Luft war erfüllt vom Geruch nach gebratenem Essen und Hopfen. Um sie herum lachten die Leute und scherzten, einige sangen mit. Meena konnte sich nicht erinnern, wann sie das letzte Mal die Gesellschaft von jemandem auf so entspannte Weise genossen hatte. Ihre Kamera war eine Meile von hier entfernt und zu ihrer großen Überraschung machte ihr das überhaupt nichts aus.

KAPITEL 17

In Stuhlhaltung streckt Meena die Arme aus. Yoga prak-
tizierte sie schon seit dem College, denn es brachte sie ins
Gleichgewicht und half ihr, kräftig zu bleiben. Es gab nicht
viele Yogastellungen, die sie mit einem Gipsarm durchführen
konnte, aber sie mochte die Kraft- und Dehnübungen. Joggen
oder einer anderen Sportart hatte sie nie etwas abgewinnen
können und mit einer Figur, die nur aus Haut und Knochen
bestand, war sie bereits in ihrer Kindheit von den anderen als
»Skelett« gemobbt worden. Es gefiel ihr, dass sie mit Yoga ihre
Muskeln kräftigen *und* ihren lärmenden Geist zur Ruhe bringen konnte.

Yoga war eine alte indische Praktik und sie fragte sich, ob
sie genetisch dazu veranlagt war, sich auf diese Weise zu beu-
gen und zu strecken. In den letzten Tagen war Meena auf die
Idee gekommen, dass es gut wäre, ein wenig mehr über Indien
zu erfahren. Von den Tanten hatte sie einige kulturspezifische
Dinge gelernt, wie zum Beispiel, dass die Inder nicht Naanbrot
sagten. Naan war eine Art Brot wie ein Bagel oder Baguette. Und
es hieß auch nicht Chaitee, weil Chai wörtlich Tee bedeutete.

Sie hatte sogar eine Sprachlern-App heruntergeladen, um
herauszufinden, ob sie ein paar Wörter auf Hindi aufschnappen

konnte und ihre Zunge die Laute bilden würde. Sie war nicht erpicht darauf, alte Texte lesen zu können, sondern bevorzugte den Wissensstand von Wikipedia, also gerade genug, um etwas hineinzuschnuppern. Indisch fühlte sie sich nicht, falls es so etwas gab.

Ein lauter dumpfer Schlag auf dem Flur ließ sie aufschrecken. Sie löste sich aus ihrer Pose und öffnete die Tür.

»Alles in Ordnung?«

»Ja, bestens.« Tanvi schob jeweils eine große flache quadratische Marmorplatte auf beide Seiten von Meenas Türrahmen. »Die sind verrutscht und schwer.«

»Was ist das?«

»Dekoration«, erklärte Tanvi. »Für Diwali. Ich mache die Fangoli für alle unsere Eingangstüren. Uma sorgt für elektrische Votivkerzen im Treppenhaus und auf der vorderen Veranda. Sabina kocht das ganze Essen.«

Meena verstand nur etwa ein Drittel von dem, was sie sagte. »Brauchst du Hilfe?«

»Mal sehen, ob du künstlerisch begabt bist.«

In der Hocke schob Tanvi ein Tablett vor sich her, auf dem Schälchen mit Farbpuder in Blau, Grün, Rot, Orange, Rosa, Gelb, Gold und Weiß standen. Sie nahm eine Prise des weißen Pulvers und streute einen kleinen Kreis in die Mitte der einen Marmorfliese. Die hatte einen Rand, sodass das Pulver wahrscheinlich liegen bleiben würde, wenn niemand dagegenstieß.

Meena setzte sich neben Tanvi und schaute ihr bei der Arbeit zu. Tanvi fügte weitere Farben hinzu und es entstand ein kompliziertes Muster, eine kleine Paisleyform mit Blümchen drum herum, und alles aus seidigem Staub. »Du hast eine sehr geschickte Hand. Ganz ruhig.«

Tanvi strahlte. Die Armreifen an ihrem Handgelenk klimperten, während sie weiterarbeitete. »Danke. Ich male, forme

Skulpturen und habe sogar eine Töpferscheibe. Das hier ist nur ein weiteres Medium.«

»Ich verstehe«, sagte Meena. »Und es gehört zur Feierlichkeit?«

»Zum Lichterfest.« Tanvi zeichnete einen Umriss mit weißem Pulver. »Der Sieg des Guten über das Böse. Einige Hindus feiern Diwali als eine Jahreszeit, die mehrere Wochen dauern kann. In Gujarat zum Beispiel beginnt es mit Navratri; dann gibt es auch Tage dazwischen, die von Anhängern verschiedener Götter oder Göttinnen gefeiert werden. Das Ganze gipfelt dann im indischen Neujahrsfest.«

Meena wusste ein wenig über Diwali, aber nicht viel. »Ist es ein religiöser Feiertag?« Sie war katholisch erzogen worden. Der Glaube war in ihrer Kindheit ein Ritual gewesen – Ostermesse und Mitternachtsmesse. Sie war getauft worden und hatte Kommunion gehabt. Für ihre Mum und ihren Dad war es wichtig gewesen und sie hatte mitgemacht. Seit der Beerdigung ihrer Eltern hatte sie keinen Fuß mehr in eine Kirche gesetzt. Wozu war Gott gut, wenn er nicht in der Lage war, eine Hausexplosion zu verhindern?

Tanvi lachte. »Es ist eine Mischung aus verschiedenen Dingen. Während Diwali fasten manche Leute, wie Sabina, und gehen in den Tempel, um alle religiösen Rituale zu vollziehen. Uma feiert, indem sie besondere Speisen, Snacks und Süßigkeiten zubereitet und isst. Ich mag die Farben, die Lichter, die Gemeinschaft und das gesellige Beisammensein.«

»Sind die meisten indischen Feiertage so?«

»Ja«, sagte Tanvi. »Sogar Raksha Bandhan, ein Tag, an dem die Schwester ihren Bruder feiert. Man bindet seinem Bruder ein Raakadi, ein Armband, ums Handgelenk und vollzieht eine kleine religiöse Ehrerweisung, Puja genannt. Dann essen alle und genießen das Beisammensein.«

»Und wenn man keinen Bruder hat?«

Tanvi zwinkerte ihr zu. »Es ist immer ein Cousin in der Nähe. Wir haben in Gujarati kein Wort für Cousin oder Cousine. Jeder ist Bruder oder Schwester, egal, über wie viele Ecken man miteinander verwandt ist.«

»So wie jeder Onkel oder Tante ist«, sagte Meena.

»Es spielt keine Rolle, ob man das gleiche Blut hat oder nicht. Jeder ist mit jedem verwandt.«

»Wie nennt ihr das?«, fragte Meena und gestikulierte in Richtung der Marmorfliese.

»Rangoli«, sagte Tanvi. »In Indien verwendet man sowohl Blütenblätter als auch Puder. In den alten Hindu-Epen steht geschrieben, dass Rangoli von unverheirateten Mädchen benutzt wurde, um für einen guten Ehemann zu beten. Apropos, wie war das Essen mit Sam letzte Woche?«

Meena lachte. Sie bewunderte Tanvis Entschlossenheit, sie zu verkuppeln.

»Es war nur ein Abendessen«, sagte Meena. »Mehr nicht.«

»So fängt es an. Ein Abendessen führt irgendwann zu einem Heiratsantrag.« Tanvi grinste. »Wie damals bei meinem Mann und mir.«

»Das ist nicht witzig.«

»Und du siehst nicht, was direkt vor dir ist. Ihr seid beide alleinstehend, ungefähr im gleichen Alter, gut ausgebildet und attraktiv. Ganz zu schweigen davon, dass ich die kleinen Blicke zwischen euch bemerkt habe, die Art, wie ihr lächelt, wenn ihr aufeinandertrefft.«

»Kann ich es mal versuchen?«, fragte Meena.

»Also gut. Wechsele ruhig das Thema.« Tanvi hielt ihr das Tablett hin.

Meena nahm eine Prise Grün zwischen die Finger ihrer unverletzten Hand und streute es vorsichtig auf die freie Stelle, wobei sie das Muster nachahmte, das Tanvi vorgegeben hatte. »Das ist toll. Das Pulver ist so weich wie Seide.« Ihre Finger waren grün und sie benutzte das feuchte Handtuch, mit dem Tanvi zwischen den Farbwechseln ihre Finger abwischte. Dann nahm sie leuchtendes Orange, etwas Gold und Weiß, um die Fliese zu vollenden. »Der Marmor ist interessant. Das Pulver hält gut darauf.«

»Es ist die gleiche Sorte, mit der das Taj Mahal gebaut wurde«, erklärte Tanvi. »Ich habe ihn mir aus Agra schicken lassen, als ich dort vor etwa zehn Jahren zu Besuch war. Zehn Marmorquadrate, zwei für jede Tür. Dann habe ich sie behandelt und ein wenig aufgeraut, damit die Textur körnig genug ist und das Farbpulver darauf haftet.«

»Wunderschön.«

»Warst du schon mal da?«, fragte Tanvi. »Warst du auf all deinen Reisen jemals in Indien?«

Meena schüttelte den Kopf. Sie fragte sich, ob sie ein Gefühl der Zugehörigkeit empfunden hätte, wenn sie dort gewesen wäre. »Nein. Ich war in vielen Ländern Südostasiens, aber ich hatte nie einen Auftrag in Indien.«

»Deine Arbeit klingt so glamourös.«

Meena lachte. »Sie ist eher das Gegenteil. Viel Couchsurfing, Reisen im Bus und so viel wie möglich in den Tag packen, um knappe Fristen einzuhalten.«

»Dann muss dein Aufenthalt hier doch schön sein«, schlussfolgerte Tanvi. »Eine kleine Pause.«

»Ja.« Es stellte sich heraus, dass es ein bisschen mehr war als das, aber sie würde sich nicht vom Fleck bewegen, und das war immerhin etwas.

»Du musst etwas unternehmen!«, rief Tanvi. »Geh raus und finde Freunde. Verabrede dich mit Sam.«

»Du bist ganz schön hartnäckig.«

»Dann fang klein an. Sabina veranstaltet ein großes Diwali-Dinner für uns alle. Trag es in deinen Terminkalender ein.«

Meena nickte. »Hat Neha früher beim Dekorieren geholfen?« Sie biss sich auf die Lippe. Die Neugier ließ sie einfach nicht los.

Tanvi warf Meena einen Blick zu. »Du möchtest etwas über sie erfahren?«

»Immerhin wohne ich in ihrem Zuhause.« Meena zuckte mit einer Schulter.

Tanvi setzte sich, lehnte den Rücken an die Wand und schlang die Arme um die Knie.

»Ich weiß nicht, wie ich jemanden beschreiben soll, den ich schon mein ganzes Leben gekannt habe. Sie hat gern getanzt. Garba. Das ist in Gujarat Teil der Festivitäten vor Diwali. Während Navratri tanzen wir neun Nächte lang. An den Wochenenden ist Neha oft in die Vororte gefahren, wo die Leute in Turnhallen der Highschools Tanzveranstaltungen organisierten.«

»Allein?«

Tanvi lachte. »Manchmal. Uma und ich haben sie ein paar Mal begleitet. Sie hatte eine Menge Ausdauer. Garba beginnt spät, gegen einundzwanzig Uhr, und endet erst um ein oder zwei Uhr morgens. Aber sie liebte es, die ganze Nacht auf dem Holzboden unaufhörlich im Kreis zu tanzen.«

Die Tür auf der anderen Seite des Flurs öffnete sich und Wally stürmte auf die beiden Frauen zu. Tanvi kreischte. Meena fing den Welpen mit ihrem gesunden Arm ein und drückte ihn an sich. Er kläffte und zappelte, um sich zu befreien.

»Oh nein!« Sam kam aus der Tür gerannt. »Tut mir leid.«

»Schon gut. Ich habe ihn erwischt, bevor er Schaden anrichten konnte«, beruhigte Meena ihn.

»Alles o.k., Tante Tanvi?«

»Mir geht's gut.« Tanvi hielt das Tablett mit den Pulvern außer Reichweite. »Du wirst ihn von jetzt an bis nach Diwali herumtragen müssen. Sonst ist er mit Farbe beschmiert wie Holi.«

Sam hob Wally hoch. »Ich wusste nicht, dass es schon so weit ist.«

»Wir sind sogar ein bisschen spät dran mit dem Dekorieren. Diwali ist dieses Jahr früh.« Tanvi schaute Meena an. »Und wir mussten erst mal Halloween hinter uns bringen.«

»Warum hast du mich nicht gerufen, um die Marmorplatten aus dem Keller zu holen?«, beschwerte sich Sam.

»Ich habe Pi damit beauftragt.« Tanvi wischte seine Bemerkung beiseite. »Das war sein diesjähriger Beitrag. Meena, ich werde dich später brauchen, wenn ich draußen die Lichter anbringe.«

»Schick mir dann einfach eine Nachricht aufs Handy«, sagte Sam.

»Ich habe Meena gerade nach eurem Date gefragt, Sam.«

Meena riss die Augen auf. Diese Frau war unerbittlich. »Ich habe ihr erklärt, dass es ein Abendessen war.«

»Es war schön.« Sam schob die Hände in die vorderen Taschen seiner Jeans.

»Bestärke sie nicht noch«, sagte Meena und seufzte.

»Das ist gut.« Tanvi wischte sich die Hand an der Künstlerschürze ab, die sie trug. »Wann geht ihr wieder miteinander aus?«

»Siehst du, was ich meine?«, wandte Meena sich an Sam.

»Das wollte ich dich eigentlich auch gerade fragen.« Er lachte.

»Oh, ist das nicht nett?« Tanvi zwinkerte Meena zu.

Die starrte Sam an, der grinste.

»Ein paar meiner Freunde und ich werden dieses Wochenende einen Escape Room im North End besuchen. Wenn du Lust hast, dich uns anzuschließen …«

»Er meint dich.« Tanvi stupste Meena an. »Aber Sam, ein Gruppendate? Bist du dafür nicht zu erwachsen?«

»Ich gehe die Sache langsam an«, stellte Sam klar. »Meena ist scheu.«

Er schien zu scherzen oder zumindest hoffte Meena das. Ihr gefiel der Gedanke nicht, dass er ihr vielleicht wirklich nachstellen wollte.

»Also, hast du Lust?«

»Äh.«

»Sonntagnachmittag.«

»Da hat sie Zeit«, antwortete Tanvi an Meenas Stelle.

»Woher weißt du das?«, fragte Meena.

»Du verlässt nie deine Wohnung.«

»Ich könnte andere Pläne haben.« Meena versuchte, sich aus der Einladung herauszuwinden.

»Hast du die?«

»Nein.«

»Super«, sagte Sam. »Ich klopfe gegen vierzehn Uhr an deine Tür. Viel Spaß beim Dekorieren. Tante Tanvi, kannst du dafür sorgen, dass meine Muster mehr ...«

»Geometrisch sind«, beendete Tanvi seinen Satz. »Ich weiß, ich weiß.«

»Danke.«

Mit Wally auf dem Arm ging Sam nach draußen.

»Er mag Paisleys und Blumen nicht«, erklärte Tanvi. »Gitter, Vierecke, Dreiecke, spitze Winkel. Mir macht das nichts aus, weil es mich vor die Herausforderung stellt, etwas Hübsches mit geraden Linien zu gestalten.«

Meena hielt sich bei ihrer Fliese an Tanvis Muster. Sie atmete lange aus. Das war entspannender als Meditation. Tanvi war lustig und gesprächig. Wann immer Meena einen Fehler machte, schimpfte Tanvi nicht, sondern korrigierte einfach den Makel. Als sie mit Meenas Fliesen fertig waren, machten sie sich an Sams. Tanvi summte leise vor sich hin und Meena fragte sie nach der Melodie. Daraufhin begann Tanvi, ein hinduistisches Lied zu singen. Sie arbeiteten zusammen, bis sie mit den Fliesen vor jeder Wohnung fertig waren.

»Danke«, sagte Tanvi. »Du bist gar nicht so schlecht auf diesem Gebiet.«

Meena lachte. »Weil du viel von dem berichtigt hast, was ich verbockt habe.«

Tanvi stand mit dem Tablett in der Hand auf. »Trotzdem war es schön mit dir zusammen.«

»Mir hats auch Spaß gemacht.« Meena winkte ihr zum Abschied und machte sich auf den Weg nach unten in ihre Wohnung, wo sie sich ihre Kamera schnappte, um Fotos zu machen. Sie spürte einen kleinen Energieschub, die Freude, Kunst durch ihre Kamera zu sehen – nicht für einen Auftrag, sondern für sich selbst, für das Vergnügen, den Moment festzuhalten, eine Erinnerung zu speichern. In diesem Hochgefühl beschloss sie, Zoe ein paar Bilder zu schicken, um sich mal wieder bei ihr zu melden.

Sie ging in ihre Wohnung und suchte nach ihrem Handy, konnte es aber nirgends finden. Also überlegte sie, wann und wo sie es das letzte Mal benutzt hatte, und verfolgte ihre Schritte zurück zu dem gepolsterten Beistellstuhl, auf dem sie ihre externen Festplatten abgelegt hatte. Sie tastete zwischen der Rückenlehne und dem Sitzpolster herum. »Aha.« Sie zog das Handy heraus und darunter fühlte sie etwas Papierartiges. Es konnte das Polsteretikett sein. Sie zog daran. Es löste sich und sie drehte es um. Meena seufzte. Nehas Handschrift, mit schwarzem Filzstift.

Sam mag ich am liebsten. Von allen, die gekommen und gegangen sind, ist er derjenige, der mich versteht und mich so sein lässt, wie ich bin. Gerade hilft er Sabina mit den Rosen im Garten hinter dem Haus. Sie müssen genau so sein und kein Zweig darf aus der Reihe tanzen. Sie schreibt die perfekte Höhe des Grases vor. Sam folgt ihren Anweisungen. Er hat die Geduld, die mir fehlt. Mir wäre ein verwilderter, unordentlicher Garten lieber. Im Chaos liegt die Schönheit.

Meena steckte das Etikett in den Umschlag. *Das ist ein bisschen zu viel des Guten, Neha.* Sie ignorierte es. Es war bestimmt nicht die letzte Mitteilung. Da war sich Meena sicher. Im Moment wollte sie sich ihre gute Laune nicht von Nehas kleinen Notizen verderben lassen. Sie ging zurück, machte ein paar Fotos mit ihrem Handy und schickte sie an Zoe.

Endlich fühlte es sich an wie eine Auszeit.

KAPITEL 18

Nach einem siegreichen Escape-Room-Abenteuer ging Meena neben Sams Freunden Ava, Dinus, Luis und Xenia durch das Viertel North End. Die engen Straßen kreuzten sich völlig willkürlich. Die Gebäude standen so nah nebeneinander, dass sie sich berührten, und alle beherbergten Wohnungen in den oberen Stockwerken und kleine Restaurants auf Straßenebene. Selbst an einem kühlen Novemberabend lag der Geruch von in Knoblauch gebratenen Meeresfrüchten in der Luft.

Meena hatte nicht gedacht, dass ihr zwei Stunden gefangen in einem Raum voller Rätsel solchen Spaß machen würden. Überraschenderweise hatte sie es sogar genossen. Sams Freunde hatten alle am MIT studiert und Meena war ein bisschen stolz darauf gewesen, das letzte Rätsel gelöst zu haben, um das Pseudogefängnis zu öffnen. Es folgte eine Gruppenumarmung, wogegen sie sich gesträubt hatte. Sie war es nicht gewohnt, von Leuten umarmt zu werden, die sie gerade erst kennengelernt hatte. Auf ihren Reisen hatte sie allerdings kulturelle Normen wie den doppelten Wangenkuss in Europa und die Verbeugung in asiatischen Ländern respektiert und übernommen. Und hey, das war doch die amerikanische Art, einen Sieg zu feiern, oder? Was war schlimm daran?

Sie gingen durch North End zum Bell in Hand, einem alten Pub in der Nähe des berühmten Union Oyster House.

Für einen Sonntagabend war es in der Bar ruhig. Sie bestand komplett aus Holz, vom Boden über die Tische bis hin zur Theke. Ein paar Leute standen auf der freien Fläche herum. Ava ging an ihnen vorbei und belegte einen hohen Tisch an den Fenstern. Die Hälfte der Gruppe begab sich zur Theke, um Getränke zu holen. Als sie sich um den Tisch herum niedergelassen hatten, ließen sie das Spiel noch einmal Revue passieren, prahlten damit, dass sie die schweren Rätsel gelöst hatten, und zogen sich gegenseitig damit auf, weil leichte nicht geschafft worden waren. Ihr Geplänkel zeigte, wie vertraut sie miteinander waren. Meena wünschte sich, sie hätte ihre Kamera dabei. Nein. Sie würde nicht fotografieren. Das war ihr neues Ding. Keine Kamera, keine Arbeit, kein Denken. Einfach im Jetzt leben.

»Wohin reist du als Nächstes?«, fragte Luis Meena.

»Nach London.«

»Oder du könntest noch eine Weile hierbleiben.« Sam zuckte mit den Schultern.

Sein Gesichtsausdruck war offen und aufrichtig. Er meinte es ernst. »Dafür ist meine Arbeit nicht ausgelegt.« Was sie ihm wirklich zu verstehen geben wollte, war, dass sie nicht der Typ war, der an einem Ort blieb, jedenfalls nicht auf Dauer. Selbst wenn sie die Wohnung nicht verkaufen und sie zu ihrem Rückzugsort in den USA machen würde, würde sie nicht wirklich dort leben. Nicht so, wie die meisten Menschen an einem Ort lebten.

Ava schaltete sich in das Gespräch ein. »Du solltest auf jeden Fall bleiben. Boston ist fantastisch über die Feiertage. Schlittschuhlaufen auf dem Frog Pond. Die Baumbeleuchtung auf dem Faneuil Hall Marketplace. Der Santa Speedo Run.

Die Holiday Pops in der Symphony Hall. Die Dekoration der Bibliothek und des Copley Square.«

»Sie hats verstanden«, meinte Xenia. »Du brauchst keine reale Version der Boston Events Website zu sein.«

»Pah!« Ava winkte ab. »Ich weiß mehr über das geheime Boston, als du jemals im Internet finden wirst.«

»Ich backe Plätzchen für alle«, brüstete Dinus sich. »Dieses Jahr werde ich zu Meenas Ehren Rezepte aus aller Welt nachbacken. Wenn du bleibst, bekommst du eine Extraportion.«

Eine Erinnerung blitzte in Meenas Kopf auf und brach ihr das Herz.

»Achte darauf, dass du die Plätzchen deiner Mutter mindestens dreißig Sekunden lang in Milch tauchst, damit du dir keinen Zahn ausbrichst.« Die Erinnerung war so lebendig, dass Meena die Stimme ihres Vaters hören konnte, eine Stimme, die sie seit Jahren nicht mehr gehört hatte.

»Jameson Dave, setz deiner Tochter nicht solche Flausen in den Kopf. Plätzchen müssen hart sein.« Dann hatte ihr Vater einen genommen und übertrieben versucht, ihn durchzubrechen. Meena hatte nur ganz leise gekichert, um die Gefühle ihrer Mutter nicht zu verletzen.

Eine Erinnerung reihte sich an die nächste. Sie erinnerte sich an die Eislaufbahn und an das Schlittschuhlaufen, während sie die Hand ihres Vaters gehalten hatte. Jedes Jahr waren sie nach Boston gefahren und hatten in einem Hotel übernachtet, damit sie zu den Holiday Pops in der Symphony Hall gehen konnten.

»Vielleicht möchte Meena Zeit mit ihrer Familie verbringen«, sagte Luis.

Der Schmerz der Vergangenheit war so stark, dass Meena sich mit einer Hand an der Tischkante festklammerte.

Sam legte ihr die Hand auf den Rücken. »Alles okay?«

Sie nickte und zupfte am aufgerauten Rand ihres Gipses. Dann hörte sie zu, wie sich die anderen über Malerei, Roboter und Videospiele unterhielten. Sie neckten sich gegenseitig und erzählten peinliche Geschichten von ihren vergangenen Erlebnissen. Diese fünf waren keine Kollegen. Jeder hatte einen anderen Beruf. Was sie verband, war ihre Beziehung zueinander, ihre Freundschaft und Loyalität. Meena konnte sehen, dass sie sich nahe genug standen, um ihre jeweiligen Schwächen zu kennen, sich gegenseitig zu unterstützen, eine tröstende Schulter zu bieten. Sam war mittendrin und Meena stand am Rand. Ohne ihre Kamera spürte sie die Einsamkeit noch deutlicher, die sich um sie ausgebreitet hatte.

Sie verbrachten noch eine Stunde im Pub, bevor sie ihre Jacken anzogen und sich die Schals um den Hals wickelten. Draußen verabschiedeten sie sich voneinander und jede Gruppe ging in eine andere Richtung.

»Möchtest du zu Fuß gehen? Es sind nur etwa zwanzig Minuten und es ist noch schön«, schlug Sam vor.

Meena steckte die Hand in die Tasche ihrer Jacke. Ihr war kalt, aber sie stimmte zu. Sie hob das Gesicht, damit die Luft ihre Haut streichelte.

Als sie an verschiedenen Sehenswürdigkeiten vorbeikamen, gab Sam dazu kurze, prägnante Wortbeiträge. »Das Old State House ist das älteste noch erhaltene Gebäude in Boston.«

Meena betrachtete die Backsteinfassade und das weiße Dach, als sie sich auf einem kopfsteingepflasterten Weg vom geschäftigen Einkaufsviertel Downtown Crossing entfernten.

»Erwartest du nach dieser persönlichen Führung ein Trinkgeld von mir?«

»Ja. Und ich hoffe, du bist großzügig«, sagte Sam. »Wegen Nehas Freedom-Trail-Vorträgen und den Quizspielen im Pub mit Ava bin ich ein hervorragender persönlicher Fremdenführer – zumindest in Boston.«

Meena lachte. »Deine Freunde sind toll.«

»Ja. Ich hab echt Glück.«

»Das muss schön sein, auch weil deine Familie ja so weit weg ist.«

Sam schwieg eine Weile, als sie Boston Common durchquerten.

»Ich habe die Tanten«, sagte er.

In seinem Tonfall lag etwas, das Meena neugierig machte, aber anstatt ihn zu drängen, schwieg sie, während sie weitergingen.

Der Weg zur Treppe des Ingenieurhauses war mit kleinen elektrischen Votivkerzen auf in den Boden gesteckten Metallpflöcken beleuchtet. Die Treppe war mit blinkenden weißen Lichterketten geschmückt, die um das Eisengeländer gewickelt waren.

»Festlich«, bemerkte Meena.

Sam schloss die Haustür auf. »Kommst du am Sonntag zum Diwali-Essen zu Sabina?«

»Tanvi hat es erwähnt.« Sabina hatte jedoch keine Einladung ausgesprochen.

»Es gab Gerede, weißt du?«

Mit dem Rücken an die geschlossene Tür von Nehas Wohnung gelehnt, hob Meena die Augenbrauen. »Gerede?«

»Eher eine gesteigerte Neugier.« Sam kam näher, stellte sich vor sie. »Du bleibst immer für dich. Magst du uns nicht?«

Im Flur war es still. Meena konzentrierte sich auf sein Gesicht, seine Lippen. Sie waren voll und feucht. Meena fuhr mit der Zunge über ihre, um sicherzugehen, dass sie nicht trocken waren und das aufgetragene Gloss noch haftete.

»Ich mag euch.«

»Tust du das?«

»Ja.« Meena lächelte. »Euch alle.«

Niemals hätte sie geglaubt, dass der schwache Duft von Zimt und Kiefernholz aus dem Potpourri erregend wirken könnte, doch hier stand sie und war völlig auf Sam fixiert. Sie sah, wie sich sein Brustkorb hob und senkte, war erleichtert, dass die Anspannung nicht nur von ihr ausging, und legte ihre unverletzte Hand auf seine Brust.

Er hatte seine schwarze Cabanjacke aufgeknöpft, ein grauer Schal hing um seinen Hals und der blassblaue Pullover, den er darunter trug, war aus weichem Kaschmir. Vielleicht waren es die zwei Gläser Bier, vielleicht auch seine freundlichen Augen, sein offener Blick, das markante Grübchen am Kinn. Meena ließ sich von ihrem Impuls leiten und trat näher an ihn heran.

»Möchtest du mit reinkommen?«, fragte sie.

Er wartete. Die Stille wurde bedrückend und Meena bedauerte ihre Einladung. Doch sie blieb standhaft. Er würde sie abweisen müssen. Sie hatte nicht vor, ihm einen Ausweg zu bieten. Vor allem, weil sie in seinen Augen sah, dass er Ja sagen wollte.

»Ein andermal.«

Meena schob ihre Enttäuschung beiseite.

»Ein andermal.« Sie drehte sich um und öffnete die Tür.

»Nach einem Date.« Sam grinste.

Meena schaute sich um und hob die Augenbrauen. »Ich verstehe.«

»Ich will nur eine gewisse Reihenfolge einhalten«, sagte Sam. »Mit dir.«

Das Lächeln verschwand. Sie schaute ihm wieder ins Gesicht. »Sam.«

»Ich verlange nichts, außer an einem Abend auszugehen«, sagte Sam. »Du und ich. Einen, an dem wir uns beide einig sind, dass es da etwas zwischen uns gibt und wir schauen, wohin es führt.«

Meena holte tief Luft. »Ich muss bald wieder in mein normales Leben zurückkehren.«

»Es kann auch etwas Neues zur Normalität werden«, sagte Sam.

»Hat Neha dir das beigebracht?«

»Ich habe meinen ganzen Wortschatz von ihr gelernt«, sagte Sam. »Denk mal über die Möglichkeit nach.«

Er beugte sich zu ihr hinunter und gab ihr einen Kuss auf die Wange, bevor er in seinem Apartment verschwand.

Meena atmete lange aus, bevor sie ihre Wohnung betrat. Sie hängte die Jacke auf und ließ sich auf die Couch fallen. Ihre kleine Handtasche wollte sie auf den Couchtisch legen, aber der Gurt verfing sich an ihrem Gips und die Tasche fiel unter das Sofa. Meena seufzte und kniete sich auf den Teppich, um sie hervorzuziehen, doch sie blieb an etwas hängen. Mit der freien Hand tastete sie die Unterseite des Sofas ab, um herauszufinden, was es war. Das Ding hing weiter fest. Sie zog mit aller Kraft daran und stieß mit dem Ellbogen an den Couchtisch. »Verflixt und zugenäht!«

Sie lenkte sich von den Schmerzen ab, indem sie einen Blick auf das warf, was sie herausgezogen hatte. Ein Buch, natürlich. »Schloss aus Glas«. Und darin zwei Zettel, wie man sie in Glückskeksen findet. Neha hatte die Originale mit roter Tinte überschrieben.

Es gibt keine Ordnung im Leben. Zwar ist die Zeit linear, aber wir müssen nicht innerhalb ihrer Grenzen leben.

Der zweite: *Erwartungen können zu einem Fluch werden.*

Genug der Rätsel! Meena fügte die Zettel dem wachsenden Stapel von Notizen hinzu. Frustriert setzte sie sich auf die Couch. Langsam glaubte sie, dass Neha sie veräppeln wollte.

»Sag einfach, was du sagen willst, Neha«, knurrte sie.

Seufzend machte sie sich bettfertig. Sie würde sich morgen früh darum kümmern. Vorerst zog sie sich ihren Schlafanzug an und deckte sich auf der Couch mit einer Decke zu. Der eingegipste Arm lag schwer auf ihrem Bauch, nachdem sie das Licht ausgeschaltet hatte. Es war nicht nur der Gips, sondern auch die Erschöpfung, die auf ihr lastete.

»Schwamm drüber.« Ein weiterer Lieblingsspruch ihrer Mutter. Hannah war über alle Maßen pragmatisch gewesen. Meena hatte die Rolle nicht bekommen, die sie sich für die Schulaufführung von »Der Nussknacker« erhofft hatte? »Mach weiter. Finde etwas anderes.« Sie hatte es nicht ins Gymnastikteam geschafft? »Es gibt andere Vereine.« Wenn etwas nicht geklappt hatte, sah Hannah keinen Sinn darin, darüber nachzugrübeln.

Sie waren so verschieden gewesen, Neha und Hannah. Hannahs Sachlichkeit hatte nie Abschweifungen zugelassen. Sie war immer geradlinig, immer effizient gewesen. Neha hatte kleine Notizen an seltsamen Stellen versteckt. Notizen ohne Datum, ohne Zeitangabe, ohne Logik. Wie ein Rätsel, von dem Meena nicht sicher war, ob sie es lösen wollte.

KAPITEL 19

Meena saß im Garten mit einer rot-grün karierten Decke, die sie in der untersten Schublade eines großen antiken Schranks gefunden hatte. Sie war erleichtert, dass sie dort keinen Zettel entdeckt hatte. Die fingen an, sie nervös zu machen.

Sie zog die Beine unter sich auf die Metallbank, damit sie sie unter die Decke stecken konnte. Die Lichter im hinteren Garten leuchteten matt. Alles war makellos, obwohl der Winter dem Herbst immer näher kam. Die kahlen Äste und Zweige waren gestutzt. Die robusten Winterpflanzen blühten in einer Reihe von Töpfen, die farblich von Tiefrot bis Hellrosa abgestimmt waren. Wie bei der Haarfärbetechnik Ombré, nur mit Pflanzgefäßen. Sogar die Steine rund um den großen Hartriegel in der Ecke waren tadellos. Jeder hatte genau die gleiche Größe und Form wie der danebenliegende. Hier gab es zu viel Symmetrie und wenig Farbe, jetzt, da die Blätter weggefegt worden waren.

Sam und Wally kamen aus dem Haus. Wally, der nicht angeleint war, stürmte auf Meena zu. Er legte die Vorderpfoten auf ihren Schoß und Meena verabreichte ihm die gewünschten Streicheleinheiten. Er versuchte, auf sie zu klettern, aber Sam wies ihn zurecht.

»Er darf nicht hochspringen«, sagte Sam. Und dann zu Wally: »Okay, Kumpel. Geh und mach dein Geschäft.«

Der Hund machte sich am Boden schnüffelnd davon.

»Er fängt an, auf dich zu hören«, bemerkte Meena.

»Nur, wenn er Lust hat.« Sam setzte sich neben sie.

Sie sahen zu, wie Wally auf Schnüffeltour ging und sich von den Gerüchen lenken ließ.

»Das ist ein schöner Garten.«

»Sabinas Mutter hat sich früher darum gekümmert, ihre Großmutter davor. Er hat sich bei jeder Generation wenig verändert.«

»Ist es Sabinas Garten, obwohl er zum Haus gehört?«

Sam zuckte mit den Schultern. »Es ist ein Gemeinschaftsgarten und sie kümmert sich darum.«

»Und das stört niemanden?«, fragte Meena. »Was wäre zum Beispiel, wenn ich diese Steine durch Narzissen ersetzen oder einen großen Baum in die leere Ecke pflanzen wollte? Müsste ich dann ihre Erlaubnis einholen?«

Sam lachte. »Du würdest keine Genehmigung bekommen.«

»Dann ist es aber kein richtiger Gemeinschaftsgarten.«

Sie sahen zu, wie Wally ein Bein hob, um einen Rosenstrauch zu gießen.

»Neha muss das gehasst haben«, überlegte Meena.

»Sie hat den Garten gemieden«, erzählte Sam. »War lieber drinnen als draußen. Das hat sie aber nicht davon abgehalten, Sabina zu piesacken oder schnippische Bemerkungen über den Mangel an Wildwuchs zu machen.«

»Klingt, als hätten sie eine interessante Beziehung gehabt.«

»Könnte man wohl so sagen. Eigentlich war es bei allen drei Tanten und ihr so. Bestimmt lag das auch am Altersunterschied. Neha war die Älteste. Sie war immer etwas außen vor, aber als sie auf sich allein gestellt war, wurden die Tanten zu selbst

148

ernannten Betreuerinnen. Nicht, dass sie das gewollt oder gebraucht hätte. Neha beklagte sich gern, indirekt, über alles.«

»Und bei dir hat sie Dampf abgelassen.«

Sam lächelte traurig. »Ich glaube, sie war einsam. Sie wollte in Ruhe gelassen werden, aber es gefiel ihr nicht, wenn sie in Ruhe gelassen wurde, falls das Sinn ergibt.«

»In gewisser Weise.« Das war etwas, worüber Meena zunehmend nachdachte. Alleinsein war eine Entscheidung, aber Einsamkeit etwas anderes. Es war eine Abkopplung von anderen, die sich eher wie eine Bedingung anfühlte, zu der sie ihr Leben lebte. Meena begann, sich mit Neha zu identifizieren.

»Was ist mit dir?«, fragte Sam. »Du musst eine Menge Leute kennen, obwohl du immer nur von Zoe sprichst.«

Sam war gut darin, Fragen zu stellen, auf die sie keine Antwort parat hatte. »Bei meiner Arbeit sind viele Leute involviert. Ja, meine Kamera und ich sind ein Team, aber es gibt auch Redakteure und manchmal Assistenten. Natürlich auch andere Journalisten, ein Netzwerk von Hunderten. Man kann nicht einsam sein, wenn man draußen in der Welt unterwegs ist, umgeben von Menschen.« Eine Lüge, die sie sich seit Langem selbst einredete.

»Klar«, sagte Sam. »Ich habe mir einige deiner Arbeiten angeschaut. Sie sind fantastisch. Das Foto vom Kajakfahrer in diesem kleinen Dorf in Norwegen ist unglaublich.«

Sie hatte zwei Wochen auf den Lofoten verbracht und gewartet, bis drei Stürme vorbei waren. »Ich habe das Foto von einer Brücke aus gemacht, um eine Totale zu bekommen. Ich wollte das winzige Dorf, das seit Hunderten von Jahren überlebt hat, vor dieser gewaltigen Kulisse aus Felsen und Wasser zeigen.« *Jetzt wird es von Touristen überrannt, die für ihre Instagram-Follower vor den roten Holzhäusern Selfies machen wollen.*

»Ich habe es auf meine Liste gesetzt«, sagte Sam. »Von Orten, die ich besuchen möchte.«

»Ich dachte, du wärst eher der häusliche Typ.«

»Das bin ich auch, aber das bedeutet nicht, dass ich nicht gern reise. Früher haben wir jedes Jahr zwei Familienurlaube gemacht. Einen im Sommer und einen in den Winterferien. Mein Bruder fährt gern Ski und taucht, also sind wir dorthin, wo wir das machen konnten.«

»Und was hast du gern gemacht?«

Sam richtete seine Aufmerksamkeit auf Wally. »Skifahren finde ich nicht schlecht, aber das Tauchen werde ich nicht vermissen.«

Das war keine Antwort auf die Frage, die sie gestellt hatte. »Du redest nicht viel über deine Familie.«

Sam zuckte mit den Schultern. »Zwei noch miteinander verheiratete Elternteile. Ein jüngerer Bruder, ebenfalls verheiratet, mit drei Kindern. Das Übliche.«

Er sprach über sie, als wäre er ein Außenstehender, der auf sie schaute. »Und du.«

»Und ich«, sagte Sam. »Wir stehen uns nicht besonders nahe. Ich glaube, sie wissen nicht einmal, was ich mache, oder haben die Filme gesehen, an denen ich mitgearbeitet habe.«

»Was ist passiert?«

»Geschwisterrivalität auf DEFQON-1-Niveau. Mein Bruder und ich haben uns gestritten und meine Eltern haben sich für ihn entschieden.« Sam blickte zu seinem Hund. »Wally, aus!«

Der Hund warf Sam einen Blick zu, als würde er fragen, ob sein Herrchen das ernst meinte. Sam wiederholte das Kommando und Wally ließ den Stein fallen, den er im Maul gehabt hatte.

»Das tut mir leid«, sagte Meena.

»Ich habe gehört, du kommst am Sonntag zum Diwali-Essen.«

»Sollte ich irgendetwas wissen? Um mich vorzubereiten.«

»Iss vorher nichts«, riet Sam ihr. »Es wird eine Menge zu essen geben. Du wirst eine Woche lang danach kein Fertigessen mehr brauchen.«

»Was hast du gegen Essen zum Mitnehmen?« In Amerika war das für eine einzelne Person billiger. Dank der Portionsgrößen konnte Meena von einer Bestellung zwei- oder sogar dreimal essen.

»Zu viel Natrium?« Sam grinste.

»Mein Blutdruck ist in Ordnung«, entgegnete Meena.

Sie beobachteten, wie Wally Kämpfe mit unbeweglichen Gegenständen begann und sich dann von anderen Dingen ablenken ließ. In diesem Moment, mit Sam neben sich und Wally, der um sie herumsauste, wurde Meena bewusst, dass sie nicht einsam war.

»Wegen neulich Abend …«, begann Sam.

»Schon gut.« Meena hatte ihren Versuch, ihn zu küssen, und seine Ablehnung im Geiste noch einmal durchlebt. Sie wollte das nicht mit ihm analysieren. Es war ein Impuls gewesen. »Zu viel Bier und der heimelige Duft des Potpourris.«

Er schaute sie an. »Zimt macht dich an, ja?«

Sie lachte. »Wer weiß?«

»Es war nicht so, dass ich dich nicht küssen wollte«, sagte Sam. »Das möchte ich klarstellen.«

»Ist schon gut.« Sie legte ihre Hand auf seine. »Vergessen wir's einfach.«

Er schaute nach unten und drehte seine Hand, um ihre zu umfassen.

Meena entzog sie ihm. »Es ist besser, die Dinge nicht zu verkomplizieren. Es war schön, in Boston zu sein, aber bald …«

»Gehst du zurück in dein altes Leben«, beendete Sam ihren Satz.

»Genau.« Obwohl sie nicht mehr sicher war, was das bedeutete.

»Es ist nur so«, sagte Sam. »Nicht immer kann man verhindern, dass Dinge kompliziert werden.«

»Ich weiß nicht.« Meena wackelte mit den Fingern ihres eingegipsten Arms. »Ich habe es bis jetzt möglichst unkompliziert gehalten.«

Sam nickte. »Keine Bindungen. Keine Komplikationen.«

Das war ein Schlag in die Magengrube. So kurz gefasst und doch so wahr. »Es wird kalt.« Sie stand auf und kraulte Wally noch ein paar Mal auf dem Weg zurück in ihre Wohnung. Der Hund himmelte sie an. Er akzeptierte ihre Liebe ganz einfach. Ohne nachzudenken, gab sie dem Welpen einen Kuss auf den Kopf.

Drinnen angekommen, schaute sie in den Garten hinaus. Sie erschrak. Auf dieser Bank, neben Sam, hatte sie zum ersten Mal eine echte Sehnsucht verspürt.

KAPITEL 20

Als Meena die Treppe hinaufging, hörte sie aus dem obersten Stockwerk den melodischen Klang einer Klarinette. Sie trug ihr hübschestes und einziges Kleid, ein einfaches schwarzes Etuikleid, sowie ihre praktischen Boots. Mit ihrer unverletzten Hand umklammerte sie die Flasche Weißwein. Sie war aufgeregt und wusste nicht, warum. Schon öfter war sie auf Dinnerpartys gewesen, kannte zumindest ein paar der Gäste und mochte einige von ihnen sogar. Tanvi und Sam würden da sein, um jede Unannehmlichkeit abzuwehren.

Es war nicht so, dass Sabina sie einschüchterte. Meena war schon durch Stromschnellen der Klasse IV geraftet. Diese eine strenge Frau war nichts im Vergleich dazu. Aber es war eine Feiertagsveranstaltung, Teil einer Kultur, der Meena von Geburt angehörte. Allerdings kannte sie die Regeln und Rituale nicht und das Internet konnte ihr die Feinheiten nicht vermitteln. Bei ihrer Arbeit konnte Meena oft distanziert bleiben; hier sollte sie sich unter die Leute mischen, gesellig sein. Die Umstellung war unangenehm.

Die Tür zu Sabinas Wohnung war strahlend weiß und oben am Rahmen hing eine Girlande aus roten Rosen. Meena hörte den Lärm der Unterhaltung auf der anderen Seite und rückte den Riemen ihrer kleinen Handtasche zurecht. Sie zögerte, bevor sie anklopfte. Es würde schon gut gehen. Sie war hier, um ein wenig über diesen Feiertag zu erfahren, darüber, was er für Inder bedeutete, und um Neha über die Tanten besser kennenzulernen. Also keine große Sache.

Ihre dunkle Hautfarbe war Meena immer schon nur allzu bewusst gewesen. Die Welt sorgte dafür, dass sie es nicht vergaß. Von exotisch bis schmutzig hatte man sie alles Mögliche genannt. Was sie nicht hatte, war eine Gemeinschaft, an die sie sich wenden konnte, eine, die mit ihrer Ethnie verbunden war.

Ein Teil von ihr wollte sich darauf einlassen, die Chance ergreifen, mehr zu lernen, vielleicht sogar Teil dieser Gruppe zu werden. Die Tanten würden ihr gern beibringen, wie man kochte, Chai aufbrühte und all die anderen Dinge, die sie gemeinsam taten. Aber sie zögerte. Wurde sie, wenn sie diesen Teil von sich erforschte, den Traditionen untreu, mit denen sie aufgewachsen war und die ihre Eltern ihr mitgegeben hatten? Neha hatte Meena weggegeben. Und nicht einmal in eine andere indische Familie. War es eine bewusste Entscheidung von Neha gewesen, Meena an ein nicht indisches Paar zu geben? Gab es einen Grund dafür, dass Neha Meena nicht einmal dieses Grundwissen hatte vermitteln wollen?

Mit drei tiefen Atemzügen sammelte sie sich und klopfte mit ihrer unverletzten Hand an die Tür.

»Meena«, begrüßte Sabina sie. »Wie schön, dass du da bist, willkommen.«

»Danke für die Einladung.« Meena zog die Schuhe aus, wie es üblich war. Der riesige Wohnbereich war voller Menschen. Sie erblickte Sam und ihre Nervosität ließ nach. Es war schon eine Weile her, dass sie ihn nicht in seiner üblichen Kombination aus Rugby-Shirt und Jogginghose gesehen hatte. Heute trug er einen zartblauen Pullover und dunkle Jeans. Er wirkte anders und doch vertraut. Sie war froh über seine Anwesenheit, als sie den Raum voller Menschen betrachtete. Die Tanten und ihre Ehemänner waren da. Auch ein paar jüngere Leute, wahrscheinlich ihre Kinder.

»Da bist du ja.« Tanvi ergriff Meenas Hände und drückte sie.

Meena begrüßt sie und reichte Sabina den Pinot Grigio, den sie in der Weinhandlung ein paar Straßen weiter gekauft hatte. Die Leute saßen auf gediegenen Möbeln, die im Raum verteilt standen. Meenas bestrumpfte Füße versanken im dicken Teppich, der so weiß war wie frisch gefallener Schnee. Sabinas Wohnung erstreckte sich über die gesamte Breite des Hauses und die Räume beeindruckten durch ihre Größe und Einrichtung. Die untere Hälfte der Wände war mit prächtigem, warm wirkendem, walnussfarbenem Holz getäfelt und die obere bis hinauf zum Kranzprofil cremeweiß gestrichen. Meena würde sich schwertun, irgendwo einen Kratzer oder eine Schramme zu entdecken. Die Sitzmöbel waren tief, kapitoniert und in warmen Tönen gehalten. Die prächtigen dunklen Holztische hatten goldene Beschläge. Auf der einen Seite entdeckte Meena einen festlichen Esstisch, um den Stühle in Creme- und Gelbtönen standen, die zur Tischplatte passten. Ein Kronleuchter mit tropfenförmigen Kristallen verlieh dem Raum einen Hauch von Strenge.

Überall standen Kerzen, vom großen Zylinder auf dem Esstisch bis hin zu den Ständern auf den Beistelltischen. Ein Hauch von Vanille und Nelke lag in der Luft.

»Komm«, sagte Vin, Umas Mann. »Ich stelle dich den anderen vor.«

Meena konnte sich nicht alle Namen merken, aber Tanvis Sohn war da, ebenso wie Sabinas Sohn und Tochter.

»Meine Tochter hat es nicht geschafft«, sagte Uma. »Sie ist in Boulder.«

Meena fand einen freien Platz neben Sam auf dem langen weißen Sofa. Es war erstaunlich bequem. Zwischen diesem Zuhause und Nehas gab es einen himmelweiten Unterschied. Sabinas Wohnung ähnelte mehr dem Zuhause von Meenas Kindheit, das zwar nicht so elegant gewesen war oder von einem gewissen Wohlstand gezeugt hatte, aber Hannah Dave hatte weder Unordnung noch bunte Farben geduldet.

Meenas Elternhaus war schlicht und in Weiß, Grautönen und Holz gehalten gewesen. Es gab zwei Zierkissen, eines an jedem Ende des Dreisitzersofas. Kerzen fehlten, aber ihr Vater brachte gelegentlich frische Blumen mit nach Hause und die Vase bildete den Mittelpunkt auf dem verschrammten und abgenutzten Couchtisch.

»Du bist also eine berühmte Fotografin«, sagte Jiten, Sabinas Mann.

Die beiden ergänzten sich gegenseitig. Sabinas Stil war förmlich, ihr Haar zu einem langen, glatten Pferdeschwanz gebunden, ihr roter Seidensari an den Rändern mit Goldstickereien verziert. Jiten war ein paar Zentimeter kleiner, schlanker und hatte schütteres Haar. Er trug ein Hemd und ein Sakko, die auf lässigen Wohlstand hindeuteten.

»Fotojournalistin und nicht berühmt.« Meena umklammerte ihre Hände.

»Journalisten halten sich im Hintergrund«, dozierte Vin. »Sie sind keine Berühmtheiten.«

»Erzähl das mal CNN«, wandte Uma ein.

»Meine Frau hasst diese Sender.«

Von da an ging das Gespräch schnell und sprunghaft weiter. Von Kritikern über aktuelle Ereignisse bis hin zur Schmetterlingsmigration und der erhofften Rückkehr der Bienen. Meena konnte nicht mehr mithalten, weil die Leute sich miteinander unterhielten und gleichzeitig Nebengespräche mit anderen führten. Sie wurde in einige verwickelt, konnte sich jedoch kaum auf ein Thema konzentrieren, bevor es schon wieder wechselte.

»Was gibt es zum Abendessen?« Tanvi fand das eine Thema, das das Geplapper zum Erliegen brachte.

»Malabar Fischcurry, Dal Makhni, Paneer Tikka, Puri, Jeera-Reis, Raitu …« Sabina fuhr mit der Aufzählung der Speisen fort.

»Deshalb bin ich hier.« Sabinas Sohn rieb sich seinen flachen Bauch.

»Und weil es ein wichtiger Feiertag für uns Hindus ist«, fügte Sabina hinzu.

»Fang nicht damit an.« Dann wandte er sich an Meena. »Mum ist sauer, weil ich heute Morgen den Tempel geschwänzt habe.«

Meena beobachtete, wie Sabina leicht die Lippen schürzte. Kurz herrschte im Raum eine gespannte Atmosphäre. Die beiden waren ähnlich starrköpfig. Meena wettete, dass Sabina gewinnen würde, wenn die beiden aufeinander losgingen.

»Ist das alles traditionelles Diwali-Essen?« Irgendetwas zwang Meena, das Unentschieden zwischen Mutter und Sohn zu unterbrechen. »Wie Truthahn an Thanksgiving?«

»Truthahn gibt es bei uns auch in zwei Wochen an Thanksgiving. Zu Diwali gibt es kein spezielles Gericht, nur Essen in Hülle und Fülle. Man könnte es unseren Essensfeiertag nennen«, sagte Uma.

»Es gibt allerdings schon ein paar Gerichte, die wir traditionell an Diwali essen«, erklärte Sabina. »Mathia, Ladoo, Mawa Kachori. In Indien besuchen sich die Leute gegenseitig zu Hause und das sind die üblichen Snacks, die man parat hat. Für uns ist dieses Abendessen ein Fest und eine Möglichkeit, unsere Kultur zu bewahren und unseren Kindern diese Traditionen zu vermitteln.«

»Das Menü ändert sich, je nachdem, was wir Sabina bitten zu kochen und worauf sie Lust hat«, schaltete Tanvi sich ein.

Meena hatte erkannt, dass Sabina das Alphatier in dieser Gruppe war. Alle ordneten sich ihr unter, auch wenn sie glaubten, gleichberechtigt zu sein. Meena schaute sie an. Sabina war in ihrem Element. Menschen um sie herum in ihrer Vorzeigewohnung, die ihre Speisen aßen und sie am Ende mit Lob überschütteten.

»Und dieses Jahr müssen wir uns nicht nach …«

»Jiten!«, ermahnte Sabina ihn.

»Ist doch in Ordnung, über Neha zu reden«, sagte Uma. »Sie war ein Teil dieses Hauses und sie war schwierig. Darauf war sie stolz und ich bin froh darüber. Neha war eine Unangepasste.«

»Und eine Nervensäge«, murmelte Jiten.

»Letztes Diwali«, erzählte Uma, »brachte Neha eine Schüssel Makkaroni mit Käse für sich selbst mit, weil sie das an diesem Tag gern essen wollte und es ihr egal war, dass es ein großer Feiertag war.«

»Ein Fertiggericht«, fügte Sabina hinzu.

Meena klatschte Neha im Geiste ab. Nehas Notizen hatten diesen Eindruck bestätigt: Sie hatte einfach getan, wonach ihr der Sinn stand. Meena konnte das nachvollziehen. Auch wenn sie sich selbst nicht als seltsam oder schrullig bezeichnen würde, wählte auch sie ihren eigenen Weg zu ihren eigenen Bedingungen. Sie hielt inne. Persönlichkeit war keine genetische Veranlagung. Meena war dazu erzogen worden, Konventionen zu befolgen, höflich zu sein, zu essen, was serviert wurde. Erst als sie ihren eigenen Weg gehen musste, hatte Meena sich für das Leben entschieden, das sie führte.

»Es gab aber einige indische Gerichte, die sie mochte«, unterbrach Uma Meenas Gedanken. »Dal Makhani war ihr Lieblingsessen.«

»Und das von Tante Sabina ist das beste in Boston«, bemerkte Sam.

»Das beste der Welt«, fügte Jiten hinzu.

Sabinas Gesicht verzog sich zu einem strahlenden Lächeln und ein Hauch von Verlegenheit mischte sich mit Stolz. Es war das erste Mal, dass Meena ihre Schönheit bemerkte. Wenn Sabinas Gesichtszüge – glänzende dunkle Augen, hohe Wangenknochen, dicke gewölbte Brauen und volle rot geschminkte Lippen – entspannt waren, sah die Frau atemberaubend aus. Meena fummelte am Reißverschluss ihrer Tasche herum. Sam half ihr, sie zu öffnen, und sie holte ihr Handy heraus. Es war ihr schwergefallen, ihre Kamera in der Wohnung zu lassen, aber sie war eingeladen und somit Gast hier.

»Darf ich ein paar Fotos machen? Alle sehen so toll aus«, sagte Meena.

Die Tanten waren in Saris gekleidet. Sabina in Rot, Uma in einem Aubergineton und Tanvi in leuchtendem Pink.

»Später.« Sabina machte eine abwehrende Handbewegung. »Setz dich und unterhalte dich mit uns. Du bist nicht bei der Arbeit.«

Meena tat, wie geheißen, und versuchte, von Sabinas strengem Tonfall nicht irritiert zu sein. Ihre Party, ihre Regeln.

»Wie hast du dich eingelebt?«, fragte Jiten.

Meena gab eine mechanische Antwort und beschloss dann, ein besserer Gast zu sein. »Ihr habt eine schöne Wohnung.«

»Das ist die große Leidenschaft meiner Frau.« Jiten tätschelte Sabinas Knie. »Nicht nur unsere Wohnung, sondern auch das Ingenieurhaus. Seine Geschichte zu bewahren, liegt auf ihren Schultern. Ihr Großvater hat dieses Haus 1932 gekauft.«

»Er gehörte zu den Indern, die von den Zwanziger- bis zu den späten Vierzigerjahren hierherkamen«, erklärte Sabina. »Über hundert kurz vor dem Ende der britischen Herrschaft in

Indien, um am MIT zu studieren. Der Onkel meines Großvaters war einer der ersten.«

»Das wusste ich nicht.«

»Das tun viele nicht«, meinte Uma. »Selbst Inder, die hier geboren und aufgewachsen sind, wissen nichts davon. Die meisten Leute nehmen an, dass die Inder in den Siebzigerjahren kamen.«

»Als die Quoten 1965 abgeschafft wurden, wanderten mehr Inder in die USA aus«, erzählte Vin. »Aber vor dem Ende des Kolonialismus in Indien kam eine Gruppe von Männern, zum großen Teil aus Gujarat, um hier zu studieren. Sie waren in Indien im öffentlichen Dienst tätig gewesen und hatten für die Briten gearbeitet, aber sie wollten nicht nach Großbritannien. Stattdessen kamen sie nach Boston, weil sie wussten, dass die britische Herrschaft in Indien wegen der Aktivitäten Gandhis und anderer dem Ende entgegenging. Sie bestritten ihren Lebensunterhalt selbst und studierten am MIT, damit sie zurückkehren und Indien wiederaufbauen und neu gestalten konnten.«

»Es war nicht leicht für sie.« Sabinas Gesichtsausdruck wurde milder. »Sie waren eine andere Art von Ausländern. Zwar wohlhabend, aber weil sie nicht weiß waren, hatten sie kaum Anschluss und wurden heftig diskriminiert. Also kaufte mein Vater über eine Stiftung dieses Haus und lud seine indischen Landsleute ein, hier zu wohnen, während sie studierten. Anstatt zurückzugehen, blieb er, um eine Art Wohnheim zu betreuen und denjenigen, die kamen, ein Gefühl von Heimat zu vermitteln.«

»Die meisten gingen zurück«, fügte Jiten hinzu. »Außer fünf.«

»Zuerst blieben sie als feste Bezugspersonen, die die neuen Studierenden willkommen hießen. Sie halfen ihnen, sich einzugewöhnen«, erzählte Vin. »Dann blieben sie, um sich in Amerika eine Existenz aufzubauen.«

»Sie wandelten dieses Wohnheim in fünf separate Wohnungen um.« Sabina schwoll vor Stolz die Brust. »Wie in den Gemeinschaftshäusern in Indien. Man lebt getrennt und gleichzeitig als Gemeinschaft. Die Türen der Familien stehen offen und formelle Einladungen sind nicht nötig. Sie kehrten nach Indien zurück, um zu heiraten, und gründeten hier ihre Familien. Die Kinder, unsere Eltern, wurden von allen Erwachsenen erzogen.«

Endlich verstand Meena die Symbolik der unabgeschlossenen Tür. Sie hatte die anderen nicht ungehindert in ihre Wohnung gelassen, in der die Tanten ihr ganzes Leben lang ein- und ausgegangen waren, wie es die Tradition verlangte, sondern sie hatte sie ausgesperrt.

»Und so war es auch bei uns und unseren Kindern.« Tanvi lächelte. »Nicht wahr, Sam?«

»Ich musste als Zehnjähriger ein ganzes Jahr lang mein mageres Taschengeld an Tante Uma zahlen, weil ich mit dem Baseball ihre Fensterscheibe zertrümmert hatte«, erzählte Sam.

»Du warst ein gutes Kind«, lobte Uma ihn. »Jede Generation hat sich mehr und mehr an die amerikanische Kultur angepasst, aber wir haben viel von unserem Erbe und unseren Traditionen behalten. Das haben uns unsere Eltern beigebracht und wir lehren es unsere Kinder.«

Meena fing den strengen Blick auf, den Sabina ihrem Sohn zuwarf. »Unsere Eltern hatten keinen einfachen Zugriff auf indische Lebensmittel. Erst in den letzten zwanzig Jahren haben all diese Patel-Brothers-Supermärkte eröffnet. Vorher brachten sie Koffer voller Masala und Dal und Nüsse aus Indien mit und jede Familie teilte mit den anderen.«

»Hatte Neha eine große Familie?« Meena wollte wissen, ob es noch andere gab, ob sie mit noch jemandem ihre DNA teilte.

»Sie war Einzelkind«, antwortete Sabina. »Ihre Eltern zogen nach Nairobi, nachdem Neha ihren Master-Abschluss in Harvard gemacht hatte.«

»Sie haben ihr die Wohnung überlassen?«

»Die geht an das älteste Kind«, erklärte Sabina. »Wenn es fünfundzwanzig wird.«

»Sie war nicht verheiratet, als sie sie übernommen hat?«

»Nein«, sagte Uma. »Das ist keine Voraussetzung. Neha hat das so lange wie möglich aufgeschoben. Dann, mit Anfang dreißig, willigte sie in eine arrangierte Ehe mit Kaushik ein.«

»Was geschieht, wenn man keine Kinder bekommt?«

Schweigen erfüllte den Raum.

»Neha war bisher die Einzige, die keine hatte.« Sabina nippte an ihrem Getränk. »Ich habe mit ihr über die Zukunft gesprochen und ihr angeboten, ihre Wohnung zu kaufen. Man kann nur an jemanden verkaufen, der ein Nachfahre der ursprünglichen Fünf ist. Aber sie war stur und wies mich ab. Mehrmals. Sie wollte entscheiden, wem sie die Wohnung vermachte. Schließlich stimmte ich unter dem Vorbehalt zu, dass die Person, die die Wohnung erben würde, die Möglichkeit haben sollte, sie nach einem Jahr an einen von uns zu verkaufen, sollte sie sich dafür entscheiden.«

Alle schauten Meena an. Sie wusste nicht, ob sie dem, was nicht direkt gefragt wurde, zustimmen oder nicht zustimmen sollte. Sie entschied sich zu schweigen.

»Wir haben einige Zeit darüber diskutiert, warum du die Wohnung bekommen hast«, erklärte Uma.

Meena wurde nervös. Sie fragte sich, ob das der Grund war, warum man sie eingeladen hatte. Für eine Art direkte Konfrontation. Sie gehörte nicht in dieses Haus, das voller Geschichte und Vermächtnis war. Meena warf einen Blick auf Sabina. Das musste ihr Werk sein. Die Frau hatte Abstand gehalten, während Tanvi Meena willkommen geheißen hatte.

Sie drückte den Riemen ihrer Tasche zusammen, um sich für was auch immer zu wappnen. Sollten sie ihr das Recht auf die Wohnung streitig machen, würde Meena sich dagegen wehren. Sie hatte das Apartment ganz legal geerbt. Neha hatte gewollt, dass Meena es bekam, und sie würde nicht stillschweigend verschwinden.

»Wir glauben, dass Neha deine Eltern kannte.« Tanvis Stimme wurde leiser. »Dass es eine Verbindung gab. Sie war launisch, aber sie hat ihre Wohnung geliebt und hätte sie nicht leichtfertig weggegeben.«

Meena biss sich auf die Lippe. Nein, Neha war nicht leichtfertig gewesen. »Und sie hatte keine Nachkommen.« Meena wartete darauf, wie sie die Lücken füllen würden, fragte sich, ob sie die Möglichkeit in Betracht zogen, dass Meena mehr war als die Tochter von Freunden.

»Die Wohnung hätte an ihre Eltern zurückgehen müssen«, meinte Sabina. »Neha wollte nicht, dass sie sie bekamen. Ich habe dich und deine Familie überprüft.«

Meena biss die Zähne zusammen. Wie unverschämt diese Frau war.

»Wir glauben, dass sie deine Eltern durch ihren Job kannte«, fuhr Sabina fort. »Ihr Büro war in Springfield, eine Stunde von dem Ort entfernt, an dem du aufgewachsen bist. Die Wochenenden hat Neha oft in Northampton verbracht. Sie hat immer wieder mal vom dortigen Smith College erzählt. Wir glauben, dass sie deine Eltern dort kennengelernt haben muss. So groß ist die Stadt ja nicht.«

»Sie hatte nicht viele Freunde«, fügte Tanvi hinzu. »Eigentlich gar keine – nur uns. Aber es ist möglich, dass sie deine Eltern gekannt hat. Vielleicht hast du sie sogar als Kind kennengelernt und erinnerst dich nicht mehr daran.«

Ihre Theorie ließ sich nachvollziehen, zumindest was die Frage betraf, wie Neha Meenas Eltern gefunden hatte. Sie war allerdings noch nicht bereit zuzugeben, dass Neha ihre leibliche Mutter war, nicht vor einem Raum voller Menschen, von denen sie einige gerade erst kennengelernt hatte. Außerdem wollte sie nicht Nehas Geheimnis preisgeben. Neha hatte offenbar beschlossen, diesen Frauen nichts von ihrer Schwangerschaft zu erzählen, und einen Weg gefunden, sie zu verbergen. Da Meena sah, wie voreingenommen einige von ihnen waren, wollte sie deren Abneigung gegen Neha nicht noch verstärken.

»Trotzdem«, argumentierte Sabina. »Wie du siehst, hat dieses Haus eine Bestimmung und ein Vermächtnis.«

Und soweit es sie betraf, war Meena kein Teil davon.

Sabina wollte Meena nicht hierhaben. Meena drückte das Kreuz durch und hatte nicht vor, es ihr leicht zu machen. Sie gehörte dazu; es war Meenas Geburtsrecht. Zumindest eine Sache war klar: Meena wollte die Wohnung nicht an Sabina verkaufen. Sie würde sie aus reiner Boshaftigkeit behalten.

»Aber egal«, meinte Tanvi. »Du bist jetzt hier und eine wunderbare Ergänzung für das Ingenieurhaus.«

Meena schenkte Tanvi ein strahlendes Lächeln. »Du bist immer so nett zu mir.«

»Genug geredet.« Uma stand auf. »Lasst uns essen.«

Alle setzten sich gleichzeitig in Bewegung. Tanvi klopfte Sam auf die Schulter. Sabina warf Meena einen Blick zu und hob nur leicht die Augenbraue. Meena verstand, dass die Angelegenheit noch nicht vom Tisch war. Bei Weitem nicht. Aber sie fühlte sich gestärkt und würde auf alles vorbereitet sein, was Sabina vorhatte.

Kapitel 21

Das Dal Makhani war cremig, würzig und schmackhaft, und das Fischcurry hatte Pfiff und einen intensiven Geschmack. Das Essen wurde herumgereicht, jeder bediente sich. Ein Großteil der Gespräche drehte sich darum, Sabina Komplimente dafür zu machen. Meena musste zähneknirschend zugeben, dass das Lob wohlverdient war.

»Meena.« Vin wandte sich an sie. »Hast du es geschafft, alle überflüssigen Möbel auszuräumen?«

»Und die Bücher«, fügte Pi hinzu. »Einige sind seltene Sammlerstücke, also gib sie nicht achtlos weg.«

»Ich arbeite daran«, antwortete Meena. Aber das tat sie nicht. Nicht wirklich.

»Nein, das tust du nicht«, widersprach Uma. »Sie schläft nicht einmal im Bett. Die Couch wird dir den Rücken ruinieren.«

»Sie ist bequem.« Meena wollte nicht in der Defensive sein. Sie hatte ihre Gründe für diese Entscheidung. »Und ich kann das beurteilen, ich habe schon auf vielen Sofas geschlafen.«

Alle starrten sie an.

»Ich reise viel.« Das sollte ausreichen, um sie zu überzeugen.

»Mach dir keine Sorgen«, sagte Tanvi. »Ich habe die Wohnung gründlich mit Salbei gereinigt. Neha sucht dich nicht heim. Sie ist in ihr nächstes Leben übergegangen.«

Außer durch ihre Notizen. Neha wollte noch lange nach ihrem Tod in dieser Wohnung präsent sein und sie hatte einen Weg gefunden.

»Ich habe Mitleid mit dem nächsten Körper, in dem sie wiedergeboren wird.« Jiten schwenkte den Whiskey in seinem Glas. Der große Eiswürfel klirrte, als er gegen die Wand stieß.

»Sie wird in ihrem nächsten Leben bestimmt wieder ein Griesgram«, scherzte Vin. »Oder eine alte Giftspritze.«

Meena mochte diesen Humor nicht. Sie wusste, dass Neha ihre Macken gehabt hatte, aber es gefiel ihr nicht, dass die Onkel so gemein über Neha redeten. »Ihr mochtet sie nicht?«

»Wir haben sie geliebt«, sagte Tanvi. »Die Männer machen Witze, weil sie keine Zeit mit ihr verbracht haben.«

»Sie mochte uns nicht.« Jiten trank den letzten Schluck aus seinem Glas.

»Neha mochte Menschen im Allgemeinen nicht«, ergänzte Vin.

»Das beruhte auf Gegenseitigkeit.«

»Sie hatte andere Interessen.« Meena nahm Neha in Schutz. »Zum Beispiel lesen und Sprachen lernen. Und ihre Arbeit schien sie auch zu mögen. Man ist nicht unsympathisch, weil man Hobbys Menschen vorzieht.«

»Woher weißt du das?«, fragte Sabina.

Meena zuckte mit den Schultern. »Ich wohne schon seit fast zwei Monaten in der Wohnung und bin Journalistin. Ich habe ein paar Dinge mitbekommen.« Und weil sie Sabina ärgern wollte, fügte sie hinzu: »In Nehas Schreibtisch waren Notizbücher und sie hat ein paar Karteikarten herumliegen lassen.«

»Ja«, sagte Sabina. »Wir sind beim Saubermachen auf ihre Arbeitsunterlagen gestoßen.«

Meena ahmte das leichte Heben der Augenbraue von Sabina nach und griff nach einer weiteren Portion Kreuzkümmelreis und zwei frittierten Bällchen mit einem pikanten Erbsenpüree darin. Eigentlich war sie satt, aber das Essen war köstlich und eine gute Ablenkung, bis die Gruppe zu den Vor- und Nachteilen einer lokalen gemeinnützigen Organisation überging.

Sam beugte sich zu Meena. »Du hast Neha verteidigt.« Er sprach leise und die Bemerkung war nur für sie bestimmt. »Heißt das, du fängst an, sie zu mögen?«

»Es ist schwer, eine tote Person zu mögen oder nicht zu mögen.« Meena neigte den Kopf weiter zu Sams. »Ich fand, sie waren unhöflich.«

»Gut gemacht«, lobte Sam.

»Danke.« Sein Lob ließ sie aufrechter sitzen und verstärkte ihr Lächeln. »Ich könnte auch so richtig austeilen, aber da ich Gast bin …«

»Ich kann mir gar nicht vorstellen, dass du mal so richtig sauer wirst.«

Meena schaute ihn an. Natürlich konnte sie das. »Weißt du noch, als du dich über meine zerzausten Haare lustig gemacht hast?«

»Da warst du nur schlecht gelaunt«, sagte Sam. »Wann warst du das letzte Mal so richtig wütend? Mit hochrotem Gesicht und unfähig, Worte zu bilden.«

Meena legte den Löffel beiseite und wischte sich mit dem Rand ihrer Serviette den Mund ab. Die Vorfälle, die ihr in den Sinn kamen, hatten sie eher aufgeregt. Verpasste Flüge, schlechte Redakteure, verlorene Fotos. »Ich hatte auch meine Aussetzer.« Das allerletzte Mal, an das sie sich erinnern konnte, war als Teenager gewesen. Sie hatte auf eine Party gehen wollen. Ihre Eltern hatten Nein gesagt und irgendetwas darüber, dass Partys mit Alkohol auf dem College-Campus nichts für Highschool-Schülerinnen seien. Aus Frust und Wut hatte sie ihr heißes Gesicht in den rosafarbenen Kissen vergraben. Sie hatte ihr Kuscheltier quer durch den Raum geschleudert, sich geweigert, zum Abendessen hinunterzugehen, und ihre Eltern zwei Tage lang mit Schweigen bestraft. Zwei wertvolle Tage. Dann hatte sich ihre Wut wieder gelegt und die Situation normalisiert. Sie hatten nicht mehr darüber gesprochen. Nur ein einfaches »Bitte reich mir mal den Toast« und es war vorbei gewesen. Drei Tage später war alles weg. Rosafarbene Kissen. Plüschtier.

»Alles in Ordnung?«, fragte Sam.

Meena nickte.

»Dann solltest du vielleicht von der Serviette ablassen.« Sam legte seine Hand auf ihre. »Sabina wird es nicht gefallen, wenn du ihre Tischwäsche ruinierst.«

Meena wischte seine Hand weg und strich die Serviette auf ihrem Schoß glatt.

»Was flüstert ihr beide denn da?« Tanvi stützte sich mit dem Ellbogen auf dem Tisch ab. »Geht es um irgendwelche Geheimnisse?«

»Nein, gerade geht es um Servietten«, antwortete Sam schnell.

»Die habe ich für Sabina gekauft, als Vin und ich vor ein paar Jahren in Italien waren. Wir haben sie in Ravello an der Amalfiküste gefunden.« Uma strich über die Spitze, mit der die Serviette, die sie hochhielt, verziert war.

»Apropos«, sagte Sabina. »Wir müssen unseren nächsten Mädelsausflug planen.«

»Ich möchte die Nordlichter sehen.« Tanvi wandte sich an Meena. »Die stehen schon ewig auf meiner Liste.«

Uma schüttelte missbilligend den Kopf. »Nein. Irgendwohin, wo es warm ist.«

»Jedes Jahr im Januar machen die Tanten eine Reise«, erklärte Sam.

»Und zwar immer an einen warmen Ort.« Tanvi schaute Uma an. »Weil sie die Kälte hasst.«

»Ich verbringe sechs Monate frierend in Boston, manchmal acht«, sagte Uma. »Im Januar will ich einfach nur mit einem fruchtigen Drink in der Hand am Strand sitzen.«

»Und ich finde Strände langweilig.« Tanvi fuchtelte mit den Händen herum. »Ich möchte etwas entdecken, Kultur.«

»Alkohol«, sagte Uma.

Alle lachten.

»Deshalb ist es eine Reise nur für Mädels«, erklärte Pi. »Sie fahren hin, sie kommen zurück. Wir fragen nicht nach Einzelheiten.«

»Letztes Jahr waren wir in Cartagena«, erzählte Uma. »Strand plus Kultur.«

»Mehr Shoppingkultur.« Tanvi wischte sich den Mund ab. »Nur weil die Läden in alten Gebäuden waren, macht sie das noch lange nicht historisch.«

»War Neha dabei?« Meena lehnte sich an Sam.

»Nein«, sagte Sam. »Sie ist generell nicht gern verreist.«

Oder die Tanten hatten sie nie dazu eingeladen. Meena begann, Neha zu verstehen. Es musste schwierig gewesen sein, Teil dieses Freundinnenkreises zu werden. Vor allem, wenn sie von Sabina nicht willkommen geheißen worden war.

Als sie mit dem Essen fertig war, ging die Gruppe zurück ins Wohnzimmer und Meena schnappte sich ihr Handy und ihre Tasche. Sie hatte sich gut amüsiert, aber das Abendessen hatte lange gedauert und sie hatte genug von Leuten. Dann hielt sie inne. Vielleicht gab es ja doch Gemeinsamkeiten zwischen Neha und ihr. »Danke, dass ihr mich eingeladen habt. Das Essen war köstlich.«

»Ich werde auch gehen.« Sam gesellte sich an der Tür zu ihr. »Ich muss noch mit Wally raus. Und ich weiß, dass der Alkohol ab jetzt in Strömen fließen wird.«

»Du wirst nie lernen mitzuhalten«, stichelte Pi, »wenn du nicht übst.«

»Du brauchst nur einen Untrainierten, über den du dich lustig machen kannst.« Sam schloss die Tür hinter sich.

»Hat es dir gefallen?«, fragte er Meena.

Sie ging mit den Schuhen in der Hand die mit tiefrotem Teppich belegten Stufen hinunter. »Das Essen war unglaublich und ich habe eine Menge gelernt.«

»Worüber?«

»Über die Geschichte dieses Hauses.« Das Treppenhaus war mit seiner filigranen viktorianischen Tapete, der Holzverkleidung und dem polierten dunklen Geländer mit verschnörkelten Balustern sehr elegant. An der Wand jedes Treppenabsatzes hing ein abstraktes Gemälde in einem grazilen Goldrahmen.

Unten blieben sie im Flur vor ihren Wohnungstüren stehen.

»Wohnst du gern hier?«, fragte Meena.

Sam schob die Hände in die Taschen seiner Jeans. »Ja, das tue ich.«

»Wegen des Vermächtnisses?«

»Weil es mein Zuhause ist.«

Meena bewunderte die Einfachheit dieser Aussage.

»Das nächste große Ereignis ist Thanksgiving«, sagte Sam. »Du solltest dich auf Tandoori Truthahn einstellen.«

»Die gesellschaftlichen Verpflichtungen im Ingenieurhaus sind sehr anspruchsvoll«, meinte Meena.

Sie wollte, dass er näher kam. Aber Sam blieb hartnäckig auf seiner Seite des Flurs.

»Gute Nacht, Sam.«

Er nickte ihr kurz zu.

Meena ging in ihr Apartment und lehnte sich gegen die geschlossene Tür. Sie atmete ein paar Mal ein und aus. Der Abend hatte sie in vielerlei Hinsicht ausgelaugt. Es war schwer, sich einzugestehen, dass sie hier nicht erwünscht war. Der Zweck der Geschichtsstunde war nicht gewesen, Informationen zu vermitteln, sondern zu verdeutlichen, warum die anderen dazugehörten und sie nicht. Tränen traten ihr in die Augen. Sie räusperte sich und schaute sich in der Wohnung um. Es war Nehas Wohnung gewesen. Jetzt würde sie sie zu ihrer eigenen machen, um Sabina zu zeigen, dass sie zu einem Kampf bereit war.

Kapitel 22

Es war an der Zeit. Der Gips war ab und Meena konnte sich endlich daranmachen, Nehas Sachen aus der Wohnung zu schaffen. Sie würde ein paar Schubladen ausräumen und ihre eigenen Habseligkeiten hineintun. Um den Rest würde sie sich noch kümmern. Wenn sie es sich leisten konnte, würde sie das Zimmer in Zoes Wohnung für Aufträge in der Nähe von London behalten. Die meisten ihrer Wintersachen waren dort. Einige Einzelheiten gab es noch zu klären. Sie setzte sich auf die Couch und starrte auf ihre schlampig gefaltete Kleidung auf dem Koffer. Jetzt, da sie den Gips los war, konnte sie das eigentlich ordentlicher machen.

Sie war die Tochter ihrer Mutter und man hatte ihr beigebracht, die Sachen zusammenzulegen und wegzuräumen und keinen Pullover auf dem Boden liegen zu lassen. »Wenn man nicht viel hat, achtet man auf das, was man hat.« Hannah hätte das hier nicht für gut befunden.

Mit der Stimme ihrer Mutter im Kopf ging Meena in Nehas Schlafzimmer. Das war geräumig, selbst mit dem riesigen Bett, das mittig an der linken Wand stand. Durch die breiten Fenstertüren drang die Dämmerung. Meena hatte sich die

Anzahl der Schornsteine gemerkt. Sie war lange genug hier, um sich den Anblick einzuprägen.

Sie setzte sich aufs Bett und rieb sich die Augen. Dann suchte sie nach einer Uhr und schaltete die Lampe ein. Sie hasste es, dass es so früh am Tag dunkel wurde. Neben der Lampe lag ein Exemplar von »The Merriam-Webster's Dictionary«.

Meena seufzte. »Wenn das deine Bettlektüre war, Neha, bist du sicher jede Nacht auf der Stelle eingeschlafen.« Sie nahm das Wörterbuch in die Hand und blätterte darin herum. Zwischen den Wörtern mit M war eine Postkarte eingeklemmt.

»Na klar«, sagte Meena. »Ich habe schon Dutzende Male in dieses Zimmer geschaut. Das Wörterbuch ist mir nie aufgefallen. Und jetzt führe ich Selbstgespräche.«

Sie legte das Buch weg und drehte die Karte um. Dann las sie die vertraute Handschrift.

Ratschlag von einer alten Person an eine junge Person:

1. *Tapferkeit zeigt sich nicht in großen Schlachten, sondern in kleinen Taten.*
2. *Wenn du über dreißig bist, kannst du nicht mehr die Vergangenheit oder deine Eltern dafür verantwortlich machen, wie du bist. Es liegt in deiner Hand, also heile dich selbst.*
3. *Es gibt immer Geld im Bananenstand. Sam hat mir erzählt, dass dieser Satz aus einer Fernsehserie stammt. Was ich daraus schließe, ist, dass die Botschaft oft aussagekräftiger ist als der Wortlaut.*

Meena legte die Postkarte auf den Tisch und rollte sich auf dem Bett zusammen. Wie wäre es wohl gewesen, wenn Neha sie behalten hätte? Welche Art von Elternteil wäre sie gewesen? Wahrscheinlich ein uninteressierter. Vielleicht hatte sie Meena deshalb weggegeben. Sie hatte gewusst, dass sie keine gute Mutter sein würde.

Eine Träne tropfte auf den weichen rosafarbenen Kissenbezug. Sie vermisste ihre Mutter. Ihre echte Mutter, Hannah, ihre Sachlichkeit und ihre Liebe. Wenn Meena krank gewesen war, hatte ihr ihre Mutter übers Haar gestrichen, bis Meena eingeschlafen war. Als niemand Meena zum Erstsemesterball eingeladen hatte, hatte ihre Mutter ihr ein hübsches Kleid gekauft und die drei hatten ihren eigenen Ball im Wohnzimmer veranstaltet. Ihr Vater hatte eine Clownskrawatte zum Hemd getragen, um den Effekt zu verstärken.

Meena lachte beim Weinen. Sie hätten ihr niemals Notizen hinterlassen, nicht so. Ihr Vater hätte ihr ein Tagebuch vermacht, in das sie ihre Träume hätte schreiben können, ihre Mutter eine Liste mit Ratschlägen und ein Buch mit Gebeten.

Meena starrte hinaus in die klare dunkle Nacht. Aus den Schornsteinen waberten Rauchfahnen. Es war still hier drinnen. Der Straßenlärm war auf der anderen Seite der Wohnung. Ihr fielen die Augen zu. Sie spürte die Stützkraft der Matratze. Das Kissen verströmte einen schwachen Duft von Lavendel, dem typischen Duft ihrer Mutter.

Heile dich selbst. Nehas Ratschlag. Das hatte Meena getan. Sie hatte in der Highschool die nötige Therapie gemacht. Mithilfe der Lebensversicherung ihrer Eltern hatte sie sich durchs College gebracht. Sie hatte beruflich Karriere gemacht und war gut in dem, was sie tat. Aber etwas fehlte. In diesem letzten Jahr, in dem sie von Auftrag zu Auftrag gehetzt war, ging es darum, eine Leere zu füllen, die zu wachsen begonnen hatte.

Sie schloss die Augen und ließ zu, dass die Erinnerungen an ihre Eltern das Vakuum füllten.

Kapitel 23

Es war noch früh am Morgen, kaum halb sieben. Aber Meena wollte es tun, bevor jemand sie sah. Im Schutz der Dunkelheit. Sie schlüpfte durch die Fenstertüren des Schlafzimmers und stieg die Stufen der kleinen Veranda hinunter. Dann ging sie den Garten der Länge und Breite nach ab und nahm die nicht bepflanzten Ecken in Augenschein.

Das taufeuchte Gras quietschte unter ihren Sneakers, als Meena den Schal um ihren Hals fester zog. Sie spitzte die Lippen und atmete aus, beobachtete, wie die warme Luft auf die kalte traf und kondensierte. Als Kind hatte sie das gern gemacht und auch heute noch erfreuten sie die Dunstwölkchen aus ihrem Mund. Sie lächelte in die stille Morgendämmerung und war voller Energie, denn sie hatte eine Mission.

Sie suchte nach der perfekten Stelle, die auf den ersten Blick nicht zu auffällig sein durfte. Erst wenn es zu spät war, würde sie jemand bemerken. Und mit *jemand* meinte sie Sabina.

Ein großer Baum in jeder Ecke verlieh dem Garten Symmetrie. Dort zu pflanzen wäre zu mühsam, denn zwischen dem Baumstamm und den Steinen, die ihn einfassten, war nicht genügend Platz. Am besten wäre der Zaun, der ihren Garten von dem auf der linken Seite trennte. Nehas Seite des Hauses.

Meena nutzte die Mess-App ihres Handys, um den verfügbaren Platz zu ermitteln. Sobald sie eine ungefähre Vorstellung hatte, konnte sie die Größe des Beetes ausrechnen.

»Was machst du da?«

Meena fuhr zusammen. »Sam!«

Er hob die Augenbraue und wartete auf eine Antwort. Wally schlich sich langsamer als sonst an sie heran.

Meena beugte sich hinunter und kraulte den Welpen hinterm Ohr. »Hallo Wally. Warum rennst du nicht herum?«

»Er hat einen verdorbenen Magen«, sagte Sam.

»Oh nein.« Meena warf Wally einen mitfühlenden Blick zu. »Der Arme.«

»Das wird schon wieder«, meinte Sam. »Solange er nichts frisst, was kein Futter ist.«

Meena fuhr fort, Wally zu kraulen.

»Also?«

Meena richtete sich auf und steckte ihr Handy in die Jackentasche. »Ja. Ähm.« Sie sollte es ihm sagen. Vielleicht würde es ihm nicht gefallen oder er wäre nicht ihrer Meinung. Er könnte sie verraten und damit die ganze Sache gefährden. Sie dachte darüber nach. Das würde Sam nicht tun. Sie war sich zwar nicht sicher, ob er der Typ war, der ihr helfen würde, etwas Unrechtmäßiges zu tun, aber ihr Bauchgefühl sagte ihr, dass er sie nicht verpfeifen würde.

»Ich verlege mich auf Gartenarbeit?«, sagte Meena.

Er verschluckte ein Lachen. »Ist das eine Frage?«

Meena straffte die Schultern und schüttelte den Kopf.

»Weißt du, was du tust?«

»Ich habe viel im Internet recherchiert«, antwortete Meena.

»Hat dir das World Wide Web auch gesagt, dass bald Winter ist?«, fragte Sam. »Wahrscheinlich nicht die beste Zeit, um etwas zu pflanzen.«

Meena warf ihm einen selbstzufriedenen Blick zu. »Nicht für das, was ich geplant habe. Dafür ist es die perfekte Zeit.«

Er runzelte die Stirn. »Und du hast mit Sabina darüber gesprochen.«

Meena schaute zu Wally, der das Kinn auf die Pfoten gelegt hatte. Der arme Hund sah so erbärmlich aus.

»Meena.«

»Das ist doch ein Gemeinschaftsgarten, oder? Außerdem befindet er sich auf dieser Seite des Hauses. Ich werde ihr schon nicht in die Quere kommen. Nur dieses kleine Stück Rasen beanspruche ich für mich.« Sie hatte viel Zeit damit verbracht, sich zu überlegen, wie sie einen stillen Kampf gegen Sabina führen konnte. Vielleicht zu viel Zeit, aber Meena ließ der Gedanke nicht los, dass Sabina sie nicht hierhaben wollte. Und dass sie Neha wahrscheinlich das gleiche Gefühl vermittelt hatte. Meena tat es für Neha. Neha hätte Meenas Bemühungen zu schätzen gewusst.

»Um was genau zu pflanzen?«

Ihre Augen funkelten vor Begeisterung. »Ich habe mir viele Gartenvideos angeschaut. Wusstest du, dass Wildblumen am einfachsten zu säen sind? Und sie haben alle diese unglaublichen Namen wie Gelbe Rassel, Honigblume und Wolliges Honiggras. Und was ist eigentlich Labkraut? Laut dem YouTube-Kanal von *Gardening Guru* besorgt man sich die Samen und sät sie im Herbst aus. Und dann lässt man der Natur ihren Lauf. Wenn der Frühling kommt, fangen sie an zu sprießen, und im Sommer wird hier ein richtiges Wildblumenbeet entstehen. Chaotisch und ungebändigt.«

Sam ging mit Wally auf und ab, damit der Welpe sich bewegte. »Und du wirst dich darum kümmern? Es pflegen?«

Meena zuckte mit den Schultern. »Das ist das Gute daran. Es braucht keine Pflege. Man kann das Beet in Ruhe lassen und die Samen tun ihre Arbeit.«

»Ich verstehe«, sagte Sam.

»Ich mache doch nichts Falsches.« Meena steckte die Hände in die Taschen ihrer Jacke. »Dieser Garten muss nicht nur so aussehen, wie Sabina es will. Er könnte für alle sein. Ich wette, sogar Tanvi würde Wildblumen lieben.«

»Und was soll Sabina davon abhalten, sie abzumähen?«

Meenas Begeisterung erhielt einen Dämpfer. »So weit habe ich nicht vorausgedacht. Ich improvisiere irgendwie.« Unsicher, was sie mit ihren Händen tun sollte, wischte sie sie an ihrer Jeans ab.

»Das ist nichts Alltägliches für dich, oder?«

Sie lachte. »Kein bisschen. Aber hey, es ist nie zu spät, etwas Neues zu lernen.«

»Aber das ist nicht der einzige Grund«, bohrte Sam weiter.

Meena zuckte mit den Schultern. »Ich glaube, Neha hätte es auch gefallen.«

»Warum willst du Sabina ärgern?«

Meena ging auf ihre Veranda zu. »Ich sollte wieder reingehen und Kaffee kochen.«

Sie hörte sein Seufzen. Irgendwann waren sie Freunde geworden oder gingen zumindest freundschaftlich miteinander um. Also blieb sie stehen und ging zu ihm zurück. »Ich versuche gerade mich einzuleben. Um zu sehen, wie es wäre, diese Wohnung zu einer meiner Anlaufstellen zu machen.«

»Wann hast du das letzte Mal irgendwo gewohnt?« Er setzte sich auf die kleine Eisenbank.

»Im College, denke ich.« Sie setzte sich neben ihn.

»Es ist gar nicht so schlecht hier.«

Sie schaute ihn an. Er hatte sich eine Jacke über seinen grün-schwarz-grauen Flanellpyjama geworfen. Die Haare waren zerzaust, als wäre er gerade aus dem Bett gefallen. »Nein. Es ist überhaupt nicht schlecht.«

»Vielleicht bist du bereit, Wurzeln zu schlagen«, sagte er.

Meena stand wieder auf und ging auf und ab. Sie nahm Sam die Leine ab und führte Wally zu einer Schnüffelstelle. »Ich war vor sechs Jahren einen Sommer lang in Rumänien. Die meisten Leute denken an Vampire, wenn sie sich Transsylvanien vorstellen. Aber in der Nähe gab es eine Region mit einer unglaublichen Wildblumenwiese. Ich habe mir kürzlich Fotos davon angesehen und dachte, dass das auch hier schön wäre. Nicht in dem Ausmaß, aber einfach entlang des Zauns. Um diese perfekte Gartengestaltung etwas aufzulockern.«

Sam schwieg. Es gefiel ihr, dass er sie nicht drängte. Das war seine Superkraft, denn es brachte sie dazu, zu reden und Dinge preiszugeben, was sie selten tat. »Ich weiß nicht, ob ich der Typ bin, der an einem Ort bleiben kann. Ich bin immer beschäftigt, immer in Bewegung. Wenn ich nichts tue ...« Sie wusste nicht, wie sie diesen Gedanken beenden sollte. »Ich bin wohl einfach darauf programmiert, unterwegs zu sein.«

»Hast du es schon mal mit Selbsthilfebüchern versucht?«

Sie lachte. »Nein. Ich hatte genügend Therapien nach dem Tod meiner Eltern.«

»Man sagt, Therapie ist eine lebenslange Aufgabe«, meinte Sam.

Sie war in dem Glauben erzogen worden, dass sie für die Lösung ihrer Probleme selbst verantwortlich sei. Selbst Neha hatte geschrieben, dass man ab dreißig niemandem mehr die Schuld geben solle. Sie hatte sich geheilt. »Wenn ich weniger nomadenhaft wäre, vielleicht.«

»Planst du schon deine nächste Reise?«, fragte Sam. »Willst du nicht sehen, wie die Wildblumen blühen, oder wenigstens Sabinas Reaktion?«

»Das wäre lustig«, sagte Meena. »Aber nach den Feiertagen werde ich nicht mehr lange hier sein und bin dann vielleicht monatelang weg.«

»Dann werde ich wohl Sabinas Reaktion aufnehmen müssen.«

»Das wäre toll.«

»Du magst sie nicht.«

»Ich mag nicht, dass es immer nach ihrem Kopf gehen muss.«

»Hast du ein Problem mit Autorität?«

»Wer hat sie zur Chefin dieses Hauses gemacht?«

»Geschichte, Vermächtnis und eine Menge Papierkram«, zählte Sam auf.

Meena setzte sich wieder neben ihn und verschränkte die Arme, um sich ein wenig vor der Kälte zu schützen.

Nach ein paar Minuten angenehmem Schweigen nahm Sam ihr Wallys Leine aus der Hand und machte sie vom Halsband los. Wally legte sich in das kühle Gras neben Sams Füßen.

»Vielleicht solltest du ein paar Ziegelsteine um dein Wildblumenbeet legen, damit der Rasenmäher dir nicht die Vision zerstört.«

»Ja, das ist eine gute Idee.«

»Mahoney's Gartencenter«, schlug Sam vor. »Die beste Gärtnerei in Boston. Die Filiale in Brighton ist ganz in der Nähe. Dort kannst du deine Samen wahrscheinlich bekommen.«

Meena steckte die Hände wieder in ihre Jackentaschen. »Danke für den Tipp.«

»Wenn du möchtest«, bot Sam an, »kann ich dich hinfahren.«

»Ich weiß das zu schätzen, aber jetzt, da der Gips ab ist, bin ich wieder voll einsatzbereit.«

»Richtig. Du brauchst keine Hilfe.« Er schenkte ihr ein kurzes Lächeln. »Ich muss Wally reinbringen.«

Das war abrupt. Sie wusste nicht, was falsch war an dem, was sie gesagt hatte. Bei so kleinen Dingen wie dem Einkauf in einem Gartencenter brauchte sie doch wirklich keine Hilfe. »Ich hoffe, es geht ihm bald besser.« Sie ging zu ihrer Ecke hinüber, notierte sich die Maße und verschwand dann in ihrer Wohnung, um das Gartencenter ausfindig zu machen, das Sam erwähnt hatte. Danach nahm sie die Postkarte in die Hand, die sie im Wörterbuch gefunden hatte: *Tapferkeit zeigt sich in kleinen Taten.*

* * *

Meena rollte ihren leeren Koffer in den Garderobenschrank. Sie hatte ausgepackt und Sachen in Schubladen verstaut.

Sie strich über die Kleider, die in Nehas Schrank hingen. Mit kräftigen Farben, Mustern und Prints war der Stil der Frau eher bequem als trendig gewesen. Sogar ihre Jacken und Mäntel waren bunt. Die Regenjacke in Königsblau, der Wintermantel in Zitronengelb, die Übergangsjacken in Rot. Die Schuhe waren die einzigen schlichten Teile, die Neha besessen hatte. Praktische Sneaker in Schwarz und Braun.

Bisher hatte Meena ein paar Schubladen in Nehas Schlafzimmer ausgeräumt. Neha brauchte sie nicht mehr. Meena hatte den Inhalt in große Tüten gepackt, um ihn zu spenden, und das, was nicht gespendet werden konnte, in Müllsäcke gestopft, um es zu den Mülltonnen im Keller zu bringen. Die Männer der Tanten brachten den Müll abwechselnd mittwochabends raus, damit er am frühen Donnerstagmorgen abgeholt werden konnte. Meena hatte sich nie lange genug irgendwo aufgehalten, um die alltäglichen Abläufe zu kennen.

Sie machte sich eine Tasse Instantkaffee und schlenderte durch die Wohnung. So viel Zeug. Möbel, in denen jede Schublade und jedes Schubfach vollgestopft waren. Ein Quiltkorb auf dem Boden neben den großen Sesseln, die vor dem Kamin standen. Kerzen. Lampen, die mehr dekorativ als nützlich waren.

Meena entdeckte eine Schublade ganz unten am Bücherregal neben dem Kamin. Sie war schmal und wenn man nur flüchtig hinschaute, sah sie aus wie eine Bodenleiste und nicht wie Stauraum. Meena ging in die Hocke, um zu prüfen, ob sie die Schublade durch Ziehen an dem kleinen Knauf aufbekam. Nach ein paar Versuchen glitt sie heraus. Darin befand sich ein altes Fotoalbum, das Meena zur Couch trug. Sie stellte ihre Tasse auf dem Tisch ab und legte sich das Album auf den Schoß.

Die Seiten machten ein knirschendes Geräusch, als sie sie aufschlug. Die Plastikfolie, die die Fotos bedeckte, klebte fest auf jedem Bild. Die Bilder auf der ersten Seite waren alle schwarz-weiß. Männer in Anzug und Krawatte standen vor dem Haus. Es waren zwölf und wahrscheinlich frühere Bewohner. Meena schaute nach, ob es eine Ähnlichkeit gab, ein Gesicht, das sie wiedererkannte. Vielleicht war einer von ihnen ihr Großvater.

Auf der nächsten Seite war eine Reihe von Babyfotos zu sehen. Sie waren leicht bräunlich, wie viele Fotos, die in den Achtzigerjahren aufgenommen worden waren. Die Schnappschüsse zeigten Kinder und Erwachsene bei verschiedenen Gruppenausflügen. New York City. Die Niagarafälle. Disney World. Eine Gruppe von Mädchen im Teenageralter vor dem Ingenieurhaus: die Tanten. Da war ein älteres Mädchen, wahrscheinlich im College-Alter. Meena schaute genauer hin. Konnte es Neha sein? Mühsam zog sie das Foto heraus, um zu schauen, ob auf der Rückseite etwas geschrieben stand. Doch da war nichts.

Meena blätterte durch die restlichen Seiten, studierte die Fotos und erkannte die Tanten und die Person, die sie für Neha hielt. Da waren Hochzeitsfotos von Paaren, die Meena nicht kannte, und Babypartys der Tanten. Frühere Halloween-Kostüme. Meena schaute sie sich noch einmal an. Wenn Neha überhaupt dabei war, stand sie abseits. Absichtlich? Oder fühlte Neha sich so? Als Teil der Gruppe, aber nicht ganz. Vielleicht interpretierte Meena zu viel hinein und Nehas Fehlen auf vielen Fotos lag einfach daran, dass sie die Fotografin gewesen war.

Als Meena am Ende des Albums angekommen war, entdeckte sie dort ein kleines Kuvert. Sie zog ein einzelnes Bild heraus.

Zwei Personen vor dem Wohnzimmerkamin in dieser Wohnung. Die Frau, die sie für sich als Neha identifizierte, hatte Ähnlichkeit mit der College-Schülerin auf dem früheren Foto. Der Mann neben ihr war vielleicht ihr Ehemann. Sie standen nebeneinander. Nicht einmal ihre Schultern berührten sich. Keiner von beiden lächelte. Der Mann trug ein weißes Hemd und eine schwarze Hose. Er hatte einen Bart und dicke Augenbrauen. Neha trug einen langen Rock und einen Patchworkpullover. Ihr Haar war kurz geschnitten, endete knapp unterhalb der Ohren und wellte sich. Ihr Lippenstift war leuchtend rot, ihre Augenbrauen hatten die Form schmaler Bögen. Meena schaute genauer hin. Ihre Augen waren so ausdruckslos wie ihr Gesicht.

Meena entdeckte nichts Vertrautes. Nehas Nase war ein wenig breiter als ihre, die Stirn schmaler, das Kinn ebenso. Es konnte sein, dass sie gleich groß waren. Sie hatte gehofft, sich in jemand anderem wiederzuerkennen, zu wissen, dass sie, obwohl Neha tot war, Teil des Vermächtnisses des Ingenieurhauses war und eine Familiengeschichte hatte. Sie fuhr mit dem Finger über das Gesicht. Neha hatte alles gehabt, wonach viele strebten

– Reichtum, eine Ehe, Leidenschaft für ihren Beruf. Und doch schien sie etwas zu belasten. Dann sah sie es in Nehas Augen. Plötzlich erkannte sie, was es war.

Einsamkeit.

Das war es, was sie mit ihrer leiblichen Mutter gemeinsam hatte. Meena drehte das Foto um, konnte es nicht mehr anschauen. Auf der Rückseite klebte ein zusammengefaltetes Stück Papier. Es stammte aus einem Notizblock mit einem Merriam-Webster-Briefkopf.

Ich kenne die Bedeutung von Liebe nicht. Selbst ihre Definition ist abstrakt. »Starke Zuneigung, die auf Verwandtschaft beruht.« Meine Eltern sind meine Verwandten. Wenn es als starke Zuneigung gilt, für mich gesorgt zu haben, dann wurde sie mir wohl entgegengebracht. Aber ich empfinde nichts für sie, außer, dass ich von ihnen abstamme. Wenn es sich um sexuelles Verlangen handelt, dann empfinde ich das für meinen Mann. Aber ich habe keine andere Beziehung zu ihm. Was bedeutet es, jemanden lieb zu haben? Ich bin zu dem Schluss gekommen, dass ich mir daraus nichts mache. Soll dieses Gefühl doch für andere existieren. Ich komme auch ohne aus.

Meena brach der Gedanke das Herz, dass diese Frau ihr ganzes Leben lang keine Liebe gekannt hatte. Eine weitere Gefühlswelle erfasste sie. Dieser letzte Satz. Das war es, was Meena sich in den letzten Jahren selbst eingeredet hatte. Aber im Gegensatz zu Neha wusste sie, was es hieß, jemanden lieb zu haben. Sie war in Liebe geborgen gewesen, bis sie sie verloren hatte. Die Wahrheit war, dass Meena nur deshalb ohne sie auskam, weil sie, was sie gehabt hatte, nicht ersetzen oder wieder alles verlieren wollte.

Hätte sie ein Foto von sich selbst gemacht, so wusste Meena, dass sie die gleiche Trostlosigkeit wie in Nehas Augen sehen würde. Sie hielt das Album in ihrem Schoß und trauerte um die Frau, die sie gerade erst kennenlernte. Noch einmal schaute sie

184

sich die Fotos der Tanten an. Die Liebe und Freundschaft zwischen ihnen war so offensichtlich. Man sah es an der Art, wie sie lächelten, wie sie die Arme umeinanderlegten. Neha hatten sie nicht in ihre Runde aufgenommen. War das so, weil Neha es nicht gewollt hatte? Oder hatte man es ihr nicht angeboten?

Meena hatte diese Verbindung zu niemandem sonst gespürt, nicht mit diesem Gefühl tiefer Vertrautheit. Es war egal, ob sie die Verbindung nun durch das Leben hier oder aufgrund der Notizen oder dieser Fotos spürte, Neha war wichtig.

Kapitel 24

Die vier schaumigen Mixturen waren so festlich wie die Einrichtung der dunklen Lounge. Die Ledermöbel, das edle Holz der Tischplatten und die getäfelten Wände waren mit goldenen Metallgirlanden, rot-weißen Ornamenten und weißen Lichtern aufgehübscht.

»Die sind fast zu schön zum Trinken«, sagte Tanvi. »Nicht, dass mich das abhalten würde.«

»Ich werde mit der gewürzten mexikanischen Schokolade anfangen«, tat Uma kund, »und mich dann nach unten durcharbeiten.«

»Ich schlage den umgekehrten Weg ein«, sagte Sabina. »Pfefferminz zuerst. Mir gefällt der Schärfekick zum Schluss.«

Meena hörte zu, wie sie über die Ansammlung heißer Schokolade diskutierten, die vor ihnen stand. Vier hohe Tassen, randvoll mit Schlagsahne, jede mit etwas Einzigartigem dekoriert – vom karamellisierten Marshmallow-Spieß über einen Lebkuchenkeks bis hin zur Zuckerstange. Jeder Becherinhalt versetzt mit Baileys oder Wodka als ergänzender Geschmacksrichtung.

»Mit welcher fängst du an, Meena?«, wollte Sabina wissen.

Selbst ihre einfachen Fragen klangen für Meena wie ein Verhör. »Mit der Dulce de Leche.«

Sabina schüttelte den Kopf. »Damit hört man am besten auf. Bevor wir in die Oak Long Bar gehen, um Cocktails zu trinken.«

Alle drei Tanten trugen die gleichen Schneeflockenschals und rot-grüne Ohrringe, bei denen Meena sich sicher war, dass sie aus echten Rubinen und Smaragden bestanden.

Auch Meena hob die Tasse, als Uma einen Toast auf den Beginn der Weihnachtszeit ausbrachte. Sie hatten sie überredet, sich ihrer Tradition am Tag nach Thanksgiving anzuschließen: eine Verkostung heißer Schokolade bei Buttermilk & Bourbon, Martinis in der Oak Bar und ein Abendessen im Deuxave – alles Lokale in ihrem Viertel Back Bay. Während das Ingenieurhaus in einer ruhigen Straße lag, war jede Straße abseits des Charles River belebter und voller mit Geschäften und Büros als die vorherige.

Die Tanten wechselten sich an diesem Tag beim Geldverprassen ab und in diesem Jahr war Uma an der Reihe gewesen, das Restaurant für das Abendessen auszuwählen.

»Trinkt aus, Ladys«, sagte Tanvi. »Heiße Schokolade ist am besten, wenn sie noch heiß ist.«

Meena nippte an ihrer zweiten Tasse, während die Tanten zu ihrer letzten übergegangen waren. Meena wollte den Abend nutzen, um die Tanten besser kennenzulernen. Um einen Einblick in ihr Leben und ihre Beziehung zu Neha zu gewinnen. Ein Teil von ihr wollte auch herausfinden, ob Tanvi und Uma Sabinas Abneigung gegen Neha teilten und ob sie Meena ebenfalls loswerden wollten. Bei Tanvi wollte sie es nicht glauben, aber Uma war ein Unsicherheitsfaktor. Außerdem wollte sie herausfinden, ob die Möglichkeit einer echten Freundschaft bestand.

»Wie lange macht ihr das schon?«, fragte Meena.

»Es ist eine unserer neueren Traditionen.« Uma leckte einen Klecks Schlagsahne von der Zuckerstange ab. »Seit Sommer 2013. Nach dem Bombenanschlag beim Marathon gab es eine Initiative zur Unterstützung der Geschäfte in Back Bay und wir wollten unseren Teil dazu beitragen. Als wir damals den ganzen Tag miteinander in verschiedenen Lokalen verbrachten, kam uns diese Idee.«

»Die ganze Woche bereiten wir Thanksgiving vor.« Sabina gestikulierte herum. »Der Freitag danach ist unser Tag und die Männer müssen putzen.«

»War Neha auch immer dabei?«, wollte Meena wissen.

Tanvi schüttelte den Kopf. »Wir haben sie immer eingeladen, aber sie hat jedes Mal abgelehnt. Irgendwann haben wir nicht mehr gefragt.«

»Neha verbrachte ihre Zeit lieber mit Büchern«, erzählte Uma. »Sie hatte immer ein paar aufgeschlagen, zwischen denen sie wechselte, sich Notizen machte und Seitenecken umknickte.«

»Das war auch gut so.« Sabina seufzte. »Neha war nicht gesellig. Sie hielt es für Zeitverschwendung, sich zu treffen und etwas miteinander zu unternehmen.«

Meena schwieg und nippte an ihrem Getränk. Ein Teil von ihr wollte ihnen vorwerfen, dass sie sich mehr Mühe hätten geben können. Sie fragen, ob sie bemerkt hatten, ob Neha allein sein wollte oder einfach einsam war. »Ich habe das Gefühl, dass sie viel Zeit allein verbracht hat.«

»Das wollte sie ja auch«, entgegnete Tanvi.

»Manchmal sagen die Leute das, weil das alles ist, was sie haben.« Meena starrte auf die leeren Tassen vor ihr. Die heiße Schokolade wärmte den Bauch und der Nachgeschmack von Wodka machte ihr nichts mehr aus. »Wow. Diese Drinks haben es in sich.«

»Wie läuft es eigentlich zwischen dir und Sam?« Tanvi wischte mit einem Finger am inneren Rand ihrer leeren Tasse entlang, um die restliche Schlagsahne zusammenzuschieben und vom Finger abzulecken.

Meena schüttelte den Kopf. »Wir sind Freunde. Ich mag seinen Hund.«

»Und sein hübsches Gesicht«, sagte Tanvi.

»Er ist keine schlechte Partie«, fügte Uma hinzu.

Meena trank ihre letzte Tasse aus. »Wohin als Nächstes?«

»Zur Oak Long Bar.« Uma stieß die Faust in die Luft.

Tanvi hakte sich bei Meena ein, als sie die Dartmouth Street hinuntergingen und die Boylston überquerten. Durch die kühle Luft bekam Meena einen klaren Kopf. Sie sah, wie die Kränze an dem schönen alten Gebäude, in dem die öffentliche Bibliothek untergebracht war, befestigt wurden. Gruppen von Touristen posierten für Fotos auf den Stufen neben den beiden Skulpturen – zwei Frauen, von denen eine einen Globus und die andere einen Pinsel und eine Palette in der Hand hielt. In die Steinfassade waren die Worte FREE TO ALL eingemeißelt.

Meena war vor langer Zeit schon einmal bei einem Tagesausflug der sechsten Klasse nach Boston in der Bibliothek gewesen. Leider konnte sie sich nicht mehr an die Geschichte des Gebäudes erinnern. Sam würde sie kennen. Wäre er hier, würde er die Fakten mit seiner tiefen Stimme vortragen, bei deren Klang Meenas Magen Purzelbäume schlug. *Wow.* Sie fing sich wieder. *Was war das denn für ein Gefühl?*

Eine eisige Windböe fegte um Meena herum, als sie sich dem Eingang der Oak Long Bar näherten.

Drinnen sorgten Kronleuchter, hohe Decken und wuchtige Ledersessel dafür, dass sich die Reichen wohlfühlten. Die Bedienung führte sie zu ihrem Tisch und Meena ließ sich in einen Sessel sinken, der eher in ein Wohnzimmer passte statt in ein Lokal.

»Hier gibt es einen extra kalten, extra dirty Martini, auf den ich stehe.« Uma setzte sich ihr gegenüber. »Falls du eine Empfehlung brauchst.«

»Oder sie könnte sich die Cocktailkarte anschauen«, schlug Tanvi vor. »Ich bin abenteuerlustiger und bestelle nicht jedes Mal den gleichen Drink.«

Der Kellner nahm ihre Bestellungen auf und Meena hörte sich die Geschichten der Tanten über vergangene Urlaube an. Sie redeten übereinander, neckten sich gegenseitig und lachten. Viel. Nach drei Cocktails hatte Meena ein paar Dinge über sich selbst gelernt. Erstens: Den Autumn Star mochte sie am wenigsten. Der Apfelschnaps war trinkbar, aber der Wermut war ekelhaft. Zweitens: Gin, den sie nicht oft trank, war ihr Lieblingsgetränk. Drittens: Sie zog den Bee's Knees dem Gimlet vor.

»Okay, genug von unseren Geschichten.« Uma nippte an ihrem dritten oder vielleicht sogar schon fünften Martini. »Jetzt bist du dran, Meena. Erzähl uns etwas über dich.«

Meenas Verstand war benebelt, als sie versuchte, sich an etwas Interessantes zu erinnern. »Ich war schon im Basislager von sechs der Seven Summits.«

»Das ist langweilig.« Tanvi runzelte die Stirn. »Erzähl uns etwas Pikantes. Zum Beispiel über eine heiße Affäre, einen furchtbaren Herzschmerz.«

Meena spielte mit der Limette am Rand ihres Glases.

»Vergiss Herzschmerz«, sagte Uma. »Hast du jemals jemanden umgebracht?«

Meena warf Uma einen Blick zu. »Ich glaube nicht.«

Die Tanten brachen in Gelächter aus.

»Wenn du es tust, helfen wir dir, die Leiche zu vergraben«, bot Uma an.

Sie wollte ihnen glauben, wollte zu ihnen gehören, ein Teil des Hauses sein. Das konnte sie nur zugeben, weil der Alkohol durch ihre Blutbahnen floss und ihren Verstand dazu brachte, sich so etwas zu wünschen. Dann schaute sie Sabina an, die bei der Idee, Meena in irgendeiner Weise zu helfen, schwieg. In ihrem Hals bildete sich ein Kloß.

Da war natürlich noch Zoe. Zoe würde für sie da sein, war es immer gewesen. Es war Meena, die die Freundschaft auf Distanz hielt. Tatsache war, dass sie seit der Highschool nicht mehr Teil einer Freundinnengruppe gewesen war. Sie und ihre beste Freundin Holly waren seit dem Kindergarten unzertrennlich gewesen. Aber Meena hatte sie nach allem, was passiert war, ausgeschlossen. Sie war nach der Beerdigung nicht mehr in Kontakt geblieben. Holly hatte gesagt, ihre Eltern würden Meena abholen, damit sie die Wochenenden bei ihr verbringen konnte, aber Meena hatte sich nicht gemeldet. Sie wollte nicht zurück in diese Stadt, wollte nicht sehen, wie andere dort ihr Leben lebten, während ihres vorbei war.

»Kann ich euch etwas fragen?« Meena zögerte.

»Oh Gott! Wir werden wirklich eine Leiche verbuddeln müssen!«, rief Tanvi. »Uma, du bist die Kräftigste. Sabina, du hast das Köpfchen.«

Meena schüttelte den Kopf. Der Raum schwankte ein wenig. »Nein. Nichts dergleichen. Ich möchte wissen, warum ihr Neha nicht gemocht habt.« Sie konnte nicht glauben, dass sie damit herausgeplatzt war.

»Wie kommst du denn darauf?«, wollte Tanvi wissen.

»So wie ihr über sie gesprochen habt …«, sagte Meena. »Euch über sie lustig gemacht habt. Wie gestern beim Abendessen, als eure Männer sich darüber beschwert haben, dass sie ihr an jedem Thanksgiving oder bei anderen Festtagsessen einen Teller bringen mussten, wenn sie nicht am Essen teilnehmen wollte. Ihr habt alle darüber gesprochen, wie sie ausgerastet ist, wenn jemand etwas sagte, was sie nicht hören wollte. Ihr drei steht euch so nahe. Aber Neha hat offensichtlich nicht zu euch dazugehört.«

»Hat sie auch nicht.« Sabina knabberte gesalzene Mandeln, die mit ihren Drinks serviert worden waren. »Sie war älter als wir. Ist nicht mit uns aufgewachsen.«

»Aber wir mochten sie«, sagte Tanvi. »Wir haben uns um sie gekümmert, weil wir das so machen. Jeder im Haus gehört zur Familie und das schloss sie ein.«

»Sie verkehrte nicht gern mit anderen Leuten.« Uma nahm einen kräftigen Schluck von ihrem Drink. »Meistens war sie auch bescheuert.«

»Das ist aber nicht nett«, tadelte Tanvi.

»Nur weil sie tot ist, heißt das nicht, dass wir sie zu jemandem machen müssen, der sie nicht war.« Umas Stimme wurde lauter. »Und ehrlich gesagt, beruhte das Gefühl auf Gegenseitigkeit. Sie mochte uns auch nicht. Nur Sam. Und den nur, weil sie ihn ausnutzen konnte, wann immer ihr nach Gesellschaft zumute war.«

»Sie hat ihm einen Hund vermacht«, höhnte Sabina. »Um sich an mir zu rächen.«

»Genau.« Uma deutete auf Sabina. »So war Neha. Man dachte immer, sie würde etwas Nettes tun, aber es gab stets einen Haken.«

Die Botschaft ist oft aussagekräftiger als der Wortlaut.

»Sie hat uns geduldet, weil wir etwas für sie getan haben«, fuhr Uma fort. »Zum Beispiel ihren Kühlschrank mit Lebensmitteln gefüllt oder sie daran erinnert, ihre Rechnungen durchzugehen. Sabina hat viel davon übernommen und manchmal war sie fast so etwas wie Nehas Assistentin.«

Das überraschte Meena. »Warum hast du das immer wieder gemacht?«

»Weil wir uns um unsere eigenen Leute kümmern«, erklärte Sabina. »Das war der Grundstein für das Ingenieurhaus. Unsere

Großväter haben sich um die gekümmert, die kamen und gingen. Wir kümmern uns umeinander.«

»Das gilt jetzt auch für dich.« Tanvi tätschelte Meenas Hand. »Neha hat dir die Wohnung nicht ohne Grund vermacht. Sie wollte, dass du Teil des Ingenieurhauses wirst.«

»So läuft das nicht«, meinte Sabina.

»Sabina!«, wies Tanvi sie zurecht.

»Es sei denn, sie ist eine direkte Nachfahrin«, argumentierte Sabina. »Das Beste wäre, wenn Meena die Wohnung verkaufen würde. Um unsere Tradition zu wahren.«

»Lasst uns nicht darüber diskutieren.« Uma beendete das Thema. »Heute ist Spaßfreitag.«

Meena flüchtete zur Toilette, bevor sie Sabina die Wahrheit entgegenschrie. Neha hatte gewollt, dass Meena die Wohnung bekam. Wenn sie für Meena auch keine Mutter gewesen war, so hatte sie vielleicht gewusst, dass Meena wieder eine Familie brauchte. Sie ließ Wasser über ihr Gesicht laufen und betrachtete sich im Spiegel, suchte nach einer Ähnlichkeit mit der Frau auf dem Foto. Sie konnte keine entdecken, aber sie spürte sie.

KAPITEL 25

Die Stufen. Es waren vier oder sechs. Meena konnte nicht zählen. *Ich schaffe das.*

»He, warum stehst du da?«, fragte Sabina.

Meena konzentrierte sich auf die Stufen. Sabina, Tanvi und Uma waren hinter ihr.

»Hallo.«

Sam. Der hübsche Sam. Ganz oben, vor den großen schwarzen Türen.

»Geht's dir gut?«, fragte Sam.

»Ich habe versucht mitzuhalten.«

»Das sehe ich.«

»Sie hat sich gut geschlagen«, lobte Tanvi.

Meena grinste breit. »Genau.«

»Brauchst du Hilfe?«, fragte Sam.

»Sind es drei oder fünf Stufen?«

»Vier.«

»Oh.«

Meena nahm all ihre Kraft zusammen. Rechtes Bein. Hoch. Linkes Bein. Rechtes Bein. Hoch. Linkes Bein. Sie hatte es geschafft und hob beide Arme zu einer siegreichen Pose. »Tadaaa!«

Sam lachte. »Noch eine.«

»Oh.«

Ihre Schuhspitze blieb an der Kante der letzten Stufe hängen und sie fiel in Sams Arme. In seine starken Arme. Sie klammerte sich an seinen Bizepsen fest, die nicht sonderlich ausgeprägt, aber fühlbar waren.

»Ihr habt sie fertiggemacht.« Sam starrte die Tanten an.

»Quatsch.« Uma schüttelte den Kopf. »Wir haben sie aus ihrem Schneckenhaus geholt.«

»Gib sie uns.« Sabina griff nach Meena. »Wir bringen sie rein.«

Meena lehnte ihr Gesicht an Sams Brust. Seine Wolljacke fühlte sich warm und weich an.

»Lass Sam sich um sie kümmern«, sagte Tanvi. »Das ist ihr lieber.«

Meena nickte. »Ja.«

»Sie braucht Wasser, Sam«, wies Sabina ihn an.

»Das braucht ihr drei auch«, gab er zurück. »Seid vorsichtig, wenn ihr die Treppe hochgeht.«

»Was glaubst du, mit wem du hier redest?« Uma stemmte die Hände in die Hüften. »Ich bin diese Treppe schon als Baby hinaufgekrabbelt. Ich werde sie noch hochgehen, wenn ich neunzig bin. Denk nicht, dass ich zu alt bin. Ich könnte sie hochsprinten, wenn ich wollte.«

»Nicht zu alt«, sagte Sam. »Betrunken.«

»Dich würde ich jederzeit unter den Tisch trinken; aber das ist bei dir auch nicht allzu schwer«, sagte Uma. »Lass uns gehen, Sameer. Du, ich und eine Flasche Johnnie Walker Blue. Und zwar jetzt gleich.«

»Wohl eher du, Tanvi, ich und ein Krug Wasser.« Sabina führte die beiden weg.

Meena öffnete die Augen. Sie saß auf der Couch. Gott sei Dank. Das Wohnzimmer neigte sich leicht oder drehte sich. Sie blinzelte, um wieder klar sehen zu können. Sam saß auf dem Couchtisch vor ihr.

»Nimm einen Schluck.« Er hielt ihr ein Glas hin.

»Wenn es Wodka ist, nein danke.«

»Es ist Wasser.« Er drückte ihr das Glas in die Hand.

Meena nippte daran. »Das schmeckt so gut.«

Sam lächelte. »Hast du Spaß gehabt?«

Meena lehnte den Kopf an die Rückenlehne der Couch. »Ich spüre mein Gesicht nicht. Ist es noch da?«

»Ja.«

»Ich muss meinen Lippenstift neu auftragen.«

»Vielleicht später«, sagte Sam. »Deine Lippen sehen gut aus.«

Sie setzte sich auf. »Deine auch. Sie sehen weich aus.« Meena strich mit den Fingern über Sams Lippen. »Das sind sie auch. Du scheinst Lippenbalsam zu benutzen.«

»Carmex.«

»Schön für dich.« Sie lächelte breit. »Du bist echt ein hübscher Kerl, Sam.«

»Trink noch ein bisschen Wasser«, wies er sie an.

»Die Tanten«, flüsterte Meena. »Sie sind so neugierig und haben so viele Fragen gestellt. Außerdem sind sie versaut. Die Witze beim Abendessen … puh! Nicht, dass ich prüde wäre, aber ich habe heute ein paar neue Wörter gelernt. Wusstest du, dass *gaand* Arsch bedeutet? Das ist ein komisches Wort. *Gaand.* Anscheinend habe ich einen Akzent. Die Tanten werden mir Gujarati und Hindi beibringen. Sie finden, ich sollte es beherrschen. Und sie haben recht. Ich habe ein Geheimnis, das ich ihnen nicht verraten habe, aber dir möchte ich es erzählen.«

»Wenn du wieder nüchtern bist«, sagte Sam.

»Ich bin Inderin. Nicht nur nichtssagend braun«, fügte sie hinzu.

»Meena.«

»Furz heißt *paad*«, fuhr Meena fort. »Ich fluche nicht. Ich sage Scheibenkleister oder verflixt und zugenäht, weil meine Mutter nie wollte, dass ich richtig fluche. Deshalb tue ich es nicht. Das ist eine Sünde, weißt du? Aber ist es Fluchen, wenn ich nur Schimpfwörter in einer anderen Sprache gebrauche? Hat Neha geflucht? Sie liebte ja Sprache, also hat sie sich wahrscheinlich gewählt ausgedrückt und keine Schimpfwörter verwendet. Das ist eine weitere Gemeinsamkeit, die wir vielleicht haben.«

»Trink dein Wasser aus.«

Meena gehorchte. Sie reichte Sam das leere Glas.

»Warum versuchst du, Gemeinsamkeiten mit Neha zu finden?«

»Weil alles, was ich über sie erfahren habe, so anders ist als bei mir«, sagte Meena, »und die Notizen sind verwirrend.«

»Notizen?«

Meena stand auf. Ihr wurde schwindelig und sie hielt sich an Sams Schultern fest, um das Gleichgewicht wiederzufinden. Er stand ebenfalls auf und umfasste sie an der Taille. Seine warmen Hände verursachten ein Kribbeln in ihrem Körper. Sie hob ihm ihr Gesicht entgegen und er wich vor ihr zurück. Meena ging auf die andere Seite des Couchtisches. »Es tut mir leid. Ich werfe mich dir immer wieder an den Hals, obwohl es keine gute Idee ist.«

Sam grinste. »Darüber reden wir morgen oder vielleicht übermorgen. Je nachdem, wie lange deine Leber braucht, um sich zu regenerieren.«

»Ich hatte Wodka, Gin und Wein.« Meena konnte nicht glauben, wie viel sie getrunken hatte.

»Morgen wirst du dich furchtbar fühlen«, prophezeite Sam. »Ich möchte nicht, dass einer der Gründe dafür mit uns oder diesem Gespräch zusammenhängt.«

»Ich glaube, dafür ist es ein bisschen zu spät«, murmelte Meena. »Ich habe wahrscheinlich schon zu viel erzählt. Deshalb betrinke ich mich normalerweise auch nicht. Es ist dann, als ob mein Gehirn unvorsichtig wird und ich Dinge sage, die ich eigentlich nicht erzählen will. Jetzt wissen die Tanten zum Beispiel, mit wie vielen Männern ich schon Sex hatte. Das ist privat und geht sie nichts an. Aber ich hatte ein Glas Cabernet und habe es ihnen erzählt. Außerdem habe ich zum ersten Mal Ente probiert und die ist eklig. Sehr fettig. Tanvi war sauer, dass Uma sie bestellt hat, weil sie Enten mag, aber dann hat Uma gesagt, dass Gott sie nur so niedlich gemacht hat, um zu verbergen, wie gemein sie sind. Worüber haben wir gerade geredet?«

»Zieh deine Schuhe aus und geh ins Bett«, riet Sam ihr.

»Notizen.« Meena ging zum Schreibtisch, holte den Umschlag, in den sie sie gesteckt hatte, und reichte ihn Sam. Er öffnete ihn nicht. »Wusstest du, dass Neha überall in der Wohnung Zettel versteckt hat? An den willkürlichsten und unmöglichsten Stellen. Sie sind ungeordnet. Wie ein Puzzle mit vielen fehlenden Teilen.«

»Hat sie sie für dich geschrieben?«

Meena wiegte den Kopf hin und her. Das tat weh, also hörte sie auf. »Ja. Mehr oder weniger. Ich meine, es ist nicht so, dass sie mit ›Liebe Meena‹ anfangen. Aber ich weiß, dass sie für mich sind.«

Sam kam auf sie zu und gab ihr den Umschlag zurück, den sie an ihre Brust drückte. Er führte sie ins Schlafzimmer und ließ sie sich auf den Rand des Bettes setzen. Dann kniete er sich vor sie und zog ihr die Boots aus.

»Rutsch nach hinten.« Er schlug die Bettdecke zurück und half ihr ins Bett. »Leg dich hin.«

»Danke«, sagte Meena. »Hierfür. Ich habe nichts von dem, was die Tanten haben. Sie sind eine feste Einheit. Wie du mit deinen Freunden. Ich habe so etwas nicht.«

»Warum nicht?«

Meena starrte an die Decke. »Weil es besser ist, wenn sich niemand um einen kümmert, denn dann muss man sich auch um keinen kümmern.«

»Was ist falsch daran, sich um jemanden zu kümmern?«

»Wenn du diese Person verlierst, kann es dich kaputtmachen.« Meena sprach laut aus, was sie seit Jahren für sich behalten hatte.

Sam setzte sich neben sie aufs Bett. »Du hast einen großen Verlust überlebt. Betrachte es als Zeichen deiner Stärke.«

Meena streichelte sein Gesicht. »Schenk mir nicht mehr Anerkennung, als ich verdiene.«

»Doch, das werde ich. Fürs Erste«, sagte Sam. »Bis du anfängst, dir selbst welche zu schenken – dann werde ich mich zurücknehmen, um dein Ego in Schach zu halten.«

Sie wollte ihn küssen. Aber sie durfte keine Gefühle für Sam entwickeln. Er würde keine Ablenkung oder eine vorübergehende Sache sein, sondern mehr erwarten, als sie geben konnte. Meena ließ ihre Hand sinken, drehte sich auf die Seite und schloss die Augen. Ein paar Minuten später schlief sie unter der warmen Decke ein.

Kapitel 26

Meena klopfte an Sams Tür und wartete. Nichts. Sie klopfte erneut. Wahrscheinlich war er nicht da. Doch anstatt wegzugehen, drehte sie den Türknopf. Natürlich war die Tür nicht abgeschlossen. Trotzdem zögerte sie. Es war seltsam, die Wohnung von jemandem zu betreten, ohne dazu aufgefordert worden zu sein. Meena steckte den Kopf hinein und sagte »Hallo« in einen leeren Raum. Langsam trat sie ein und ließ die Tür einen Spaltbreit offen.

Sams Wohnung war ganz anders als die von Neha. Das Wohnzimmer war klein und gemütlich, obwohl die hohen Decken den Eindruck von Geräumigkeit erweckten. Die Wände waren in einem zarten Grau gestrichen. Die Kunstwerke an den Wänden waren meist schwarz-weiße Lithografien und die Möbel eher bequem als stilvoll. Die grauen Kissen auf dem Sofa waren zerdrückt und Meena konnte sich Sam mit dem Arm hinter dem Kopf auf der Couch vorstellen, wie er auf den großen Bildschirm schaute, der an der Wand gegenüber der Eingangstür hing.

Sie registrierte die Stille und wollte gerade gehen, als Wally durch den kleinen Gang auf der linken Seite hereingestürmt kam. Meena ging in die Hocke und der Welpe rannte auf sie zu und sprang und krabbelte wie üblich an ihr hoch, um ihr so nahe wie möglich zu sein.

»Hallo Wally, hallo.« Meena kam der Forderung des kleinen Hundes nach und kraulte ihn ausgiebig.

»Aus!«, rief Sam.

Meena hob Wallys Pfoten auf den Teppich und blickte den Welpen stirnrunzelnd an. »Tut mir leid, Wally. Wir müssen uns an die Anweisungen vom strengen Sam halten.«

Der Hund kläffte und starrte Meena sehnsüchtig an.

Sie kraulte ihn hinter den Ohren. »Gib ihm die Schuld. Nicht mir.«

»Du und die Tanten seid schuld, dass er so verwöhnt und schwer zu erziehen ist«, klagte Sam. »Wally, Platz!«

Der Hund schaute Sam an, drehte sich weg und legte seinen Kopf in Meenas Schoß.

»Wally!« Sams Stimme nahm einen strengen Ton an. »Ab ins Körbchen.«

Der Hund schnaubte frustriert.

Meena hörte einen ähnlichen Seufzer von Sam. Der ging zu einem Gefäß auf dem kleinen Tisch neben der Tür. Wally spitzte die Ohren. Sam nahm ein kleines knochenförmiges Leckerli heraus und Wally ließ von Meena ab und lief auf sein Herrchen zu.

»Ab ins Körbchen«, sagte Sam.

Wally starrte auf das Leckerli.

»Ins Körbchen«, wiederholte Sam.

Wally bewegte sich langsam zum Hundekorb neben der Couch und setzte sich. Während er ungeduldig auf sein Leckerli wartete, wedelte er mit dem Schwanz hin und her.

Sam ging zu ihm hinüber. »Platz.«

Mit dem Kopf auf den Vorderpfoten legte Wally sich schließlich hin und bekam von Sam die Belohnung.

»Hoffentlich beschäftigt ihn das eine Weile«, sagte er. »Hallo erst mal.«

»Hi.« Ihn zu sehen erinnerte sie daran, was sie getan hatte, und sie wurde vor Verlegenheit rot. »Tut mir leid, ich habe geklopft, aber dich nicht gehört. Ich, äh, hätte später vorbeikommen sollen. Wenn du zurück gewesen wärst.«

»Ich bin jetzt zurück.«

Er trug eine schwarze Jogginghose und ein langärmliges T-Shirt. Seine Haarspitzen glänzten, wahrscheinlich, weil er draußen im Schnee gewesen war.

»Möchtest du Tee?«, fragte Sam. »Erzähl es nicht den Tanten, aber ich benutze Teebeutel. Das geht schneller. Chai ist zu viel Arbeit.«

»Verrate es ihnen bloß nicht, aber ich trinke Instantkaffee«, gestand Meena.

»Wenn du Kaffee möchtest«, bot Sam an, »kann ich dir einen Espresso oder einen Milchkaffee machen.«

»Ist das nicht zu viel Arbeit?«

»Der Punkt geht an dich«, gab Sam zu. »Komm mit in die Küche. Vielleicht macht Wally ein Nickerchen, wenn wir weg sind.«

Meena folgte ihm durch den kurzen Flur zur Küche. Jenseits davon befanden sich ein paar Türen. Wahrscheinlich Schlafzimmer. Die Küche war etwas größer als ihre, mit einem kleinen runden Tisch vor den Fenstern, durch die man in den hinteren Garten schaute.

»Was ist dir lieber?«, fragte Sam.

»Du brauchst doch nicht … Espresso.« Sie war hier, um mit Sam zu reden, sich für gestern zu entschuldigen und ihm zu danken, dass er sich um sie gekümmert hatte. Das konnte sie auch bei einem Kaffee tun. »Ich bin hier, um mich zu entschuldigen. Ich weiß, die Tanten haben mich dir gestern aufgehalst und meinen betrunkenen Zustand zu deinem Problem gemacht. Und ich wollte mich nur ...«

»Du warst kein Problem.« Sam grinste. »Ich fand die betrunkene Meena lustig.«

Sie stöhnte. »Meine Trinkfestigkeit ist nicht mit der der Tanten zu vergleichen.«

»Ich kann nicht glauben, dass du dich nicht zurückgehalten hast. Das war der einzige Rat, den ich dir an Thanksgiving gegeben habe.«

»Ich weiß nicht, was passiert ist«, jammerte Meena. »Wir haben heiße Schokolade mit Schuss getrunken und im Nu war der Abend mit einem Irish Coffee vorbei.«

»Du hattest Spaß.« Sam reichte ihr eine kleine Teetasse mit Espresso.

»Stimmt.«

Sie rutschte hin und her, musste noch den schwierigen Teil überstehen.

»Ich, ähm, wollte mich auch dafür entschuldigen, dass ich, äh, versucht habe, dich zu küssen.« Meena murmelte die Worte vor sich hin, während sie aus dem Küchenfenster starrte.

Sie wandte den Blick wieder vom Fenster ab, als er seine Hand auf ihre legte. »Es gibt nichts, wofür du dich entschuldigen oder schämen müsstest. Du hattest eine schöne Zeit. Fühl dich deswegen nicht schlecht.«

Seine Hand lag warm auf ihrer und sie hielt still, damit er sie nicht wegzog. So sollte es bleiben. Sie wollte ihn auf ihrer Haut spüren.

»Du hast mir von den Notizen erzählt«, sagte Sam. »Die Neha dir hinterlassen hat.«

»Du hast sie nicht gelesen.«

»Ich wusste nicht, ob dir das recht war. Du hast sie mir in betrunkenem Zustand gegeben.«

Sie drehte ihre Hand um und drückte seine, befürchtete, er würde sie ihr wieder entziehen.

»Ich möchte, dass du sie liest«, sagte Meena. »Ein paar der Lücken schließt.«

»Was weißt du bisher?«

Es schneite jetzt stärker und das Gras verschwand schnell unter einer weißen Decke.

»Sie erwähnt ihre Arbeit, dass ihr Mann sie verlassen hat, das Verhältnis zu den Tanten ... warum sie mir die Wohnung vererbt hat.« Meena nahm all ihren Mut zusammen. »Ich bin nicht ... sie ...« Die Worte blieben ihr im Hals stecken. Das Wort »Mutter« passte nicht zu Neha.

Sam schwieg. Sein Gesicht war frei von jeglicher Gefühlsregung. Er trieb Meena nicht an oder drängte sie. Er wartete einfach darauf, dass sie fortfuhr, sich entschied, was sie sagen wollte und was nicht. Das beruhigte sie.

»Ich bin ... Sie war meine leibliche Mutter.«

Seine Hand verkrampfte sich in ihrer. Sie ließ sie los, lehnte sich zurück und verschränkte die Arme. Sie waren Freunde gewesen, Sam und Neha, und er war wahrscheinlich schockiert. Vielleicht fühlte er sich von Meena verraten oder war wütend auf sie, weil sie es ihm nicht gesagt hatte.

Er fuhr sich mit der Hand durch die Haare. »Hat sie das geschrieben?«

»Nicht direkt«, sagte Meena. »Das ist nicht ihr Ding. Sie schweift ab, redet um den heißen Brei herum und macht Andeutungen. Ich habe die Notizen noch einmal durchgelesen. Es ist die offensichtlichste Verbindung, auch wenn ich es nicht zugeben wollte.«

»Sie hat es aber nicht direkt geschrieben.«

»Ich bin nicht dumm und habe es mir zusammengereimt. Sie hat mir diese Wohnung hinterlassen und mir Nachrichten geschrieben, damit ich sie kennenlerne. Es passt alles«, behauptete Meena. »Ich wurde adoptiert, Sam. Meine Eltern waren weiß und ich sah ihnen nicht ähnlich. Ich wusste nicht, welcher Ethnie ich angehörte, aber ich wusste, dass ich nicht zu ihnen gehörte. Und ein Objekt wie dieses geht nicht einfach an eine Fremde. Hat Sabina nicht gesagt, dass jede Wohnung an die nächste Generation weitergegeben wird?«

Sam griff wieder nach ihrer Hand. »Hör zu.«

Sie löste sich aus seinem Griff. »Es tut mir leid, dass ich dir das alles nicht schon früher erzählt habe. Es fällt mir schwer, über meine Vergangenheit und meine Eltern zu reden.« Sie spielte am Rand ihrer Tasse herum. »Sie haben mir immer gesagt, ich sei ein Geschenk.«

»Meena.«

»Hey, alles gut«, sagte Meena. »Es hat mich überrascht, das alles zu erfahren, aber es ist auch gut, weißt du? Eine wichtige Information über meinen genetischen Hintergrund. Und ich kann Teil einer Kultur, eines Landes sein. Ich fange an, eine Vorliebe für Chai und Paratha zu entwickeln, obwohl ich noch an meiner Schärfeverträglichkeit arbeiten muss.«

»Das ist es nicht«, wandte Sam ein.

»Ich weiß, ich hätte es dir früher sagen sollen«, unterbrach sie ihn. »Nur, na ja, ich stand eine Zeit lang kurz davor und dann wusste ich nicht, wie ich es anstellen sollte.«

»Du musstest mir erst vertrauen«, sagte Sam. »Das verstehe ich.«

»Wally!«, ertönte Tanvis Stimme. »Wo ist dein Herrchen?«

»Wir müssen dieses Gespräch beenden.« Sam stand auf.

Meena nickte.

»Ah, hier seid ihr beide.« Tanvi erschien in der Küche. »Sam, ich habe dein Lieblingsessen gekocht. Ich hatte Lust auf etwas Frittiertes und du liebst doch Batata Vada, also bringe ich dir welche. Jetzt kannst du sie mit Meena teilen.«

»Darauf hattest du Lust, weil dein Körper immer noch versucht, den ganzen Alkohol abzubauen«, behauptete Sam.

»Unser Sam ist so ein guter Junge.« Tanvi umfasste sein Gesicht. »Seine Tanten machen immer Dinge, die er nicht gutheißt. Ich erinnere mich aber auch an ein paar Alkoholexzesse von dir in deinen Zwanzigern. Wenn du mitgekommen wärst, hättest du dich erinnert, wie viel Spaß das macht.«

»Ich wäre zu sehr damit beschäftigt gewesen, euch aus Schwierigkeiten herauszuhalten.« Sam legte den Arm um ihre Schultern.

»Vielleicht kannst du dafür sorgen, dass der hier ein bisschen lockerer wird, Meena.« Tanvi lehnte sich an Sam.

Die offensichtlichen Verkupplungsversuche waren peinlich. »Ich muss gehen.« Meena stand auf. »Meine E-Mails checken und ein paar Dinge erledigen.«

»Meena, warte«, sagte Sam.

»Später.« Sie eilte hinaus, hatte genug verraten, ihm alles erzählt. Aber sie wollte nichts davon mit Tanvi oder den anderen Tanten besprechen. Es war ein langer Tag gewesen und sie war immer noch verkatert. Meena musste sich hinlegen und einen weiteren Tag schlafen. Vielleicht auch zwei. Dann würde sie darüber nachdenken, wie viel sie den Tanten erzählen durfte und was das alles zu bedeuten hatte.

KAPITEL 27

Im Garten steht ein Baum, ein roter Hartriegel. Er wächst in der hintersten Ecke des Zauns. Mein Großvater hat ihn gepflanzt. Im Frühling sind die Zweige grün, die Blüten weiß. Im Herbst färbt sich der Baum vom Zweig bis zum Blatt leuchtend rot. Das ist wunderschön. Meine Asche wird in der Erde unter dem Baum liegen.

Meena hatte den zusammengefalteten Briefbogen in einer ausgefallenen Keksdose in Form eines Dinosauriers gefunden, die in der hintersten Ecke der Speisekammer eingeklemmt gewesen war. Sie hatte nur einen Kuchen backen wollen, denn manchmal half ihr Backen beim Nachdenken. Wann immer sie von einer Geschichte, einem Blickwinkel, einer Quelle herausgefordert wurde, machte sie einen Spaziergang. Hatte sie jedoch ein kniffliges Problem zu lösen, dann backte sie. Für Meena war Backen ein Beispiel für etwas Schwieriges, das letztendlich zu etwas Großartigem führte. Als sie nach dem Mehl griff, stieß sie einen Keramikbehälter um. Das kleine dinosaurierförmige Gefäß zerbrach und inmitten der Trümmer kam ein Zettel zum Vorschein.

»Meena?«

Das war Sam. »In der Küche!«

»Oh, was ist passiert? Hast du dich verletzt?«

Sie zerknüllte das Stück Papier in ihrer Hand. »Ich versuche zu backen.«

»Gehört das Sitzen auf dem Boden mit Mehl auf der Hose dazu?«

»Sehr witzig.« Meena stand auf und wischte ihre schwarze Yogahose ab.

»Ich dachte, du hättest erwähnt, dass du die Waschmaschine benutzt«, scherzte Sam.

»Ist bei dir heute der Tag des schlechten Witzes?«

»Ich habe gute Laune«, sagte Sam, »denn ich habe gerade ein anstrengendes Projekt beendet. Achtundvierzig Stunden am Stück. Dann zehn Stunden Schlaf. Ich wollte gerade zum Abendessen gehen und dachte, du könntest mich begleiten.«

Das war also der Grund, warum sie ihn seit Samstag nicht mehr gesehen hatte. Sie hatte sich Sorgen gemacht, dass er wegen ihrer Enthüllungen verärgert war oder darüber, dass Neha das Geheimnis vor ihm verborgen hatte. Hier und da hatte sie ihn auf kurzen Spaziergängen mit Wally gesehen, aber sich nicht getraut, ihren Kopf aus der Tür zu stecken oder ihm zuzuwinken.

»Gratuliere«, sagte Meena.

»In der Nähe gibt es ein thailändisches Restaurant, das nicht schlecht ist.«

»Das klingt nicht gerade nach einer guten Empfehlung.«

»Ich war noch nie in Thailand, aber du wahrscheinlich schon. Also ist es für mich in Ordnung, aber entspricht vielleicht nicht deinem Standard. Deshalb sage ich ›nicht schlecht‹.«

»Hunger hätte ich schon. Gib mir ein paar Minuten, um aufzuräumen«, sagte Meena. »Und etwas Farbe auf mein Gesicht zu bringen.«

»Bist du auf dem Kriegspfad?«

Meena neigte den Kopf. »Geht's noch unwitziger?«

Sam lachte. »Ich habe jede Menge schlechter Witze auf Lager. Wart's nur ab.«

»Ich denke, ich werde es für einen leckeren Som Tam ertragen.«

Meena verschwand im Schlafzimmer, zog sich Jeans und einen schwarzen Pullover an und setzte sich an den Frisiertisch, um sich zu schminken. *Es ist kein Date*, musste sie sich selbst in Erinnerung rufen. Es war ein Abendessen. Mit einem Freund an einem beliebigen Dienstagabend Anfang Dezember. Es gab keinen Anlass und nichts auch nur im Entferntesten Besonderes. Ihr Kopf und ihr Herz waren bereits verwirrt, da brauchte sie Sam nicht auch noch dazu. Er war ein guter Freund. Das bedeutete ihr mehr als alles andere.

Sie trug dunkelroten Lippenstift auf, um ihren Look zu vervollständigen, und löste die Haare aus dem Dutt. Es war schön, wieder beide Hände benutzen zu können, vor allem, um ihr Haar zu frisieren. Sie hatte es nass hochgesteckt und nun fiel es in Wellen über ihre Schultern. Nachdem sie es ein wenig aufgelockert hatte, drückte sie die Lippen aufeinander, um die Farbe zu fixieren, und griff nach ihrer Handtasche.

* * *

»Nur fürs Protokoll«, sagte Meena, »ich war noch nie in Thailand.«

Auf der anderen Seite des Tisches legte Sam seine Hand aufs Herz und täuschte einen Schock vor.

»Es gibt viele Länder, in denen ich noch nicht war«, fügte Meena hinzu. »Aber ich führe eine Liste von Orten, die ich sehen möchte. Einfach nur so.«

»Welche zum Beispiel?«

»Nebraska.« Der Bundesstaat kam ihr als Erstes in den Sinn. Sam lachte und hielt dann inne. »Ist das dein Ernst?«

»Ich habe nur dieses allgemeine Bild von Kornfeldern und großen blonden Farmern vor Augen. Und die einzige Stadt, die je erwähnt wird, ist Omaha. Ich möchte sehen, wie es dort wirklich ist.«

»So schwer ist das ja nicht«, meinte Sam. »Ich bin mir sicher, dorthin zu kommen ist einfacher als in die Mongolei.«

Meena kaute auf dem würzigen grünen Papayasalat herum, den sie zusammen mit drei anderen Gerichten bestellt hatte. Sie hatte einen Bärenhunger und das Essen war mehr als nur »nicht schlecht«. »Es geht nicht um den Schwierigkeitsgrad. Ich war schon fast überall, um zu arbeiten, aber dort hatte ich noch keinen Auftrag.«

Sam legte ihr eine Frühlingsrolle auf den Teller, bevor er sich selbst eine von der Platte nahm, die sie sich teilten. »Du reist also nie einfach nur so irgendwohin?«

Meena schüttelte den Kopf. »Ich reise, wenn ich dafür bezahlt werde.«

»Und was machst du mit dem Geld?«

»Rechnungen bezahlen, Ausrüstung ersetzen, teure Lippenstifte kaufen.«

»Dein Lippenstift gefällt mir ausnehmend gut.«

Seine Augen funkelten. Oder lag es daran, wie das gedämpfte Licht auf sein Gesicht fiel, während er sprach? Meena wandte den Blick von seinen Lippen ab. Er flirtete und sie wollte ihn nicht ermutigen, aber es gefiel ihr. Zu sehr. Also wechselte sie das Thema. »Ich habe noch einen Zettel gefunden.«

»Deshalb hast du auf dem Küchenboden gesessen.«

»Neha hat mir mitgeteilt, dass ihre Asche unter dem großen Baum im Garten beigesetzt werden soll«, erzählte Meena.

»Ja«, sagte Sam. »Ich habe mich darum gekümmert.«

Meena nickte. »Ich war gerade dabei, einen Kuchen zu backen, als ich die Notiz fand.«

»Was für einen?«

»Apfelkuchen«, sagte Meena. »Tanvi hat mir am Samstag ein Dutzend Granny Smith vom Bauernmarkt mitgebracht. Aber das ist nicht der Punkt. Ich will mehr über sie wissen, Sam. Nicht als Ersatz für meine Eltern, sondern um zu verstehen, von wem ich abstamme. Ähnele ich ihr in irgendeiner Weise? Bin ich wie sie? Ich weiß, dass sie gern allein war, und das bin ich auch.«

»Du bist nicht wie Neha.«

»Wirklich?« Meena runzelte die Stirn. »Ich kann launisch sein.«

»Das kann ich auch«, sagte Sam. »Wir alle können zu verschiedenen Zeiten irgendwie sein.«

Meena wusste nicht, wie sie es ausdrücken sollte, dieses Verlangen, eine Verbindung zu jemandem zu finden, den sie nie gekannt hatte.

Sam beugte sich über den Tisch. Wollte nach ihrer Hand greifen, beließ es aber bei der Berührung ihrer Fingerspitzen. »Ich habe versucht, es dir am Samstag zu sagen, aber ich hatte keine Gelegenheit dazu.«

Meena legte ihre Gabel ab.

Seine Stimme wurde leiser, zu einem Flüstern. »Neha war nicht deine leibliche Mutter.«

Meena erstarrte. Die Synapsen in ihrem Gehirn schwirrten herum, was das Denken erschwerte. Sie holte tief Luft. Dann noch einmal. Und beruhigte sich. Sie legte ihre Hand auf seine. »Ich verstehe. Ihr wart Freunde und du siehst diese Seite nicht an ihr. Vielleicht bist du verärgert, dass sie es vor dir geheim gehalten hat.«

»Das ist es nicht«, sagte Sam. »Sie hatte bestimmt irgendwelche Geheimnisse. Das hier gehört nicht dazu.«

»Woher weißt du das?« Meena glaubte Neha. Musste ihr glauben. Sie wollte diese Verbindung zum Haus, zu einem

Vermächtnis. Sie wollte irgendwo dazugehören. Nein, nicht nur irgendwo, sondern zum Ingenieurhaus. »Ich habe die Notizen.«

»Schreibt sie es explizit?«

»Sie …« Meena ging im Geiste die Hinweise durch. »Ich werde dir die Karteikarten und Zettel zeigen. Lass uns zurückgehen. Ich bin sie immer wieder durchgegangen. Sie hat meinen Namen definiert. Und dann ist da die Wohnung. Sie hat sie mir hinterlassen, der nächsten Generation.« Meena rief die Kellnerin und bat sie, das Essen einzupacken. »Ich kenne sie. Ich fühle es. Ich würde so etwas nicht einfach glauben. Sie wollte, dass ich es herausfinde.«

Die Kellnerin brachte leere Behälter. Schweigend packten sie ein. Sam musste sich irren. Oder er war nicht überzeugt. Hatte sie die Notizen falsch interpretiert? Nein. Sie hatte so gezögert, sich diese Wahrscheinlichkeit einzugestehen, als sie angekommen war. Und impulsiv war sie schon gar nicht.

Sam bezahlte, während Meena ihren Schal um den Hals wickelte und ihre Jacke zuknöpfte. Sie verließ das Restaurant und ging mit langen Schritten zurück zu ihrer Wohnung. Sobald Sam die Notizen gelesen hatte, würde er einsehen, dass Neha keine Fremde war. Neha war die Antwort auf eine Frage, die Meena nicht mehr gestellt hatte. Neha war ein Anker.

KAPITEL 28

Meena kaute auf der losen Nagelhaut ihres Daumens herum, während sie Sam dabei beobachtete, wie er jede einzelne Nachricht durchging, von Karteikarten bis hin zu Zettelchen aus Glückskeksen. Sie lagen verstreut auf Nehas verschrammtem Couchtisch. Meena saß Sam gegenüber auf dem Boden, zusammen mit Wally, der nach ihrem wortlosen Gang zurück zum Ingenieurhaus aus seiner Box befreit worden war.

Meena wusste, dass sie eine gute Journalistin war. Sie zog keine voreiligen Schlüsse. Sie behielt einen klaren Verstand, ließ zu, dass sich die Geschichte entfaltete, anstatt sie zu erzwingen. Die Puzzleteile waren alle da – das Erbe, die Mitteilungen, die Neha speziell für sie geschrieben hatte. Meena strich Wally übers Fell, während er auf einem Stofftier herumkaute, das vielleicht einmal ein Waschbär gewesen war.

»Und?« Sie war mit ihrer Geduld am Ende.

Sam ließ den Zettel in seiner Hand auf die anderen fallen und nahm seine schwarz gerahmte Brille ab. »Ich verstehe, warum du glaubst …«

Sie unterbrach ihn. »Es ist keine Vermutung, sondern eine Schlussfolgerung.«

»Sie hat es nicht ausdrücklich behauptet.«

»Warum fällt es dir so schwer, es zu glauben? Liegt es an mir? Willst du nicht, dass ich hier bin ... wie Sabina?« Meena hörte das Zittern in ihrer Stimme und räusperte sich.

Sam streckte die Hand nach ihr aus. Sie wich vor seiner Berührung zurück.

»Es gibt noch weitere Notizen«, wandte Meena ein. »Sie tauchen immer wieder auf. Bis jetzt passen die Puzzleteile zusammen.«

»Weil du es so willst«, behauptete Sam.

Weil es so sein muss. Aber Meena konnte das nicht aussprechen. Sie wollte, dass Sam die nüchterne Wahrheit sah, nicht einen emotionalen Wunsch. »Du verstehst es nicht. Du denkst, weil du sie kanntest, hätte sie dir alles erzählt. Aber sie war nicht der Typ, der sich um Menschen kümmerte. Sie brauchte keinen Ehemann und glaubte wahrscheinlich nicht, dass sie eine gute Mutter sein würde. Was, wenn sie es niemandem sagen konnte und es geheim hielt? Vielleicht dachte sie, das sei die einzige Möglichkeit, sich zu mir zu bekennen.«

Sam stützte die Ellbogen auf die Oberschenkel und verschränkte die Hände. »Wenn wir das Ganze nicht verstehen, neigen wir dazu, die fehlenden Teile zu ergänzen. Wie bei einem Satz, den man lesen kann, obwohl alle Vokale fehlen.«

»Sei nicht so herablassend.«

Er stand auf und fuhr sich mit den Händen übers Gesicht. »Sie hat mir davon erzählt.«

Meena hielt inne. »Von mir?«

»In gewisser Weise«, sagte Sam. »Nicht namentlich. Bruchstückhaft. Sie war vierunddreißig, als du geboren wurdest. Seit zwei Jahren verheiratet.«

»Sie wollte keine Mutter sein.« Meenas Stimme klang leer. »Es gibt viele Frauen, die das nicht wollen. Ihr habt alle immer wieder gesagt, dass sie keine Menschen mochte. Sie war keine Kümmerin.«

»Und weiter? Meinst du, sie hat die Schwangerschaft vor allen hier verheimlicht, auch vor ihrem Mann?«

»Hör auf.« Meena wollte keine Logik. Sie konnte sich nicht geirrt haben.

»Neha und ich haben ab und zu Schach gespielt.« Sams Stimme wurde leiser. »Wenn ihr nach Reden zumute war, baute sie das Brett auf. Das kam nicht oft vor. Mir war schnell klar, dass sie eigentlich einfach nur jemanden wollte, der ihr ein paar Stunden zuhörte.«

Meena schloss die Augen. Sie wollte nicht hören, was er zu sagen hatte.

»Vor ungefähr drei Jahren«, sagte Sam, »hat sie mir erzählt, dass sie einen schweren Tag gehabt habe. Dass ihr das Datum aufgefallen sei. Der sechste August. Sie war unruhig. Neha hatte ein Geheimnis bewahrt, das ihr inzwischen die Luft nahm. Sie wollte es laut aussprechen. Wollte es mir erzählen.«

»Der sechste August ist mein Geburtstag.« Meena wusste, dass sie ihn ausreden lassen musste.

Sam nickte. »Jetzt, da ich die Teile zusammengesetzt habe, weiß ich es.«

Meena setzte sich auf die Couch und zog die Beine an ihren Körper, schlang die Arme um die Knie. Wally klemmte sein Gesicht zwischen ihre Oberschenkel. Sie lockerte den Griff und entspannte die Beine wieder. Wally kletterte auf ihren Schoß und kuschelte sich an sie. »Hat sie dir von mir erzählt?«

Sam schüttelte den Kopf. »Nicht direkt von dir, aber von der Zeit, als du geboren wurdest. Sie war von einem Teenager kontaktiert worden, der ihre Hilfe brauchte. Neha war begeistert gewesen zu helfen, war stolz darauf, dieser Person von Nutzen zu sein. Sie erzählte mir, sie habe dem Mädchen geholfen, ihre Schwangerschaft zu verbergen. Sie fand eine Familie, die das Baby adoptierte. Das Mädchen war so dankbar, dass sie Neha den Namen für das Baby auswählen ließ.«

Neha hatte ihr einen Namen gegeben. Ihr brach es das Herz. Es war, als würde sie wieder jemanden verlieren. Jemanden, den sie an sich herangelassen hatte. Zwar nicht ganz und doch war es schmerzhaft. »Sie hat von mir gesprochen.«

»Ich wusste es nicht«, sagte Sam. »Erst seit du neulich Abend bei mir warst. Und selbst da war ich mir nicht sicher, wie ich es dir sagen sollte.«

Eine Träne floss und Meena wischte sie nicht weg. Eine weitere kam dazu. Sie schluckte, um den Fluss zu stoppen, aber ihr Herz brauchte die Erleichterung und wollte nicht zulassen, dass ihr Verstand die Kontrolle behielt. Erst als sie Sams Arme um sich spürte, fing sie sich wieder. Sie rückte von ihm ab. »Nicht.«

Meena ging zum Schreibtisch und starrte aus dem Fenster, das auf den Garten hinausging. Das Stück Erde entlang des Zauns war mit einer Schneeschicht bedeckt. Sie hatte die Wildblumen ausgesät, um Sabina zu ärgern, aber in gewisser Weise hatte Meena ihren rechtmäßigen Platz beansprucht. »Hat sie etwas über das schwangere Mädchen gesagt? Kannte Neha sie? War sie eine Verwandte?«

»Viel mehr hat sie nicht gesagt«, meinte Sam. »Ich habe nicht daran gedacht, Fragen zu stellen. Sie war so. Erzählte Geschichten, wenn ihr danach war. Meistens über sich selbst, über ihre Familie. Dass sie mit fünfzehn aufgehört hatte, Kochen zu lernen, weil sie nicht so werden wollte wie ihre Mutter, die tagsüber arbeitete und abends und am Wochenende für die Familie kochte und putzte. Die meisten davon waren als Geschichten getarnte Beschwerden. Sie war wütend über ihre Situation und freute sich dennoch über das, was sie aus ihrem Leben gemacht hatte.«

»Ich schätze, ich bin nicht so gut darin, wie ich dachte, eine Geschichte zusammenzusetzen«, sagte Meena.

»Es tut mir leid.« Er kam zu ihr herüber und legte seine Hände auf ihre Arme.

Sie drehte sich zu ihm um und entzog sich dabei seinem Griff. »Danke, dass du es mir gesagt hast.«

»Meena.«

»Ich möchte nicht mehr darüber reden.«

Ich habe wirklich gedacht, einen Platz gefunden zu haben, an den ich gehöre.

»Ich weiß, dass du verletzt bist«, sagte Sam. »Du hast kein gutes Pokerface. Lass mich für dich da sein.«

Sie biss sich auf die Lippe, um nicht aufzuschreien.

Dann schaute sie sich im Wohnzimmer um, war umgeben von den Dingen, die der Frau gehörten, von der sie geglaubt hatte, sie sei ihre Mutter. Meena konnte sich nicht beherrschen und fragte: »Glaubst du ihr? Könnte sie dich belogen haben?«

Er schenkte ihr ein trauriges Lächeln. »Sie war in einem Alter, in dem sie sich um dich hätte kümmern können.«

Meena nickte und rieb sich mit den Händen über die Arme. »Wissen es die Tanten auch?«

Sam schüttelte den Kopf. »Ich glaube nicht.«

Meena nickte. »Du musst mich für bescheuert halten.«

»Nein.« Sam nahm ihre Hand. »Du wusstest nur nicht alles. Ich bin für dich da. Was immer du brauchst.«

Sie nickte. »Danke.«

Er beugte sich vor und gab ihr einen leichten Kuss auf die Wange. Die zarte Berührung bewirkte, dass sie sich nach mehr sehnte. Das war das Problem. Verlangen. Bedürfnis. Sehnsucht. Diese Worte waren in den letzten Monaten in ihren Wortschatz eingedrungen. Ihr Leben drehte sich nicht um Menschen oder einen Ort. Sie war frei gewesen. Sie wusste, was sie zu tun hatte. Sich an Sam zu lehnen, gehörte nicht dazu.

Als Sam gegangen war, wurde Meena aktiv. Was sie hier zu finden geglaubt hatte, war nicht real. Sie konnte nicht bleiben. Sobald Sabina von der losen Verbindung zwischen Neha und Meena erfuhr, würde sie einen Weg finden, die Wohnung zu übernehmen. Meena konnte nicht länger zusehen, wie Sabina gewann. Flugtickets, Aufträge, Abenteuer – das war ihr Leben. Überall zu Hause zu sein, passte zu ihr.

Sie griff nach ihrem Rucksack, den sie auf einem Stuhl neben dem Kamin abgestellt hatte. Als sie ihren Laptop herausholte, bemerkte Meena den kleinen runden Tisch daneben. Er war grau, aus Eisen und für den Außenbereich geeignet. Eine Menge Schnickschnack lag darauf. Ein alter hölzerner Buchstabenwürfel fiel ihr ins Auge. Mit einem ähnlichen hatte sie schon im Kindergarten gespielt. Es gab nur einen. Den Buchstaben M in leuchtendem Gelb.

Sie nahm ihn in die Hand. Spürte das Gewicht und drückte fest zu, bis die Kanten Dellen in ihrer Handfläche hinterließen. Meena ignorierte das Brennen und den Schmerz, die das Holz auf ihrer Haut verursachte. Dann drehte sie sich um und pfefferte den Würfel in den Kamin. Er hinterließ nicht einmal eine Kerbe im Ziegelstein, was bedeutete, dass der Wurf nicht so zufriedenstellend gewesen war, wie sie es sich gewünscht hatte. Meena hob den Würfel vom Steinboden auf, wo er neben einer riesigen künstlichen Zierpflanze gelandet war. Im Topf der Pflanze entdeckte sie ein Seidenband in zartem Rosa. Sie zerrte daran und zog es aus den unechten braunen Zweigen, entwirrte es, wo es sich in den weißen und rosafarbenen Seidenblüten verfangen hatte.

Am anderen Ende befand sich ein kleiner gelber Umschlag, der mit rotem Wachs versiegelt war. Sie nahm ihn, riss den Rand um das Siegel herum auf und zog einen gefalteten Brief heraus. Das Papier war alt und blassbraun.

Ich verreise nicht. Ich weiß, wie der Eiffelturm aussieht und brauche nicht vor dem Taj Mahal zu stehen. Alles, was sehenswert ist, kann man auf Fotos anschauen. Wenn ich mal woanders sein möchte als in dieser Wohnung oder in meinem Büro, übernachte ich in einer kleinen Frühstückspension in Northampton. In der

Hauptstraße gibt es merkwürdige Geschäfte und die Leute sind durchschnittlich. Es gibt dort nichts besonders Spektakuläres und das gefällt mir.

Meena hätte den Zettel am liebsten in kleine Stücke zerrissen. Neha verspottete sie aus dem Jenseits. Diese Notizen waren keine netten kleinen Späße – sie waren dazu gedacht, sie zu manipulieren und in die Irre zu führen. Hätte sie diesen Zettel früher gefunden, hätte sie ihn als weiteren Beweis angesehen. Als sie ihn mit ihrem jetzigen Wissen las, erkannte sie, dass er geschrieben worden war, um sie zu verwirren und stutzig zu machen. Gerade genug Informationen, damit Meena etwas glaubte, was gleichzeitig wahr und falsch war.

Meena legte den Zettel zu den bisher gefundenen und schob den vollen Umschlag in ihren Rucksack. Sie hatte dieses Spiel satt.

Kapitel 29

Der Zug war voller Passagiere und Koffer und Meena froh, dass sie eine kleine Ecke gefunden hatte, in der sie abseits der Türen stehen konnte. In der U-Bahn von Heathrow ins Zentrum von London las Meena ein Dutzend Nachrichten auf ihrem Handy. Die Tanten waren hartnäckig.

»Wo bist du?« Sabina.

»Notfall?« Uma.

»Nächstes Mal bitte mehr Einzelheiten.« Sabina.

»Komm zu Silvester zurück. Nein, komm vorher, damit wir ein Kleid kaufen können. Eines, das es Sam unmöglich macht, dich um Mitternacht nicht zu küssen.« Tanvi.

»Es sind schon zwei Stunden vergangen. Das ist zu lange für eine Antwort.« Uma.

»Wir machen uns Sorgen, dass du entführt worden bist, obwohl Sam sagt, dass das unwahrscheinlich ist.« Tanvi.

Und so ging es weiter. Zahlreiche Nachrichten später schaute Meena sich im Zug nach dem Privatdetektiv um, den Uma zu schicken gedroht hatte. Sie schob das Handy in ihren Rucksack und wollte die Tanten nicht vermissen. Sie gehörten der Vergangenheit an. Meena hatte ein Leben, mit dem sie weitermachen musste. Eine Welle ungewohnter Schuldgefühle erfasste sie. Sie hätte sie nicht beunruhigen dürfen, zumindest nicht Tanvi und Uma, und mehr als eine lapidare Nachricht hinterlassen sollen: »Bin über die Feiertage in London. Die Wohnung ist nicht abgeschlossen.« Sie waren nett zu ihr gewesen und hätten mehr verdient, genau wie Sam. Nur kostete es sie all ihre Kraft, den Verlust dessen, was sie zu finden geglaubt hatte, zu verdrängen.

Ihr Handy klingelte. Es war Tanvi. Meena ignorierte den Anruf. Drängte die Tanten in den Hintergrund. Aber sie wurde schwach und schrieb eine kurze Textnachricht: »Es geht mir gut. Bin nur im Stress.« Dann steckte sie das Handy weg.

Sie rieb sich die Stirn und kämpfte mit der vertrauten Müdigkeit von der Reise. Meena wollte in ihr Bett bei Zoe kriechen und sich akklimatisieren. Eine Tasse Kaffee und eine warme Decke wären auch nicht schlecht.

Sie fragte sich, was Sam machte und ob Wally sich benahm. Sie könnte ihm schreiben. Doch sie wusste nicht, was. Ein einfaches *Hallo, wie geht's?* wäre zu vage und würde ihm eine Unterhaltung aufdrängen. Sie könnte erklären, warum sie so plötzlich gegangen war, dass sie immer die Flucht dem Kampf vorzog. Es war kein guter Abgang gewesen, gab Meena zu. Sie hätte es wenigstens Sam sagen sollen. Aus reiner Höflichkeit. Er war ein guter Freund und sie hatte sich mit einer gewöhnlichen Nachricht an der Tür verabschiedet.

Sie würde sich bei ihm entschuldigen. Irgendwann.

Der Zug hielt an der Station South Kensington. Sie stieg aus und nahm den Bus nach Battersea. Die kleine Wohnung mit ihrem schrankgroßen Gästezimmer war leer. Sie schickte eine Nachricht an Zoe, um ihre Freundin wissen zu lassen, dass sie da war. Dann rollte sie sich in ihrem Bett in dem Zimmer zusammen, das sie für weniger als einhundert Pfund pro Monat gemietet hatte, und schloss die Augen.

Es war besser, die Dinge mit Sam so zu lassen, wie sie waren. Sie würde ihn in nächster Zeit sowieso nicht wiedersehen.

Kapitel 30

Meena zog die Jacke enger um sich, als sie über die Battersea Bridge nach Chelsea ging. London war vertraut und ungewohnt zugleich, ein Gefühl, an das Meena sich auf ihren Reisen gewöhnt hatte. Jede Stadt hatte ihr Zentrum und ihre Vororte, ihre Geschäfte und Lokale, ihre besonderen Ecken, in denen die Einheimischen sich von den Touristen zurückziehen konnten. Es gab eng bebaute Viertel, solche, wo Luxus vorherrschte, und andere mit sozialer Ungerechtigkeit. Das Ethos einer jeden Stadt war jedoch einzigartig.

London war durchdrungen von Macht, der Herrschaft einiger weniger über viele, der Vorstellung, dass manches Blut besser sei als anderes. Wo früher Land eingenommen wurde, wird heute Reichtum über die Finanzmärkte angehäuft. Daneben gab es ungeschriebene Normen der Höflichkeit und Etikette. In London zu leben bedeutete, sich der britischen Lebensart anzupassen. Boston war ein entfernter Cousin Londons, hartnäckiger, rebellischer und ständig auf der Suche nach Streit, als hätten die ersten Schlachten gegen die britische Tyrannei das Wesen der Stadt geprägt.

Meena war schon ein Dutzend Mal hier gewesen, kannte die Straßen und Bürgersteige Londons, aber hatte es nie als ihre

Stadt betrachtet. Auf all ihren Reisen hatte sie immer Distanz gehalten, war stets Beobachterin gewesen. Sie erlaubte sich nicht, einzutauchen, ein Gefühl der Zugehörigkeit, ein Gefühl von Heimat zu empfinden.

»Jede Adoption beginnt mit einem Verlust.« Eine Frau, die ein Waisenhaus in Wuhan leitete, hatte dies durch einen Übersetzer gesagt, als Meena einen Auftrag über westliche Adoptionen ausführte. Diese Aussage klang nach, als sie Fotos von Säuglingen und Kleinkindern mit ihren neuen, meist weißen Eltern machte. Sie dachte an den Verlust, den die Kleinen erlitten, auch wenn sie neue Familien gefunden hatten. Ihre Namen würden geändert werden; einige würden lediglich wissen, dass sie chinesisch oder asiatisch aussahen. Sie würden nie ihre Muttersprache sprechen oder das Essen ihres Geburtslandes kennenlernen.

In den letzten Monaten hatte Meena geglaubt, sie habe sich selbst gefunden. Dass sie Teil einer Kultur sei. Sie hatte sich an Chai und Paratha gewöhnt, an die Sprachbrocken, die die Tanten ihr beibrachten. Es gefiel ihr, mit Menschen zusammenzuleben, die ihr ähnelten. Sie hatte die gleichen ausgeprägten Augenbrauen wie Sabina, die Struktur von Tanvis langem schwarzen Haar, die vollen Lippen von Uma. Wenn Meena auf dem vierten Stuhl am Esstisch saß, war sie nicht allein mit ihrem Aussehen, ihrer Gestalt, ihrem Lachen. Zwar verstand sie die Tanten nicht immer, aber sie war ihnen nicht unähnlich. Ein paar Monate lang hatte es ihr gefallen, Teil einer Gruppe zu sein, eines Hauses – eines mit Geschichte. Ihrer Geschichte. Sie war so naiv gewesen.

Meena bahnte sich ihren Weg um ein Pärchen mit gleichen Weihnachtsmannmützen herum, das aus einem schwarzen Taxi stolperte. Die Frau in ihrem hellgrünen Mantel hielt sich an ihrem Partner fest, als sie in ihren Stöckelschuhen die

Stufen zur Bar hinaufging. Meena lächelte, als sie ihr ein frohes Weihnachtsfest wünschten, eine indirekte Entschuldigung für die Behinderung auf dem Bürgersteig, der sie ausgesetzt gewesen war. Sie nickte ihnen zu, um zu zeigen, dass sie ihre Entschuldigung annahm.

Das Straßenbild wechselte von den Fish-and-Chips-Buden und Arbeiterkneipen in Battersea zu den schicken Geschäften und vornehmen Restaurants von Chelsea. Meenas Umgebung veränderte sich von der graubraunen Tristesse südlich der Themse zum blauweißen Glanz auf der anderen Seite des Flusses.

Ihre Mutter hatte immer gesagt, dass Menschen, die in der Nähe von Wasser lebten, freundlicher seien. »Wenn du in ein eigenes Haus ziehst, such es dir in der Nähe eines Flusses.« Das Ingenieurhaus war nur zwei Blöcke vom Charles River entfernt. Vielleicht waren Tanvi und Sam deshalb so nett.

Meena trat durch die Türen des Builders Arms, eines gemütlichen Pubs in einer schmalen Straße, die eher einer Gasse als einer Durchgangsstraße glich. Drinnen war es warm und voll. Sie ging an der langen Theke vorbei nach hinten, wo Zoe und ihre Freunde an einem Tisch an der Wand saßen. Zoe winkte sie heran und klopfte auf einen großen roten Stuhl mit gerader Lehne.

»Den haben wir extra für dich reserviert.« Zoe und Aiden, ihr Freund, saßen auf der dunkelbraunen Ledercouch, die an der blauen Wand stand. Zoes zwei Freundinnen und ein Freund hatten auf Hockern um den großen abgewetzten Holztisch Platz genommen.

Meena wickelte ihren Schal ab und zog die Jacke aus. Sie erkannte die Gesichter – Fiona, Paul und Bernie, Zoes langjährige Freunde. So wie sie lachten und scherzten, hatten sie schon mehr als nur ein paar Gläser Bier intus. Zoe schenkte ein Glas

Prosecco aus einer Flasche ein, die in einem Eiskübel stand, und reichte es Meena.

»Es ist so schön, dich wiederzusehen. Wann haben wir uns das letzte Mal getroffen? Letztes Jahr?« Paul war Zoes Freund aus Kindertagen. Er und Zoe waren Nachbarn und Schulkameraden in East London gewesen. Tagsüber war er Investmentbanker, abends spielte er Saxofon in einem Trio. Er war ein gut aussehender und sympathischer Kerl. Seine schicke Kleidung passte gut zu seiner dunklen Haut und den tiefbraunen Augen.

»Nein«, sagte Zoe. »Sie hat das Weihnachtsessen die letzten beiden Jahre verpasst. Im April kam sie kurz nach London, um ein paar Sachen vorbeizubringen.«

»Tut mir leid«, sagte Meena. »Ich habe mich entschuldigt, indem ich deinen Kühlschrank mit Champagner aufgefüllt habe.«

»Wie lange bist du schon hier?«, fragte Paul. »Und von woher bist du angereist?«

»Ungefähr zwei Wochen. Und aus Boston.« Meena nippte an ihrem Prosecco.

»Lasst uns anstoßen. Frohe Weihnachten«, unterbrach Zoe. »Mögen wir alle genau das bekommen, was wir verdient haben.«

Sie stießen an. Das war Zoes jährliche Tradition, an der Meena in der Vergangenheit ein- oder zweimal teilgenommen hatte. Der vorweihnachtliche Sonntagsbraten im Pub. Meena liebte diesen typisch britischen Brauch. Ein gemütlicher Sonntag, das leise Gemurmel der anderen Gäste, ein knisterndes Kaminfeuer auf der anderen Seite des Raumes und Platten voller Roastbeef, Hühnchen oder Lachs mit Kartoffeln, Kohl und Karotten. Das Beste war der mit Bratensoße beträufelte Yorkshire Pudding. Den Abschluss bildete ein Sticky Toffee Pudding.

»Wie war es, außer kalt und dunkel?«, wollte Paul wissen. »Hast du irgendwas Lustiges fotografiert?«

»Das war nicht für die Arbeit«, sagte Meena. »Ich habe eine kleine Pause eingelegt. Der Herbst in Boston ist echt schön.«

»Gibt es auch schöne Männer in Boston?« Fiona war eine Arbeitskollegin von Zoe. Sie war zierlich gebaut und trug heute Abend ein hellgrünes Kleid. Mit ihrer Nikolausmütze auf dem Kopf versprühte sie gute Laune.

Meena schüttelte den Kopf.

»Bleibst du noch ein bisschen in London?«, fragte Paul.

»Bis Neujahr«, sagte Meena. »Dann bin ich für einen kurzen Beitrag in Seoul.«

Während ihres Aufenthalts in London hatte sie ein paar Reportagen angeboten und eine davon war von einem Redakteur der Zeitschrift *Rolling Stone* aufgegriffen worden. Es würde guttun, zu ihrer Arbeit zurückzukehren. Nächstes Jahr um diese Zeit würden die Erinnerungen an die letzten paar Monate verblasst sein.

»Keine Gespräche über die Arbeit«, bestimmte Fiona. »Lasst uns lieber trinken und feiern.«

»Apropos.« Paul räusperte sich, als wollte er eine Ankündigung machen. »Ich trete am Silvesterabend in einem kleinen Lokal in Islington auf und kann dich auf die Gästeliste setzen lassen.«

»Danke«, sagte Meena. »Das hört sich gut an.«

»Sie haben einen neuen Schlagzeuger engagiert.« Fiona leckte sich über die Lippen. »Er ist so was von heiß.«

»Ich bitte dich.« Paul wandte sich an Fiona. »Du kennst die Regel: Keine Dates mit meinen Bandkollegen.«

»Das ist nicht meine Schuld«, entgegnete Fiona. »Engagier unattraktive Männer und ich werde mich fernhalten.«

Paul drohte Fiona mit dem Finger.

»Zoe hat Aiden«, argumentierte Fiona. »Bernie und Louise werden nächsten Monat zusammenziehen. Du hast Andrew. Ich bin die Letzte in unserer Gruppe; ihr müsst alle für mich Ausschau halten.«

»Ich tue mein Bestes«, meinte Zoe. »Für Silvester habe ich sogar ein Date für dich. Er ist einer der Kreativen aus meiner Agentur und sehr lustig. Bei der Weihnachtsfeier hat er das ganze Büro beim Karaoke zu ›Dancing Queen‹ mitgerissen. Das war urkomisch.«

»Klingt wie der Mann fürs Leben.« Bernie stupste Fiona mit der Schulter an.

»Was ist mit dir, Meena?«, fragte Fiona. »Irgendwelche Silvesterverabredungen? Hast du einen kräftig gebauten Mann aus Boston mitgebracht, der mit dir die Feiertage verbringt?«

»Lass sie in Ruhe. Sie ist auch allein sehr glücklich«, schaltete Zoe sich ein.

Meena schenkte sich Prosecco nach und versuchte, nicht an Sam zu denken. Als »kräftig gebauten Mann« würde man ihn jedenfalls nicht bezeichnen. Unkonventionell, charmant, lässig, freundlich. Sie nahm einen Schluck und konzentrierte sich wieder auf das Gespräch, das um sie herum weiterging.

»An wen denkst du?«, wollte Fiona wissen.

Meena berührte ihre Wange. »An niemanden. Es ist warm hier drinnen.«

»Nein. Ist es nicht.« Fiona hielt ihr Glas in Richtung Meena. »Spuck's aus.«

»Da ist nichts«, wehrte Meena sich.

»Jetzt bin ich neugierig.« Paul beugte sich zu ihr. »Erzähl.«

»Da gibt es nichts zu erzählen«, beharrte Meena. »Außerdem war mein Arm in den letzten zwei Monaten eingegipst und ich saß drinnen fest. Da konnte ich nicht viel tun.«

»Es gibt viele interessante Dinge, die man mit einer Hand tun kann.« Bernie grinste.

Ein kurzes Lachen entwich Meena. Sie waren so nett zu ihr, dass sie nicht unhöflich sein wollte. »Es gibt da jemanden. Vielleicht. Ich bin mir nicht sicher.«

Es folgte ein schlagartiges und eindringliches Schweigen der Gruppe.

Meena fuhr unbeholfen fort. »Er lebt gegenüber dem Apartment, in dem ich in Boston gewohnt habe. Er ist nett und süß. Und er hat einen tollen Hund.«

»Ich mag Männer mit Hunden«, sagte Paul. »Ich möchte auch einen, aber ...«

»Das ist eine große Verantwortung«, fügte Aiden hinzu.

»Vergiss den Hund«, sagte Zoe. »Erzähl mir mehr über den Nachbarn.«

Meena lachte. »Wir sind Freunde geworden.«

»Name?«, fragte Paul

»Sam.«

»Beruf?«

»Ingenieur für Spezialeffekte«, gab Meena Auskunft. »Für Film und Fernsehen.«

»Küsst er gut?«

Meena wurde rot. »Wir haben ... äh, so war das nicht.«

»Aber du wolltest es.« Zoe grinste.

»Ja«, gestand Meena. »Es ist kompliziert geworden.«

»Das wird es immer.« Bernie seufzte.

»Außerdem«, sagte Meena, »bin ich ständig in der Weltgeschichte unterwegs. Er ist eher der sesshafte Typ. Wir sind sehr verschieden.«

»Aber du magst ihn«, folgerte Fiona. »Das höre ich an deiner Stimme.«

Meena berührte wieder ihr heißes Gesicht. »Ich komme mir vor wie ein verknallter Teenager.«

Zoe legte ihr die Hand aufs Knie. »Ich hoffe, wir werden uns immer wie Teenager verhalten, wenn wir jemanden mögen.«

Meena schenkte ihrer Freundin ein breites Lächeln. »Das stimmt.«

»Frag ihn, ob er Silvester mit dir feiern will«, drängte Paul.

»Als große Geste«, fügte Fiona hinzu. »Kauf ihm ein Flugticket und bring ihn hierher.«

»Das wäre total übertrieben.« Meena konnte sich nicht vorstellen, jemals so etwas zu tun.

»Dann zeig uns ein Foto.« Bernie wedelte mit der Hand in Richtung von Meenas Handy.

Meena öffnete den Foto-Ordner und gab Bernie ihr Handy.

Paul schaute Bernie über die Schulter. »Diese drei Frauen haben etwas Magisches.«

»Die Tanten führen das Haus. In gewisser Weise sind sie das Haus.«

»Ist das der Typ?«, fragte Fiona. »Ein Mann mit zerzaustem Haar im Smoking ist wirklich sexy.«

»Er hat sich für Halloween als James Bond verkleidet.«

»Ich tausche mit dir«, schlug Fiona vor. »Du nimmst den, den Zoe für mich vorgesehen hat, und ich deinen James Bond, um das neue Jahr einzuläuten.«

Meena spürte einen Anflug von Eifersucht. Sie wollte diejenige sein, die Sam um Mitternacht küsste.

Sie steckte ihr Handy ein, als das Essen serviert wurde. Meena stürzte sich darauf. Das Rindfleisch war perfekt gegart, außen dunkel, innen rosa. Die Soße mit dem Yorkshire Pudding war zum Niederknien. Meena fühlte sich nicht wie ein Eindringling. Heute, für diese kurze Zeit, auf diesem roten Stuhl, hatte sie das Gefühl, dazuzugehören.

Als der Nachmittag zu Ende ging und der graue Himmel dunkel wurde, schlüpfte Meena wieder in Jacke und Schal. Sie verabschiedete sich und kehrte in die Wohnung zurück, während Zoe zu Aiden ging.

Ihr schwirrte auf angenehme Weise der Kopf, denn die Bläschen des Prosecco wanderten durch den Körper und verbreiteten in ihrem Inneren eine wohlige Wärme. Sie lief über die Brücke zurück nach Battersea hinter einem Paar her, das Arm in Arm ging, und obwohl Meena wehmütig war, fühlte sie sich in diesem Moment nicht so allein wie sonst. Sie holte ihr Handy aus der Jackentasche und scrollte zu Sams Namen.

Sie war kurz davor, die Anruftaste zu drücken. Was gab es zu sagen? Sie könnte nach Wally fragen oder sich einfach erkundigen, wie es ihm selbst ging. Aber das war peinlich. Wie sie Sam kannte, würde er es allerdings gelassen nehmen. Wie albern. Sie waren seit ein paar Wochen Nachbarn, Freunde. Mehr aber auch nicht.

Meena steckte das Handy wieder in die Tasche und setzte ihren Weg fort.

KAPITEL 31

Meena drückte die Handflächen auf Brusthöhe aneinander, als die durchtrainierte, schlanke Frau im Fernsehen »Namasté« sagte, und atmete aus, als Zoe den Yogakurs ausschaltete.

»Ich bin Inder. Ich darf das.« Das war einer der ersten Sätze, die Sam zu ihr gesagt hatte. Etwas so Grundlegendes zu wissen – was für ein Luxus das war. Für die meisten Menschen war es selbstverständlich.

»Das habe ich gebraucht.« Zoe tupfte sich mit einem Handtuch das Gesicht ab. »Ein guter Start in einen alkoholfreien Januar.«

»Kein einziges Mal …«, begann Meena.

»Ich weiß, ich schaffe es nie, bis Ende Januar durchzuhalten«, unterbrach Zoe sie. »Mir fehlt es an Disziplin, aber irgendwann werde ich den ganzen Monat schaffen. Der Kühlschrank ist voller Gemüse und Fisch und brauner Reis ist das einzige Kohlenhydrathaltige in der Wohnung. Ich habe jede Menge Kräutertee. Kein Koffein. Kein Alkohol. Keine Lebensmittel, die nicht auf der Liste stehen. Und kein Spaß.«

Meena rutschte auf ihrer Yogamatte zurück, um sich an die marineblaue Couch zu lehnen. »Immerhin hast du Gesellschaft; Fiona und Paul machen ja auch mit.«

»Und wir haben ein Abkommen geschlossen, uns von Bernie fernzuhalten, die immer all die Dinge bestellt, die wir nicht essen dürfen«, sagte Zoe. »Ich wette, Bernie führt uns in Versuchung, um zu sehen, wer von uns zuerst abbricht.«

»Das werde ich dir nicht antun.« Meena rollte die Schultern nach hinten. »Ich mache uns sogar Salat zum Mittagessen.«

»Heute bin ich also safe«, sagte Zoe. »Drei Tage nach dem Beginn meines Detox-Monats. Aber morgen reist du ab – was mache ich dann?«

»Du kommst schon klar.«

»Und wohin geht's für dich nach deiner Asienreise?«

»Wenn ich mit meinem Auftrag in Seoul fertig bin, werde ich erst noch dort bleiben und schauen, ob ich noch ein paar Aufträge in Südkorea ergattern kann.« Meena zupfte an einem losen Faden ihrer schwarzen Yogahose. »Um ehrlich zu sein, habe ich gerade gar keine Lust, wieder herumzureisen.«

Zoe setzte sich auf und schlang die Arme um ihre gebeugten Knie. Ihr lockiges, kurzes, blondes Haar hatte sich während der Yogastunde aus der Spange gelöst. »Warum nicht?«

»Ich weiß nicht.« Meena spürte, wie die Verspannung zurückkam, die sich gerade gelöst hatte. »Das ist doch mein Beruf. Mein Leben. Ich wollte bisher immer an verschiedene Orte reisen und mit meinen Bildern Geschichten erzählen.«

»Ich weiß«, meinte Zoe. »Du machst das schon, seitdem wir das College abgeschlossen haben. Du bist wirklich deinen Weg gegangen und warst erfolgreich in dem, was du machst.«

»Aber?«

»Wir sind jetzt über dreißig. Es ist in Ordnung, sich zu fragen, ob man das für die nächsten zehn Jahre und darüber hinaus machen will.«

»So weit habe ich noch nie vorausgedacht.« Meena hatte sich die buddhistische Philosophie zu eigen gemacht, in der Gegenwart zu leben.

»Das ist auch gut so. Aber hast du keine Angst, dass du, wenn du nicht darüber nachdenkst, in zwanzig Jahren irgendwo landen könntest, wo du nicht sein möchtest?«

Meena lächelte ihre Freundin an. »Solange ich meine Kamera habe, werde ich immer für mich sorgen können. Das reicht mir.«

»Ich weiß, dass das eine heikle Angelegenheit für dich ist«, meinte Zoe. »Aber du hast mir doch erzählt, warum du glaubst, dass die Frau dir die Wohnung hinterlassen hat.«

»Und es hat sich herausgestellt, dass das nicht stimmt.«

»Aber du fandest es spannend«, sagte Zoe. »Es hat dir gefallen herauszufinden, woher du kommst.«

Meena zuckte mit den Schultern. »Ich muss meine Herkunft nicht kennen. Ich bin überall in der Welt zu Hause, ich hab dich und jetzt noch ein paar neue Freunde. Das reicht.«

Zoe nahm einen Schluck aus ihrer Wasserflasche. »Du hast dich irgendwie verändert. Du bist … sagen wir … offener.«

Meena nickte. »Es tat weh, die Wahrheit herauszufinden. Dass es doch nicht meine leibliche Mutter war, die mir die Wohnung vererbt hat. Ich bin weggelaufen, weil mir klar wurde, wie sehr ich diese Verbindung eigentlich wollte. Ich weiß, dass ich … Leute auf Distanz gehalten habe.« Meena räusperte sich. »Dich eingeschlossen. Ich werde versuchen, wieder ins Gleichgewicht zu finden nach den ganzen unerwarteten Erlebnissen in Boston.«

»Das wird sicher nicht einfach für dich«, meinte Zoe. »Aber keine Sorge, mich wirst du nicht los. Als Scheidungskind halte ich an den Menschen fest, die mir wichtig sind, und tue alles dafür, dass sie mich nie so fallen lassen, wie es meine Eltern getan haben.«

»Und ich möchte dir eine ebenso gute Freundin sein, wie du es für mich bist.«

»Heißt das, dass du dich in Zukunft an Geburtstage erinnerst und dein Seelenleben mit mir teilst?«

»Ich weiß nicht, ob ich so weit gehen würde.«

Zoe warf ein Geschenk nach ihr und Meena fing es auf. Es war das gleiche Geschenk, das sie jedes Jahr von Zoe bekam. »Behandle es dieses Mal nicht wie ein Sammlerstück. Benutze es.«

Meena blätterte die Seiten mit den Datums- und Zeitangaben durch. »Ich denke, ich könnte meine Termine für Aufträge hineinschreiben. Und grob eine Woche einplanen, um wieder herzukommen.«

Zoe entriss ihr den Planer. »Du machst das falsch.« Sie schnappte sich einen Stift vom Schreibtisch. »Das ist ein Passion Planner. Es geht darum, sich seine Zukunft vorzustellen, sie zu Papier zu bringen und so zu manifestieren. Schauen wir mal. Wir werden mit kleinen Schritten beginnen. Was willst du in den nächsten drei Monaten erreichen?«

»Arbeiten.«

»Neben der Arbeit.«

Meena war verwirrt. Sie zuckte mit den Schultern. »Was schreibst du denn da rein?«

»Mit jemandem ausgehen«, sagte Zoe. »Das ist dein Ziel. Nicht nur ein Date, sondern mindestens drei Verabredungen mit jemandem.«

»Das ist doch Unsinn«, wehrte Meena ab. »Ich werde arbeiten und weiß nicht, wie lange ich überhaupt an einem Ort bin.«

»Das ist ja das Schöne daran.« Zoe deutete mit dem Stift auf Meena. »Wenn du ein Ziel festlegst, musst du einen Weg finden, es zu verwirklichen. Wie lange brauchst du für deinen Auftrag in Seoul?«

»Eine Woche.«

»Du willst doch noch ein paar Tage länger bleiben, oder? Plane ein wenig Zeit ein, um unter Leute zu gehen. Oder knüpf an dein Netzwerk dort an. Vielleicht kannst du jemanden, den du bereits kennst, auf eine andere Art und Weise kennenlernen. Du musst dich ja nicht gleich verlieben. Du gehst einfach zu einem ersten, zweiten und dritten Date mit derselben Person. Damit vergibst du dir nichts. Kleine Schritte.«

»Das ist eher unrealistisch.«

Zoe ließ sich auf die Couch fallen und zog die Beine unter sich, während sie durchstrich, was sie gerade geschrieben hatte. »Mal sehen, welcher Schritt noch kleiner ist. Ich hab's. Der Typ, den du in Boston getroffen hast, der aus der Wohnung gegenüber. Dein Ziel ist es, ihm zu schreiben.«

Meena zuckte mit den Schultern. »Das schaffe ich.«

Zoe schaute sie an. »Nicht irgendeine Nachricht; du musst mit ihm flirten. Wenn er zurückflirtet, musst du dranbleiben. Drei Monate lang.«

»Was soll das?«, fragte Meena. »Ich weiß nicht, wann ich wieder in Boston sein werde. Es ist nicht gerade fair, etwas anzufangen …«

»Du trainierst«, sagte Zoe, »und stürzt dich in keine Beziehung. Schaust einfach, wie es so ist.«

Meena schloss die Augen. Der Gedanke, mit Sam übers Handy zu flirten, gefiel ihr. Zu sehr.

»Das ist keine große Sache«, fuhr Zoe fort. »Frag ihn nach seinem Hund, erzähl ihm, wo du gerade bist. Schick ihm ein

Selfie, bitte ihn um eins von sich ... Du hattest doch schon mit der männlichen Spezies zu tun. So kompliziert ist das nicht.«

Meena kaute an ihrer Nagelhaut. »Er hat eigentlich schon Interesse an mir gezeigt.«

»Da hast du's. Er ist also kein Idiot«, meinte Zoe. »Mach was draus.«

Meena stand auf und streckte sich. »Ich werde darüber nachdenken.«

»Ich habe es hier aufgeschrieben«, erklärte Zoe. »Das heißt, du musst es tun.«

»Wenn du den ganzen Januar dein Detox-Programm durchziehst«, Meena verschränkte die Arme, »dann werde ich es machen.«

»Du wirst nicht bis Ende Januar warten. Und dieses Mal schaffe ich es.«

Meena nahm den Planer entgegen. Sie blätterte zu der Stelle, an der Zoe etwas hineingeschrieben hatte. »Hier sind auch Einjahres- und Fünfjahresziele drin.«

»Die füllen wir aus, wenn du mit diesem hier fertig bist.« Zoe stand auf. »Ich gehe duschen. Du hast Salatdienst.«

Aus einem Impuls heraus umarmte Meena Zoe kurz. Sie lachte, als ihre Freundin schockiert dastand.

»Ich übe«, sagte Meena.

Sie ging in die Küche und überlegte, was sie Sam in ihrer ersten Nachricht schreiben sollte. »Frohes Neues Jahr« käme ein bisschen zu spät. Sie schnippelte Karotten und ließ zu, dass sie an ihn dachte. Er hatte ein offenes Gesicht. Sie konnte das tiefe Timbre seiner Stimme hören und erinnerte sich daran, dass er manchmal eine rechteckige schwarze Brille trug und manchmal nichts die tiefbraunen Augen verdeckte. Er suchte gern Körperkontakt. Eine sanfte Hand auf ihrer, die Wärme seiner Haut auf ihrem Arm, wenn er versuchte, sie zu trösten.

Sie verdiente ihn nicht. Er war für jemanden bestimmt, der so unkompliziert war wie er selbst. Nicht für eine Frau, die aus ihrem Leben solch ein Chaos gemacht hatte. Sie gab das geschnippelte Gemüse in eine Schüssel und schnitt eine Zitrone durch. Es war das Beste, weiterzuziehen und ihn als Kumpel zu betrachten. Als Nächstes stand Seoul an und sie würde nicht darüber hinaus denken.

KAPITEL 32

Seoul. Das war eine junge Stadt, die auf einer alten Kultur aufbaute. Sie war einheitlich und mit Präzision angelegt, ohne die Vergangenheit zu opfern. Hohe, glänzende Gebäude standen neben buddhistischen Tempeln. Hypertechnologie war das Rückgrat, das es dieser Stadt ermöglichte, in Sachen Bildung und Anpassung überdurchschnittliche Leistungen zu erbringen, ohne dass ihre Traditionen dabei auf der Strecke blieben. Es war eine Stadt der Gegensätze, die sich wechselseitig befruchteten, wobei die Spannungen nicht offensichtlich waren.

Es war mitten in der Nacht. Der Bass wummerte schwer zu Techno Pop und trieb die Menge auf der Tanzfläche an. Bunte Laserlichter blitzten im Rhythmus der Musik, während DJ Tyno auf einem Podest die Partyszene überblickte. Der Club NB zählte zu den besten der Welt. Im exklusiven Stadtteil Gangnam gelegen, war er das Mekka für K-Pop-Fans aus aller Welt.

Meena machte ein paar Fotos von Frauen in engen Kleidern und Männern mit freiem Oberkörper, die abwechselnd tranken und tanzten. Dann ging sie zurück zu einem Tisch im VIP-Bereich.

»Hier fühle ich mich am wohlsten.« Kini, eine Frau mit rosafarbenen Extensions, hob ihr Champagnerglas. »Es ist teuer, aber ich spare für Abende wie diesen.«

Meena schoss ein weiteres Foto von der Gruppe am Tisch. Fünf Frauen aus Chicago, L. A. und San Diego waren kürzlich nach Seoul gezogen. Sie hatten ortsunabhängige Jobs und kannten sich seit drei Jahren, nachdem sie sich online als Fans der K-Pop-Band BTS gefunden hatten.

»Manche Leute sagen, wir seien Koreaboo, also zu sehr von der koreanischen Kultur besessen.« Jennifer frischte ihren dunkelvioletten Lippenstift auf. »Aber so ist es nicht. Wir sind Fans von Korea, vor allem von BTS, aber wir sind im Ausland Lebende, die ein Teil dieser Kultur sein wollen.«

Lauren, eine Rechtsanwaltsfachangestellte, sagte mit einem starken Chicagoer Akzent: »Ich wähle immer noch in den USA und meine Familie lebt dort.«

Kini und Jada arbeiteten für Google; Jennifer und Tasha waren in der Website-Entwicklung tätig.

»Oh mein Gott!«, schrie Jennifer. Sie rannte vom Tisch zum Geländer, um in ihren roten High Heels und ihrem ärmellosen weißen Kleid zu tanzen. »Das ist mein Lieblingssong.«

»Sie ist ein Fan von V«, erklärte Kini. »Er ist Bandmitglied bei BTS.«

Meena nickte und machte Fotos von Jennifer, die in ein imaginäres Mikrofon sang. »Versteht ihr Koreanisch?«

»Ich kann mich unterhalten.« Jada hörte auf zu singen, um zu antworten. »Vor ein paar Jahren habe ich angefangen, es zu lernen, als ich K-Pop entdeckt habe. Seit ich hier lebe, bin ich viel besser geworden.«

Meena machte sich Notizen und fotografierte. Dies war ihr letztes Shooting für den Auftrag von *Rolling Stone* über amerikanische Frauen, die, motiviert durch ihre Begeisterung für K-Pop, in Korea lebten. Sie hatte diese Frauen eine Woche lang begleitet, war in ihren Wohnungen gewesen, an ihren Arbeitsplätzen, bei Dates mit ihren koreanischen Freunden und in Clubs. In ihren späten Dreißigern hatten diese Frauen etwas gefunden, das ihnen gefehlt hatte. Bestätigung.

»Wir schämen uns nicht dafür, dass wir eine Boyband toll finden«, erklärte Tasha, »sondern wir stehen dazu. Wer hat eigentlich entschieden, dass wir aus unserem Teenager-Ich herauswachsen müssen? Und damit das klar ist: Ich bin nicht hinter den Jungs her. Ich liebe ihre Musik, und ja, natürlich finde ich sie sexy. Aber im realen Leben habe ich einen Freund, der vom Alter her zu mir passt. Und ein Teil von mir sagt sich: Genau das will ich, und wem das nicht gefällt, der kann mich mal. Es ist, als hätte BTS mir dieses Selbstvertrauen gegeben, nach meinen eigenen Bedingungen zu leben.«

Es war vier Uhr morgens, als Meena den Club verließ und zurück in ihr Hotel fuhr. Sie hatte alles Nötige zusammengepackt, und nach ein paar Stunden Schlaf würde sie ihre besten Fotos bearbeiten und mit Bildunterschriften versehen, bevor sie das ganze Material an den Redakteur schickte. Sie würde auch den Autor des Artikels wissen lassen, dass sie ihre Bilder eingereicht hatte. Dann würde sie sich eine Unterkunft suchen und nach weiteren Aufträgen Ausschau halten. Als sie die Kamera einpackte, schaute sie auf ihr Handy. Tanvi schrieb ihr weiterhin regelmäßig. Während Meena anfangs nur sporadisch geantwortet hatte, hatte die Frau sie mittlerweile mürbe gemacht. Tanvi hatte eine Menge Fragen und wollte stellvertretend Meenas Leben leben. Also hatte Meena kurze Videos von koreanischem Street Food geschickt, was Uma als Herausforderung annahm, die Speisen nachzukochen. Jetzt fragte Tanvi nach dem Club.

Meena suchte ein Video von der Tanzfläche und den unbeschreiblichen Stroboskoplichtern heraus und drückte auf »Senden«. Auf der Taxifahrt zurück zu ihrem Hotel sah sie sich noch einmal das letzte Video von Tanvi an, die aufgenommen hatte, wie Wally einen von Sabinas Hausschuhen zerkaute. Im beigefügten Text stand: »Er ist so ein guter Junge.« Meena vermisste den kleinen Welpen.

Und Sam. Sie wollte ihm schreiben, oder noch besser, mit ihm reden. Anstatt ihn in ihrem Gedächtnis verblassen zu lassen, vermisste sie ihn mit jedem Tag mehr, der ohne Kontakt verging. Je länger sie es aufschob, desto überwältigender wurde das Bedürfnis. Sie hatte sich nicht bei ihm gemeldet und wusste nicht, ob die Tanten ihn über sie auf dem Laufenden hielten. In gewisser Weise wäre es noch schlimmer, wenn sie es täten. Sie wusste nicht, warum sie sich so verhielt. Sie war doch mit Sam befreundet, genauso wie mit Tanvi. *Hör auf, dir selbst etwas vorzumachen.*

In ihrem Zimmer angekommen, putzte Meena sich die Zähne, wusch sich das Gesicht und trug Feuchtigkeitscreme auf, bevor sie in das kleine Bett stieg. Das hier war wieder ihr Leben. Sie stellte ihre Arbeit über alles andere. Das Neue wurde zum Alten. Selbst nach ein paar Monaten Auszeit war sie schon wieder müde.

Weil sie nicht hier sein wollte. Sie wollte irgendwo dauerhaft wohnen. Nicht in einem Basisquartier, nicht in einer WG, sondern in ihrer eigenen Wohnung.

Ihr kam eine Idee. Ein neues Ziel, das sie in den Passion Planner eintragen konnte, den Zoe ihr geschenkt hatte. Ein Jahr – nicht sechs Monate –, um ihre Sachen auszupacken, Nebenkostenabrechnungen auf ihren Namen zu erhalten. Der naheliegende Wohnsitz war der, den sie bereits hatte, ihr Erbe. Sie hatte noch drei Monate Zeit, bevor sie die Wohnung verkaufen konnte. Drei Monate, bis Sabina unweigerlich verlangen würde, dass sie es tat. Sie lächelte, als sie an ihre Wildblumen dachte, und wollte unbedingt dabei sein, wenn sie in ein paar Monaten blühten, um Sabinas Reaktion zu sehen. Sie würde nicht erfreut sein. Meena stand auf und holte einen Stift und den Planer aus ihrem Rucksack. Außerdem einen kleinen Holzelefanten, den sie aus einem Impuls heraus aus Nehas Wohnung mitgenommen hatte. Er war wie ein Talisman und an ihm zu reiben, half ihr beim Denken.

Zurück auf dem Bett, schrieb sie ihr Dreimonatsziel auf: »Die Wohnung behalten und sie zu meiner machen.« Wenn es sein musste, würde sie gegen Sabina ankämpfen. Der Rest blieb ungewiss. Sie schaute auf das Ziel »Mit Sam flirten«. Das würde sie auch einhalten.

Ihr war schwindelig von der Energie, die sie trotz ihrer Müdigkeit freigesetzt hatte. Sie griff nach dem Handy, bevor sie zu viel nachdachte.

»Hallo. Ich bin's, Meena. Tut mir leid, dass ich mich so lange nicht gemeldet habe. Ich hoffe, du hattest schöne Feiertage. Gib Wally ein paar Streicheleinheiten von mir. Ich bin übrigens in Südkorea. Du kannst mir gerne schreiben. Wenn du willst.« Sie löschte die letzte Zeile. »Würde mich freuen, von dir zu hören.« Auch den Satz löschte sie. »Mach's gut.« Sie drückte auf Senden, bevor sie es sich anders überlegte.

Als sie sich zum Schlafen hinlegte, rieb sie den hölzernen Elefanten, als wäre er ein Sorgenpüppchen. Im frühmorgendlichen Licht musterte sie ihn, wie sie es schon unzählige Male getan hatte. Er war so groß wie ihre Hand, mit einem schweren, runden Bauch, der unten vorstand. Die Ohren und das Gesicht waren scharfkantig, der dicke Rüssel rund. Es gab viele Details zu sehen, wie geschnitzte Kerben, die die Falten um die Ohren andeuteten, und Nägel, die auf die Zehen gemalt waren.

Der Elefant glitt ihr aus der Hand und fiel auf den Fliesenboden. Als Meena ihn aufhob, sah sie einen Riss in seinem Bauch. Nein, keinen Riss, sondern einen kleinen Schlitz, den sie vorher nicht bemerkt hatte. Sie kratzte mit dem Fingernagel daran herum und plötzlich öffnete sich eine kleine Klappe. Dahinter verbarg sich im Bauch des Elefanten eine kleine Papierrolle. Meena holte sie heraus und wickelte sie auf. Es war eine Quittung, die mit dunkelblauer Tinte in Nehas Handschrift überschrieben war. Der Quittungsaufdruck war verblasst und es war schwer zu erkennen, was gekauft worden war, aber die blaue Tinte war deutlich und nicht verwischt.

Sex ist das Vergnügen eines Mannes. Die Bürde einer Frau. Ein Mann kann sein Sperma in eine Gebärmutter einpflanzen und weiterziehen. Leichtfertige Männer denken nicht einmal an die Folgen. Dein Vater ist so ein Mann.

Meena hielt den Zettel in der Hand. Er war nicht an sie adressiert und konnte sich auf alles und jeden beziehen. Sie musste einen klaren Kopf bewahren und durfte keine voreiligen Schlüsse ziehen. Schon einmal hatte sie Vermutungen geäußert und diesmal musste sie vorsichtiger sein.

Er vergnügte sich mit einem jungen Mädchen und kehrte dann in sein privilegiertes Leben zurück. Dass er auch noch jung war, ist keine Entschuldigung. Aber er war meine Familie. Ich war es, die seinen Fehler ausbügeln musste.

Benommen rollte Meena den Zettel zusammen und steckte ihn zurück in den Elefanten. *Die Bürde einer Frau.* Sie hatte sich so sehr auf ihre leibliche Mutter konzentriert, dass sie nicht viel über ihren leiblichen Vater nachgedacht hatte. Könnte ihre Verbindung zu Neha über ihren biologischen Vater führen? Würde das bedeuten, dass sie von Geburt an ein Anrecht auf die Wohnung hatte? Tief in ihrem Herzen spürte sie die Sehnsucht, ins Ingenieurhaus zu gehören.

Sie schloss die Augen und dachte an das Wohnzimmer. Die dunklen Bücherregale und die hellen Möbel gehörten Neha, aber die Bausubstanz, die Wände, die Parkettböden waren an Meena weitergegeben worden – vielleicht nicht wegen Nehas Schuldgefühlen, sondern weil sie rechtmäßig ihr gehörten.

Sie wollte wieder dort sein, nicht in diesem winzigen Zimmer sechstausend Meilen entfernt. Das Wissen war beängstigend und aufregend. Meena sprang wieder aus dem Bett. An Schlaf war im Moment nicht zu denken. Sie sah es plötzlich ganz klar. Meena hatte Verbindungen, auf die sie aufbauen konnte, und sie wollte sich ein Zuhause schaffen.

Es fühlte sich falsch und richtig an. Um ihre Angst zu bekämpfen, überprüfte sie den Stand ihres Bankkontos. Der war in Ordnung. Sie lebte sparsam und konnte sich noch ein wenig Zeit nehmen, um das alles ein für alle Mal zu klären. Dann buchte sie Flüge.

Sie schaute auf den Elefanten und zog den Zettel heraus. Neha hatte den Mann, der das junge Mädchen geschwängert hatte, als ihre Familie bezeichnet. Sie hatte keine Geschwister, aber das hieß nicht, dass sie keine anderen männlichen Verwandten hatte, einen entfernten Cousin vielleicht. Das war eine Spur. Meena könnte ihn ausfindig machen. Nicht für ein Wiedersehenstreffen oder gar eine Bestätigung, was sie füreinander waren, sondern als Nachweis. Diesmal würde sie keine Vermutungen anstellen, sondern Nachforschungen.

KAPITEL 33

In der Wohnung war es ebenso still wie im ganzen Haus. Meena betrat das Apartment, ohne einen Schlüssel zu benötigen, und zog ihre Mütze und den Schal aus. Es war kalt und sie überprüfte das Thermostat, das von einundzwanzig auf achtzehn Grad gestellt worden war. Noch mit ihrer Jacke bekleidet ging sie durch das Wohnzimmer, das Schlafzimmer und die Küche und setzte sich dann auf das vertraute gelbe Sofa.

Jetzt war es anders. Das hier war ihrs. Bis jetzt hatte sie die Wohnung als die von Neha betrachtet. Sie hatte gezögert, sie anzunehmen und sich einzugestehen, dass sie sie behalten wollte. Auch wenn ihr bei dem Gedanken, ein Zuhause zu haben, ganz flau wurde, wollte sie sich eines schaffen. Hier, in einem Gebäude mit Geschichte, Gemeinschaft und ... sie atmete nervös aus, als sie an Sam dachte. Vielleicht noch mehr. Aber eins nach dem anderen. Sie drehte die Thermostate an den Heizkörpern auf, damit es in der Wohnung warm wurde.

Meena konnte sich in Ruhe überlegen, was sie mit all den Sachen machen wollte. Viel Geld stand ihr nicht zur Verfügung. Sie hatte von Zoe sogar ein paar Links zu Websites bekommen, auf denen beschrieben wurde, wie man mit kleinem Budget eine Wohnung einrichtete. So voll diese hier auch war, Meena hatte freie Hand. Allerdings hatte sie keine Ahnung, was ihr beim Einrichten ihres eigenen Zuhauses gefiel und was nicht. Farbe? Nicht so viel. Minimalismus? Wahrscheinlich. Kunst? Definitiv nicht der nackte Mann aus Kronkorken, der sie gerade von einer Wand anstarrte. Sie würde einige von Nehas Sachen behalten, praktische Dinge, wie die blauen Ohrensessel am Kamin.

Meena hatte die Fotoreportage für *Rolling Stone* fertiggestellt, dann ein paar Tage in London verbracht, danach ein paar Tage in New York, um endlich die Redakteure zu treffen, mit denen sie eigentlich schon früher verabredet gewesen war. Es war wegen zukünftiger Aufträge wichtig, dass sie von ihrer Rückkehr in die USA wussten. Sie würde nach wie vor überallhin fliegen, aber für eine Weile wäre es schön, über die Motorradrallye in Sturgis oder das Heißluftballonfestival in New Mexico zu berichten, wenn sich die Gelegenheit bot.

Die Vorstellung, Dinge zu tun, die sie noch nie getan hatte, war aufregend. In ihrem Planer hatte sie notiert, dass sie nach Ablauf des Jahres die Nebenkosten, die derzeit noch vom Nachlass bezahlt wurden, selbst übernehmen musste. Es gab viel zu tun. Das war abschreckend, aber Meena litt nicht mehr, wie bisher, unter dieser unterschwelligen Erschöpfung. Sie lächelte in sich hinein. Es fühlte sich gut an. Sie hatte eine Entscheidung getroffen.

Meena zuckte zusammen, als sich die Tür öffnete. Sie konnte nicht glauben, dass sie sie nicht hinter sich abgeschlossen hatte. Dann lachte sie, als Wally auf sie zusprang und seine Vorderpfoten auf ihren Oberschenkel stellte. Er stupste sie an und wollte gestreichelt werden.

»Hallo Kleiner.« Meena kraulte den Hund hinter den Ohren. »Erinnerst du dich an mich? Ich hab dich ganz schön vermisst.« Wally sprang wieder an ihr hoch. »Du bist so groß geworden. Willst du rauf?« Sie zog ihn auf ihren Schoß und er scharrte mit den Pfoten auf ihren Oberschenkeln und vor ihrer Brust und war völlig außer sich vor Freude.

»Wally, aus!«

Der Welpe schaute auf und Meena zuckte bei Sams strenger Stimme zusammen.

»Wally, aus!«, wiederholte Sam.

Der Hund drückte sein Gesicht in Meenas Achselhöhle. Sie stand auf und setzte ihn ab. »Wie ich sehe, hat er immer noch Probleme mit Autorität.«

Sam warf Wally einen genervten Blick zu. »Er ist stur.«

»Ein Hund, der seinen eigenen Kopf hat.«

»Er hat sich einige Feinde gemacht. Sabina hat ihm nicht verziehen, dass er ihren Hausschuh zerfetzt hat, und Uma wirft ihm immer noch böse Blicke zu, weil er ihr Ladegerät für den Laptop zerkaut hat.«

Meena ging auf die Knie und schmiegte sich an Wally. »Oh nein, Wally.« Dann flüsterte sie dem Welpen ins Ohr: »Gut gemacht mit dem Hausschuh.«

»Pass bloß auf«, sagte Sam. »Den kannst du keine Minute aus den Augen lassen.«

Meena stand auf und Wally ging zu ihrem Rucksack, um daran zu schnuppern. Sie folgte ihm und zog ein kleines Geschenk heraus, das sie spontan gekauft hatte. »Schlaues Hündchen.« Sie hielt ihm einen großen Knochen hin. »Hier, hast du den gerochen?«

Der Hund nahm ihn ihr aus der Hand und ging in eine sonnige Ecke am Fenster, um daran zu nagen.

»Ich hoffe, es macht dir nichts aus«, sagte Meena.

Sam schüttelte den Kopf. »Der Knochen wird ihn eine Stunde lang beschäftigen. Danke.«

Sie zog ihre Jacke aus und wusste nicht, was sie sagen sollte. Er hatte ihr nicht zurückgeschrieben. Zwei Wochen waren eine lange Zeit, um nicht zu antworten. Aber es war in Ordnung.

Davor hatte sie wochenlang keinen Kontakt zu ihm gehabt. Sie hatte ihre Reise nicht erwähnt. »Ich hätte dir sagen sollen, dass ich verreise.«

Er zuckte mit den Schultern und steckte die Hände in die Taschen seiner schwarzen Jogginghose. »Du hast einen Zettel dagelassen.«

»Ich hätte mich bei euch melden sollen. Früher.«

»Du hast dein eigenes Leben.«

So war es einmal gewesen. Jetzt hatte sie Leute, mit denen sie in Kontakt bleiben wollte, die sie vermissen sollten. »Ich werde bleiben.«

»Okay.«

»Du bist sauer auf mich.«

»Bin ich nicht.« Sam schüttelte den Kopf. »Du hast deutlich gemacht, dass dein Leben ziemlich unstet ist.«

Meena ließ die Wahrheit heraus. »Ich bin davongelaufen. Ich hatte mich auf Neha eingelassen. Dachte, sie sei, na ja, du weißt schon. Dann war sie es nicht mehr und ich bin weggelaufen.« *Denn so bin ich. War ich.*

»Ich verstehe«, sagte Sam.

»Kannst du vielleicht nicht so … verständnisvoll sein?«

»Ich habe nicht das Recht, verärgert zu sein«, meinte Sam. »Ich stecke nicht in deiner Haut.«

»Wir waren Freunde. Ich habe dich nicht wie einen behandelt, als ich abgereist bin.«

»Ja.« Sam hielt inne. »Ich dachte …«

Meena wartete, aber er beendete den Satz nicht.

»Es tut mir leid«, sagte sie.

»Füg mich beim nächsten Mal deinem Gruppenchat mit den Tanten hinzu.«

»Bist du dir da sicher? Sie schicken mir permanent schlüpfrige Witze und gewagte Fotos.«

Er schenkte ihr ein sanftes Lächeln. »Wenn das so ist, lassen wir es, wie es ist.«

Das gefiel ihr nicht. »Ich werde dir in einem Extrachat Nachrichten schicken, in dem nur wir beide sind.«

Sein Gesicht verlor etwas von der Anspannung und Meena spürte, wie ihr Herz schneller schlug. Sie konnte ihn verstehen, spüren, dass sie ihn verletzt hatte. Es war mehr als nur Anziehung. Mehr als Freundschaft. Sie weigerte sich, davon abgeschreckt zu sein. »Du kannst Wally bei mir lassen, wenn du willst. Ich werde jetzt erst mal auspacken.«

»Er ist fast sechs Monate alt«, sagte Sam. »Wenn er hier ist, schaffst du gar nichts. Wally, bei Fuß.«

Der Hund schaute auf und starrte ihn an.

Sam senkte die Stimme und wiederholte den Befehl. Diesmal stand Wally mit dem Knochen im Maul auf und ging zu Sam. Der nahm die Leine, die an Wallys Geschirr befestigt war, und verließ Meenas Wohnung. Er schloss die Tür hinter sich.

Zwischen ihnen hatte sich eine Kluft aufgetan, aber Meena ließ sich nicht entmutigen. Sie würde herausfinden, wie sie das Problem lösen konnte. Zunächst rollte sie den großen Koffer, den sie gekauft hatte, um mehr von ihren Londoner Sachen mitnehmen zu können, ins Schlafzimmer. Hier würde sie anfangen. Sie hatte während ihres vorübergehenden Aufenthalts ein paar Schubladen geleert und packte jetzt ihre Sachen hinein. Den Rest würde sie im Koffer lassen, bis Nehas Habseligkeiten ganz ausgeräumt waren.

Meena hörte Schritte und ging ins Wohnzimmer.

Sabina, die eine Blechgießkanne in der Hand hielt, erstarrte. »Meena!«

»Hallo.«

Sie gewann ihre Fassung zurück. »Ich dachte, du wärst noch in Südkorea.«

»Ich bin zurück.«

»Das sehe ich.«

Meena wollte nicht klein beigeben, aber auch nicht gleich auf Konfrontationskurs gehen. Sie wusste nicht, wie Sabina mit ihrer Entscheidung, hierzubleiben, umgehen würde. »Wie geht's dir?«

»Gut«, sagte Sabina. »Allen geht es gut. Wir richten uns im neuen Jahr ein.«

»Prima. Wie war eure Silvesterparty?«

»Lustig. Wie immer.«

Meena rieb sich die Arme. »Ich habe das Thermostat hochgestellt, aber es dauert eine Weile, bis es warm wird.«

Sabina stellte die Gießkanne auf einen Zeitungsstapel auf dem Couchtisch und ging zum Heizkörper. In der Hocke drehte sie am schwarzen Knopf. »Ich habe die Ventile halb zugedreht, weil niemand da war, und ich habe dich nicht zurückerwartet.«

Natürlich nicht. »Danke, dass du dich um die Wohnung gekümmert hast, während ich weg war.«

»Das ist doch meine Aufgabe.« Sabina richtete sich wieder auf. »Es ist mein Haus.«

Meena schwieg, anstatt sie daran zu erinnern, dass dies ihre Wohnung war. Mit Speck fing man Mäuse.

»Für heute Abend haben sie einen Schneesturm vorausgesagt. Wenn du etwas zu essen brauchst, solltest du lieber jetzt gleich einkaufen gehen. Es sollen zwischen zwanzig und fünfundzwanzig Zentimeter Schnee fallen.«

»Das wurde auf dem Flug hierher erwähnt«, sagte Meena. »Ich gehe noch schnell zum Supermarkt. Brauchst du etwas?«

»Wir haben alles. Ich hätte nicht gedacht, dass wir uns so schnell wiedersehen. Ich dachte, du hättest eine Arbeit, die dich um die ganze Welt führt.« Sabina ging herum und goss die wenigen Pflanzen, die noch von Neha übrig geblieben waren.

251

»Ich brauche ein Basisquartier für meine Sachen.« Meena versuchte, ihre Stimme ruhig klingen zu lassen. Sie wollte mit dieser Frau auskommen. »Das hier ist ein guter Ort. In der Nähe von New York, mit einem internationalen Flughafen.«

»Ich verstehe.«

Meena hoffte, dass sie das tat. »Nochmals vielen Dank.«

Sabina beendete das Gießen und nickte, bevor sie die Wohnung verließ.

Als Sabina gegangen war, schloss Meena die Tür ab. Sie wusste, dass sie sich daran gewöhnen musste, sie unabgeschlossen zu lassen ... zumindest zeitweise. Aber dazu war sie noch nicht bereit. Kleine Schritte.

Sie zog sich warm an und machte sich auf den Weg, um sich vor dem Schneesturm mit Lebensmitteln einzudecken. Als sie nach links abbog, sah sie Sam mit Wally den Häuserblock entlangkommen. Sie waren auf dem Rückweg. Meena machte kehrt und nahm den langen Weg zum kleinen Markt in der Newbury Street.

* * *

Neha hätte eine Wahl des hässlichsten Pullovers für fünfzig Teilnehmer ausstatten können. Meena faltete einen pfauengrünen Pullover mit einem riesigen, mit Glassteinen verzierten Hahn zusammen. Sie hatte bereits einen Karton gefüllt. Einen von einem Dutzend leerer Kartons, die sie während ihres Einkaufs vor dem Schneesturm im Spirituosenladen an der Ecke geholt hatte. Viermal war sie dafür hin- und hergelaufen, denn ein Schneesturm war der perfekte Zeitpunkt, um die Wohnung auszuräumen.

Der Wind heulte und sie konnte durch die Fenstertüren sehen, wie die Schneeflocken herumwirbelten. Drinnen wärmten Meena die gluckernden Heizkörper und die Anstrengung beim Räumen. Abgesehen von ihren ersten Begegnungen mit Sabina, Sam und Wally war der vorherige Tag ereignislos gewesen. Keine Spur von Tanten, die mit einer Thermoskanne Chai und Gesprächsbedarf in die Wohnung gelaufen kamen. Stattdessen hatte Meena auf dem für sie vorgesehenen Stuhl am Esstisch gesessen und einen einsamen Teller Dosensuppe gegessen.

Seltsam. Vor ein paar Monaten noch hatte sie sich nach Zeit allein gesehnt. Sie fand es aufdringlich, wenn die Tanten zu Besuchen hereinplatzten. Jetzt wartete sie ständig darauf, Schritte zu hören. Als das der Fall war, hielt sie den Atem an und wartete auf ein Klopfen an der Tür. Aber die einzigen Leute, die Meena sah, waren die Männer vom Schneeräumungsteam.

Meena schloss einen Karton, schob ihn zur Seite und griff nach einem leeren. Für den Schlafzimmerschrank und die Kommode würde sie alle Kartons benötigen, die sie besorgt hatte. Aber als sie sich umschaute, stellte sie fest, dass sie bereits etwas in dem Raum verändert hatte. Diese Wohnung war kein Schrein mehr für Neha und ihr Hab und Gut. Meena würde die Tanten fragen, ob sie etwas haben wollten, bevor sie es spendete.

Außerdem hatte sie beschlossen, sich als Letztes um die Bücher zu kümmern, wenn überhaupt. Tanvis Mann war interessiert, also würde sie ihn bitten, sich zu nehmen, was er wollte. Den Rest würde sie vielleicht behalten, denn die Bücher verliehen dem Wohnzimmer eine intellektuelle Atmosphäre.

Sie sprang auf, als sie ein Klopfen an der Tür hörte.

»Du bist wieder da!« Tanvi schlang die Arme um Meena.

Meena war kurz verblüfft über die zwanglose Zuneigung. Zum ersten Mal, seit sie zurück war, fühlte sie sich willkommen. Sie trat von Tanvi zurück, die einen langen lilafarbenen Rock mit passender Strumpfhose und einen weißen Wollpullover trug. Ihr Haar war zu einem lockeren Dutt gesteckt und an ihren Ohren baumelten lilafarbene Edelsteine.

»Was machst du?« Tanvi ging um die Kartons herum.

»Ich räume im Schlafzimmer ein paar von Nehas Sachen aus.« Meena führte Tanvi in den Raum.

»Ich denke, es ist an der Zeit.« Tanvi fand einen freien Fleck auf dem Boden und setzte sich. »Lass mich dir helfen.« Sie begann, Kleidung zu falten. »Wir haben übers Ausräumen gesprochen, aber wir konnten uns nicht dazu durchringen. Dann bist du gekommen. Und dann bist du wieder gegangen. Wie war deine Reise? Ich habe Uma und Sabina schon gesagt, dass wir Seoul auf unsere Reiseliste setzen müssen. Ich möchte diesen Club besuchen.«

»Er wird dir gefallen.«

»Ich würde nie über den Kleidungsstil von jemandem urteilen, aber der von Neha war wirklich ausgefallen.« Tanvi hielt einen knallroten Pullover hoch. Auf der Vorderseite waren ein schwarzer Filzhut, ein Schnurrbart und ein Monokel aufgenäht. »Ich bin mir nicht sicher, ob das jemand fertig nähen wird.«

Meena lachte und Tanvi fiel mit ein.

»Neha hatte einen Haufen solcher extravaganten Stücke«, erzählte Tanvi. »Uma trägt normalerweise Jeans. Sabina muss immer etwas typisch Indisches anhaben, also Schmuck oder eine Kurta. Ich dachte, ich wäre die Mutige in meiner Farbwahl, aber Neha hat mich übertroffen.«

»Du kannst dir nehmen, was du möchtest.« Meena machte mit dem Arm eine ausladende Bewegung über die Kleidungsstücke. »Das ist erst der Anfang. Ich werde das meiste spenden.«

Tanvi nickte. »Spende aber nicht die Kunstwerke. Manches hier ist ganz schön kitschig, aber ein paar von den ansehnlicheren Dingen habe ich gemacht.«

»Was du angefertigt hast, würde ich gern behalten.« Sie hoffte wirklich, dass es nicht der nackte Kronkorkentyp war.

Tanvi schenkte ihr ein breites Lächeln. »Klar.«

Meena kaute auf ihrer Lippe. »Darf ich dich fragen, warum niemand vorbeigekommen ist, seitdem ich zurück bin?«

»Ich bin doch gerade da.«

Meena nickte. »Du hast aber keinen Chai mitgebracht. Und Uma habe ich überhaupt noch nicht gesehen.«

»Ich verstehe. Es ist nicht die Gesellschaft, die dir fehlt, sondern der Tee.«

»Nein. Es ist die Gesellschaft. Irgendwie fühlt sich alles anders an.«

Tanvi setzte sich in den Schneidersitz und griff nach einem weiteren leeren Karton. »Nun, wir wussten nicht, ob du überhaupt zurückkommen würdest. Dann warst du plötzlich so wieder da, wie du gegangen bist. Ohne ein Wort. Dieses Haus ist wie eine Familie. Ja, es kann ein wenig eng erscheinen, da sich jeder in die Angelegenheiten des anderen einmischt. Daran sind wir gewöhnt, du aber nicht.«

»Ich weiß, ich bin nicht Teil der Familie …«

»Ich meinte, dass du das nicht gewohnt bist«, sagte Tanvi. »Du hältst deine Tür verschlossen und kommst und gehst, wann du willst, und das ist verständlich.«

»Du hast recht. Ich war nicht sehr … ich weiß nicht … engagiert.«

Tanvi drückte Meenas Hand. »Ja. Aber wir sind hier, falls du wieder herausfinden willst, wie das ist.«

»Ich bin aufgrund einer spontanen Entscheidung gegangen«, erklärte Meena.

»So kann Arbeit sein. Wenn mich die Inspiration überkommt, gehe ich in mein Studio und stundenlang nicht ans Telefon. Du hast einen Job, bei dem du manchmal ganz spontan aufbrechen musst. Denk aber daran, dass wir, statt einer allgemeinen Notiz an der Tür, eine persönliche Nachricht mit einigen Einzelheiten zu schätzen wissen.«

»Verstanden.«

»Du bist unabhängig«, stellte Tanvi fest. »Du brauchst niemanden. Vielleicht, weil du schon als Teenager auf dich allein gestellt warst. Es ist aber auch in Ordnung, sich auf andere zu verlassen, um Hilfe zu bitten. Freundschaft funktioniert nur, wenn sie erwidert wird.«

Diesmal griff Meena nach Tanvis Hand und drückte sie. »Es tut mir leid, dass ich einfach so gegangen bin. Und danke, dass du mir bei alldem hier hilfst.«

»Neha hatte wirklich eine Menge Zeug.« Sie falteten die Sachen zusammen, während draußen der Sturm heulte.

Meena kaute auf der Unterlippe. »Ich habe nicht viel Übung darin, eine gute Freundin zu sein. Ich habe Zoe und sie ist großartig. Egal, wie viele Einladungen ich ausschlage, sie fragt mich trotzdem immer wieder.«

»Zoe scheint reizend zu sein.«

»Das ist sie auch. Ich werde mich bessern.« Meena wusste, dass sie weiter daran arbeiten musste, Beziehungen aufzubauen und zu pflegen. »In Bezug auf Zoe und euch alle.«

»Verkauf dich nicht zu sehr unter Wert«, mahnte Tanvi. »Es gibt etwas, das du bei Zoe richtig machst, sonst würde sie dich nicht mehr einladen.«

»Sie ist wohl eher so stur wie du und akzeptiert kein Nein als Antwort.«

Tanvi wiegte den Kopf hin und her. »Oh, ich akzeptiere immer ein Nein. Genau wie Uma. Wir respektieren die Entscheidungen anderer.«

»Und Sabina?«

»Sie braucht Zeit, um Dinge zu akzeptieren, die nicht so laufen, wie sie es sich vorstellt.«

»Ich bin froh, mit dir befreundet zu sein«, sagte Meena. »Es tut mir leid, dass ich einfach so gegangen und völlig unangemeldet zurückgekommen bin.«

»Geschichte beginnt immer in der Gegenwart.« Tanvi faltete einen Pullover. »Aber eine Warnung. Sei vorsichtig mit dem, was du dir wünschst. Ich bin ein schlechter Einfluss.«

Meena lachte. »Davon kann ich ein bisschen gebrauchen. Aber wenn es um Alkoholkonsum tagsüber geht, dann vielleicht in kleinen Schritten.«

»Das hat Spaß gemacht.« Tanvi lachte. »Im Moment erholen wir uns von der letzten Woche. Wir haben unsere Januarreise nach Saint Barts gemacht und es gab nonstop fruchtige Cocktails am Strand, Wein zum Abendessen und wir haben Erinnerungen gesammelt, die wir dank des konstanten Alkoholflusses bereits vergessen haben.«

»Ich hoffe, ihr habt Fotos gemacht.«

»Wir dokumentieren unsere Reisen nie, weil wir keine Lust haben, die ›Real Housewives‹ des Ingenieurhauses zu sein.« Tanvi tippte sich an den Kopf. »Entweder bleibt es hier haften oder es sollte vergessen werden.«

Meena zögerte, überwand sich dann jedoch. »Vielleicht kann ich nächstes Jahr mitkommen.«

Die Verblüffung auf Tanvis Gesicht ließ sie zusammenzucken.

»Tut mir leid. Ich wollte nicht … Ich weiß, ihr macht das immer zu dritt, ihr als Clique …«

»Solange du versprichst, deine Kamera hierzulassen«, sagte Tanvi, »bist du mehr als willkommen. Die Regeln sind: keine Ehemänner, keine Partner, keine Kameras, keine Zeugen.«

Meena schnappte sich ihr Handy vom Beistelltisch und machte ein paar Fotos von Tanvi. »Aber du bist so fotogen.« Sie knipste weiter und lachte, als Tanvi für die Kamera übertrieb, Pullover hochhielt und sich in übertriebener Bestürzung den Handrücken auf die Stirn legte.

Sie waren mit den Oberteilen fertig. Meena schnappte sich einen Arm voll Hosen, die noch auf Bügeln hingen, und warf sie aufs Bett. Ein paar Minuten später brachte sie den Mut auf.

»Ist mit Sam alles in Ordnung? Er scheint verärgert zu sein.«

Tanvi seufzte. »Das ist er auch. Nicht deinetwegen. Es gibt Probleme mit seiner Familie. Sie treten immer um diese Jahreszeit auf. Er vergräbt sich dann in Arbeit. Wir haben schon versucht, ihn aufzumuntern. Er ist immer so positiv, aber wir haben gemerkt, wie schmerzhaft es für ihn war, Fröhlichkeit vorzutäuschen. Jetzt stellen wir ihm Essen in den Kühlschrank und sorgen dafür, dass er saubere Kleidung hat. Er wird wieder zu sich finden. Ich bin froh, dass er Wally hat. Der Hund kam zu ihm, als er unbedingt jemanden brauchte.«

Meena schämte sich. Sie hatte ihre Kommunikation auf sich bezogen, ohne zu bedenken, dass Sam auch eigene Probleme hatte. Sie hatte nicht einmal gefragt, wie es ihm ging, als sie ihn traf. Zwar hatte sie keine Erfahrung mit engen Freundschaften, aber sie war erwachsen und wusste, dass Beziehungen ein Geben und Nehmen waren. Sie musste sich mehr Mühe geben.

»Und Sabina?«

»Sabina ist eben Sabina.« Tanvi wies Meenas Bedenken zurück. »Interpretiere da nicht zu viel hinein.«

»Wie könnte ich das nicht? Sie will mich nicht hierhaben.«

»Sie glaubt, du willst nicht hier sein«, korrigierte Tanvi. »Dieses Haus ist ihr Leben. Ihre ganze Identität dreht sich darum, welche Stellung sie in diesem Haus einnimmt. Du bist unachtsam mit der Wohnung umgegangen. Zuerst kamst du, hast aber den Eindruck erweckt, als wolltest du gar nicht hier sein. Du hast nicht einmal im Schlafzimmer geschlafen. Sabina denkt, du weißt nicht zu schätzen, was du bekommen hast. Jetzt, da du dich bemühst, wird sie jedoch anders darüber denken.«

Meena fragte sich, ob es so war. Ob sie tatsächlich zu viel in Sabinas Feindseligkeit hineininterpretiert hatte und es Sabina eher darum ging, die Geschichte eines Hauses zu respektieren, das ihr sehr am Herzen lag. »Muss ich ihre Erlaubnis einholen, wenn ich die Wände streichen will?«

Tanvi lachte. »Du bist genauso verkrampft wie sie. Nein, du brauchst keine Erlaubnis. Aber wenn du streichen willst, legst du vielleicht Wert auf meine künstlerische Meinung.«

»Dafür bin ich offen.« Meena dachte über die Idee nach. »Solange Farbe sparsam verwendet wird.«

»Keine Angst«, meinte Tanvi. »Ich kann mir dieses Schlafzimmer in hellem Grün mit einer Tapete aus gelben Gänseblümchen an einer Akzentwand vorstellen.«

»Auf gar keinen Fall.«

»Jetzt kenne ich deine Grenzen.« Tanvi grinste. »Ich hätte nicht gedacht, dass du bei Wandfarben so langweilig bist.«

»Wir werden einen Kompromiss finden. Sollte ich irgendetwas über Uma wissen?«

Tanvi schüttelte den Kopf. »Sie bereitet sich auf den Semesterbeginn vor und vergräbt sich in ihren Büchern.«

»Und zwischen dir und mir ist alles in Ordnung?«

Tanvi zog sie in eine Umarmung. Nach kurzem Zögern schlang Meena die Arme um die stämmige Gestalt. Tanvis langes Haar streifte ihr Gesicht und Meena atmete den blumigen Duft ihres Parfüms ein.

Tanvi wich zurück und ließ sie los. »Zwischen uns ist alles in Ordnung. Und du musst das Umarmen und ein paar andere Dinge üben. Darin bist du wirklich sehr unbeholfen.«

»Was habe ich falsch gemacht?«

»Deine Arme waren zu schlaff«, bemängelte Tanvi. »Und du hast zu lange gezögert.«

Meena lachte. »Ich glaube, ich muss noch viel lernen.«

Tanvi klopfte ihr auf die Schulter. »Nur wenn du es willst. Nicht jeder mag Umarmungen.«

»War das ein Thema in eurem Toleranzverein?«

»Uma hat es nur meinetwegen zu einem gemacht«, erzählte Tanvi. »Ich bin eher ein haptisches Wesen und sie wollte sicherstellen, dass ich mich nicht jedem aufdränge. Ich verstehe mittlerweile, dass das manchen zu viel ist.«

Meena war erstaunt, dass diese Frauen nicht aufhörten zu lernen und sich auf eine Weise weiterentwickelten, von der sie glaubten, dass sie sie zu besseren Menschen machte. Es war nie zu spät, an sich zu arbeiten.

KAPITEL 34

Meena klopfte an Sams Tür und er rief, dass sie hereinkommen solle. Er saß auf seiner Couch, hatte die Beine ausgestreckt auf dem Tisch davor liegen, den Computer auf dem Schoß und Kopfhörer in den Ohren. In einer grauen Jogginghose und einem blassblauen langärmeligen T-Shirt sah er, wie immer, attraktiv aus.

Meena schaute sich nach Wally um und entdeckte ihn schlafend in der Ecke. Sie ging zu ihm und hockte sich hin, um ihn zu streicheln, während er sich an sie schmiegte und dann seinen Kopf auf ihren Schoß legte.

»Du bist müde, was?« Meena gab ihm einen Kuss auf den Kopf.

Sam nahm die Kopfhörer aus den Ohren. »Die Welpenschule ist anstrengend.«

Meena ließ Wally schlafen und setzte sich auf die andere Seite des Sofas. Sie stellte einen mitgebrachten Plastikbehälter auf den Couchtisch. »Ich habe Kekse gebacken.«

Sam hob beide Augenbrauen.

»Ganz allein«, sagte sie.

Er starrte sie weiter an.

»Na gut.« Es hatte keinen Sinn, sich bei ihm zu verstellen. »Ich habe eine Packung fertigen Keksteig geöffnet und die Anweisungen befolgt.«

Er griff nach einem Keks und biss ein Stück ab. »Du bist eine begabte Bäckerin.«

Meena warf ein Kissen nach ihm. Er fing es auf und stopfte es neben sich, dann richtete er seine Aufmerksamkeit wieder auf den Bildschirm des Laptops.

Sie beobachtete den dösenden Wally. Das Schweigen zwischen ihr und Sam fühlte sich unangenehm an und Meena wusste nicht, wie sie es durchbrechen und den freundlichen, offenen Sam zurückgewinnen sollte, der sonst immer die Gesprächsführung übernahm.

Sie stand auf und ging im Wohnzimmer auf und ab, betrachtete das einzige Bücherregal. Sie sollte gehen. Es war klar, dass er beschäftigt war und nicht der Typ, der sie bitten würde, die Wohnung zu verlassen. Meena ging zur Tür. Er hatte nicht aufgeschaut.

»Sam«, sagte sie.

»Ja.« Sein Blick war immer noch auf den Computerbildschirm gerichtet.

Sie rieb sich über die Arme. Das Frösteln hatte nichts mit der Temperatur zu tun. »Wenn du dich mal unterhalten möchtest, über was auch immer, ich bin gleich gegenüber.«

Er nickte, schaute aber nicht in ihre Richtung.

Zurück in ihrer Wohnung legte sie die Hände auf ihre heißen Wangen. Es war dumm von ihr gewesen zu glauben, dass ein Teller mit Keksen der richtige Weg war, das Eis zu brechen. Und selbst damit hatte sie zwei Wochen gewartet. Der aufgehäufte Schnee war weggeschmolzen, als der Januar dem Februar wich. Abgesehen von gelegentlichen Hallos und Winken, wenn Sam und Wally auf dem Weg zu ihrer

262

Wohnung oder nach draußen waren, hatten sie kaum miteinander gesprochen.

Meena lief im überladenen Wohnzimmer hin und her. Mit Tanvis Hilfe hatten sie das Schlafzimmer ausgeräumt, sodass nur noch das Bett und die Matratze übrig geblieben waren, die sie mit ihrer kürzlich gekauften Bettwäsche bezogen hatte. Nehas Wäsche konnte sie nicht behalten. Meena brauchte ein Bett, das ihr gehörte, und das bedeutete neue und keine gebrauchte Bettwäsche. Den Sessel hatte sie ebenfalls behalten, aber ansonsten nicht viel. Das Zimmer hallte von der Leere wider und Meena verbrachte nicht viel Zeit darin, außer zum Schlafen. Sie ging zum Schreibtisch und schaute aus dem Fenster. Der Garten sah kahl aus. Die üppigen Farben des Herbstes waren längst verschwunden. Das Grün des Rasens war verblasst, die braunen Äste wiegten sich im Wind und die Steine am Fuß der Bäume sahen ohne die Sonne trist aus.

Meena hatte viel Zeit mit Tanvi verbracht, aber sie hatte es nicht geschafft, das Thema anzusprechen, das immer präsent war. Auf indirekte Weise hatte sie nach Nehas Verwandtschaft gefragt, doch Tanvi behauptete, nichts davon zu wissen und dass sie wahrscheinlich in Indien oder Afrika lebte. Meena hatte auch nach weiteren Fotoalben, Papieren oder irgendetwas mit einem Namen gesucht, der ihr einen Hinweis auf einen Verwandten gegeben hätte, dem Neha geholfen hatte. Doch bis jetzt hatte sie nichts gefunden.

Sie glaubte, wenn jemand in diesem Haus etwas über diesen Verwandten wusste, dann wäre es Sabina. Um sie darauf anzusprechen, musste Meena genau überlegen und planen, wie viel sie preisgeben wollte. Sabina war scharfsinnig und misstrauisch und sie mochte Meena nicht. Diese drei Dinge machten es schwierig, zwanglos ein Gespräch über die Vergangenheit zu beginnen.

Meena wandte sich vom Fenster ab und ging an den Bücherregalen entlang. Sie war unruhig. Eigentlich hätte sie arbeiten können, aber sie hatte keine Lust dazu. Sie war auch nicht in der Stimmung, ihren Laptop aufzuklappen und Netflix zu schauen. Vielleicht würde sie lesen. Doch nichts in diesen Regalen interessierte sie. Sie überflog die Bücher über die Landwirtschaft in Mittelkanada, die alten Romane – keine Klassiker, nur abgegriffen.

Aus einer Laune heraus schnappte sie sich ein paar Bücher aus der Reihe »Land und Leute«. Auf der Couch blätterte sie durch die Ausgabe über die baltischen Staaten und dann durch die über Kanada und die USA. Das nächste Buch handelte von Südasien und dem Fernen Osten. Fasziniert blätterte sie es durch. In der Mitte war eine Karteikarte eingeklemmt. Meena seufzte. Wenn sie bewusst nach Hinweisen suchte, fand sie keine. Neha würde nie aufhören, sie zu verhöhnen.

Irregulär (Adjektiv)

1a: nicht der gängigen Gewohnheit entsprechend sein oder handeln; irreguläres Verhalten

1 b: keinem üblichen oder vorgeschriebenen Verfahren folgend

2: nicht zu einer regulären Ordnung gehören oder Teil einer solchen sein

3: keine perfekte Symmetrie oder Gleichmäßigkeit aufweisend

4: an Kontinuität oder Regelmäßigkeit fehlend

Meena lehnte den Kopf an die Rückenlehne der Couch. Bedeutungslos oder bedeutungsvoll? Sie würde es nicht herausfinden und warf einen Blick auf die Regale, schaute sich im Zimmer um. So viele Verstecke. Meena dachte an die Kartons, die sie in den Keller gebracht hatte. Die, die von der Wohltätigkeitsorganisation abgeholt worden waren. Sie hatte jedes Stück untersucht und nichts gefunden. Wie viele Notizen gab es noch? Meena legte die Karteikarte zu den anderen in den Umschlag.

Jemand klopfte an die Tür. »Herein.« Sie hatte sie als Test für sich selbst unabgeschlossen gelassen.

Die Tanten traten ein. Meena stand auf, ließ die Bücher auf dem Sofa liegen und ging zu ihnen an den Tisch.

Sie hatte Sabina und Uma kaum gesehen, seitdem sie zurück war. Tanvi hatte eine Auflaufform in der Hand.

»Hallo«, begrüßte Meena die Tanten.

»Deine Tür war nicht abgeschlossen«, sagte Uma. »Geht's dir gut damit?«

»Ich bemühe mich.« Sie hatte ein paar Mal in der Woche geübt, um sich mit der Vorstellung anzufreunden.

»Wir sind stolz auf dich. Und wir klopfen auch immer zuerst an. Also mach dir keine Sorgen, dass wir dich bei irgendetwas stören könnten.« Tanvi stellte die Form auf den Esstisch. »Ich habe meine Spezialität zubereitet, Handvo. Komm, setz dich.«

»Ich kann Kaffee kochen«, bot Meena an.

»Ich trinke dieses bittere, verbrannte Zeug nicht«, sagte Tanvi. »Uma wird Chai machen.«

»Hast du Milch?«, fragte Uma.

Meena nickte.

Uma krempelte die Ärmel ihres weiten Pullovers hoch und wusch sich die Hände. »Hol dir ein Notizbuch oder nimm ein Video mit deinem Handy auf. Dann kannst du immer wieder üben. Wenn wir das nächste Mal vorbeikommen, kannst du den Chai für uns zubereiten.«

Meena war ein wenig verblüfft. Dann erkannte sie, dass dies nicht nur eine Gelegenheit war, etwas zu lernen, das Teil der Kultur der Tanten und vielleicht auch ihrer eigenen war, sondern ebenso ein Weg, das Gespräch auf Nehas Verwandte zu lenken oder auf den, der Meenas Verwandter sein könnte.

»Hast du frischen Ingwer?«, fragte Sabina.

»Nein.«

»Ich laufe hoch und hole welchen«, sagte Tanvi.

Meena lehnte sich an die Arbeitsplatte.

»Was machst du da?«, fragte Uma. »Du willst doch das Rezept aufschreiben oder aufnehmen.«

Meena holte ihr Handy aus dem Wohnzimmer. »Okay, ich bin bereit.«

»Zuerst die Zutaten.« Uma deutete auf die verschiedenen Dosen, die sie bereitgestellt hatte. »Loser schwarzer Tee. Wagh Bakri ist die einzige Marke, die ihr Geld wert ist. Du bekommst sie bei Patel Brothers in Waltham. Geh nicht in irgendwelche schicken Teeläden. Für Chai braucht man anständigen schwarzen Tee.«

Meena hielt die Kamera auf Uma gerichtet und filmte.

»In dieser kleinen Dose ist fertiges Masala. Sabina macht ihres komplett selbst, ich kaufe meins. Das hier ist Sabinas. Sie hat es Neha geschenkt. Es ist alt, aber Chai und Masala verderben nicht.« Uma roch daran. »Für unsere Zwecke reicht es. Ich werde mehr als üblich hineingeben, denn es kann sein, dass es nicht mehr so stark ist wie frisches Masala.«

»Wie macht man das?«

»Es ist eine Mischung aus Ingwerpulver, Muskat, Zimt, Kardamom und schwarzem Pfeffer. Das wird alles zermahlen.«

»Aber Tanvi geht doch frischen Ingwer holen.«

»Weil man nie genug Ingwer im Tee haben kann«, sagte Sabina. »So mag ich ihn am liebsten.«

»Ich gebe frisches Tulsi dazu, eine indische Minze.« Uma holte einen Topf aus dem Schrank. »Wir pflanzen es im Sommer im Garten an und trocknen es für den Winter.«

»Wir haben alle unsere Vorlieben.« Sabina nahm Milch aus dem Kühlschrank. »Wenn du erst einmal die Varianten probiert hast, wirst du für dich das perfekte Mischungsverhältnis finden.«

Meena gefiel der Gedanke, ihr eigenes Chai-Rezept zu haben. »Welche Version gibt es für Leute, die Kaffee mögen?«

»Kadak. Starker Chai, der länger gebrüht wird, bevor man Milch hinzufügt, und danach noch über zehn Minuten köchelt«, erklärte Sabina.

»Zuerst kochst du Wasser.« Uma stellte den Herd auf mittlere Hitze. »Ich bevorzuge ein Verhältnis von eins zu eins. Sabina nimmt eineinhalb Tassen Wasser und eine drei viertel Tasse Milch und Tanvi eine viertel Tasse Wasser und den Rest Milch.«

»Ich mag meinen jaadi.« Tanvi kam zurück. »Schön dickflüssig.«

»Sobald das Wasser kocht, einen Löffel Tee pro Tasse. Wir machen sechs, aber ich werde fünfeinhalb dazugeben. Einen Teelöffel Masala und eine Menge frisch geriebenen Ingwer.« Uma benutzte eine Handreibe direkt über dem Topf.

Meena nahm Uma und den Teetopf auf. Das Wasser war schwarz, mit Masala und Flecken von Ingwer im Tee. »Das ergibt doch keinen Sinn.«

»Das ist aashrae«, erklärte Tanvi. »Ungefähr.«

»In der indischen Küche geht es um Gefühl und Instinkt«, sagte Sabina, »nicht um Genauigkeit. Es ist eine Kunst, keine Wissenschaft. Je mehr man indisch kocht, desto besser wird man.«

Meena filmte jede Frau, während sie sprach. Sie gelobte, sich das Video noch einmal anzuschauen und das Rezept aufzuschreiben, um die Zubereitung von Chai zu üben, bis sie für sie so selbstverständlich wurde wie für die Tanten.

»Dann fügst du Milch hinzu.« Uma goss sie in den Topf mit dem kochenden Tee, dem Wasser und dem Masala. »Bring alles noch einmal zum Kochen. Kurz vor dem Überkochen reduzierst du die Hitze und lässt das Ganze köcheln. Je länger du den Chai kochen lässt, desto stärker wird er.«

Meena filmte, wie Uma den Chai aus dem Topf durch ein kleines Handsieb in Tassen goss. Die Küche war erfüllt vom warmen und süßen Aroma.

»Wie viel Zucker hinzugegeben wird, entscheidet jeder selbst.« Sabina tat zwei Teelöffel hinein, rührte um und reichte die Tasse an Meena weiter. Dass Sabina sich an ihre Vorliebe für süßen Chai erinnerte, ließ Meena innehalten.

Mit den Tellern in der Hand setzten sie sich an den Tisch. Tanvi servierte ein Stück herzhaften Kuchen, der aus Reis, Linsen, geraspeltem Kürbis und Gewürzen bestand und mit Sesam bestreut war. Er schmeckte köstlich. Sie saßen auf ihren Stammplätzen und unterhielten sich. Meena erzählte ihnen von Seoul und K-Pop, woraufhin Tanvi BTS zu ihrer Spotify-Liste hinzufügte. Die Tanten erzählten ihr vom Parasailing in Saint Barts und dass Uma beim Schwimmen Piranhas gesehen hatte.

In der nächsten Stunde lachte Meena, scherzte und schwelgte in deren gemeinsamen Erinnerungen. Sie beteiligte sich an der Unterhaltung, stellte Fragen, erzählte von Zoe und ihrer Zeit in London. Sie hatte sich an den Rhythmus der drei gewöhnt und ihr Vorhaben, sie nach den Namen von Nehas Verwandten zu fragen, vergessen.

»Wann gehst du wieder auf Reisen?«, fragte Sabina.

Die plötzliche Frage erschreckte Meena. »Im Moment habe ich nichts Konkretes vor. Ich habe Redakteuren in New York ein paar Reportagen vorgeschlagen.« Und sie hatte es nicht eilig. Es war ein seltsames Gefühl, dass ihre Karriere einmal nicht das Wichtigste in ihrem Leben war.

»Heißt das, du bleibst hier?«, fragte Sabina. »Und behältst das Apartment?«

Das ließ Meena aufhorchen. Sie wollte Sabina gern einen Vertrauensbonus geben, aber immer, wenn sie Meenas Abreise erwähnte, suggerierte ihr Tonfall: Warum bist du noch hier? »Ja. Ich habe vor, dies zu meiner Bleibe zu machen.«

Sabina schürzte die Lippen. »Warum dieser Sinneswandel?«

»Verhör sie nicht«, tadelte Tanvi. »Ich habe dir doch gesagt, dass Meena nicht mehr Reißaus nehmen wird. Sie ist jetzt ein Teil dieses Hauses.«

Meena wusste es zu schätzen, dass Tanvi sie verteidigte. »Es stimmt, ich habe hin und her überlegt, ob ich die Wohnung behalten soll. Aber ja, ich werde bleiben.«

KAPITEL 35

Die Küche war aufgeräumt. Außer den abgelaufenen Sachen in der Speisekammer gab es hier nicht viel zu entrümpeln: Das Geschirr und Besteck waren in gutem Zustand, ebenso die Becher und Gläser. Meena war keine großartige Köchin, aber es wäre Verschwendung, Töpfe, Pfannen, Schnellkochtopf, Küchenutensilien und dergleichen wegzuwerfen, also blieben sie in den Schränken und Schubladen.

Sie warf einen Blick in den Schnellkochtopf, um nach einem Zettel zu suchen, und stellte fest, dass Neha etwas auf die Rückseite der Garantiekarte geschrieben hatte.

Ich stimme nicht mit Julia Child überein. Kochen macht keinen Spaß. Es ist unnötige Arbeit, wenn es Dutzende von Restaurants in der Nachbarschaft gibt. Das hier ist ein Geschenk von Sabina. Sie weiß, dass ich es hasse zu kochen, aber sie kauft trotzdem Töpfe und Pfannen für mich. Sie provoziert mich gern. Im Gegenzug schenke ich ihr Jeans. Sie hasst sie und zieht sie nie an. Ein nutzloses Geschenk im Tausch gegen ein anderes.

Meena fügte die Karte dem ständig wachsenden Stapel hinzu und schob den Umschlag zurück in den Schreibtisch. Die Küche würde sie später fertig ausräumen. Das größte Projekt waren Wohnzimmer und Flur. Das Sofa, der Couchtisch und der Schreibtisch waren in einem guten Zustand, auch wenn auf allen Oberflächen und in allen Ecken Unordnung herrschte. Durch das Lesen von Design-Blogs und ein paar Online-Fragebögen hatte Meena herausgefunden, dass eine eher minimalistische und moderne Einrichtung zu ihr passte. Die kleinen Stoffsittiche zwischen den Büchern entsprachen zum Beispiel nicht ihrem Stil, ebenso wenig wie die wahllosen Figuren wilder Tiere, die auf dem Kaminsims und den Beistelltischen standen.

Zwischen dem Kamin und der gegenüberliegenden Wand war nur wenig Platz. Jeder Zentimeter wurde von Möbeln eingenommen: kleine Tische, ein Schreibtisch, ein Stuhl, eine Stehlampe, große Kissen auf dem Boden und eine wuchtige Holztruhe, die aussah, als hätte Neha sie auf einem Flohmarkt erstanden. Und natürlich war der Deckel der verschrammten Truhe der perfekte Platz für eine Lampe in Form eines Schmetterlings aus Buntglas.

»Herrje!« Meena stieß versehentlich gegen die Lampe, die daraufhin zu Boden fiel. Glasscherben flogen in alle Richtungen und trafen Meena am Fuß. Frustriert schrie sie auf.

Ihre Wohnungstür wurde aufgerissen und Sam stürmte mit zerzausten Haaren herein, während Wally hinter ihm bellte.

»Bist du okay?«

»Tut mir leid«, sagte Meena. »Halt Wally fest. Hier liegen überall Splitter.«

Sie drückte sich ans Bücherregal und hatte keinen Platz, um über die Scherben zu steigen.

»Was ist passiert?«

»Ich wollte nur nach diesem Sittich greifen.« Meena winkte mit der kleinen Samtfigur. »Und habe dabei die Lampe umgestoßen.«

Sam nahm Wally hoch und setzte ihn auf die Couch. »Bleib.«

»Ich kann hier sowieso nicht weg«, entgegnete Meena.

»Ich habe mit dem Hund gesprochen.«

Meena grinste. »Weiß ich doch.«

Er warf ihr einen genervten Blick zu, bevor er einen Besen aus dem Garderobenschrank holte. Während er für sie einen Weg fegte, hob Meena den Lampenfuß auf. Etwas glitzerte, als die Sonne darauf fiel, und sie schaute genauer hin.

»Dein Fuß blutet«, bemerkte Sam.

»Ich bin wohl auf eine Scherbe getreten.« Meena zupfte an etwas, das in dem schwarzen Steinsockel festklemmte. Langsam und vorsichtig zog sie ein Stück Papier heraus.

»Was ist das?«

Meena wusste es. Sie faltete das Papier auf DIN-A4-Größe auseinander. »Tadaaa! Neha und ihre Nachrichten.« Sie reichte Sam das Blatt.

»Du solltest es lesen«, sagte er.

Sie schüttelte den Kopf. »Du bist dran. Ich habe alle gelesen, die ich bis jetzt gefunden habe. Einige haben mein Leben auf den Kopf gestellt, andere waren entweder unsinnig oder ich verstehe die Botschaft überhaupt nicht. Also nur zu. Auch du solltest dich an ihrem Blödsinn erfreuen. Ich habe offiziell aufgehört, mich darum zu kümmern.«

Sam runzelte die Stirn. »Tut mir leid, dass ich dir nicht alles erzählt habe. Ich habe nicht …«

»Ich weiß, du wusstest nicht, was ich wusste …« Sie winkte ab und trat aus der Ecke, während er die Glasscherben zusammenfegte. »Kümmere dich nicht um mich. Ich bin gereizt. Diese Wohnung ist so überladen.«

»Sie hat alles Mögliche gesammelt«, sagte Sam. »Oft hat sie mich gebeten, mit ihr auf Flohmärkte oder in Vermont auf Antiquitätenjagd zu gehen.«

»Und dann hat sie jeden freien Zentimeter vollgestopft.«
Er nickte.

Sie kehrten zu ihrer Unbeschwertheit zurück. »Danke, dass du mir zu Hilfe gekommen bist.«

Er schenkte ihr ein halbes Lächeln. »Ich habe ein Krachen und einen Schrei gehört.«

»Und wie 007 bist du hier reingerannt gekommen.«

Sam grinste. »Du solltest dir einen Bond-Film anschauen, bevor du einen Vergleich ziehst.«

Vielleicht könnten wir einen zusammen anschauen, wollte sie sagen. Stattdessen nickte sie in Richtung des Zettels. »Im Ernst, lies du ihn. Du kanntest sie; vielleicht ergibt das für dich mehr Sinn.«

Er nahm den Briefpapierbogen und las laut vor.

»Freund/in hat als Substantiv fünf Definitionen. Wenn ich eine davon anwenden müsste, um meine Beziehung zu den Frauen in diesem Haus zu beschreiben, würde ich folgende verwenden: Jemand, der nicht feindselig ist. Die, die ich auf Sabina, Uma und Tanvi anwenden würde, wäre: Jemand, der einem anderen durch Zuneigung oder Wertschätzung verbunden ist. Sie haben eine enge Verbindung miteinander, weil sie im Abstand von wenigen Monaten geboren wurden. Trotz ihrer Unterschiede sorgen sie füreinander. Enger als Schwestern, sagen sie oft.

Natürlich weiß ich, dass eine von ihnen ein Geheimnis hat, das sie nur mit mir teilt. Nicht aus freien Stücken, sondern aufgrund der Umstände. Ein solches Geheimnis kann das Band zerstören, von dem sie glauben, es sei unzerstörbar.

Ich wäre gern dabei, wenn alles ans Licht kommt, und frage mich, ob du ihr ähnelst. Um deinetwillen hoffe ich, dass du nicht nach meinem Cousin kommst. Er hatte eine ziemlich unattraktive Persönlichkeit.‹«

Meena ging mit offenem Mund und sprachlos zur Couch hinüber. Sie schloss die Augen und bat Sam, die Notiz noch einmal zu lesen, dann las sie sie selbst.

»Ich verstehe das nicht«, gestand Sam.

Meena humpelte zu ihrer Jacke und kümmerte sich nicht um das Blut, das aus der Wunde an ihrem Fuß tropfte. Sie griff nach dem hölzernen Elefanten. Dann holte sie den Zettel aus seinem Bauch; wie schon Dutzende Male, seit sie ihn entdeckt hatte.

Sie beobachtete Sam nicht, als er ihn las, sondern konzentrierte sich auf die Worte in der neuen Nachricht. Freund/in, Geheimnis, ähnelst. Meena war so frustriert, dass sie den Elefanten in ihrer Hand am liebsten gegen eine Wand geschleudert hätte, um zu sehen, wie er neben den aufgefegten Scherben der zerbrochenen Lampe zersplitterte. Die aufsteigende Wut fühlte sich richtig an. Sie verlor selten die Kontrolle über ihre Gefühle, erlaubte sich kaum, in Wut zu geraten, aber im Moment spürte sie nichts anderes.

Die Schnittwunde am Fuß brannte und sie setzte sich auf die Couch.

»Ihr Cousin?«, fragte Sam.

»Sieht so aus, als wäre ich mit Neha verwandt«, sagte Meena. »Wahrscheinlich durch meinen biologischen Vater.«

Sam setzte sich neben sie.

»Und jetzt das mit meiner leiblichen Mutter …« Sie hatte schon einmal eine falsche Vermutung angestellt. Das wollte sie nicht noch einmal riskieren. »Wie würdest du das interpretieren?« Sie gab ihm den neuen Zettel zurück.

»Lass uns mal schauen.« Sam runzelte die Stirn. »Sie spricht davon, wie nahe sich die Tanten stehen und dass eine ein Geheimnis hat.«

»Umstände«, unterbrach Meena ihn. »Das könnte doch ein Hinweis auf eine Schwangerschaft sein.«

Sam schaute sich um. »Hast du ein Wörterbuch?«

Meena lachte. »Wohl eher fünfzig oder so.« Sie nahm eine ältere Ausgabe des Merriam-Webster aus dem Regal und gab sie Sam.

»Okay. Die Definition ist ›Zustand‹.« Sam blätterte das Wörterbuch durch.

»Und eine Frau in einem gewissen Zustand wird oft als schwanger bezeichnet«, behauptete Meena.

»Und dann fügt sie hinzu ›und frage mich, ob du ihr ähnelst‹. Sie hofft, dass du ihr ähnlich siehst.« Sam schaute sie an. »Wenn diese Notizen für dich bestimmt sind – und das ist sehr wahrscheinlich – und eine von ihnen ein Geheimnis hat, das die anderen beiden nicht kennen, und dann noch direkt erwähnt wird, dass der Mann eine unattraktive Persönlichkeit hat ...«

»Sag's einfach, Sam.« Meena lehnte sich zurück. Sie schloss die Augen und ließ die Welle der Frustration, des Grolls, der Wut, der Gereiztheit, des Kummers, des Schmerzes und der seelischen Qual über sich hereinbrechen. »Oder noch besser, zerreiß es. Vernichte es.«

»Ich glaube, sie will damit sagen, dass eine der Tanten deine leibliche Mutter sein könnte und dass ihr Cousin sie geschwängert hat.«

Meena wollte nicht weinen. Sie hatte ihren Frieden gefunden. Nun, abgesehen davon, dass sie einen Beweis dafür wollte, dass sie rechtmäßig hierhergehörte. Das war alles, was zählte. Sie wollte nichts fühlen. Wollte nicht wissen, dass es noch mehr Geheimnisse gab. Dass sie diesen Frauen nähergekommen war und dass eine von ihnen ihre ... Sie stoppte ihre rasenden Gedanken. »In der Schreibtischschublade liegt ein dicker Umschlag mit all den Notizen, die ich gefunden habe. Nimm sie alle und verbrenn sie.«

Sam nahm ihre Hand, doch Meena entzog sie ihm. Ihr war heiß, ihr Herz zerbrechlich, sie wollte seine Freundlichkeit nicht. Ihr Verstand schrie, sie solle sich zurückziehen. Davonlaufen. »Eine von ihnen weiß es. Stimmt's? Sie *muss* es wissen. Sie weiß, warum Neha mir diese Wohnung vermacht hat.« Und doch hatte sie Meena in dem Glauben gelassen, sie sei eine Fremde, eine zufällige Person, die in ihr Leben getreten war.

Sam legte seine Hand auf ihre. Dieses Mal ließ sie sich von seiner Berührung beruhigen. Sie wollte keinen mehr wegstoßen, der anfing, ihr etwas zu bedeuten.

Meena biss sich fest in die Wange. »Ich habe mit ihr zusammen gegessen, mich betrunken, ich habe … sie weiß …«

Sam legte den Arm um sie. Drückte sie an sich. Sie ließ ihre Hand in seiner und schloss die Augen. Meena fühlte sich verraten und versank in einem Gefühlschaos. Jede Zelle in ihrem Körper wollte weglaufen. In dreißig Minuten könnte sie gepackt haben und sich davonmachen.

Keine Bindungen. Keine Fesseln.

Sie verharrte in Sams Armen. Ließ sich von ihm beruhigen. Festhalten.

»Lauf nicht weg«, sagte er.

Ihre Blicke trafen sich. »Woher weißt du, was ich denke?«

»Du denkst nicht, du fühlst«, sagte Sam. »Und genau das willst du verhindern, indem du wegläufst.«

»Nebenberuflicher Therapeut?«

»Nur Ingenieur für Spezialeffekte.«

Sie lachte und das half ihr, wieder zu sich zu finden.

»Bleib und finde es heraus.« Sam strich ihr übers Haar. »Das ist der einzige Weg.«

Kapitel 36

Sie war nicht davongelaufen, aber sie hatte sich versteckt. War ausgewichen. Sie wollte die Tanten nicht sehen oder mit ihnen an einem Tisch sitzen, weil sie wusste, dass sie mit einer von ihnen ihre DNA teilte. In den letzten Tagen hatte sie versucht, ihre Gefühle zu kontrollieren, ihre Wut zu zügeln. Sie wollte sie konfrontieren, aber sie wusste nicht wie. Meena wusste nicht, was die Tanten wussten, und die Tanten wussten nicht, was Meena wusste.

Sie legte die Hände auf ihre heißen Wangen. Die Puzzleteile hatte sie zwar, aber nicht das vollständige Bild. Sie lenkte ihre Verzweiflung auf das Aufräumen. Das Wohnzimmer war bereits ordentlicher und der Nippes in drei Kartons verstaut, die in der Ecke standen. Meena schüttelte Lampenständer, öffnete Deckel und suchte unter allen möglichen Gegenständen nach mehr Notizen. Sie wollte keine weiteren Hinweise verpassen. Neha hatte geschrieben, dass die Wahrheit ans Licht kommen würde. Vielleicht war sie noch irgendwo hier versteckt. Meena wusste genug über Neha, um zu ahnen, dass die Frau eine schräge Persönlichkeit und eine grausame Ader hatte. Vielleicht würde Meena eine Geburtsurkunde oder Hinweise auf Namen,

Geburtsdatum und Geburtsort finden. Doch sie entdeckte nichts dergleichen.

Sie hatte online in Archiven nach Menschen mit ihrem Geburtsdatum gesucht, doch da sie kaum Anhaltspunkte hatte, war die Liste zu lang. Eines war sicher. Meena hatte keine Lust mehr auf dieses Spiel, bei dem Neha die Einzige war, die die Regeln kannte. Die Tanten oder eine von ihnen würde es ihr sagen müssen. Schluss mit den Notizen. Sie wollte nicht noch mehr von Nehas zweideutigen Mitteilungen lesen. Sie wollte, dass jemand von Anfang bis Ende erzählte. Es machte ihr keinen Spaß mehr und sie war auch nicht weiter daran interessiert, Fakten zu ergründen. Das hier war ihre Vergangenheit, ihre Zukunft. Sie wollte sie in klaren, einfachen Worten.

Meena erhob sich von der Couch. Sie musste etwas tun. So viel Zeit mit Grübeln zu verbringen, war unerträglich. Sie riss die Wohnungstür auf. Wenn eine der Tanten im Flur vorbeikam, würde sie sie ansprechen, sie zur Rede stellen und auf eine Erklärung warten. Der Flur war mit lauter Blumen und Herzen dekoriert.

Herzförmige Kränze aus frischen roten und weißen Rosen hingen an ihrer und Sams Tür. Die Innentreppe war mit kleinen roten Satinherzen geschmückt, die an jeden Geländerpfosten gebunden waren, und ein großes weißes Satinherz war an der Treppenspindel befestigt. Auf dem kleinen Tisch im Flur stand ein Strauß haltbar gemachter roter Rosen in einer Vase mit einem breiten Silberband und der Diffusor ließ den Flur wie den Rosengarten der Königin duften.

Valentinstag. Natürlich! Es gab keinen Feiertag, den die Tanten nicht zelebrierten. Meena ging nach draußen, um nachzuschauen, was sie mit der Außenfassade des Gebäudes gemacht hatten. Fröstelnd und nur mit Pullover, Jeans und Socken bekleidet, schaffte sie es bis zur Eingangstreppe, um sich die großen herzförmigen Kränze an den Türen und die blinkenden rot-weißen Lichterketten an den Eisengeländern anzuschauen, bevor sie wieder ins Haus eilte.

Allerdings nicht zurück in ihre Wohnung, denn sie wollte nicht allein sein. Noch vor vier Monaten war sie weit davon entfernt gewesen, sich Gesellschaft zu wünschen. Damals hatte ihr gelegentlicher Small Talk mit Leuten gereicht, die sie über die Arbeit kannte. Doch jetzt wollte sie mehr. Spontan klopfte sie an Sams Tür. Sie sehnte sich nach seiner Nähe. Sie hörte Wally bellen, als Sam die Tür öffnete. Er war zerzaust und trug ein weiteres seiner langärmeligen T-Shirts, diesmal mit einem MIT-Logo darauf, sowie eine graue Jogginghose. Seine Augen sahen hinter der Brille rot aus. Meena wurde unruhig.

»Hast du nicht gehört, dass ich ›Herein‹ gerufen habe?«

Meena schüttelte den Kopf. »Tut mir leid. Ich war in Gedanken.«

Sam hielt die Tür weit auf und Meena trat ein. Wally kam aus seiner Box und rannte auf sie zu. Wenigstens der Hund wollte sie sehen. Sie ging in die Hocke, um ihn ausgiebig zu begrüßen, und gab dem Bedürfnis nach, ihr Gesicht in sein Fell zu drücken. Die Einsamkeit der Woche holte sie ein und sie blieb in dieser Stellung, bis Wally sich aus ihrer Umarmung befreite. Unsicher stand sie auf, als der Welpe zurück in seine Box ging und an einem Spielzeug kaute.

»Hast du Lust auf ein Mittagessen?«, fragte Meena.

Sam rieb sich den Nacken. »Ich habe einen Abgabetermin und eine Menge Arbeit.«

Sein Blick war distanziert und nicht auf sie gerichtet. Sie sollte ihn besser in Ruhe lassen.

»Ich gehe wieder. Ich will dich nicht stören.«

Er nahm ihre Hand. »Tut mir leid. Du brauchst jemanden zum Reden und ich bin da.«

Sie schüttelte den Kopf. »Ich war diejenige, die zu dir gesagt hat, ich müsse allein sein, und du hast das respektiert. Jetzt kann ich nicht einfach erwarten, dass du alles stehen und liegen lässt, weil ich mich in meiner eigenen Haut nicht mehr wohlfühle.«

»Freunde tun das füreinander«, sagte Sam. »Erzähl's mir.«

Sie ging vor ihm auf und ab. »Ach, weißt du … Ich bin immer noch wütend auf Neha, auf die Tanten, auf alles. Ich möchte sie damit konfrontieren und alles ans Licht bringen.«

»Dann tu das«, riet Sam ihr. »Überleg nicht lange. Red dir einfach alles von der Seele.«

»Du verstehst es nicht.« Meena erschrak über die hohe Tonlage ihrer Stimme. »Ich muss wissen, ob die Tante, die es ist, es weiß. Und ob sie weiß, dass ich es weiß.«

»Ich bin verwirrt.«

»Wenn ich ihnen alles auf einem Silbertablett serviere, könnten sie lügen. So tun, als wüssten sie es nicht, selbst wenn sie es täten.«

Sam seufzte und setzte sich hin. »Und wie willst du jetzt vorgehen?«

Meena tippte sich ans Kinn. »Andeutungen machen. Jeder Tante andere. Und abwarten, wie die Reaktionen ausfallen.«

»Bist du sicher, dass du nicht einfach die Karten auf den Tisch legen willst?«

Sie verschränkte die Arme. »Ich bin mir bei gar nichts sicher. Ich möchte ausnahmsweise mal, dass *mir* jemand die Wahrheit sagt. Die ganze Wahrheit.«

Sam nickte und stand auf. »Ich helfe dir bei allem, was du brauchst.«

Sie nahm seine Hände. Seine Augen sahen müde aus. Vorne auf seinem T-Shirt war ein Fleck, vielleicht von Kaffee. Sie berührte sein Gesicht. »Ich werde dich da nicht mit hineinziehen.«

Er legte seine Hand auf ihre. »Zu spät.«

Sie lächelte. »Danke.«

Er nickte.

Widerwillig ließ sie ihn los und ging zur Tür. Bevor sie die Wohnung verließ, drehte sie sich um und schaute ihn an. »Sam, ich bin froh, dass wir Freunde sind.«

»Ich auch.«

Sie holte noch einmal tief Luft. »Ich glaube, da könnte noch mehr sein, und vielleicht, wenn du bereit bist, sollten wir es herausfinden. Wenn nicht, verstehe ich das voll und ganz. Ich habe nicht viel Erfahrung auf diesem Gebiet. Das letzte Mal, als ich mir erlaubt habe, jemanden wirklich zu mögen, war ich in der zehnten Klasse.« Sie hielt inne, als ein überraschter Ausdruck über Sams Gesicht huschte. Sie war damit herausgeplatzt und er hatte nichts gesagt. »Es ist in Ordnung, wenn du kein Interesse hast. Du musst mich auch nicht mögen.« Oh Gott, sie kam sich vor wie auf der Highschool. »Was ich meine, ist, ich möchte, dass wir uns verabreden, zum Abendessen, aber dieses Mal als Date. Aber wenn du das nicht willst, sag's mir einfach. Ich kann mit Zurückweisung umgehen.«

Meena zwang sich, ihren Redefluss zu stoppen. Sie wollte aus der Wohnung rennen und das Haus verlassen, einen langen Spaziergang machen, vielleicht in den eiskalten Charles River springen, um zu fliehen. »Ich werde jetzt gehen«, sagte sie.

»Warte. Das war eine Menge Input. Den muss mein Verstand erst mal verarbeiten.«

Meena stemmte die Hände in die Hüften. »Wie lange wird das dauern?«

Sam zeigte auf sie. »Du willst ein Date?«

Sie nickte.

»Zuerst einmal, ja. Ich sage ja, damit das klar ist. Aber warum jetzt?«

Weil ich dich wirklich mag. »Es ist bald Valentinstag. Vielleicht beuge ich mich dem gesellschaftlichen Druck. Oder vielleicht will ich auch einfach nur raus aus der Wohnung und nicht allein sein. Und du bist …«

»Bequem?«

»Nein«, sagte Meena. »Du bist das Gegenteil davon. Wenn ich etwas Einfaches wollte, würde ich in eine Bar gehen und mir einen Fremden suchen, mit dem ich mir die Zeit vertreiben könnte.«

»Verstehe.«

»Ohne Druck«, sagte Meena. »Ich werde mich dir nicht noch einmal an den Hals werfen. Und ich sage das nicht, damit du dich schlecht fühlst. Es ist dein gutes Recht zu entscheiden, wen du küsst.«

»Warte«, sagte Sam. »Wir küssen uns jetzt?«

Sie vergrub ihr Gesicht in den Händen. Dann hörte sie ein leises Lachen. Er trat näher an sie heran und zog ihre Hände weg. »Ich mache nur Spaß.«

Meena sah es an seinen Augen. Sie waren klar, nicht mehr so müde, und sein Mund war zu einem Grinsen verzogen.

»Jetzt bin ich dran.« Er behielt ihre Hände in seinen. »Erstens wollte ich dich küssen, seit, nun ja, unserem ersten Abendessen, das kein Date war. Ich meine, hast du dich schon mal objektiv betrachtet? Du bist klug, ausgesprochen unabhängig, talentiert, und ich weiß, dass du oft genug in einen Spiegel geschaut hast, um zu wissen, dass du auf offensichtliche Weise wunderschön bist.«

Sie löste ihre Hände aus seinen. »Auf offensichtliche Weise?«

»Auf klassische«, sagte Sam. »Zweitens: Ich habe aufgehört, weil ich nicht wusste, was du willst. Es war so ein Hin und Her und darin bin ich nicht gut.«

»Du bist echt ein netter Kerl, Sam.«

Er ließ ihre Hände los und wich zurück. »Nein, das bin ich nicht. Ich komme nur so rüber. Das ist ein Unterschied.«

Meena bemerkte die leichte Veränderung, als seine Schultern sich verkrampften. »Aus meiner Sicht bist du ein guter Typ.«

Er stieß ein bitteres Lachen aus. »Du weißt sehr wenig über mich.«

Bestürzt schlang Meena die Arme um sich. Er hatte recht. Sie kannte einige seiner beruflichen Stärken und einen Lebenslauf, der sich aus dem zusammensetzte, was die Tanten erzählt hatten, und aus Nehas Notizen sowie einer gelegentlichen Anekdote über seine Freundschaft mit Neha. »Es tut mir leid. Du hast recht. Bisher hat sich irgendwie alles nur um mich gedreht.«

Er hatte sie aus ihrer Wohnung geholt, sie seinen Freunden vorgestellt, ihr Ratschläge und Feedback gegeben. Sie hatte genommen, was er ihr angeboten hatte, aber sich nicht revanchiert. Meena konnte sich nicht daran erinnern, Sam je in den Mittelpunkt des Gesprächs gestellt zu haben.

»Das meine ich nicht«, sagte er.

»Das heißt aber nicht, dass es nicht wahr ist.«

Er nickte. »Schon gut. Du warst diejenige mit der existenziellen Krise.«

Sie lachte. Es brach aus ihr heraus und es fühlte sich gut an. Wie eine Befreiung. »Wenn du es so ausdrücken willst.«

Sam nahm wieder ihre Hand. »Ich will nicht herunterspielen, was du gerade durchmachst.«

Sie drückte seine Hände. »Ich weiß. Erzähl mir, warum du nicht nett bist.«

»Das ist eine lange Geschichte.« Sam ging zur Couch und setzte sich.

Meena setzte sich neben ihn. »Ich habe nichts vor.«

»Aber ich muss meine Arbeit zu Ende bringen.«

Er hatte alles für sie liegen lassen und jetzt wollte sie für ihn da sein. »Die Arbeit kann warten. Also, du liebst Hunde, du lässt die Tanten an deinem Leben teilhaben, du hilfst jedem, der dich darum bittet, was ist dein dunkles Geheimnis? Baust du im Keller Killerroboter? Trennst du deinen Müll nicht?«

»Bist du fertig?«

Sie lehnte sich zurück. »Ja.«

Beide saßen eine Weile schweigend da.

»Ich weiß allerdings, wie man Roboter baut«, prahlte Sam. »MIT.«

»Ah, du erzählst gerne, wo du studiert hast«, sagte Meena. »Du bist ja furchtbar.«

»Meine Eltern würden dir zustimmen.« Sams Stimme wurde leiser. »Was den furchtbaren Teil angeht.«

Sie konnte sich nicht vorstellen, dass irgendjemand so etwas über Sam denken, geschweige denn sagen könnte, schon gar nicht seine Eltern. »Du hast mir erzählt, dass du deiner Familie nicht nahestehst.«

»Wir reden einmal im Jahr miteinander«, sagte Sam. »Meine Eltern rufen mich jedes Jahr im Januar an. Am ersten Samstag nach Neujahr. Sie stellen mir eine einzige Frage. Ich sage Nein. Das ist das Ende des Gesprächs. Dann höre ich nichts mehr von ihnen bis zum nächsten Jahr.«

Meena drängte nicht. Sie wusste, dass Schweigen mächtiger war als eine Flut von Fragen – Sam hatte ihr das gezeigt.

»Sie wollen, dass ich meinem jüngeren Bruder die Wohnung überlasse«, sagte Sam. »Wenn ich ein netter Mensch wäre, würde ich das tun. Er hat früh geheiratet, direkt nach dem College. Sie haben drei Kinder. Meine Eltern vergöttern ihn. Und das ist keine Vermutung. Der Grund, warum die Tanten sich um mich kümmern und Neha sich mit mir angefreundet hat, war, um das mangelnde Interesse meiner Eltern an mir zu kompensieren.«

Meena blutete das Herz, als sie seinen sachlichen Tonfall hörte.

»In der Vereinbarung bezüglich der Wohnungen in diesem Haus steht, dass sie an die ältesten Kinder gehen. Im Alter von fünfundzwanzig Jahren. Das war, als ich aus L. A. zurückkam. Meine Eltern, mein Bruder und seine Familie haben zu der

Zeit hier gewohnt. Sie wollten nicht ausziehen. Ich habe ihren Auszug erzwungen.« Sam begegnete Meenas Blick. »Welcher Mann tut so etwas?«

»Du hast sie rausgeschmissen?«

»Ich habe meinen Eltern angeboten, sie könnten bleiben und bei mir wohnen«, fuhr Sam fort. »Aber mein Bruder und seine Familie sollten sich eine eigene Wohnung suchen, einen eigenen Hausstand gründen. Sie haben sich gewehrt. Wollten mich verklagen. Zum Glück für mich ist Sabina nicht zimperlich, wenn es darum geht, die Traditionen des Ingenieurhauses zu bewahren. Sie erklärte meinen Eltern, dass die Eigentümervereinbarung eindeutig sei und dass bei jedem Wechsel der Wohnungen der Erbe unterschreiben müsse, dass er sich an die Regeln halte. Sie zeigte meiner Mutter ihre Unterschrift.«

»Gut gemacht, Sabina.«

Sam schüttelte den Kopf. »Ich habe diese Wohnung bezogen, obwohl ich wusste, dass meine Eltern sie für meinen jüngeren Bruder wollten. Ich habe sie früh übernommen, habe nicht wie üblich gewartet, bis ich eine eigene Familie gegründet hatte. Damit lebe ich. Ich wusste, dass ich dadurch meine Familie verlieren würde, aber das hier war mir wichtiger. Ich habe meine Familie gegen eine Wohnung eingetauscht. So ein Mann bin ich.«

»Warum wolltest du das so?«, fragte Meena.

Sam schaute sie an. »Ist das wichtig?«

»Absicht und Motiv sagen mehr über einen Menschen aus als sein Handeln.«

»Hat dir das ein Psychologe erzählt?«

»Ein Prinz, der einen Grand-Prix-Rennwagen besaß. Er war ziemlich machtfixiert und meinte, er brauche sie, um sein Volk zu schützen. Damit alle zufrieden sind. Als ich mich mit ihm aber näher unterhalten habe, habe ich herausgefunden, dass

285

seine Absichten ganz andere waren. Es gefiel ihm zu dominieren, er mochte es, dass sein Volk Angst vor ihm hatte. Wolltest du diese Wohnung als Rache dafür, dass deine Eltern deinen jüngeren Bruder scheinbar mehr geliebt haben?«

Sam lachte. »Auf keinen Fall. Sie sind, wie sie sind, und mir hat die Vorstellung gefallen, dreitausend Meilen von ihnen entfernt zu leben. Das gefällt mir immer noch.« Er rieb mit dem Daumen über Meenas Handrücken. »Ich bin in der Gewissheit aufgewachsen, dass diese Wohnung einmal mir gehören würde. Das habe ich nicht von meinen Eltern erfahren, sondern von meinem Großvater. Er hat mir Geschichten über seinen Vater erzählt und wie diese Wohnung zu seiner wurde. Kennst du die Redensart ›Home is where the heart is‹? Für mich war die Wohnung, genauso wie für meinen Urgroßvater, ein Zuhause. Er kam 1930 mit dem Schiff in dieses Land, um zu studieren, an einen Ort, an dem er wahrscheinlich nicht willkommen war, nicht einmal mit seinem Geld. Als ich jung war, wurde ich gehänselt, weil ich angeblich nach Curry roch; ich kann mir nicht vorstellen, was mein Großvater ertragen musste. Aber er hatte diese Wohnung und Leute um sich, die wie er waren. Sie alle machten es zu einem Zuhause, einem Ort, an den sie gehörten. In diesem Haus wohnten nur Männer, die wegen einer Ausbildung gekommen waren, damit sie zurückkehren und ihr eigenes Land wiederaufbauen konnten, nachdem die Briten es geplündert und geteilt hatten. Ich bin Teil von etwas Größerem, wenn ich hier lebe.«

»Es passt zu dir. Dieses Haus.«

Er lächelte. »Es ist mein Zuhause. Auch wenn ich einen hohen Preis dafür zahlen musste.«

»Mein Vater hat immer gesagt, dass Schmerz Schmerz verursacht«, sagte Meena. »Deine Eltern haben ihren Teil dazu beigetragen, indem sie nicht aus dem Weg gegangen sind und dich für ein Zuhause kämpfen ließen, das rechtmäßig dir gehörte.«

»Ich habe es mir nicht verdient.«

»Das kannst du auch von mir sagen. Von den Tanten, von allen, die nach ihnen hier lebten.«

»Setzt du etwa Logik gegen mich ein?«

Meena drückte seine Hand. »Du bist zu hart zu dir.«

»Das sagst du nur, weil du willst, dass ich mit dir ausgehe.«

Meena zuckte mit den Schultern. »Du hast doch schon Ja gesagt.«

»Ein Date am Valentinstag«, schwärmte Sam. »Wirst du mir Blumen mitbringen?«

»Ich ziehe welche aus dem Riesenstrauß im Flur.«

»Zu einfach. Ich will umworben werden. Also, nur dass du's weißt: Meine Lieblingsblume ist die Butterblume.«

Meena lachte und zum ersten Mal in ihrem Leben wünschte sie sich, mehr Zeit mit einem Mann zu verbringen. Sie wollte keine schnelle Befriedigung, sondern die langsame Version, das Vertiefen einer Beziehung, aus der immer mehr werden würde.

KAPITEL 37

Ein paar Tage später dachte Meena immer noch an Sam. In den letzten zehn Jahren waren ihre Bekanntschaften immer mehr oder weniger flüchtig gewesen. Ja, sie hatte ein Netzwerk, dem sie angehörte, aber ihre Arbeit war dabei der rote Faden. Das hier war anders. Sam hatte keine Ahnung von Dingen wie Bildkompositionen oder den vielen Farben des Lichts. Sam war geerdet und wusste, was er wollte. Meena fühlte sich zu ihm hingezogen, weil er so anders war als sie selbst; er war ein Mensch, der fest verwurzelt war, der seine Identität nicht infrage stellte. Er beanspruchte seinen Platz, selbst wenn es ihn teuer zu stehen kam. Sam akzeptierte, was Meena fürchtete.

»Der Chai riecht gut.« Ein kurzes Klopfen und dann kam Uma durch die Tür.

Tanvi folgte. »Immerhin.«

Und zum Schluss spazierte Sabina herein.

»Ich habe mich an die Anweisungen aus dem Video gehalten, das ich von euch gemacht habe«, sagte Meena. »Wenn er nicht gut schmeckt, ist es eure Schuld.« Sie hatte einen Plan. Schritt eins: Herumstochern. Herausfinden, wer was wusste. Schritt zwei: Isolieren und bezwingen. Meena hatte beim Ausmisten »Die Kunst des Krieges« gefunden und nicht nur gelesen, sondern sich auch Notizen gemacht. Die Wut war immer noch da. Meena war bereit herauszufinden, auf wen sie sie lenken sollte.

»Oder vielleicht weißt du nicht, wie man Anweisungen befolgt«, murmelte Uma.

»Ich habe Kekse mitgebracht.« Tanvi öffnete die Dose, nachdem sie ihre Plätze um den Tisch eingenommen hatten.

Meena schenkte aus einer Teekanne in Form eines Huhns ein, die sie beim Entrümpeln gefunden hatte.

»Du warst sehr beschäftigt«, sagte Sabina. »Wir haben dich in letzter Zeit nicht oft gesehen.«

»Was haltet ihr vom Wohnzimmer?«, wollte Meena wissen. »Es wirkt doch jetzt viel geräumiger ohne das ganze Zeug.«

Sabina schaute sich um. »Es sieht wirklich besser aus. Weniger Dinge, die man abstauben muss.«

»Ich bin froh, dass du die Teekanne behalten hast.« Tanvi streichelte den roten Schnabel. »Ich habe eine, die dazu passt. Neha und ich haben sie vor etwa zehn Jahren zusammen auf einem Flohmarkt gekauft.«

»Das ist das hässlichste Teil in deinem gesamten Hausstand.« Uma kicherte. »Und das heißt schon viel, wenn man bedenkt, dass du eine Steppdecke als Kleid trägst.«

»Ignorier sie einfach.« Tanvi verdrehte die Augen. »Zu Beginn des Semesters hat sie immer schlechte Laune.«

»Die Studierenden beschweren sich über jede Hausarbeit, die im Lehrplan steht.« Uma klopfte mit den Fingerknöcheln auf den Tisch.

»In einem Monat wirst du sie alle lieben und dich ständig mit ihnen brüsten«, sagte Tanvi.

»Wolltest du schon immer unterrichten?« Meena kannte Uma am wenigsten von den dreien. Im Moment waren sie für sie wie Studienobjekte. Sie erstellte Pläne, wie Sun Tzu, der Autor von »Die Kunst des Krieges«, schrieb.

»Nein. Ich bin in die Forschung gegangen, aber als Lehrassistentin während meiner Promotion haben mir das Zusammenstellen einer Klasse, die Interaktionen und die Fragen der Studierenden gefallen. So wie sie lernten, lernte ich auch. Das gab der Theorie ein Fundament. Jetzt halte ich beides im Gleichgewicht. Koch den Chai das nächste Mal länger. Er ist nicht so stark, wie er sein sollte.«

Meena ignorierte sie. »Du und Neha, ihr müsst doch über Bücher und das Lesen verbunden gewesen sein. Überschneiden sich eure Sammlungen?«

Uma schnaubte. »Neha hat querbeet gelesen. Sie war keine Akademikerin. Aber diese Bücher hier hatte sie nicht zum Angeben, das muss ich ihr zugutehalten.«

»Dem Zustand vieler Bücher nach zu urteilen, die Eselsohren und zerknitterte Einbände haben, hat sie sie definitiv gelesen«, meinte Meena. »Habt ihr beide euch jemals über Bücher unterhalten?«

»Wir passten vom Temperament her nicht zusammen.« Uma verschränkte die Arme und lehnte sich auf ihrem Stuhl zurück.

»Zwei widerborstige Menschen können keine Freunde sein«, erklärte Tanvi. »Sie brauchen beide ein Gegenstück, auf das sie ihre Verschrobenheit richten können.«

Meena änderte den Kurs. »Wolltest du schon immer Künstlerin werden?«

»Schon immer.« Tanvis rundes Gesicht strahlte. »Als wir kleine Mädchen waren, haben wir zusammen Schule gespielt. Sabina war die selbst ernannte Lehrerin. Uma hat Rechtschreibung geübt und ich habe Männchen gemalt.«

»Sie ist furchtbar schlecht in Rechtschreibung«, kommentierte Uma.

»Und du kannst keine gerade Linie ohne Lineal ziehen«, konterte Tanvi.

»Ich bin auch nicht gut in Rechtschreibung.« Meena wollte das Wortgefecht entschärfen. »Und ich bin froh, dass es Korrektoren gibt.«

»Das haben wir gemeinsam«, sagte Tanvi. »Wir sind beide visuelle Menschen. Dein Medium ist die Fotografie.«

Bei einer biologischen Verwandtschaft mit einer dieser Frauen würde Meena Uma vorziehen. Wenn Tanvi wusste, wer Meena war, und es ihr verheimlichte, würde sie das am tiefsten treffen. »Ich habe in der Schule nie vor mich hingekritzelt und konnte auch nicht malen oder zeichnen, aber ich spiele gern mit Licht und Farbe.«

»Du bist heute Morgen furchtbar neugierig«, bemerkte Sabina.

»Ich mache nur Konversation. So funktioniert doch Freundschaft, oder?«

»Hmm.« Sabina tippte sich ans Kinn. »Du willst also wissen, was ich als kleines Mädchen werden wollte?«

»Genau.«

»Das ist einfach.« Sabina streckte die Arme weit aus. »Das hier. Ich wollte mich um dieses Haus kümmern, unsere Geschichte bewahren, das Vermächtnis fortsetzen, indem ich mich um meine Familie kümmerte.«

»Und indem du Kinder hast, an die du das alles weitergeben kannst.« Meena biss in einen süßen Butterkeks. »Was passiert, wenn eure Kinder eure Wohnungen erben?«

»Meine Älteste will vorerst nicht nach Boston zurückkehren«, erzählte Uma. »Sie ist glücklich in Boulder und plant, dort zu bleiben.«

»Mein Sohn ist letztes Jahr fünfundzwanzig geworden.« Tanvi stützte ihr Kinn auf die Hand. »Er möchte in New York bleiben, will noch nicht hier einziehen, und das ist in Ordnung für mich. Unsere Eltern sind nach Indien zurückgegangen, als wir geerbt haben, aber keine von uns hat das vor.«

»Das kommt mir eher wie ein Verhör vor als ein Gespräch«, stellte Uma fest.

»Machst du eine Reportage über uns?«, wollte Tanvi wissen. »Die Frauen aus dem Ingenieurhaus. Die würde ich lesen.«

»Ich will darin nicht vorkommen«, knurrte Uma.

Meena warf einen Blick auf Sabina, die die Augenbrauen hochzog.

»Wie ihr bereits gesagt habt, besteht dieses Haus aus einer Gemeinschaft. Ich versuche, euch besser kennenzulernen.« Meena hoffte, dass diese Erklärung die Tanten beschwichtigen würde, damit sie weiter nachhaken konnte.

Tanvi legte den Arm um Meena und drückte sie an sich. »Wir sind froh, deine Freundinnen zu sein.«

Herauszufinden, wer das Geheimnis hütete, funktionierte so jedenfalls nicht. Meena schlug einen anderen Kurs ein. »Was plant ihr für den Valentinstag? Wollt ihr euch als Engelchen verkleiden und Pfeile auf Leute schießen, die vorbeikommen?«

Tanvi lachte. »Das wäre fantastisch.«

»Man würde uns verhaften«, entgegnete Sabina.

»Das ist ein Feiertag, den wir getrennt voneinander begehen«, erklärte Tanvi. »Ein Abend mit unseren Ehemännern. Pi und ich gehen ins Ostra, um Meeresfrüchte zu essen und Champagner zu trinken, und danach nehmen wir noch einen kleinen Absacker. Ich habe sein Geschenk beim Dessousgeschäft La Perla bestellt, also ist es eigentlich ein Geschenk für uns beide.«

»Vin und ich schlemmen Schokoladenfondue.« Uma zwinkerte. »Wir werden es nicht einmal bis ins Schlafzimmer schaffen.«

»Ich bin froh über die Schallisolierung. Immerhin wohnst du über mir«, meinte Meena.

»Jiten und ich werden zu Hause eine Paarmassage bekommen«, erzählte Sabina. »Dann lassen wir unser Abendessen liefern und danach tanzen wir zu unseren liebsten klassischen Musikstücken. Wir schaffen es auf jeden Fall bis ins Schlafzimmer.«

»Dieses Haus wird zu einer Liebeshöhle werden. Nimm dir lieber etwas vor«, riet Tanvi Meena.

»Das habe ich.« Meena trank ihren Tee aus. »Mit Sam.«

Ihre Reaktionen waren alle unterschiedlich. Tanvi klatschte aufgeregt in die Hände. Uma schmunzelte. Sabinas Gesichtsausdruck war neutral.

»Er hat dich endlich gefragt, ob du mit ihm ausgehst«, sagte Tanvi. »Ich bin so stolz auf ihn.«

»*Ich* habe *ihn* gefragt.«

»Schön für dich.«

»Du lebst dich wirklich gut ein«, bemerkte Sabina.

Meena beschloss, ihnen einen Krümel hinzuwerfen, einen Teil von sich preiszugeben, ein bisschen von ihrer Wahrheit zu erzählen. »Das tue ich. Es fühlt sich unkompliziert an. Ihr habt mir alle das Gefühl gegeben, Teil einer großen Familie zu sein. Das hatte ich bisher nicht. Nicht einmal, als meine Eltern noch lebten. Da gab es nur uns drei. Wir standen uns nahe, aber es gab einige Lücken, Unterschiede in unserem Aussehen, und es fiel uns auf, wie andere uns als Familie betrachteten. Ich wurde adoptiert, und obwohl meine Eltern mir nie das Gefühl gaben, nicht zu ihnen zu gehören, fehlte etwas. Nicht Liebe, eher so etwas wie Wurzeln. Ich weiß nicht, ob ich mich verständlich ausdrücke.«

»Ich hatte ja keine Ahnung!«, rief Tanvi.

»Ich rede nicht gern darüber.« Meena verschränkte die Arme. »Als ich Nehas Sachen durchgesehen habe, habe ich herausgefunden, warum sie mir die Wohnung vermacht hat. Ihr hattet recht. Sie kannte meine Eltern.«

»Oh mein Gott«, sagte Tanvi. »Was hast du gefunden?«

»Es ist ein bisschen kompliziert.« Meena war vorsichtig, wollte nicht zu viel verraten. »Neha war nicht sehr direkt, was das anbelangt.«

»Du stellst Vermutungen an«, behauptete Uma.

»Ich setze Puzzleteile zusammen«, entgegnete Meena. »Hat Neha euch gegenüber jemals etwas erwähnt?«

»Nein«, flüsterte Tanvi.

»Neha hat sich wahrscheinlich ablenken lassen und es vergessen«, deutete Uma an. »So konnte sie nämlich sein.«

»Sie hat nie etwas davon erwähnt«, sagte Sabina.

»Das ist schade.« Meena war enttäuscht über ihre Ausreden und ihr Leugnen. Eine von ihnen kannte die Wahrheit. »Ich hatte gehofft, mehr zu erfahren.«

»Wer waren deine leiblichen Eltern?«, fragte Uma.

Meena entschied sich für Halbwahrheiten, um einer direkten Konfrontation aus dem Weg zu gehen. »Neha hat mir leider keine Namen hinterlassen, was die ganze Sache schwierig macht.«

»Was genau hat sie denn aufgeschrieben?«

»Ein paar Notizen hier und da, die bestätigen, dass sie mir die Wohnung hinterlassen wollte. Das ergibt Sinn, da sie keine eigenen Kinder hatte.«

»Typisch Neha, so vage zu sein«, murmelte Tanvi.

»Ich dachte nie daran, nach meinen leiblichen Eltern zu suchen. Nur meine ethnische Herkunft hat mich interessiert, aber das war alles. Meine Eltern habe ich geliebt und wir waren eine Familie. Mehr brauchte ich nicht zu wissen.«

»Und was war nach ihrem Tod?«

»Ihr Tod war schockierend genug.« Meena sprach selten darüber und ließ die Trauer zu, anstatt ein emotionsloses Drehbuch zu rezitieren. »Es gab eine Explosion. Irgendetwas mit einem unterirdischen Gasleck. Sie waren im Haus. Ich war schon in der Schule.«

»Oh nein!« Tanvi nahm Meenas Hände. Sie hatte Tränen in den Augen.

»Das ist lange her«, sagte Meena. »Ich war kaum sechzehn und wusste nicht, was es bedeutet, auch noch alle Dokumente zu verlieren. Alles war weg, auch die Adoptionsunterlagen, die meine Eltern aufbewahrt haben könnten.«

»Ich kann mir nicht vorstellen, auf diese Weise alles zu verlieren«, sagte Tanvi. »In einem einzigen Augenblick. Du tust mir so leid.«

Meena räusperte sich. Durch Tanvis Freundlichkeit fühlte sich der Verlust noch schlimmer an.

»Und es ist nichts mehr da?«, fragte Sabina. »Keine Hinweise auf deine Geburt?«

»Nichts mehr. Vieles weiß ich einfach nicht, zum Beispiel in welchem Krankenhaus ich geboren wurde oder ob eine Agentur involviert war. Als die Sozialarbeiterin mir geholfen hat, einen Ausweis zu besorgen, sind wir meine Schulakten durchgegangen, aber eine Geburtsurkunde war nicht dabei.«

»Wie können wir dir helfen?«, fragte Uma.

Gestehen. Aber nur Meenas leibliche Mutter wusste es. Die anderen beiden waren unschuldig. »Ich glaube, da gibt es nicht viel, es sei denn, ihr erinnert euch an etwas, das Neha zu euch gesagt haben könnte.«

»Sie war auch unberechenbar, was Geheimnisse anging«, fügte Sabina hinzu. »Wenn sie etwas mitteilen wollte, tat sie es. Wenn sie es nicht für wichtig hielt, vergaß sie es.«

Meena nickte, schwieg jedoch.

»Es spielt keine Rolle, wie du hierhergekommen bist.« Tanvi legte ihre Hand auf Meenas. »Du bist da, wo du sein sollst.«

»Sei vorsichtig«, mahnte Uma. »Sie wird vorschlagen, dass wir uns in einem Kreis auf den Boden setzen und meditieren.«

»Meditation ist der Schlüssel zu einem gesunden Leben«, dozierte Tanvi.

»Finde ich auch.« Meena beschloss, es erst einmal dabei zu belassen.

»Toll. Dann seid ihr schon zu zweit.«

Meena trank ihren Tee aus. Sie hatte ihnen genug erzählt. Jetzt würde sie abwarten und schauen, was passierte.

Kapitel 38

Spontane Tischreservierungen für zwei Personen am Valentinstag waren schwer zu bekommen. Glücklicherweise bot ihr Wink & Nod noch eine für zwanzig Uhr an und Meena hatte sofort zugesagt. Es war ein kühler, klarer Abend und der lange Spaziergang war eine angenehme Art, ihr Date zu beginnen.

Meena hatte sich sogar ein neues Kleid gekauft, denn ihr schwarzes Etuikleid wollte sie nicht anziehen. Das neue war ein hellblaues Wickelkleid aus Seide, das sich an ihren Körper schmiegte. Das Zugband in der Taille verlieh ihr ein wenig Form. Darunter fiel es wie ein Wasserfall über die Beine bis zur Mitte der Waden. Sie hatte es mit einer Strumpfhose und ihren bewährten schwarzen Boots kombiniert. Meena hatte mit einem Blumenstrauß in der Hand an Sams Tür geklopft. Butterblumen waren im Februar selten, also hatte sie einen sonnengelben Strauß in einem Blumenladen direkt neben dem Bahnhof von Back Bay besorgt.

Sam hatte gelacht und den Strauß freudig entgegengenommen und Meena hatte Wally geknuddelt, während Sam die Blumen in einen Krug mit Wasser stellte.

Mit Kerzen auf jedem Tisch war das Restaurant spärlich beleuchtet. Der Wirt wies Meena einen mit Leder bezogenen Platz zu, während ein Paar auf der anderen Seite des schmalen Ganges mithilfe der Taschenlampe eines Handys die Speisekarte las.

»Dieses Lokal ist für seine wechselnden Köche bekannt«, sagte Meena. »Eine Mondscheinkneipe und ein kulinarischer Brennpunkt.« Sie sah das Grinsen auf seinem Gesicht. »Du weißt es bereits.«

»Ich war schon ein paar Mal hier«, gestand Sam. »Aber deine Zusammenfassung gefällt mir.«

Sie fragte sich, ob er hier ein Date gehabt hatte oder mit einem Freund gekommen war. »Die Speisekarte sieht … abwechslungsreich aus.«

»Ich bin sicher, du hast auf deinen Reisen schon einige interessante Gerichte gegessen.«

»Keine Kaviar-Panini oder Gänseleberlutscher.«

Sie entschieden sich für Burrata, eine Käseplatte, Ahi-Thunfisch-Fladenbrot, mit Fleisch gefüllte Teigtaschen und ein paar weitere kleine Gerichte zusammen mit einem kalifornischen Cabernet.

»Wie geht's deinen Freunden?« Meena wollte, dass sich das Gespräch auf ihn konzentrierte, nicht auf sie.

»Ich sollte mich heute Abend eigentlich mit Dinus und Ava treffen. Die sind in einem Pub in Somerville.« Sam bediente sich an einer Teigtasche.

»Oh«, sagte Meena. »Ich wollte nicht, dass du deine Pläne änderst.«

Er lächelte. »Ich werde nicht oft eingeladen, schon gar nicht am Tag der Herzen und Pralinen.«

»Ich bin mir nicht sicher, ob ich dir das abkaufe. Attraktive nerdige Männer sind im Moment sehr angesagt.«

Sam setzte sich auf, zog die Schultern zurück und sah sich in dem dunklen Restaurant um. »Oh ja, ich sehe so viele von uns hier mit schönen Frauen.«

Meena blickte auf, als ein blonder Männermodeltyp an ihrem Tisch vorbeiging. Sie lachte. Der Mann blieb stehen und zwinkerte ihr zu, bevor er weiterging.

»Was ist mit dir?«, fragte er. »Worauf stehst du?«

»Diese Burrata ist köstlich«, antwortete Meena.

Er wartete, bis sie damit fertig war, und probierte noch ein paar der vor ihnen stehenden Speisen.

»Ich habe keine Erfolgsgeschichte vorzuweisen, wenn es um Beziehungen geht«, gab Meena schließlich zu. »Ich treffe Leute auf meinen Reisen. Nicht nur das jeweilige Fotomotiv, auch andere Fotojournalisten oder mal einen Autor oder Künstler oder ich komme mit irgendjemand anderem ins Gespräch. Es ist immer sehr spontan. Drinks und Small Talk, manchmal ein bisschen mehr, bevor ich zum nächsten Ort weiterziehe.« Sie zuckte mit den Schultern. »Ich wette, du bist das Gegenteil.«

»Da irrst du dich«, sagte Sam. »Ich hatte zwei Jahre lang eine Freundin im College und eine andere in L. A. für ein Jahr. Seit ich zurück bin, hatte ich keine mehr.«

Meena machte große Augen. »Freiwillig?«

Er lachte. »Ich treffe mich ab und zu mit Frauen. Das geht dann ein oder zwei Monate, bevor es wieder verpufft. Die größte Beschwerde, die ich bekomme, ist, dass ich kein guter Partner bin.«

Meena goss mehr Wein in ihre Gläser. »Warum nicht?«

»Ich kann ganz schön in mich gekehrt sein«, gab er zu. »Wenn ich an einem Projekt arbeite, vergesse ich tagelang alles um mich herum und höre nur zum Schlafen auf, daran zu denken. Ich stürze mich hinein und mein Gehirn konzentriert sich erst wieder auf den Rest der Welt, wenn ich damit fertig bin.«

Schuldgefühle und Verlegenheit überkamen sie. Meena hatte angenommen, seine Distanz, seine Zerstreutheit habe mit ihr zu tun, weil sie gegangen war und er sich darüber geärgert hatte. Aber er erklärte ihr, dass das einfach seine Art war. »Ich überdenke auch immer alles. Wenn ich eine Reportage zusammenstelle und versuche, den richtigen Blickwinkel zu finden, lasse ich alles in meinem Kopf herumwirbeln. Als Schülerin habe ich früher bei einem Geschichtsreferat oder einem Aufsatz bis zur letzten Minute gewartet, bis alles in meinem Kopf fertig war, bevor ich mit dem Schreiben anfing. Normalerweise mitten in der Nacht.«

»Deine Eltern müssen begeistert gewesen sein.«

»Meine Mutter war oft frustriert. Sie hat mich gedrängt anzufangen und gesagt: ›Denk nicht nach. Mach einfach.‹ Versucht habe ich es, aber so funktioniert es bei mir nicht. Ich mache mir zwar Notizen, aber wenn ich Teile zusammensetzen muss, müssen sie vorher in meinem Kopf fertig verknüpft sein.«

»Und dein Vater?«

Meena ging das Herz auf vor lauter Liebe zu ihm. »Immer, wenn er sah, dass in meinem Zimmer spät in der Nacht noch Licht brannte, hat er mir eine Tasse heiße Schokolade gebracht und zwei Kekse, gab mir einen Kuss auf den Kopf und sagte, ich würde ganz bestimmt eine Eins schreiben.«

»Du sprichst nicht viel über deine Eltern«, sagte Sam.

»Lange Zeit habe ich mir nicht einmal erlaubt, an sie zu denken. Ich hatte Angst, dass es zu schmerzhaft sein würde.« Sie lehnte sich zurück und spielte mit dem Griff ihres Löffels. »Ich war im Geometrieunterricht, zweite Stunde. Sie arbeiteten beide für das Smith College. Ich lernte gerade, das Volumen eines Trapezes zu berechnen. Komisch, an welche Einzelheiten man sich erinnert. Dann wurde ich ins Büro des Direktors gerufen. Ein unterirdisches Gasleck war dafür verantwortlich gewesen, dass mein Zuhause explodiert war. Es ging schnell, sagte man mir. Meine Eltern hätten es gar nicht mitbekommen. Von einer Minute auf die andere waren sie nicht mehr da.«

Sam nahm ihr den Löffel aus der verkrampften Hand und bog ihre Finger gerade.

»An diesem Nachmittag wurde ich in eine Pflegeeinrichtung in einer Nachbarstadt geschickt«, erzählte Meena. »Sie brachten mir eine Papiertüte mit ein paar Jeans, T-Shirts und Pullovern. Die einzigen Sachen, die ich noch hatte, waren die, die in meinem Rucksack gewesen waren, als ich am Morgen das Haus verlassen hatte.«

»Wie hast du das verkraftet?«

Meena zuckte mit den Schultern. »Ich weiß es nicht. Ich bin einfach immer wieder im unteren Stockbett eingeschlafen und wieder aufgewacht. So verging die Zeit. Eine Woche, ein Monat, ein Jahr. Bis ich achtzehn war. Ich habe einige deutliche Erinnerungen, aber auch viel vergessen. Ein Roma sagte einmal zu mir, Tränen seien Wunden des Herzens. Ein paar Monate nach dem Tod meiner Eltern hörte ich auf, sie zu vergießen. Ich wollte wohl keine Zeit mehr mit einem wunden Herzen verbringen. Meine Mutter glaubte fest daran, dass man alles hinter sich lassen und weitermachen sollte. Sie hasste es, sich in Selbstmitleid zu suhlen.«

»Ich glaube nicht, dass sie dir deine Trauer verübelt hätte«, sagte Sam.

»Das werde ich wohl nie erfahren. Lass uns nicht mehr darüber reden. Heute Abend geht es um Herzen und Pralinen.«

Er grinste. »Woher wusstest du von meiner Vorliebe für Süßes?«

»Tanvi ist es rausgerutscht, als ich ihr erzählt habe, dass wir ausgehen würden«, erklärte Meena. »Sie meinte, ich soll dir selbst gebackene Kekse mitbringen. Dass ich das schon mal getan habe und du nicht beeindruckt warst, habe ich ihr verschwiegen.«

»Ich habe sie aber aufgegessen.«

Meena aß die kleine Portion Ziegenkäse. Der salzige Geschmack war genau richtig.

Auf dem Weg zurück zum Haus hielt Sam ihre Hand und Meena war glücklich. Es war gut, in dieser einen Nacht einfach mit ihm zusammen zu sein. Seine Hand lag warm in ihrer. Sie rückte näher an ihn heran und ihre Jacke streifte seinen Wollmantel. Paare gingen in ihren eigenen Welten versunken an ihnen vorbei.

Meena hatte nicht erwartet, dass ihr Leben diese Wendung nehmen würde, war jedoch froh, dass sie sich hier wiedergefunden hatte und zurückgekommen war. »Ich füge eine Zwischenphase in meinen zweistufigen Plan ein.«

Sam schaute sie an, als sie an der Ampel auf Grün warteten, um die Boylston Street zu überqueren.

»Um herauszufinden, welche Tante meine leibliche Mutter ist«, erklärte Meena. »Ich werde nach biologischen Ähnlichkeiten suchen, zum Beispiel, ob jemand allergisch gegen Bananen ist.«

»Du verträgst keine Bananen?«

»Davon bekomme ich Ausschlag. Außerdem werde ich herausfinden, ob es in Bezug auf die Persönlichkeit Ähnlichkeiten gibt, die mir noch nicht aufgefallen sind«, fuhr Meena fort.

»Oder vielleicht erzählst du es ihnen. Damit alles ans Licht kommt.«

Meena seufzte. »Nur eine von ihnen weiß es. Wenn ich falschliege, könnte das ihre Freundschaft zerstören. Mein Problem ist die Person, die das Geheimnis kennt. Ich muss herausfinden, wer das ist. Stufe zwei ist dann, dass ich mit jeder von ihnen ein wenig Zeit zu zweit verbringe. Sie sind immer im

Rudel unterwegs, aber ich werde sie trennen und bezwingen. Ich versuche, Gründe dafür zu finden.«

»Halte dich an ihre Interessen«, schlug Sam vor.

Meena dachte darüber nach, als sie sich der Marlborough Street näherten. »Wie das?«

»Uma unterrichtet gern. Sag ihr, dass du etwas lernen willst. Sabina kocht gern. Vielleicht tauschst du dein Keksrezept gegen eines von ihr.«

»Sehr witzig«, sagte Meena. »Du weißt doch, dass mein Rezept darin besteht, den Ofen einzuschalten und auf die richtige Temperatur zu stellen. Aber ich mache eine tolle Pastete.«

Sam drückte ihre Hand. »Sabina macht das beste Sabudana Khichdi. Bitte sie, es für dich zuzubereiten, und bring mir die Reste. Das ist mein Lieblingsessen. Tanvi ist am einfachsten. Für sie brauchst du keinen Grund. Sie freut sich immer, mit dir Zeit zu verbringen.«

»Ja, ich weiß.« Sollte Tanvi ihre leibliche Mutter sein, wäre es nicht schwer, ihr zu verzeihen, aber es würde die Frage aufwerfen, warum sie nicht erzählt hatte, wer sie war.

Sie gingen die Stufen zur Eingangstür hinauf. Sam schloss auf und hinter ihnen wieder ab. Die Wärme des Flurs trug dazu bei, dass sich Meenas wegen der Kälte hochgezogene Schultern entspannten und der Rosenduft noch wohlriechender wurde. Sie standen sich in der Mitte des Flures gegenüber.

»Was ist?«, wollte Meena wissen.

»Ich warte darauf, dass du mich küsst.«

Sie lächelte. »Genau. Lass mich dich zur Tür begleiten.« Dann drängte sie ihn zurück, bis er mit dem Rücken dagegenstieß, und stellte sich auf die Zehenspitzen, um an ihn heranzureichen. Er wartete. Von Nahem konnte sie goldene Flecken in seinen dunkelbraunen Augen erkennen, seine glatte Haut spüren, als sie mit der Hand über seine Wange strich. Noch immer wartete er. Sie nahm an, dass er es wirklich ihr überlassen wollte. Schließlich berührte sie seine Lippen und tat, was sie schon vor Monaten hatte tun wollen. Sein Geschmack vermischte sich mit ihrem – Rotwein und Mousse au Chocolat. Sie drückte sich an ihn und seine Arme legten sich um sie. Mit den Kleiderschichten dazwischen konnte sie nicht näher an ihn herankommen, deshalb legte sie alles in diesen Kuss. Dann brach sie ihn ab.

Dass er schwer und schnell atmete, gab ihr ein Gefühl der Befriedigung. Sie lehnte sich zurück, während er sie immer noch festhielt. »Ich schätze, wir heben uns den Teil, in dem du fragst, ob ich noch mit zu dir komme, für ein drittes Date auf.«

Er strich mit seinen Lippen über ihre. »Wenn du die Abendessen, die keine Dates waren, als Dates zählst, sind wir schon weit über das dritte hinaus.«

Sie neigte den Kopf und zählte nach. »Frag mich, Sam.«

Er grinste breit, als er die Tür öffnete und sie in seine Wohnung zog. Wally bellte zur Begrüßung und wartete darauf, dass Sam ihn aus der Box ließ.

»Ich werde mit Wally kurz im Garten Gassi gehen«, sagte Sam. »Schließ die Tür ab. Ich will nicht, dass die Tanten stören.«

»Die verbringen doch ihre eigenen romantischen Abende.«

Sam hielt sich die Ohren zu, als er Wally nach draußen folgte. »Mach die Stimmung nicht kaputt. Ich sehe dich dann auf der Couch oder im Bett wieder. Du entscheidest.«

Meena schlenderte durch seine Wohnung, zog ihre Jacke und die Boots aus. Sie warf einen Blick in sein Schlafzimmer. Es war mit einem Bett, zwei Bücherregalen, einem Fernseher an der Wand und einem Schreibtisch mit Computerausrüstung einfach eingerichtet. Die graue Bettdecke war sauber. Sie hob sie an.

»Hast du das Bettzeug gewechselt?« Meena saß auf dem Bett, als Sam ins Zimmer kam und die Tür schloss. Wally winselte auf der anderen Seite. »Hast du gehofft, der Abend würde so enden?«

»In beiden Fällen lautet die Antwort Ja.« Sam setzte sich neben sie.

Meena drehte sich zu ihm und küsste ihn, dann ließ sie sich nach hinten aufs Bett fallen und zog ihn mit sich.

KAPITEL 39

Eigentlich hatte Meena Zeit mit Tanvi verbringen wollen, um das Gespräch behutsam auf irgendwelche Hinweise zu lenken. Allerdings hätte sie es besser wissen müssen und etwas wählen sollen, das sie beide aus dem Haus brachte. Meenas Fehler war, nicht konkret gewesen zu sein. So kam es, dass sie wie eine Schaufensterpuppe mit ausgestreckten Armen im Schlafzimmer stand, während die Tanten sie in drei Meter orangefarbene Seide wickelten. Meena hatte lediglich erwähnt, dass sie sich für Saris interessiere und dass die Wickeltechnik so mühelos aussähe, obwohl sie sicher viel komplizierter sei. Ein paar Stunden später waren die drei über sie hergefallen und benutzten sie jetzt wie eine lebendige Anziehpuppe.

»Beweg dich nicht, Meena.« Sabina sprach mit einer riesigen Sicherheitsnadel zwischen den Lippen. »Lass die Arme ausgestreckt.«

»Ein Baumwollsari wäre besser gewesen. Seide ist zu schwierig zum Üben.« Uma stopfte Stoff in den blassorangefarbenen Rock, der so eng geschnürt war, dass Meena kaum atmen konnte.

»Bin ich etwa eine alte Frau? Ich habe nur Saris aus Seide.«
Tanvi strich die Falten auseinander und fing wieder von vorne
an. »Das habt ihr jetzt davon: Ihr wolltet Meena doch die indische Kultur näherbringen; jetzt könnt ihr ihr auch zeigen, wie
man einen Sari richtig wickelt.«

»Mir war nicht klar, dass das so kompliziert ist«, sagte
Meena.

Die drei ignorierten sie.

»Tanvi, du legst die Falten im Gujarati-Stil.« Sabina stupste
sie an. »Wir zeigen ihr den englischen Stil.«

Tanvi seufzte. »Die kann ich nie auseinanderhalten.«

Uma trat zurück und setzte sich auf den Stuhl an den
Fenstertüren. »Ich werde auf YouTube nachschauen.«

»Was?«, sagte Sabina. »Das brauchst du nicht nachzugu-
cken. Ich weiß es.«

Tanvi zwinkerte Meena zu. »Sabina hat uns jede Woche
üben lassen, als wir Teenager waren.«

»Man vergisst es leicht, wenn man es nicht jeden Tag
macht.« Sabina drehte Meena zu sich. »Pass auf. Es gibt zwei
Bereiche, die du falten musst. Einen im vorderen Teil des Rocks
und der andere ist die Schärpe. Beide müssen ordentlich und
genau sein.«

»Aber du kannst das Stück über deiner Schulter ungefaltet lassen, sodass der Stoff über deinem Arm hängt und du ihn auf dem
Handgelenk trägst.« Tanvi steckte die Falten vorne ein und zog
den ohnehin schon engen Rock und damit Meenas ganzen Körper
noch enger zusammen. »Ich weiß, dass es unbequem ist, aber ein
loser Rock kann dazu führen, dass du nur ein paar Schritte machst
und dann plötzlich von der Taille abwärts nackt dastehst.«

»Man gewöhnt sich daran«, sagte Uma. »Meine Mutter
trug immer Saris, auch im Winter. Sie hatte von der engen

Baumwollschnur, die den Chanyo hielt, eine bleibende Einbuchtung an der Taille.«

»Ich bin überrascht, dass die Frau nicht in zwei Hälften durchtrennt wurde«, murmelte Meena.

»Es ist nicht Mode, wenn die Frauen nicht leiden.« Uma zählte die Liste an ihren Fingern ab. »High Heels, BHs, Skinny Jeans.«

»Die Schönheit eines Saris besteht darin, dass es ganz mühelos aussieht, wie er deinen Körper umhüllt.« Tanvi glättete die Falten.

»Auch wenn alles von einer Bluse und einem Chanyo zusammengehalten wird, der so eng gebunden ist, dass man kurz vor dem Ersticken steht«, lästerte Uma. »Deshalb trage ich auch nie Saris.«

Meena witterte ihre Chance. »Hast du das hier deiner Tochter beigebracht?«

Uma schüttelte den Kopf »Sie hat sich lieber YouTube-Videos angeschaut. Sie steht auf Frauen, hatte ich das schon erwähnt? Und sie liebt es, sich sehr weiblich zu kleiden.«

»Ich habe Kam geholfen, als sie die Falten anhand der Videos nicht hinbekommen hat«, erzählte Sabina.

»Ich habe sie nach einer indischen Kämpferin für soziale Gerechtigkeit Kamaladevi genannt und dank der beiden kennt sie jeder nur als Kam«, maulte Uma.

»Okay, dann wollen wir mal sehen, wie der Sari dir steht.« Tanvi zog Meena an den Schultern zurück, damit sie ihre ganze Erscheinung im Schminkspiegel betrachten konnten.

Vom Hals abwärts erkannte Meena sich nicht wieder. Der Sari fiel auf dramatische Weise um sie herum und ließ an der Taille ein wenig Haut durchschimmern. »Wie kann man darin laufen?«

»Vorsichtig«, riet Tanvi.

Meena betrachtete Tanvi durch den Spiegel. Ihre Gesichter waren direkt nebeneinander. Sie suchte beide Gesichtszüge nach Gemeinsamkeiten ab. Die Form der Augenbrauen, die Länge der Nasen, die Haaransätze. Nichts Konkretes.

»Was denkst du?«, fragte Uma.

Sie sah aus wie jemand anderes, jemand Glamouröseres, Anmutigeres. Meena sah sich selbst als Inderin. Sie passte zu den drei Frauen hinter ihr. Die vier sahen nicht gleich aus, aber ihre Hautfarbe, die Form ihrer Stirn, die Höhe ihrer Wangenknochen waren ähnlich. Meena blinzelte die Tränen in ihren Augen weg. »Er passt.«

»Du bist wunderschön.« Auch in Tanvis Augen schimmerten Tränen. »Wie gemacht für einen Sari. Genau wie Hema Malini.«

»Wer?«

»Ich weiß, das liegt nicht an deinem Alter, sondern daran, dass du dich mit dem alten Bollywood nicht auskennst«, sagte Tanvi. »Ich werde es dir also nicht übel nehmen.«

»Hema Malini ist nicht das alte Bollywood«, argumentierte Sabina. »Nargis war das Original.«

»Wir sollten Filme mit dir anschauen.« Tanvi klatschte in die Hände. »Die haben Untertitel.«

»Okay, jetzt versuch du es.« Uma entfernte die Sicherheitsnadeln und Falten aus der Seide.

Meena sah sich selbst nur in einer übergroßen, bauchfreien Bluse aus demselben Stoff wie der Sari und einem taillierten Rock, der ihr bis zu den Füßen reichte.

»Hier, bitte sehr.« Tanvi reichte Meena den Haufen Seide.

»Äh.« Sie wusste nicht, was sie tun sollte, hatte nicht aufgepasst.

Die drei lachten.

»Ich schicke dir ein paar YouTube-Videos«, bot Uma an.

»Du kannst das alles behalten.« Tanvi nahm ihr die Seide wieder ab und begann, sie zu entwirren.

»Oh«, sagte Meena. »Ich könnte mir doch auch einen eigenen Sari kaufen.«

»Sei nicht albern. So läuft das hier nicht. Die richtige Erwiderung auf ein Geschenk ist, sich dafür zu bedanken.« Tanvi ließ Uma die Ränder der meterlangen Seide halten und legte sie ordentlich zusammen.

Meena nickte. »Danke.«

»Gerne. Und entferne die Stecknadeln nicht aus der Bluse, wenn du sie ausziehst. Meine Brust ist dreimal so groß wie deine, deshalb werde ich die Bluse auf deine Größe ändern.«

Meena nahm die gefaltete Seide wieder entgegen und legte sie aufs Bett.

»Musst du überhaupt einen BH tragen?«, fragte Uma. »Wenn ich so eine kleine Oberweite hätte, würde ich es nicht für nötig halten.«

»Du hältst es doch trotzdem kaum für nötig«, sagte Sabina. »Ich erkläre dir immer wieder, dass du es bereuen wirst, wenn du siebzig bist und dir die Brüste bis zu den Knien hängen.«

»Ich akzeptiere den Alterungsprozess meines Körpers.« Uma tätschelte ihren Bauch. »Die Schwerkraft kann mit mir machen, was sie will. Ich möchte es lieber bequem haben. Außerdem, wen kümmert es schon, wie meine Brüste in zwanzig Jahren aussehen?«

»Achtzigjährige Männer«, scherzte Tanvi. »Vergiss nicht, dass siebzig das neue Fünfzig sein wird, wenn wir so alt sind.«

»Nicht, wenn es nach meinen Knien geht«, jammerte Uma. »Ich verlange ein Haus ohne Treppen, wenn wir hier wegziehen.«

Der Gedanke, dass die Tanten nicht mehr in diesem Haus wohnen könnten, ließ Meena innehalten. »Wenn eure Kinder wieder hierherziehen?«

»Wir haben einen Plan.« Tanvi lächelte. »Eine nette aktive Erwachsenengemeinschaft in New Jersey. Wir werden Häuser kaufen, die nahe beieinanderliegen, damit wir immer noch alles Mögliche zusammen unternehmen können. Sabina darf zuerst wählen. Ihr wird es am schwersten fallen, von hier wegzugehen.«

»Aber ich werde es tun, denn so ist es nun einmal vorgesehen«, bekundete Sabina.

»Ich erinnere mich an deine Kinder«, sagte Meena. »Ich habe deinen Sohn und deine Tochter an Diwali kennengelernt.«

»Ja. Meine Tochter Sarla ist die Älteste. Ich habe für sie Buch geführt. Sie wird die Leitung dieses Hauses übernehmen, wenn sie heiratet und mit ihrer Familie hier einzieht.«

Meena fing Umas und Tanvis Blicke auf.

»Will sie das denn?«, fragte sie.

Sabina begegnete Meenas Blick. »Das ist keine Option. Es ist Sarlas Pflicht, ihr Vermächtnis.«

»Sie ist an der Luftwaffenakademie in Colorado«, erklärte Uma. »Sie will Kampfpilotin werden.«

»Und wenn sie dort fertig ist, wird sie meine Nachfolge antreten«, beharrte Sabina. »Bis dahin werde ich mich weiter um dieses Haus kümmern.«

Die Spannung im Raum nahm zu. Es gab Untertöne, die Meena nicht deuten konnte. »Tanvi, du hast einen Sohn, richtig? Amul.«

»Ja«, sagte Tanvi. »Ich habe versucht, noch ein Kind zu bekommen, habe auf eine Tochter gehofft, aber …«

»Was ist mit dir, Meena?«, fragte Sabina. »Willst du heiraten, Kinder bekommen?«

Meena zuckte mit den Schultern. »Vielleicht. Aber jetzt muss ich erst mal diesen Rock ausziehen, bevor er mir die Durchblutung abschneidet.« Meena ging ins Bad, wo sie ihre Jeans und ihren Pullover ausgezogen hatte. Als sie sich umzog, wurde ihr klar, dass sie der Wahrheit keinen Schritt näher gekommen war.

Sie war den dreien einfach nicht gewachsen. Wenn es um die Tanten ging, verlief das Gespräch nie so, wie Meena es geplant hatte.

KAPITEL 40

Dieses Mal war Meena schlauer. Sie suchte sich einen Zeitpunkt aus, an dem Uma unterrichtete und Tanvi bei der Vorstandssitzung einer gemeinnützigen Organisation für Kunsterziehung war. Meena fragte Sabina, ob sie ihr zeigen könne, wie man Sams Lieblingsgericht zubereitete.

»Warum Sabudana Khichdi?«, fragte Sabina.

»Sam meinte, du machst das beste überhaupt«, antwortete Meena. »Ich weiß gar nicht, was das ist, also dachte ich, es wäre interessant, etwas Neues.«

Sabina deutete auf die kleinen weißen Kugeln, die sie auf der Kücheninsel in ihrer makellosen schwarz-weißen Küche trocknen ließ. »Das ist Tapioka. Sabudana. Khichdi ist ein Sammelbegriff, normalerweise für ein einfaches und praktisches Reis-Linsen-Gericht. Wie ein kräftiges Risotto. Sabudana ist etwas, das wir während religiöser Fastenzeiten essen. Aber es ist auch köstlich und sättigend an kalten Tagen.«

Meena machte ein Foto von den Tapiokakugeln. »Dann habe ich den perfekten Tag gewählt.«

»Hmm«, meinte Sabina. »Wäre es nicht besser, mit etwas Einfachem wie Nudeln oder einem Omelett zu beginnen?«

Meena grinste. »Ganz unbegabt bin ich in der Küche auch nicht.«

»Sollte man gar nicht meinen, so oft wie du dir fertiges Essen mitbringst«, stichelte Sabina.

»Es ist einfacher. Außerdem esse ich dreimal von einer Mahlzeit, also ist es auch ziemlich billig. Und Zerealien zum Frühstück sind schnell und unkompliziert.«

»Klingt nach einer ziemlich ungesunden Ernährung.«

»Ich nehme immer viel Gemüse«, argumentierte Meena. »In Form von Pfannengerichten.«

Sabina lächelte ein wenig. »Bist du mit solchem Essen aufgewachsen?«

Meena änderte eine Einstellung an ihrem Objektiv. »Nein. Meine Mutter hat gekocht, aber sie war kein Gourmet. Oft hat sie auch nur etwas aus der Dose warm gemacht. Ich habe erst im College gelernt, wie wichtig Gewürze und Abschmecken wirklich sind.«

»Es ist eine Schande«, sagte Sabina. »Man nutzt nicht alle seine Geschmacksknospen, wenn man nur mit Salz würzt.«

»Mein Geschmacksspektrum hat sich dann auf meinen Reisen erweitert. Ich habe das erste Mal indisch gegessen, als ich nach dem College nach London geflogen bin, um Zoe zu besuchen. Hähnchen Tikka Masala.«

»Das ist britisches Essen, kein indisches!«, rief Sabina.

»Es war auf jeden Fall köstlich«, meinte Meena. »Ich wusste nicht, was ich da eigentlich gegessen habe, konnte die Gewürze nicht bestimmen, aber ich konnte nicht aufhören. Es war so gut, dass ich drei Tage lang das Gleiche gegessen habe.«

»Heute wirst du authentisches indisches Essen bekommen, das nicht von anderen Kulturen vereinnahmt wurde oder mit ihnen verschmolzen ist. Es ist bäuerliches Essen von dort, wo wir herkommen. Einfach und deftig.«

»Warum trocknest du die Tapioka?«

»Man kauft sie trocken und weicht sie dann einige Stunden lang ein. Nach dem Abspülen breitet man sie auf einem Handtuch aus, um die überschüssige Feuchtigkeit herauszubekommen. Wenn man sie nass kocht, wird es ein Brei.«

»Kann ich eine Kugel probieren?«

»Sie schmeckt nach nichts«, sagte Sabina. »Du kannst bei den Erdnüssen helfen. Ich habe sie geröstet. Du musst die Haut abziehen. Nimm eine Handvoll, reibe sie zwischen deinen Handflächen, dann such die ohne Haut heraus und gib sie in diese Schüssel.«

Meena legte die Kamera weg und wusch sich die Hände, bevor sie tat, was Sabina ihr aufgetragen hatte. Es war eine mühsame Arbeit und sie fragte sich, ob Sabina sie ihr absichtlich überlassen hatte.

»Läuft da etwas zwischen Sam und dir?«

Meena konzentrierte sich auf ihre Aufgabe. »Wir sind Freunde.«

»Du möchtest lernen, wie man sein Lieblingsgericht zubereitet«, sagte Sabina. »Das ist sehr *freundlich*.«

»Wir sind ein paar Mal zusammen ausgegangen.« Mehr als das. In den letzten zwei Wochen hatten sie und Sam ein paar Mal in der Woche zu Hause oder auswärts zu Abend gegessen, was immer mit einer Übernachtung geendet hatte.

»Habt ihr Dates oder seid ihr ein Paar? Ich möchte, dass du dich genau ausdrückst.«

Meena warf Sabina einen Blick zu. »Warum?«

»Weil ich Tanvi keine fünfzig Dollar geben will«, stellte Sabina klar. »Wenn ihr nur Dates habt, zählt das nicht.«

»Ihr habt eine Wette laufen?«

»Sei nicht beleidigt«, sagte Sabina. »Wir wetten um alles.«

»Worum sonst noch?«

»Wie lange du beim ersten Mal bleiben würdest. Ich habe zweihundert Dollar gewonnen, weil ich gewettet habe, dass du vor Weihnachten abreist. Dann hat Uma gewettet, dass du zu Silvester zurück sein würdest, und ich habe noch einmal hundert Dollar gewonnen. Allerdings habe ich auch hundert Dollar verloren, weil ich nicht geglaubt habe, dass Sam Wally behalten würde. Schau mich nicht so an. Wir haben auch um unsere eigenen Angelegenheiten gewettet, wie zum Beispiel um Umas Bewertung als Hochschullehrerin.«

Meena ließ die Wetten auf sich beruhen und war nicht überrascht, dass die Tanten in allem Unterhaltung fanden.

»Wie auch immer, wir haben über deine Erziehung gesprochen, nicht über unsere Wettsucht. Welche Traditionen gab es in deiner Familie?«

»Mein Vater mochte keinen Schinken«, sagte Meena. »Zu Ostern hat meine Mutter Reuben-Sandwiches gemacht. Zu Weihnachten hatten wir immer einen echten Baum, auch wenn die Nadeln überall lagen. Unsere Feste waren einfach und nicht mit dem zu vergleichen, was ihr hier veranstaltet.«

»Warst du schon mal in Irland? Ich erinnere mich, dass du erwähnt hast, dein Nachname komme aus dem Gälischen.«

Meena nickte. »Ich hatte einen Auftrag in Dublin, eine Fotoreportage über den ersten Schwulen-Pub in Irland.«

»Aus welchem Teil Irlands stammten deine Eltern?«

Meena war mit den Erdnüssen fertig und wischte mit der Hand die Hautreste von der Arbeitsplatte. »Ich weiß es nicht. Sie waren Amerikaner in der vierten Generation, also eher irische Amerikaner.«

»Das verstehe ich«, sagte Sabina. »Die früheren Einwanderer mussten sich anpassen, weil es nicht genug von ihnen gab, um eine Gemeinschaft zu bilden. Deshalb bin ich so stolz auf meinen Großvater und andere, die dieses Haus fanden und es zu einem Zuhause machten, in dem die Menschen nicht ihre Identität verloren und sich mit ihrer Heimat verbunden fühlten.«

»Du ehrst sie, indem du ihre Kultur und ihre Traditionen bewahrst.«

Sabina nickte. »Für die Männer, die hierherkamen, war es wichtig, Inder zu bleiben. Das ging vom Sprechen ihrer Muttersprache Gujarati bis zu den religiösen Bräuchen. So blieben sie ihrer Heimat verbunden und schufen sich gleichzeitig hier einen eigenen Lebensraum.«

Verbindungen. Damit hatte Sam auch erklärt, warum er seine Wohnung in diesem Haus behalten wollte. Die Verbindungen waren es, die sie alle aufgrund ihrer gemeinsamen Geschichte teilten, die vielleicht auch Meenas war. »Die Erdnüsse sind fertig.«

»Ich habe die anderen Zutaten schon vorbereitet. Möchtest du dir Notizen machen?«

Meena hielt ihr Handy hin, um Sabina aufzunehmen. Sie trug einen langen Wollpullover in der Farbe eines blassblauen Himmels und schwarze Leggings. Ihre Füße steckten in weißen Hausschuhen und ihr Haar war zu einem großen Dutt hochgesteckt. Sie trug kein Make-up. Ihre Haut war makellos. Bei näherem Hinschauen war hinter ihrem linken Ohr eine winzige Tätowierung zu erkennen, ein Om-Symbol. »Bereit.«

In der Küche breitete sich ein warmer nussiger Geruch aus.

Meena lief das Wasser im Mund zusammen, als die aromatischen Düfte den Raum erfüllten. Ein paar Minuten später schaltete Sabina die Herdplatte aus. Sie hob den Deckel an, drückte eine halbe Limette über dem Inhalt des Topfes aus, rührte um und ließ den Topf ohne Deckel stehen.

»Sobald es ein wenig abgekühlt ist, fülle ich es für dich in eine Schüssel«, sagte Sabina. »Die kannst du dann zu Sam bringen, der laut heutigem Stand nicht dein fester Freund ist.«

Meena lachte. »Ich lasse es dich wissen, wenn sich daran etwas ändert. Deine fünfzig Dollar kannst du vorerst behalten.«

»Er ist ein guter Mann«, sagte Sabina mit leiser Stimme. »Geh behutsam mit ihm um.«

Meena verging das Lachen. Sie verstand Sabinas Warnung. Und es war gut, dass Sam Menschen hatte, die sich um ihn sorgten. Zum ersten Mal seit langer Zeit wünschte sie sich, sie hätte auch welche. Wenn sich herausstellte, dass eine der Tanten ihre leibliche Mutter war, vielleicht ... Sie verscheuchte den Gedanken.

»Ich mag ihn«, versicherte Meena ihr. »Und ich habe nicht vor, ihm wehzutun.«

»Er erweckt den Anschein, als hätte er alles im Griff«, sagte Sabina. »Aber innerlich kämpft er mit Schuldgefühlen und Schmerz. Wir passen alle auf ihn auf.«

»Ist das eine Warnung?«

»Er ist einer von uns.«

Meena erstarrte. Der unterschwellige Hinweis besagte, dass Meena es nicht war. Sie biss die Zähne zusammen. Sabina wusste nicht, dass auch Meena ein Teil der Geschichte dieses Hauses war. Oder wenn sie es wusste, war dies eine Warnung, die Meena zeigen sollte, dass sie niemals akzeptiert werden würde. Dann fiel Meena ein, dass es etwas gab, das sie erwähnen konnte. Ein Detail, das niemandem etwas sagen würde, außer der Frau, die sie auf die Welt gebracht hatte.

»Sam hat mir erzählt, dass ihr jedes Jahr eine Überraschungsparty zu Umas Geburtstag veranstaltet. Wann ist der?«

»Im Juli«, antwortete Sabina. »Eine Woche nach dem Unabhängigkeitstag.«

»Wie lustig«, sagte Meena. »Ich habe meinen Geburtstag nie wirklich groß gefeiert, aber vielleicht ändere ich das dieses Jahr. Würdest du mir helfen?«

»Natürlich. Wann hast du denn Geburtstag?«

»Am sechsten August.« Meena achtete genau auf die geringste Veränderung in Sabinas Gesichtsausdruck. Auf ein Anzeichen von Schock oder Erkenntnis, doch nichts war zu sehen.

»Ich werde in meinem Kalender nachschauen.«

»Super.« Enttäuscht ließ Meena die Sache auf sich beruhen. Sie hatte gedacht, sie würden zusammen essen und das Gespräch fortsetzen. Wenn auch nur, um zu sehen, ob sie Sabina verunsichern konnte. »Kann ich dir beim Aufräumen helfen?«

»Ich mache das schon«, sagte Sabina. »Vielleicht solltest du das Sam bringen, solange es noch warm ist. Frisch schmeckt es besser als aufgewärmt. Eventuell kannst du ihn sogar zum Teilen überreden.«

Irgendetwas stimmte nicht oder vielleicht suchte Meena etwas, was nicht da war. Sabina war doch immer etwas schroff.

Oder sie war durch Meenas Geburtsdatum doch verunsichert.

Kapitel 41

Meena spielte mit Wally Fangen. Er liebte das kleine Stoff-Stachelschwein, das sie für ihn gekauft hatte. In den letzten vier Wochen hatte sie sich so sehr an den Rhythmus von Sam und Wally gewöhnt, dass der Welpe nach Belieben zwischen ihren Wohnungen hin- und herlief. Und obwohl sie versucht hatte, bei den Tanten weitere Detektivarbeit zu leisten, hatte es kaum Fortschritte gegeben, und sie war der Wahrheit nicht näher gekommen.

Sie hatte alle drei dabei beobachtet, wie sie Bananen aßen; niemand bekam davon Ausschlag. Sie hatte sie gebeten, Geschichten aus ihrer Teenagerzeit zu erzählen; keine von ihnen zeigte auch nur ein Augenzucken, wenn es um Sex, Beziehungen oder gebrochene Herzen ging.

»Wally! Nein. Aus!« Sie zerrte den Hund vom Polsterhocker weg und ein großes Stück des Stoffes löste sich. Daran befestigt war eine dicke Karte, die aufklappte und eine vertraute Handschrift zum Vorschein brachte.

Was hat es mit deinem Schicksal auf sich, dass du nicht bleiben kannst, wo du hingehörst?

Die Neuigkeit kam von Margaret Beaufort. Ich tratsche nicht mit meinen Kollegen und Kolleginnen. Das ist nicht unser Umgang bei Merriam-Webster. Margaret ist eine der wenigen, die in der Teeküche schwatzt. Einmal erzählte sie von einem Paar, das während der Messe um Gebete bat. Es wünschte sich, dass Gott sie mit einem Kind segnen möge. Es war dein Schicksal, zu ihnen zu kommen.

Als ich dich an Margaret übergab, war das das Ende. Margaret hat mich über deine Tragödie informiert. Und es gibt nichts, was ich zu tun bereit wäre.

Ich bin ein egoistischer Mensch. Wäre ich ein besserer Mensch, eine gütigere, großzügigere Frau ... Leider bin ich das nicht. Ich kann dir mein Zuhause nicht anbieten, auch wenn du deines verloren hast. Das Einzige, was ich tun kann, ist, dir meins zu hinterlassen, wenn ich nicht mehr da bin. Es ist schließlich dein Vermächtnis.

»Was ist denn hier passiert?« Sam kam durch die Tür. »Wally, hast du den Hocker zerrissen?«

Meena schaute zu Sam auf. »Er hat eine Nachricht gefunden.« Sie streichelte den Hund, der sich neben ihr auf der Couch zusammengerollt hatte. »Er hat den Boden des Hockers aufgerissen. Als ich es bemerkt habe, hatte er schon eine Karte im Maul.« Meena reichte sie Sam und biss sich auf die Innenseite der Wange. Sie wippte mit dem Bein, um ihre aufgewühlten Gefühle im Zaum zu halten. Neha hatte gewusst, wo sie war, hätte sie finden und Meena sagen können, wer sie war. Sie hätte etwas tun können, irgendwas. Stattdessen war Meena in diesem kalten Kinderheim zurückgelassen worden, in einem Zimmer, das sie sich mit drei anderen teilte.

Zwei Jahre. Verloren. Trauernd. Verängstigt. Allein. Immer allein. Und diese egoistische, manipulative Frau hätte es besser machen können. »Sie hätte mir keine Bleibe anbieten müssen. Nicht einmal eine vorübergehende.« Meenas Stimme brach und sie biss sich auf die Lippe. Neha hätte Meena wissen lassen können, dass sie nicht allein auf der Welt war, dass es ein sicheres Band in Form einer Vergangenheit gab. Neha hätte ihr ein Fundament bieten können, Wurzeln. Tränen, die sie nicht mehr zurückhalten konnte, liefen ihr über die Wangen. Sie war plötzlich verlassen gewesen. Unter Schock hatte sie nicht gewusst, wie sie mit einem Leben zurechtkommen sollte, das sich von täglichen Umarmungen in ein Leben ohne Kontakt verwandelt hatte. Von einem Zuhause voller Musik und Lärm, dem Duft nach einfachem Essen, zu einem mit Stille und Gemeinschaftsspeisesaal.

Sam setzte sich neben sie und legte ihr die Hand aufs Knie. »Bist du okay?«

Sie zwang sich, das Wippen des Beines unter seiner Hand zu unterdrücken. Wenn sie sprach, würde sich der Zorn an ihm entladen, und das hatte er nicht verdient. Sie wusste nicht, was es bedeutete, die Kontrolle über ihre Wut zu verlieren.

»Meena«, sagte Sam, »lass uns spazieren gehen. Ich kann das Pubquiz ausfallen lassen und wir können ein Stück laufen.«

Meena schüttelte den Kopf. »Ich kann nicht.« Sie wollte ihn nicht verletzen, aber wenn er in diesem Moment neben ihr bliebe und nett zu ihr wäre, würde sie zusammenbrechen. Und das wollte sie nicht. Sie musste sich an der Wut so lange wie möglich festhalten, denn dahinter steckte ein so großer Schmerz, dass Meena überzeugt war, er würde sie verschlingen. »Du solltest gehen. Ava wartet auf dich.« Das war alles, was sie zustande brachte.

»Sie kommt schon zurecht. Ich bleibe bei dir.«

Das würde sie zerstören. »Ich weiß nicht, ob ich damit umgehen kann, dass du so nett zu mir bist«, sagte sie mit schneidender Stimme, um ihre Schwäche zu verbergen. »Ich bin so wütend.«

»Schon gut.«

Sie stand auf und ging im Wohnzimmer herum. »Ist es nicht. Nichts ist gut.« Sie steckte sich die Fingerknöchel in den Mund und biss zu, um die Flut an Emotionen zu stoppen.

Sam stand auf und nahm sie in die Arme. Meena schmiegte sich nicht an ihn, aber sie wich auch nicht zurück. »Es ist besser, wenn ich allein bin. Mich nur auf mich selbst verlasse.«

»Nicht besser«, sagte Sam. »Es ist sicherer. Aber wenn du keine Risiken eingehst ...«

Sie unterbrach ihn. Wich zurück. »Jeder Tag ist ein Risiko, Sam. Jeder Tag in den letzten achtzehn Jahren. Ich wurde in ein Heim mit anderen Kindern gesteckt, denen es ähnlich ergangen war wie mir, und nein, es war weder ein Heim wie im Fernsehen oder im Kino, in dem wir zusammenhielten und unsere eigene Familie gründeten, noch wurden wir missbraucht oder vernachlässigt. Es war eine Unterkunft. Wir gingen zur Schule, kamen zurück, machten Hausaufgaben, aßen und wiederholten das Ganze am nächsten Tag, jeden Tag. Allein. Immer allein. Ich musste einen Weg finden, nicht an meinen Tränen zu ertrinken. Einen Weg, ohne die einzigen Menschen zu leben, die mich geliebt hatten. Ohne Fotos oder Lieblingskleidung. Weißt du, was nach einer Explosion übrig bleibt? Trümmer und Asche. Nicht gerade etwas, an das man sich nachts zum Einschlafen klammern kann. Ich musste mich um alles kümmern. Von College-Bewerbungen und Stipendien bis hin zu der Frage, wie man Steuern zahlt, sobald man einen Job hat.« Meena hob die Karte auf. »Neha wusste das. Sie wusste es und sie hat mich dort gelassen. Ihr fehlte es an Menschlichkeit, um mich zu besuchen, mit mir zu reden, mich wissen zu lassen, dass ich eine Verbindung zu jemandem hatte, der noch am Leben war.« Sie wischte sich übers Gesicht. Die Tränen, die sie zurückgehalten hatte, liefen ihr über die Wangen.

Sam sprach leise und behutsam. »Deine Unabhängigkeit ist dein Schutzschild, eine Rüstung, die du dir im Laufe der Zeit zugelegt hast, weil du allein zurechtkommen musstest. Du brauchst sie nicht mehr. Du bist nicht allein. Du hast jetzt jemanden.«

Meena schaute ihn an. »Eine Frau, die mich nie wollte und die mich nicht zur Kenntnis nehmen will.«

»Ich habe von mir gesprochen.« Er trat näher an sie heran.

Meena schloss die Augen. Sie war zu verletzlich und zu zerbrechlich. Wenn er sie jetzt in die Arme nahm, würde sie ihn nie wieder loslassen wollen, und das konnte sie nicht riskieren. Irgendwann würde es enden, denn es endete immer, und sie musste stark genug bleiben, um gehen zu können, bevor er sie verließ. »Ich kann das nicht, Sam.«

»Das musst du auch nicht.« Sam nahm sie in die Arme. »Lass mich für dich da sein.«

»Ich möchte nicht reden.«

»Dann bleiben wir hier einfach stehen«, sagte Sam. »Wie in der letzten Szene eines Films. Ein sich umklammerndes Paar im Licht der untergehenden Sonne. Wir können hier stundenlang stehen.«

Sie lachte in seinen weichen Pullover. »Ich kenne keinen Film, der so endet.«

»Wir werden einen finden, den wir gemeinsam anschauen.«

Meena sagte nichts. Selbst als sie sich von Sam trösten ließ, brodelte die Wut in ihr. Irgendwann zog er sie zu ihrem Bett und hielt sie mit ihrem Rücken an seine Brust gedrückt. Sie hatte keine Tränen mehr und schlief in einem Zustand der Benommenheit ein.

KAPITEL 42

Die Nacht schwand, die Sonne ging auf und Meena erwachte. Sie war allein und streckte sich, um die Steifheit aus ihrem Körper zu vertreiben. Als sie in die Küche trottete, kam Sam durch die Tür.

»Ich habe Espresso gemacht«, sagte er. »Du hast doch nur löslichen Kaffee.«

Sie wollte auch einen Witz machen. Aber alles, was sie zustande brachte, war, sich an den Tisch zu setzen und die heiße Tasse in der Hand zu halten. Sie war verletzlich. Er war für sie da gewesen. Hatte sie in der Nacht in den Armen gehalten, ihr Kaffee gebracht. Sie sollte sich besser fühlen, lebendiger. Sie sollte dankbar sein, dass sie jemanden wie Sam hatte, der jetzt hier war. Stattdessen glomm die Wut noch immer in ihr, flammte auf, als der Espresso darauf traf.

»Danke.« Sie versuchte, ihre Stimme ruhig, ihren Tonfall mild klingen zu lassen. »Für letzte Nacht und für das hier.«

»Du bist nicht allein«, sagte Sam.

Sie nickte. Was er nicht verstand, war, dass es nicht um das Jetzt ging. Es ging um die Vergangenheit, die sie wegen Neha und ihrer Notizen, ihrer Manipulationen wiederaufleben lassen wollte. Die Frau hatte Meena auf grausamste Weise zur Wahrheit gedrängt.

»Du hast auch die Tanten«, fügte Sam hinzu. »Erzähl ihnen alles.«

Meena schüttelte den Kopf. Sie konnte sich auf niemanden außer Neha konzentrieren. Zu schade, dass die Frau tot war; Meena hätte ihr am liebsten alles an den Kopf geworfen. »Ich muss nachdenken. Ich werde duschen und mich dann damit beschäftigen.«

Sam stand auf. »Ich bin gleich gegenüber. Wally auch.«

Sie umfasste sein Gesicht, als er sich zu ihr beugte, um sie zu küssen. Meena konnte sich kaum beherrschen, bis sie das Klicken der sich schließenden Tür hörte und Sam auf der anderen Seite stand.

In ihrem Wohnzimmer ging sie auf und ab, kam nicht zur Ruhe. Dann blieb sie vor dem Bücherregal stehen. Ihr Haar glich einem zerrupften Nest – es war ihr egal. Sie strich über die Regalböden. Der Nippes war zwar entsorgt, aber diese Regale waren immer noch voll mit Nehas Büchern. Sie war mit ihnen genauso unachtsam gewesen wie mit Meena.

Meena ging zum Schreibtisch. Die Frau hatte hier mit ihrem schicken Füllfederhalter und ihrer makellosen Handschrift gesessen und ihre Nachrichten geschrieben, während Meena da draußen war. Verloren, ohne Zuhause, ohne Familie. Neha hatte nichts unternommen. Schlimmer noch, sie spielte Spielchen, spielte mit Meena aus dem Jenseits.

Meena ließ ihre Hand über den Stapel leerer Tagebücher und Nachschlagewerke streichen. Mit Schwung wischte sie sie vom Schreibtisch auf den Boden. Ihre Brust hob sich, jedoch nicht vor Anstrengung. Voller Wut ging sie weiter zu den Einbauregalen. Meena stellte sich vor, wie Neha lässig ein Buch ausgewählt hatte, um sich in einen Sessel vor ein gemütliches Feuer zu setzen und zu lesen, während Meena zusammengerollt im unteren Stockbett gelegen und geglaubt hatte, es gäbe niemanden auf der Welt, der zu ihr gehörte. Neha hatte die Seiten umgeblättert und gewusst, dass das eine Lüge war, hatte gewusst, woher Meena kam und wo sie hätte sein können.

Diese Wohnung war kein Geschenk – sie war ein Minenfeld, gespickt mit versteckten Bomben, um Meena zu verwirren, sie zu quälen. Eine weitere Handbewegung und noch mehr Bücher stürzten zu Boden. Sie machte weiter, bis die Hälfte der Bücher aus den Regalen zu ihren Füßen lag. Mit leichtem Bedauern über die eingedrückten Einbände und zerknitterten Seiten stieg sie über sie hinweg. Systematisch machte sie weiter – Reihe für Reihe. Die Bücher gehörten Neha und waren hoffentlich ihr wertvollster Besitz gewesen.

»Was ist denn hier los?«

Meena blieb stehen und starrte auf die weit geöffnete Tür. Uma. Es war gut, dass es die brummige Tante war; mit ihr konnte sie es aufnehmen. »Ich mache ein bisschen sauber.«

»Das sehe ich.« Uma kam herein und schloss die Tür hinter sich.

»Ich bin nicht in der Stimmung für Gesellschaft.« Meena verschränkte die Arme. Sie schwitzte unter dem grauen Sweatshirt.

»Ich bin gekommen, um dich zu bitten, mit dem Krach aufzuhören«, sagte Uma.

Meena hob das Kinn.

»Bist du auf etwas Bestimmtes wütend oder auf die Welt im Allgemeinen?«

Der Satz ließ sie trotz allem schmunzeln. Wenn sich jemand mit Zorn auskannte, dann war es Uma. Meena fragte sich, ob Wut genetisch bedingt war. Sie war versucht, alles auszuplaudern und Uma zu fragen, ob sie vor vierunddreißig Jahren ein ungewolltes Baby zur Welt gebracht hatte. »Ich habe dich das schon einmal gefragt, aber ich frage dich jetzt wieder. Hast du Neha gemocht?«

Uma hob einen Stoß Bücher auf und stapelte sie auf dem Sofa. »Nicht besonders. Wir haben sie geliebt, aber Neha trug die Bezeichnung ›Zicke‹ wie ein Ehrenabzeichen.«

»Kann man jemanden lieben und gleichzeitig nicht mögen?«

Uma lachte. »Ja. Das nennt man Familie.«

»Ich habe keine.«

Meena bemerkte, wie Uma sie musterte. »Und wessen Schuld ist das?«

Meena biss die Zähne zusammen. *Möglicherweise deine. Nehas.* Sie hätte am liebsten um sich geschlagen.

»Du solltest darüber reden, was dich so wütend macht.« Uma verschränkte die Arme. »Offensichtlich hat sich bei dir viel angestaut und das merkt man.«

»Meldest du dich freiwillig?«

Uma lachte. »So viel Zeit habe ich nicht.«

»Stimmt«, sagte Meena. »Was immer du erübrigen kannst, ist für deine Freundinnen reserviert.«

Uma hob eine Augenbraue. »Ja. So ist es.«

»Ihr erzählt euch doch alles, oder? Geheimnisse gibt es nicht.«

»Oh, da bin ich mir nicht so sicher«, sagte Uma. »Über fünfzig Jahre Freundschaft bringen es zwangsläufig mit sich, dass über ein paar Dingen der Deckmantel des Schweigens liegt.«

»Wie philosophisch.«

»Was hat dich so wütend gemacht?«

Meena ignorierte sie. Biss die Zähne zusammen.

»Mein Rat? Such dir einen Barkeeper«, sagte Uma. »Lass raus, was auch immer in dir rumort.«

Meena stieß ein bitteres Lachen aus. »So einfach ist das nicht.«

Uma prustete. »Es ist so schwer, wie du es dir machst, und es scheint, als wolltest du es nicht einfach haben.«

»Du denkst, du hast mich durchschaut.«

Uma stapelte weitere Bücher vom Boden auf dem Couchtisch. »Du bist nicht kompliziert.« Sie schaute Meena direkt an. »Du vertraust niemandem. Das ist eine Art, dich zu schützen. Ich bin keine Therapeutin, also behaupte ich nicht, dass ich weiß, warum du das tust. Aber sobald du einen Platz gefunden hast, an dem du angekommen bist, versuch es vielleicht mal mit ein wenig Verletzlichkeit. Deine Festung besteht aus Sand und es sieht so aus, als würde sie einstürzen.«

Schmerz und Wut kämpften angesichts der Wahrheit miteinander. »Du hältst immer kurze und bündige Ratschläge bereit. Was hat dich so weise gemacht?«

»Das Alter.«

»Und Reue?«

»Ich würde kein Leben ohne ein paar Fehler wollen.«

»Auch wenn sie auf Kosten anderer gehen?«

Uma warf ihr einen Blick zu. »Wenn du etwas sagen willst, lass es raus.«

Meena trat den Rückzug an. Nicht, um Uma zu schützen; sie wollte nicht die Erste sein, die die Wahrheit herausließ. Wenn Uma ihre leibliche Mutter war, wollte Meena nicht, dass die ältere Frau die Bedürftigkeit in ihrem Gesicht sah. »Wie du siehst, bin ich beschäftigt. Mach die Tür zu, wenn du gehst.«

»Der Typ von gegenüber«, sagte Uma, »der ist stabil. Und stark. Wenn du dich entscheidest, dort anzukommen, wäre es das Klügste, was du tun kannst.«

Meena schlang die Arme um sich. Sie war erschöpft und kurz davor zusammenzubrechen. »Was auch immer zwischen Sam und mir ist, geht dich nichts an.«

»Wenn du das glaubst, hast du nicht das Geringste über das Ingenieurhaus gelernt.« Uma öffnete die Tür und ging.

Meenas Knie gaben nach. Sie fiel in einen Bücherstapel. Dort liegend zog sie die Beine an und stützte den Kopf auf die Knie. Sie war zu müde, um zu denken oder zu fühlen. Wie betäubt und umgeben von Nehas geliebtem Chaos verharrte sie in dieser Position.

* * *

Meena verbrachte den Rest des Tages damit, die Folgen ihres Zusammenbruchs zu beseitigen. Sie war versucht gewesen, einen Barkeeper zu suchen, aber stattdessen war sie in den Spirituosenladen gegangen, um weitere Kartons zu holen. Sie wollte nicht reden oder nachdenken. Die Monotonie des Bücherstapelns, des Packens von Kartons, des Zuklebens, des Übereinanderstapelns in der Ecke würde ihr helfen, sich zu erholen.

Eine Festung aus Sand.

Nach getaner Arbeit saß Meena auf dem Sofa, umgeben von den Besitztümern eines anderen Menschen. Egal, wie viel sie ausräumte, es war immer noch etwas von Neha da. Sie hatte versucht, diese Wohnung zu ihrer zu machen, doch sie hatte sich Zeit gelassen und sich ablenken lassen. Zwar hatte sie sich entschieden zu bleiben, aber sie hatte diesen Ort noch nicht zu ihrem Zuhause gemacht. Zeitschriften lesen, Dinge wegschaffen, das war alles so planlos.

Sie wollte nicht, dass die Tragödie der letzte Punkt auf der Landkarte ihres Lebens war. Sie wollte sie neu entwerfen. Ein buddhistischer Mönch hatte einmal zu ihr gesagt, dass alles, was existierte, unbeständig sei. Meena wurde klar, dass sie ihr Leben als Erwachsene so angegangen war, als wäre es festgeschrieben, obwohl sich alles um sie herum veränderte.

Sie hatte die Wut herausgelassen und ein Gefühl der Kontrolle stellte sich ein. Meena konnte wieder aufatmen. Sich fokussieren.

Sie ging noch einmal nach draußen. Der frühe Sonnenuntergang sorgte dafür, dass man das Gefühl hatte, es sei bereits Mitternacht, obwohl es kaum neunzehn Uhr war. Mit einem Pizzakarton in der Hand klopfte sie an Sams Tür. Sie wollte die Dinge wieder in Ordnung bringen, sich auf das konzentrieren, was sie hatte, anstatt auf das, was sie nicht hatte.

Sam öffnete die Tür.

»Es hat sich nicht richtig angefühlt, einfach hereinzukommen.« Sie drückte die Knie durch, um das Scharren ihrer Füße zu unterbinden.

»Kommst du rein?« Er trat zurück und wartete auf ihre Entscheidung.

»Bist du gerade beschäftigt?« Meena trat ein.

»Wally und ich waren im Garten«, sagte er. »Wie geht's dir?«

Sie hielt die Pizzaschachtel hoch. »New York Pizza.«

»Von der Mass Avenue?«

Sie nickte. »Die schmeckt zwar nicht wie eine aus Manhattan, aber sie ist nicht schlecht.«

Sam holte zwei Teller aus der Küche und brachte sie an den kleinen Tisch in der Ecke zwischen Wohnzimmer und Flur. »Möchtest du etwas trinken?«

»Wasser wäre gut.« Meena brauchte etwas, um die Schmetterlinge in ihrem Bauch zu beruhigen. Sie setzte sich und öffnete die Schachtel. Der würzige Geruch von Tomatensoße breitete sich aus. »Hat Wally schon sein Abendessen gehabt?« Der Hund döste bei offener Tür in seiner Box.

»Hat er.« Sam setzte sich ihr gegenüber. »Er hat heute viel gespielt.«

Eine Weile aßen sie schweigend. »Ich war, ich weiß nicht … Ich war gestern völlig durcheinander. Danke, dass du da warst.«

Sam wischte sich den Mund mit einem Küchenpapier ab und lehnte sich auf seinem Stuhl zurück. »Sich gegenseitig zu unterstützen macht doch eine Beziehung aus.«

Ihr ging das Herz auf. »Ist es das? Eine Beziehung?«

»Sind wir darüber nicht der gleichen Meinung?«

Meena schüttelte den Kopf. »Die Bezeichnung ist neu für mich. Ich bin mir nicht sicher, ob ich ihr gerecht werden kann.«

»Das können wir im Laufe der Zeit herausfinden.«

Sie schenkte ihm ein schiefes Lächeln. »Ich habe so viele Gelegenheiten verpasst, Freunde zu haben, Beziehungen zu führen.« Sie kaute auf einem Bissen herum. »Ich möchte Menschen in meinem Leben haben.« Nun hatte sie es laut ausgesprochen. »Ich will diese Beständigkeit, bei der nicht jedes Gespräch das erste ist. Insider-Witze, Erinnerungen, auf die man noch in Jahren, Jahrzehnten zurückkommt.« Meena zuckte mit den Schultern. »Wenn es ein Handbuch darüber gäbe, würde ich es von vorne bis hinten lesen.«

»Und warum jetzt?«

»Dieser Ort, dieses Haus. Du«, sagte sie.

Er streckte die Hand aus, legte sie auf ihre und drückte sie.

Statt die Emotionen in ihren Augen wegzublinzeln, ließ Meena den Tränen freien Lauf. »Du verdienst jemand besseren.«

Er lächelte. »Du auch.«

Sie nickte und akzeptierte, dass sie es selbst in der Hand hatte. Sie musste nur danach greifen und durfte sich nicht von Verlustangst lenken lassen. Die Schmetterlinge verflüchtigten sich und ihr Magen erinnerte sie daran, dass sie den ganzen Tag noch nichts gegessen hatte. Da Sams Hand noch auf ihrer lag, griff sie mit der anderen nach einem Stück Pizza. »Auch nicht ganz so gute Pizza schmeckt lecker.«

»Geradezu der Himmel auf Erden.« Sam grinste.

»Jeder dritte Freitag im Monat war bei uns früher Pizzaabend«, erzählte Meena. »Mein Vater hat sie auf dem

Heimweg von diesem Laden in der Main Street geholt und ich habe derweil schon mal den Tisch gedeckt. Meine Mutter teilte eine Dose Cola auf drei Gläser auf und verdünnte sie mit Eis, denn eine ganze Dose war zu viel Zucker für eine Person.«

»Kluge Frau.« Sam tippte sich seitlich an den Kopf. »Wahrscheinlich hatte sie nie in ihrem Leben einen Kater.«

Meena lachte. »Nein. Meine Eltern waren keine großen Trinker. Jedenfalls nicht, dass ich wüsste.«

»Sag mir, dass du irgendwann eine ganze Dose Cola auf einmal getrunken hast. Es ist sehr wichtig, dass du deinen Eltern zumindest in dieser einen Sache getrotzt hast.«

Sie schüttelte den Kopf. »Noch nicht, aber ich bin bereit, es zu versuchen.«

»Und ich bin bereit, mich mit den Folgen deines Zuckerrausches herumzuschlagen. Das ist die weltbeste Katerkur.«

»Abgesehen von dem, was am Tag nach Thanksgiving passiert ist, trinke ich nicht viel Alkohol.«

»Ah, als du versucht hast, mich zu küssen.«

»Als ich *dir* angeboten habe, *mich* zu küssen.«

»Hmm«, machte Sam. »Ich habe das anders in Erinnerung.«

Sie aß ihr Stück Pizza auf und griff nach einem weiteren. »Das war klar.«

»Du lächelst.«

»Hier zu sein, mit dir, ist ein gutes Gefühl.«

Er ließ ihre Hand los und klopfte sich auf den Bauch. »Ich bin pappsatt.«

Zusammen hatten sie die Hälfte der Pizza gegessen. Sie wollte ihm die gute Laune nicht verderben, aber sie musste ihm die Neuigkeit erzählen. »Ich habe beschlossen, dass ich nicht wissen will, wer meine leibliche Mutter ist. Es ist besser, die Dinge so zu belassen, wie sie sind.«

Er beugte sich vor. »Bist du dir sicher?«

Sie nickte. »Ich habe viel Zeit damit verbracht, mir über Nehas Motive Gedanken zu machen. Ob sie das absichtlich getan hat, um mit mir Spielchen zu spielen, oder ob es eine Möglichkeit war, die Tanten gegeneinander aufzubringen. Ich werde Nehas wahre Absicht nie erfahren. Aber egal, ich habe jetzt ein Zuhause und wäre eine Närrin, wenn ich es wegwerfen und die Leute hier gegen mich aufbringen würde.«

»Eine Perspektive«, sagte Sam. »Vielleicht brauchst du sie gerade jetzt.«

Sie nickte. »Ich wohne gern hier, auf der anderen Seite des Flurs. Und die Tanten sind nicht meine Feindinnen. Sie sind nett zu mir und ich habe das Motiv auf sie projiziert. Welche auch immer es von ihnen war, hat die Entscheidung getroffen, mich wegzugeben. Eine Entscheidung, mich nicht in ihrem Leben haben zu wollen. Damit kann ich leben. Damit habe ich gelebt. Ich hatte eine großartige Mutter und wurde von ihr und meinem Vater geliebt. Auch wenn sie nicht mehr da sind, ist es genug, sie so lange gehabt zu haben.«

»Du glaubst nicht, dass die Person, die es ist, über dich Bescheid weiß?«

Meena zuckte mit den Schultern. »Vielleicht. Sehr wahrscheinlich wegen der kleinen Hinweise, die ich gestreut habe. Aber ich werde es dabei belassen und hoffentlich zu einem gewissen Maß an Freundschaft mit den dreien zurückkehren.«

»Das wird nicht so einfach sein«, meinte Sam. »Es wird dich weiterhin beschäftigen. Wegen deines Berufs als Journalistin bist du ja von Natur aus neugierig.«

»Vielleicht.« Meena überlegte. »Aber ich bin auch gut im Verdrängen. Das ist meine Superkraft.«

Er zog sie vom Stuhl hoch und schlang die Arme um sie. Meena klammerte sich an ihn, sog seinen Duft nach Seife und nassem Hund ein. Das war genug. Sie lehnte sich zurück und er ließ sie los.

»Weißt du, dass die Tanten eine Wette auf unsere Beziehung abgeschlossen haben?«, fragte Meena.

Sam grinste. »Sie wetten sogar auf die Temperatur am ersten Frühlingstag. Ich empfehle dir, nicht mitzumachen. Sie werden dich abzocken.«

Meena lachte. Gemeinsam räumten sie die Teller ab und stellten die restliche Pizza weg. Da Meena noch nicht gehen wollte, bat sie Sam, sich mit ihm seinen Lieblings-James-Bond-Film anzuschauen. Auf der Couch schmiegte sie sich an ihn und er spielte mit einer dicken Haarsträhne von ihr. Als der Film zu Ende war, beschloss sie zu gehen. Sie wollte heute Nacht in ihrem eigenen Bett schlafen, in ihrem eigenen Zuhause, ganz allein. Um es als ihres anzunehmen, es als ihre Vergangenheit und ihre Zukunft zu betrachten.

Sie streichelte Wally und gab Sam einen Kuss, bevor sie zurück in ihre Wohnung ging. Ohne die Bücher war das Wohnzimmer noch großzügiger, weniger bedrückend. Morgen würde sie sich überlegen, wie sie es einrichten wollte. Es war an der Zeit, Neha zur Ruhe zu betten.

Kapitel 43

Die Wohnung war von fast allem befreit. Meena behielt lediglich den Esstisch und die Stühle. Dort hatte sie ihre Reise mit den Tanten und der ersten gemeinsamen Mahlzeit begonnen und von dort aus hatte sie einen ständigen Blick auf den Garten und die Straße. Sie freute sich auf den vertrauten Anblick bei wechselnden Jahreszeiten.

In den letzten beiden Wochen hatten sie und Sam alle Sachen von Neha ausgemistet und weggeworfen beziehungsweise in Kisten verpackt und gespendet. Letzte Woche hatte Meena ein nagelneues Bett gekauft, eines mit einem Kopfteil – laut Internet ein Zeichen dafür, dass man die dreißig überschritten hatte. Sie hatte beschlossen, ihr Schlafzimmer neutral in Grau- und Weißtönen zu gestalten und durch Dekokissen ein wenig Farbe ins Spiel zu bringen. Sam verstand nicht, warum Betten Dekokissen brauchten, deshalb hatte sie ihm Links zu einem halben Dutzend Designartikeln geschickt. Sie hatte sich bei den Kissen für leuchtende Violetttöne entschieden – von intensivem Lila bis lavendelfarben. Anstelle des Schminktischs hatte sie zwei graue Sessel gekauft, die zu beiden Seiten des Kamins standen.

Für das Wohnzimmer wollte sie etwas, das die Grundstruktur der Wohnung durch modernes Flair ergänzte. Die Bücherregale würde sie langsam bestücken. Im Moment standen dort bunte Kerzengläser, damit sie nicht so leer aussahen. Das Sofa in dunklem Marineblau würde das Herzstück bilden, davor ein länglicher Couchtisch aus hellem Holz im holländischen Stil. Jeweils ein grauer Sessel auf beiden Seiten des Kamins sollte die Symmetrie unterstreichen. Meena hatte sich einen Arbeitstisch gegönnt und den antiken Schreibtisch gegen einen mit einem klaren, glatten Design und einem ergonomischen Stuhl ausgetauscht. Der graue Teppich wurde durch einen dicken weißen ersetzt, der den ganzen Boden bedeckte. Wally würde ihn wahrscheinlich schmutzig machen, aber Meena wollte, dass der Raum hell und offen wirkte. All das hatte ihr Erspartes stark strapaziert, aber das war es wert. Sie hatte ein Zuhause. Nicht nur ein Basisquartier.

Sie hatte sogar einen Auftrag vor Ort, eine Reportage über Kundalini Yoga in den Berkshires im Westen von Massachusetts. Meena blickte von ihrem neuen Schreibtisch aus in den Garten. Es war noch zu früh, um etwas zu erkennen, aber die Fläche, auf der sie die Wildblumen ausgesät hatte, bekam nach dem Winterschlaf wieder Farbe. Meena war gespannt darauf, was wachsen würde.

Sie hatte jetzt Pläne. Eine Zukunft. Nicht von der Art »Abwarten, ob ich dann noch da bin«. Sie war entschlossen, sich um das Blumenbeet zu kümmern. Außerdem hatte sie sich einer Quizrunde bestehend aus Sam und seinen Freunden im Pub angeschlossen. Sie hatte mehr als zehn persönliche Kontakte in ihrem Handy, die nichts mit der Arbeit oder ihrem Netzwerk zu tun hatten, darunter Ava und Dinus.

Meena beobachtete, wie Wally im Garten herumlief. Sam gab ihm ein wenig mehr Freiheit, indem er ihn allein auf dem Grundstück herumstromern ließ. Meena wartete darauf, dass

Sabina herausstürmte und den Hund davon abhielt, am hinteren Zaun zu buddeln.

An ihrer Tür ertönte ein leises Klopfen.

»Herein!«, rief Meena.

Sabina kam mit einer Aktenmappe in der Hand in die Wohnung. »Ich hatte gehofft, wir könnten reden.«

Meena ging auf sie zu, um sie zu begrüßen. »Aber natürlich. Möchtest du Chai? Oder etwas anderes zu trinken?« Jetzt, da sie alles hinter sich gelassen hatte, war es für sie kein Problem, zwanglos und freundlich mit den Tanten umzugehen. Sie würde sich vielleicht immer noch Gedanken machen … immer noch nach einem Gefühl der Verbundenheit suchen … aber sie hatte vor, sich auf das zu konzentrieren, was sie hatte, und den Rest loszulassen.

Sabina stand reglos im Wohnzimmer. »Es sieht so anders aus hier.«

Meena nickte. »Es ist jetzt mehr ich. Obwohl ich nicht wusste, was ›ich‹ eigentlich ist. Ich bin nur froh, dass es so viele Einrichtungsblogs mit Tipps gibt.« Sie kaute auf ihrer Lippe herum. Zwar wollte sie nicht unbedingt Sabinas Anerkennung, aber ein Kompliment wäre durchaus angebracht. »Sam gefällt es auch, aber er ist ja nicht gerade ein Stilexperte. Er ist froh, dass er die Beine ausstrecken und die Füße auf den Couchtisch legen kann. Außerdem möchte er, dass ich mir einen Fernseher kaufe, einen riesigen Flachbildschirm, so wie er einen hat. Ich bin aber mit meinem Computer zufrieden.« Meena zwang sich, mit dem Reden aufzuhören.

»Du warst sehr fleißig.« In Sabinas Stimme lag ein gewisses Gewicht, eine Unsicherheit.

»Ich weiß, es ist anders, aber es war an der Zeit. Ich bin jetzt seit etwas mehr als sechs Monaten hier.«

»Ja«, sagte Sabina. »Und in dieser Woche jährt sich Nehas Todestag.«

Meena war nicht bewusst gewesen, dass so viel Zeit vergangen war. Sie würde in der Anwaltskanzlei anrufen müssen, um zu fragen, was zu tun war, um die Wohnung ganz in Besitz zu nehmen. »Tut mir leid. Es muss schwer für dich sein«, sagte Meena. »Für euch alle. Wenn euch das Ausräumen der Wohnung noch mehr Kummer bereitet, war das nicht meine Absicht.«

Sabina räusperte sich. »In unserer Kultur gibt es am Todestag eine kleine Zeremonie und ein Essen. Im Tempel findet eine Sraddha Puja statt. Sie soll den Weg für die Verstorbenen frei machen und ihre Seelen mit ihren Vorfahren verbinden. Die Familie plant und führt sie durch. Wir haben für morgen früh einen Termin im Tempel. Donnerstag ist ein glückverheißender Tag.«

»Ich verstehe. Sam hat das nicht erwähnt.«

Sabina schüttelte den Kopf. »Keiner der Männer wird kommen. Nur Uma, Tanvi und ich werden dort sein. Es ist unsere Pflicht, da Neha hier keine Familie hat. Ich habe mit ihren Eltern gesprochen und sie haben nicht vor, etwas zu organisieren.«

Meena nickte.

Sabina straffte die Schultern und ging auf Meena zu. »Ich weiß, dass du versuchst, hier Fuß zu fassen, zu bleiben. Ich bin hier, um dich zu bitten, es noch einmal zu überdenken.«

Meena setzte sich. »Warum?«

»Du hast mir immer wieder erzählt, dass dir deine berufliche Karriere wichtig ist, dass du gern von Ort zu Ort reist. Ich glaube, du hast dich an diesem Haus, an seiner Geschichte festgebissen. Wir sind froh, dich kennengelernt zu haben, aber du solltest darüber nachdenken, was du aufgibst.«

»Ich kann von hier aus arbeiten«, erklärte Meena. »Ich habe demnächst einen Auftrag.«

»Dieses Haus verlangt von seinen Bewohnern Beständigkeit«, argumentierte Sabina. »Die Wohnungen müssen instand gehalten werden. Es ist kein Ort, an dem man nur seine Sachen abstellt. Das Haus braucht Leben.«

»Ich möchte hier leben, und ich kümmere mich um mein Eigentum.«

»Für wie lange?« Sabina setzte sich neben Meena. »Du hast gesagt, dass du oft elf Monate im Jahr unterwegs bist. Was passiert, wenn du das vermisst? Wenn die Begeisterung für das alltägliche Leben nachlässt und du wieder in die Welt hinauswillst?«

»Ich kann selbst entscheiden, welche Aufträge ich wo annehme.«

»Oder es gibt eine andere Möglichkeit.« Sabina zog einen braunen Umschlag aus der Aktenmappe und hielt ihn Meena hin. »Hier. Schau es dir an.«

Meena griff nach dem Umschlag. »Was ist das?«

»Ein Angebot, dir die Wohnung abzukaufen.«

»Ich verstehe nicht.«

»Es ist eine große Verantwortung, in diesem Haus zu leben, das zu tun, was die Aufrechterhaltung der Tradition erfordert«, sagte Sabina. »Ich will dir die Möglichkeit geben, dir diese Bürde zu ersparen.«

Das Wort bohrte sich in Meena. *Die Bürde einer Frau.* »Diese Wohnung ist mir als unveräußerliches Gut vererbt worden.«

»Mit einer Ausstiegsklausel.« Sabina tippte auf das Dokument. »Nach einem Jahr kannst du sie verkaufen. Ich bin mir sicher, dass die Anwälte dich darüber informiert haben.«

»Ja. Aber woher weißt du das?«

»Vor etwa einem Jahrzehnt habe ich eine Klausel für den Fall einfügen lassen, dass es keine Erben gibt«, erklärte Sabina. »Neha hatte weder Kinder noch Geschwister. Ihr Cousin, das einzige Kind der einzigen Schwester ihrer Mutter, starb bei einem Motorradunfall und er war jünger als Neha. Ich habe mit ihr darüber gesprochen. Sie wollte nicht, dass die Wohnung nach ihrem Tod an mich ging. Ich hätte sie ihr vorher abgekauft. Ich habe ihr gesagt, sie könne damit machen, was sie wolle, aber sie solle etwas in ihrem Testament für den Fall festlegen, dass die Wohnung leer bleibt. Es sind nicht nur Wände und Räume, es ist lebendige Geschichte und muss als solche gepflegt werden.«

»Ich verstehe.« Meena umklammerte den Umschlag. Nehas einziger Erbe war ein männlicher Cousin und der war tot.

»Du willst doch nicht wirklich hier leben. Das hier, das Umgestalten, ist doch nur temporär«, sagte Sabina. »Du bist glücklich, wenn du von einem Ort zum anderen ziehen kannst. Schau dir das Angebot an. Das hier ist Back Bay in Boston. Diese Wohnung wurde auf zwei Komma sieben Millionen Dollar geschätzt. Damit stehen dir alle Türen offen. Lass das alles hinter dir und kehr zu dem Leben zurück, das du hattest.«

Meena verstand, was unausgesprochen geblieben war. Sie war nicht willkommen hier. Diese eine Tür stand ihr eben nicht offen. Sie war eine Außenseiterin. Diesmal nicht aus freien Stücken. Ihre Augen brannten. Sie räusperte sich. »Ich verstehe.«

»Tust du das?«

Meena schaute Sabina genau an und plötzlich wusste sie es. Sie starrte in Augen, die sie hinter die Fassade schauen ließen. *Die Bürde einer Frau.* Der Sohn von Nehas Tante. Plötzlich passten die Puzzleteile zusammen.

Ihr wurde schlecht. »Das ist nicht der wahre Grund, oder?«

Sabina verschränkte die Arme. »Es ist der einzige Grund, den ich dir nennen kann.«

Meena schüttelte den Kopf. »Du willst es einfach nicht aussprechen.«

Sabina knetete ihre Hände.

»Bist du so geschickt, dass du das erste Mal vergessen kannst, an dem du ein Kind entbunden hast?«, fragte Meena. »So tun kannst, als gäbe es mich nicht?«

»Und du behauptest, nicht in der Vergangenheit zu leben?«, fragte Sabina.

Meena zwang sich, still sitzen zu bleiben. Das Kissen war noch steif, weil es so neu war, aber es gab ihr Halt, den ihr ihre Beine im Moment nicht bieten konnten. »Ich schätze, Verdrängung ist genetisch bedingt.«

Sabinas Blick huschte zu Meena.

»Wie lange weißt du es schon?« Meena wollte, dass alles ans Licht kam. Sie wartete. Ließ die Stille für sich arbeiten.

»Ich habe es vermutet.« Sabina schlug die Hände zusammen. »Ich kannte Neha. Bei meinen Recherchen habe ich den Bericht über den Tod deiner Eltern gefunden. Ich war mir immer noch nicht sicher, bis du gesagt hast, du seist adoptiert. Die endgültige Bestätigung bekam ich, als du mir deinen Geburtstag genannt hast.«

»Manches Datum vergisst man nicht«, sagte Meena. »Für mich ist es der achte März. Der Tag, an dem ich meine Familie verloren habe. Wusstest du, wie ich heiße?«

Sabina schüttelte den Kopf. »Deinen Namen habe ich nie gekannt. Ich … habe dich nie als mein Kind betrachtet. Nicht einmal als ich schwanger war. Ich habe dich herausgepresst und andere haben dich mitgenommen.«

»Du wolltest mich nicht im Arm halten?«

»Oder dein Gesicht sehen. Ich wusste nur, dass du ein Mädchen bist, weil der Arzt, der dich entbunden hat, es laut im Kreißsaal gesagt hat.«

Jede Adoption beginnt mit einem Verlust.

»Ich habe mich damals entschieden, die Schwangerschaft bis zum Ende durchzuziehen.« Sabina drückte die Schultern nach hinten. »Das war alles. Ich habe nie zugelassen, dass du für mich real wurdest. Du gehörtest jemand anderem. Mein Körper war nur ein Inkubator, meine Strafe dafür, dass ich die Regeln gebrochen hatte. Etwas, das ich bis zum heutigen Tag bereue.«

Meena schloss die Augen und nahm jedes Wort in sich auf. Dies war ein anderer Schmerz als der Schmerz und der Verlust, den sie in der Vergangenheit erlebt hatte. Er war persönlich und unpersönlich. Sie saßen Seite an Seite. Mutter und Tochter. Genetisch aufs Engste miteinander verbunden und doch wie zwei Fremde. Zwei Löffel Zucker in ihrem Tee. Das eine Mal, als Sabina Meenas Haare geflochten hatte. Kleine Handgriffe, die von Bedeutung hätten sein können, wenn sie gewusst hätten, wer sie füreinander waren.

Dann sprach Sabina es aus. »Du kannst jetzt sicher verstehen, warum es besser ist, wenn du gehst.«

Die Wut brodelte in Meena. »Ich nehme an, du willst nicht, dass ich dir zum Muttertag eine Karte schreibe?«

»Ich habe mein Leben so gestaltet, wie es sein sollte. Ich habe Kinder und einen Mann.«

»Ja«, flüsterte Meena. »Ein Vermächtnis. Du hast auch Freundinnen.«

»Sie wissen nichts davon.«

»Du willst, dass ich gehe, um dich zu schützen. Dein Leben.«

»Und dich«, fügte Sabina hinzu. »Ich will nicht jedes Mal, wenn ich dich sehe, mit meiner Vergangenheit konfrontiert werden. Und du solltest mich auch nicht sehen wollen, da du weißt, dass ich es immer abgelehnt habe, eine Mutter für dich zu sein.«

Meena wandte sich ab. Sie hasste es, dass sie es als Erste tat, aber mit dieser Ablehnung in der Realität konfrontiert zu werden, drohte sie zu vernichten.

»Es ist ein sehr faires Angebot.« Sabina wartete einen Moment, bevor sie die Wohnung verließ. Meena wollte nicht weinen. Wollte sich nicht in der Embryohaltung zusammenrollen. Sie blieb aufrecht sitzen und konzentrierte sich auf die Knospen, die sich an den Bäumen im Garten bildeten.

* * *

Den Umschlag immer noch in der Hand ging Meena durch die Flügeltür ihres Schlafzimmers die Treppe hinunter in den Garten. Sie brauchte frische Luft. Es war zwar kalt, aber auszuhalten. Der Wind wehte durch ihr dünnes Sweatshirt, doch das machte nichts. Sie ließ die Kälte den Schmerz in ihrem Herzen dämpfen.

Bitterkeit stieg in ihr auf. Sie hatte nie nach ihrer leiblichen Mutter gesucht, hatte zu keiner Zeit das Bedürfnis gehabt, bis diese verdammten Notizen aufgetaucht waren und das damit zusammenhängende Geheimnis. Jetzt lag alles offen – in grausamer Gleichgültigkeit.

»Hallo.« Sam setzte sich neben sie auf die Bank. »Was ist los?«

Ihre Stimme klang sachlich. »Zwei Komma sieben Millionen Dollar. Das ist der Preis für Sabinas Seelenfrieden.« Sie reichte ihm den Umschlag.

»Was?«

Meena rieb sich die Augen, wischte die Tränen von den Wangen. »Anfangs, als ich dachte, dass ich es wissen wollte, hatte ich auf Tanvi gehofft. Sie ist so süß und warmherzig. Dann dachte ich, es sei besser, es nicht zu wissen, weil ich mich nicht der Wahrheit stellen wollte, dass sie mich nicht gewollt hatte. Ich entschied mich für Uma. Wir können beide auf sehr angenehme Weise gleichgültig sein. Stattdessen bekomme ich Sabina. Die perfekte Verwalterin des Ingenieurhauses, die Person, die dieses Haus und sich selbst immer an die erste Stelle setzt.«

Sam legte den Arm um sie und Meena kaute auf der Innenseite ihrer Wange, während sie schweigend dasaßen.

»Es gibt hier keinen Gewinner«, sagte Meena. »Wenn ich gehe, gebe ich den ersten Ort auf, den ich zu meinem

344

Zuhause machen wollte. Ich wäre geldgierig, jemand, der für zwei Komma sieben Millionen Dollar abgehauen ist. Wenn ich bleibe, wird Sabina denken, dass ich mich ihr aus Bosheit tagein, tagaus aufdrängen will. Ihr größter Fehler. Warst du jemals der Fehler von jemandem, Sam? Es ist wirklich schrecklich, so etwas hören zu müssen.«

»Ich kann nicht glauben, dass sie das zu dir gesagt hat.«

Meena legte den Kopf zur Seite und schaute ihn an. »Das liegt daran, dass du immer das Gute im Menschen siehst.«

»Ich bin kein verdammter Heiliger, Meena«, sagte Sam. »Sie hätte das so nicht zu dir sagen dürfen.« Er warf den Umschlag auf den Boden.

»Ich weiß nicht, was ich tun soll.« Meena starrte auf den Zaun, an dem sie die Samen ausgestreut hatte. »Ich möchte die Wildblumen blühen sehen. Und ich möchte mich in meinem eigenen Zuhause willkommen fühlen. Beides kann ich nicht haben.«

Sam nahm ihre Hand und verschränkte seine Finger mit ihren. Sie klammerte sich an ihn.

»Sag mir, was ich tun soll, Sam.«

Er räusperte sich. »Du weißt, dass ich das nicht kann.«

Sie ließ ihn los und stand auf. Ging auf und ab. »Ich habe es so verdammt satt, alles allein machen zu müssen. Damals hatte ich Angst und von nichts eine Ahnung. Von der Versicherung habe ich etwas Geld bekommen. Ich weiß gar nicht, ob es eine Lebens- oder Gebäudeversicherung war, auf jeden Fall waren es fünfundzwanzigtausend Dollar. Mit sechzehn schien das eine Menge Geld zu sein und dann musste ich mich um das College kümmern. Das kostete so viel mehr als das. Ich musste einen Weg finden, um zu überleben, zwischen einem Job und dem College wählen, mich über Stipendien informieren. Ich habe Geld zurückgelegt; ich weiß, dass ich ein finanzielles Polster habe, aber ich vertraue nicht darauf, dass es ausreicht.« Meena stellte sich vor Sam. »Ich habe es so satt, auf mich allein gestellt zu sein. Ich kann es schaffen, ich bin gut darin. Aber ...«

Er stand auf und nahm sie in die Arme.

»Ich kann es beenden; das habe ich schon einmal getan.« Sie löste sich aus seiner Umarmung und hob den Umschlag auf. »Ich kann das hier unterschreiben, meine Sachen packen und gehen. Alles vergessen.«

Er beobachtete sie. »Mich eingeschlossen.«

Ihr Herz akzeptierte schließlich, was sie sich selbst nicht hatte eingestehen wollen. »Ich werde dich nie vergessen, denn du bist mehr als der Typ von gegenüber, mit dem ich gern Zeit verbringe.« Sie rieb sich mit dem Daumen über das Brustbein. Innerlich zerbrach sie und konnte es nicht kontrollieren.

»Du kannst weglaufen, aber nicht vor der Vergangenheit. Die ist unausweichlich.« Sam fuhr sich mit der Hand durch die Haare. »Ich nehme immer noch jedes Jahr den Anruf meiner Eltern entgegen, obwohl es mich innerlich zerreißt, obwohl ich weiß, dass ich nach dem Anruf erst mal zu nichts zu gebrauchen bin. Wenn wir an Menschen gebunden sind, denken wir an sie, vermissen sie. Brauchen sie. Du kannst weglaufen oder du kannst bleiben«, sagte Sam. »Du musst dich entscheiden, welches Leben du leben willst.«

Mit dem Umschlag in der Hand setzte Meena sich wieder.

»Wozu es auch gut sein mag«, fügte Sam hinzu. »Es tut mir leid, dass du mit sechzehn schon erwachsen werden musstest. Das war nicht deine Entscheidung. Der Rest, das eigene Leben, das ist deine Entscheidung. Du triffst sie jeden Tag.«

Meena hielt sich die Hände vors Gesicht.

Er ging vor ihr in die Hocke. »Dir ist eine schlimme Sache passiert. Das tut mir leid.«

In der Hockstellung befand er sich auf Augenhöhe mit ihr. »Und du bist nicht die Einzige, die vorsichtig mit ihrem Herzen umgeht. Wenn das mit uns eine Beziehung ist, kann man aber nicht einfach abhauen, wenn es schwierig wird. Darauf werde ich mich nicht einlassen.«

Mit seinen Lippen berührte er ihre Stirn, dann ging er. Meena ließ sich von der Kälte einhüllen. Mit dem Umschlag auf ihrem Schoß. Sie blieb, bis die Straßenlaternen hinter ihr aufflackerten. Mit eiskalten Händen und Füßen ging sie zurück in ihre Wohnung, schloss die Türen hinter sich und rollte sich auf dem Bett zusammen.

Ihrem Bett. Dem ersten, das sie sich je gekauft hatte. Mit den Bettbezügen, die sie so sehr liebte – auf weißes Leinen gestickte kleine gelbe Gänseblümchen. Es war warm und gemütlich, der perfekte Kokon für ihren ausgekühlten Körper. Sie schloss die Augen und hoffte, dass der Schlaf sie für ein paar Stunden zu sich holen würde, damit ihr Verstand und ihr Herz ein wenig zur Ruhe kamen.

KAPITEL 44

Ihre Augen waren rot und verklebt und Meena hatte Mühe, sie zu öffnen. Die Morgensonne war hell genug, um sie zu wecken. Sie hätte ewig hier liegen können, wenn ihre Blase nicht gedrückt hätte. Nachdem sie sich das Gesicht gewaschen hatte, ging sie in die Küche. Sie hatte Instantkaffee und Milch im Kühlschrank. Eins nach dem anderen. Das war der Plan für diesen Tag.

Sie entdeckte eine große Tasse und eine Tüte aus einer Bäckerei in der Boylsten Street mit einem Klebezettel: *Wenn du etwas brauchst, ich bin gegenüber. Wally auch.*

Ihr Herz schlug Purzelbäume. Noch nie war sie verliebt gewesen. Es war ihr fremd, aber irgendwo in ihrem Inneren wusste sie, dass es genau das war, was sie für Sam empfand. Freude. Glückseligkeit. Und auch wenn ein Teil ihres Herzens schmerzte, war der Raum, den Sam einnahm, groß und lebendig.

Meena setzte sich an den Esstisch und nahm einen großen Schluck Kaffee. Er war perfekt, ebenso wie die Tüte mit drei Gebäckstücken – einem Croissant, einem Stück Apfelkuchen und einem Schokoladenkrapfen. Sie biss in den Krapfen, wartete darauf, dass der Zucker ihren benebelten Verstand weckte.

»Klopf, klopf.« Tanvi steckte den Kopf durch die Tür. »Da bist du ja. Guten Morgen.«

»Hallo.«

»Es sieht so schön hier aus.« Tanvi schloss die Tür hinter sich. »Du hast ein gutes Auge, aber ich sehe bei all dem Weiß und Blau, dass du Angst vor Farbe hast. Du brauchst ein paar Drucke, etwas Spaß hier drinnen. Lass uns heute durch Newbury schlendern und nach Kunst oder einer Vase Ausschau halten, irgendetwas, das für Pep sorgt. Es ist herrlich draußen, die Sonne scheint und wir haben um die zehn Grad. Wir könnten essen gehen und den Tag genießen.«

Meena wollte nicht über das Motiv nachdenken oder darüber, ob Tanvi über gestern Bescheid wusste. Sie wollte einfach nur dasitzen und ihren Kaffee genießen. »Vielleicht ein anderes Mal. Ich habe heute noch ein paar Dinge zu erledigen.«

»Zum Beispiel?«

»Ich muss ein paar Entwürfe zusammenstellen, Ideen für Reportagen.«

Tanvi setzte sich auf ihren Stammplatz neben Meena. »So funktioniert das also? Du hast eine Idee und schaust, ob jemand Interesse daran hat?«

»Manchmal«, sagte Meena. »Am Anfang, ja. Ich habe aber lange Zeit durchgehend gearbeitet, also habe ich auch Redakteure an der Hand, die mich wegen Aufträgen anrufen. Freiberuflichkeit ist ein bisschen von allem. Ich bin seit einiger Zeit nicht mehr unterwegs gewesen, also muss ich mir jetzt wieder selbst etwas suchen.«

»Das scheint risikoreich zu sein.«

»Ja, schon. Es gibt gute Monate und schlechte Monate. Man verdient Geld, um die Zeiten zu überstehen, in denen nicht viel los ist.«

»Wolltest du nie einen festen Job?«

Meena schüttelte den Kopf. Der Gedanke, an einem Ort zu bleiben, war ihr nie in den Sinn gekommen. Bis jetzt.

»Apfelkuchen?« Meena hielt ihr die Tüte hin.

»Vielleicht ein kleines Stück.« Tanvi schaute sich im Wohnzimmer um. »Es sieht so anders aus. Man kann die Geschichte erkennen, wenn sie nicht von alldem erdrückt wird, was Neha hier hineingestopft hatte.«

»Was meinst du, wie es für deinen Großvater war?«

Tanvi strich mit der Hand über den Holzfußboden. »Ich habe Geschichten von meinen Eltern gehört. Es waren alles Männer, die hier zuerst gewohnt haben. Also nehme ich an, es gab eine Menge Ego, Testosteron und Gefummel.«

Meena lachte.

»Sie haben Gewürze mitgebracht«, erzählte Tanvi. »Einen Koffer mit Kleidung und einen weiteren mit Dal, Marschu, Kurkuma, Koriander und anderen Dingen, die sie brauchten, um sich zu versorgen. Sie waren alle Vegetarier und ich kann mir nicht vorstellen, dass es in den Dreißigerjahren in der Newbury Street vegetarische Restaurants gab wie heute. Sie mussten Kochen lernen – mein Großvater war darin hervorragend. Er war derjenige, der alle mit Essen versorgte. Ich bin mir sicher, es wurde viel gequatscht, geplant und geprahlt.«

»Glaubst du, sie waren gern hier?«

Tanvi lächelte. »Das würde ich gern glauben. Sie waren ehrgeizig und wollten in Amerika studieren, hier etwas aufbauen, ein Zuhause für die, die kamen und gingen, und ein persönliches Vermächtnis für uns. Mein Vater sprach oft über das Leben unter der britischen Herrschaft. Er meinte, ein Vorteil sei gewesen, dass sie lernten, sich in der weißen Kultur zurechtzufinden, dass sie sich in Kleidung, Sprache und sozialen Normen anpassten. Das hat ihnen geholfen, denke ich.«

Meena hörte zu, als Tanvi die Geschichten erzählte, die sie von ihrem Großvater gehört hatte. Sie stammte von den

Menschen ab, die hier gelebt hatten. Sie strich mit ihren nackten Füßen über den Boden und fragte sich, ob ihr Urgroßvater jemals an dieser Stelle gestanden hatte. Wenn er nicht hier gewesen wäre, gäbe es sie nicht.

Sie hatte ihr Leben damit verbracht, die Vergangenheit hinter sich zu lassen, und hatte nie darüber nachgedacht, wie wichtig es war zu wissen, woher sie kam, welche Menschen sich mit anderen zusammenfinden mussten, um ihre Existenz möglich zu machen. Dass ihre Wurzeln nicht nur eine leibliche Mutter und ein leiblicher Vater waren, sondern über Generationen, Jahrhunderte hinwegreichten. Sie hatte geglaubt, sie sei ungebunden, doch die unsichtbaren Fäden der Genetik würden immer da sein. Sie hatte die Möglichkeit, etwas über ihre Vorfahren zu erfahren, an einem Ort zu leben, den sie aufgebaut hatten. Das galt in doppeltem Sinne für Sabina und Neha. Meena gehörte hierher.

»Es ist schön, dass ihr das hier habt«, sagte Meena.

»Ja.« Tanvi schenkte ihr ein sanftes Lächeln. »Ich bin mir sicher, es waren nicht nur Helden. Uma könnte dir wahrscheinlich von den problematischen Aspekten erzählen. Aber allein die Tatsache, dass sie hierhergekommen sind, dass sie das, was sie kannten, für das Unbekannte zurückließen, zu einer Zeit, als sie wahrscheinlich die einzigen asiatischen Inder hier waren, ist etwas, worauf nicht nur wir in diesem Haus stolz sein können. Sondern auch unsere Einwanderungsgeschichte.«

Meena reichte Tanvi den Rest des Apfelkuchens. »Danke, dass du mir das erzählt hast.«

»Gegen ein zweites Frühstück habe ich sonst nichts. Aber ich lasse dich jetzt mal weitermachen. Ich gehe einkaufen. Vielleicht kaufe ich sogar ein Einweihungsgeschenk für dich.«

Meena aß ihr Croissant auf. »Wenn du mir eine Stunde Zeit gibst, komme ich mit. Ich kann später an meinen Entwürfen arbeiten.«

Tanvi stand auf. »Ausgezeichnet, dann können wir über Farbe reden.«

»Vergiss nur nicht, dass ich ein kleines Budget habe«, sagte Meena. »Eines von nicht mehr als fünfzig Dollar.«

»Wir können ja auch einfach ein bisschen bummeln.« Tanvi machte sich auf den Weg zur Tür. »Schreib mir kurz, wenn du startklar bist.«

Nachdem Tanvi gegangen war, wollte Meena duschen. Als sie sich Kleidung aus der Kommode holte, entdeckte sie den braunen Umschlag auf dem Bett. Er war zerknittert, aber der Inhalt noch geschützt. Der konnte warten. Sie ließ den Umschlag liegen, wo er war. Eine lange, heiße Dusche, ein Spaziergang an einem sonnigen Tag, ein kleiner Schaufensterbummel. Das war alles, was Meena im Moment wollte.

KAPITEL 45

Meena wartete, bis Sam mit Wally Gassi ging, bevor sie sich in seine Wohnung schlich, um dort ihr Geschenk zu deponieren. Während ihres Spaziergangs mit Tanvi hatte sie eine Straßenkünstlerin entdeckt, eine Graveurin. Später war sie allein zurückgegangen, um ein kleines Geschenk für Sam in Auftrag zu geben. Sie hatte es heute Morgen abgeholt und konnte es kaum erwarten, es bei ihm abzuliefern.

Sie stellte es in die Mitte seines Couchtisches und schob Sams Sachen in eine Ecke, damit er es nicht übersah. Es war ein großer Becher aus klarem Glas mit der Aufschrift »Verdammter Heiliger« in Schreibschrift. Sie hatte den Becher mit hausgemachten Hundekeksen gefüllt, die anscheinend sehr beliebt waren. Bevor Sam zurückkam, huschte sie aus seiner Wohnung.

Meena hatte die letzten beiden Tage damit verbracht, sich treiben zu lassen. Sie hatte ihr Dasein, ihr Leben genossen. Gestern war sie auf der anderen Seite des Charles River in Cambridge und dann in Somerville herumgelaufen. Das Wetter hielt, obwohl Meena wusste, dass in Boston ein Schneesturm im April keine Seltenheit war. Sie hoffte, es würde keinen geben. Meena begrüßte die Veränderung nicht nur im Hinblick auf die Jahreszeit, sondern ebenso auf sich selbst.

Auch wenn sie das schriftliche Angebot nicht angefasst hatte, weigerte sie sich, sich davon niederdrücken zu lassen. Vielleicht verdrängte sie es, tat so, als würde es nicht existieren, aber der braune Umschlag auf dem Nachttisch war kaum zu übersehen. Als sie in der Highschool eine Therapie gemacht hatte, sagte ihre Therapeutin Cindy immer, sie solle mit Bedacht und nicht automatisch reagieren. Das Ignorieren des Umschlags war kein Ausweichen, sondern sie nahm sich Zeit, um ihre Reaktion zu überdenken. Es war drei Tage her, dass sie Sabina getroffen hatte. Sie waren sich nicht im Vorbeigehen begegnet, Sabina hatte keine Zeit im Garten verbracht und der Flur war neben einem frischen Blumenstrauß und einer Schale mit Potpourri nicht dekoriert. Im Ingenieurhaus war es ungewöhnlich ruhig.

Sie hörte, wie Sam und Wally das Haus betraten, und dann, wie sich seine Tür schloss. Meena konnte sich das Grinsen nicht verkneifen, als sie sich vorstellte, wie er lachte, als er den Becher sah. Ihr Herz war voll von einer Mischung aus Schulmädchenschwärmerei und einer Portion erwachsenen Selbstbewusstseins. Sie hielt das Gefühl fest an sich gedrückt.

Ihr Telefon vibrierte. Zoe schrieb. Anstatt zu antworten, rief Meena sie an.

»Die Wohnung ist riesig«, brüllte Zoe ins Telefon. »Jetzt, wo viel weniger drinsteht.«

Meena lachte. Sie hatte Zoe Fotos geschickt, bevor die Möbel geliefert wurden. »Ich werde die Räume auch nicht überladen.«

»Das ist eine tolle Wohnung«, schwärmte Zoe.

»Komm mich besuchen«, bot Meena an. »Im Sommer.«

Meena grinste. In diesem Moment war alles klar. Die Angst und die Unsicherheit verschwanden einfach so. Die Wohnung gehörte ihr, von Geburt an und von Rechts wegen. In doppelter Hinsicht.

»Das würde ich gern.« Zoe zögerte. »Aber was ist, wenn du einen Auftrag in Tibet oder so bekommst? Dann würdest du abhauen und ich bin nicht der Typ für Solo-Urlaube.«

»Das kriegen wir schon hin.«

»Gut, ich bin dabei.«

»Erinnerst du dich noch an den Planer, den du mir geschenkt hast?«

»Sag bloß, du hast ihn benutzt!«

»In gewisser Weise«, sagte Meena. »Ich habe mit Sam geflirtet und jetzt sind wir zusammen und schauen, wohin das führt.«

»Oh mein Gott!«

Meena lachte. »Ich weiß. Es ist … Ich weiß nicht, wie ich es beschreiben soll.«

»Teenagerverliebtheit?«

»Es fühlt sich größer an als das. Nach mehr. Ich will nicht voreilig sein, aber es fühlt sich einfach gut an.«

»Genieß jede Sekunde«, riet Zoe ihr. »Eines Tages wird er dich zwingen, ihm bei Videospielen zuzuschauen, und dann wirst du dich daran erinnern wollen, dass du ihn wirklich magst.«

»Das werde ich. Okay, sobald du weißt, wann du zu Besuch kommen möchtest, halte ich den Termin in meinem Kalender frei«, versprach Meena.

»Wer bist du?«

Meena Dave. Meena lachte. »Ich bin glücklich.«

»Das gefällt mir«, sagte Zoe. »Gut, dann machen wir es so. Ein Urlaub in Boston. Solange du mich nicht zu historischen Führungen zwingst, wird das ein Riesenspaß.«

»Keine Angst. Ich bringe dich zu all den Orten in Boston, wo wir gegen die Briten gekämpft und gewonnen haben. Es gibt einen ganzen Freedom Trail, der den Meilensteinen unserer Unabhängigkeit von eurem Haufen gewidmet ist.«

Zoe grinste. »In diesem Fall werde ich den Union Jack mitbringen und damit herumwedeln.«

Sie setzten ihre Unterhaltung noch eine Weile fort und nachdem sie aufgelegt hatten, schlenderte Meena durch die Wohnung. Sie strich mit den Fingern an der Wand neben der Eingangstür entlang, holte tief Luft und atmete aus. Dann ging sie in ihr Schlafzimmer und holte den Umschlag. Sie kramte einen Stift und einen Notizblock hervor. Nach ein paar Minuten des Nachdenkens schrieb sie eine Nachricht, etwas spitz vielleicht, aber es fühlte sich gut an. Sie drückte die Metallklammer zusammen, um den Umschlag zu öffnen, schob den Zettel hinein und drückte sie wieder fest zu. Meena lief zwei Treppen hinauf und schob den Umschlag unter Sabinas Tür hindurch.

Sie hatte auf Sabinas Angebot reagiert.

Da sie sich die gute Laune nicht verderben lassen wollte, schlüpfte Meena aus der Haustür und ging über den Storrow Drive zur Promenade. Die halbe Stadt joggte, walkte, radelte oder saß am Fluss. Das machten die Einheimischen immer an einem warmen Tag nach einem kalten Winter.

Sie lächelte und grüßte ein älteres Ehepaar, das aus der entgegengesetzten Richtung kommend an ihr vorbeiging. Sie war dabei, eine Einheimische zu werden. Sie brauchte Sabina nicht, damit sie sich willkommen fühlte. Die Stadt würde das schon übernehmen; die anderen Tanten und Sam auch. Sabina hatte sie vielleicht damals nicht gewollt und wollte sie auch jetzt nicht, aber Sabinas Wünsche würden Meenas Leben nicht bestimmen und sie nicht daran hindern, ihre Wohnung zu einem Zuhause zu machen.

Mit festen und entschlossenen Schritten setzte sie ihren Weg fort.

Kapitel 46

Meena spielte mit Wally im kalten Gras Tauziehen, während Sam auf der Bank saß. In der letzten Woche hatten sie sich gegenseitig kleine Geschenke gemacht. Er brachte ihr vor allem Essen, während sie ihn mit ein paar Scherzartikeln, wie einem Smoking-T-Shirt, bedachte. Auf die Rückseite hatte sie in Druckbuchstaben »Vora, Sam Vora« geschrieben und daneben spaßeshalber ein winziges Martiniglas gezeichnet. Gestern Abend waren sie zu einem Pubquiz gegangen und hatten den vierten Platz belegt, worüber Ava nicht glücklich gewesen war. Sie hatten die strikte Anweisung, sich in der nächsten Woche am Riemen zu reißen.

»Er wird so groß.« Meena lag auf dem Boden und Wally kletterte auf sie.

»Aus!« Sam deutete auf den Boden.

Wally gehorchte und lief davon, um am Zaun zu schnuppern.

Meena wischte ihre Jeans ab und setzte sich auf die Bank. »Er lernt.«

»Endlich.«

Sie schauten zu, wie er von Busch zu Busch lief und schnüffelte. Dann fand er einen Zweig und spielte damit, als wäre es das Beste, was ihm in seinem Hundeleben passiert war. Die Sonne wärmte Meenas Gesicht. Sie lehnte sich zurück und zog die Beine unter sich. Es war ein friedlicher Sonntagnachmittag. Bis Sabina über Sams Veranda in den Garten kam.

»Hallo Sabina«, begrüßte Sam sie. »Willkommen zurück.«

Meena legte den Kopf zur Seite. »Warst du verreist?«

»Ich habe eine Cousine in New Jersey besucht«, sagte Sabina. »Meena, ich möchte mit dir reden.«

»Ja, gut.«

»Unter vier Augen.«

Meena setzte sich auf. »Schon gut. Sam weiß alles.«

Sabinas überraschter Gesichtsausdruck war eine kleine Genugtuung.

»Ich nehme an, du wolltest es nicht für dich behalten«, sagte Sabina.

»Tantchen, ich wusste es schon vorher«, stellte Sam klar. »Neha hat es mir erzählt. Einen Teil davon.«

»Du hast dich entschieden, sie einzuweihen. Hast dich auf Nehas Seite gestellt.« Sabina drehte sich zu Sam um und Schmerz über seinen Verrat stand ihr ins Gesicht geschrieben.

Zum ersten Mal erkannte Meena Sabinas Alter. Ihre sonst so makellose Haut war blass und um die Lippen zeigten sich mehr Falten.

»Es war nicht Sam«, sagte Meena. »Neha hat mir Notizen hinterlassen.« Sie gab Sabina eine kurze Zusammenfassung von Nehas Brotkrümelspur. »Wir wussten bis letzte Woche, als du es zugegeben hast, nichts über dich.«

»Wir?«

»Ich vertraue Sam«, sagte Meena. »Wie ich in der Ablehnung des Angebots geschrieben habe, werde ich nie wieder darüber sprechen. Ich werde dein Geheimnis bewahren, aber ich werde nicht verkaufen und nicht gehen.«

Sabina erstarrte sichtbar. »Es spielt also keine Rolle, dass ich dich hier nicht haben will?«

Das tat weh. Meena hatte ihr Herz geöffnet, um Platz für andere zu schaffen: Sam, Zoe, Tanvi, Wally ... aber das machte sie auch verletzlich. Hannah hatte ihr beigebracht, wie man sich behauptete, und Meena konnte das verkraften. Und was auch immer sonst noch auf sie zukommen würde.

»Sam, sag ihr, wie es ist«, flehte Sabina. »Wenn das herauskommt, wird es mich ruinieren, dieses Haus, alles, was wir hier aufgebaut haben.«

»Wie das?«, fragte Meena. »Ich habe in meinem Brief doch geschrieben, dass ich zwar biologisch deine Älteste bin, aber keinen Anspruch auf irgendetwas erheben werde. Ich möchte das, was ich habe, behalten und darauf aufbauen. Das reicht mir.«

»Und dann?«, fragte Sabina. »Wirst du es an deine Kinder weitergeben? Das Vermächtnis fortführen?«

Meena stand auf. »Wenn ich welche haben werde, ja. Denn ob du mich willst oder nicht, ich habe das gleiche Geburtsrecht wie du. Mehr noch, wenn man bedenkt, dass meine beiden biologischen Eltern Anspruch darauf haben. Das muss dir nicht gefallen, aber es ist wahr.«

»Es war ein Fehler«, sagte Sabina. »Du hättest mich nie finden und zurückkommen dürfen.«

Sam stand auf und legte seine Hand auf Meenas Rücken.

»Ich habe mir das nicht ausgesucht.« Wut stieg in Meena auf. »Ich war nicht auf der Suche und wollte dich nie finden. Ich habe nicht an dich gedacht. Auch nicht, als ich meine Eltern verloren habe. Nie habe ich gedacht: He, ich habe immer noch eine leibliche Mutter irgendwo da draußen. Niemals. Du hast für mich nicht existiert. Das war alles Nehas Werk.«

»Dann geh doch«, drängte Sabina. »Ich bin nichts für dich und du bist niemand für mich. Du kannst mit fast drei Millionen Dollar abhauen und mit deinem Leben weitermachen.«

Meena zog die Schultern hoch und verschränkte die Arme, um sich zu schützen. »Du hast eine Entscheidung getroffen, als du siebzehn warst. Ich treffe jetzt eine. Ich musste mit deiner leben und du musst mit meiner leben. Wir können Feinde oder Bekannte sein. Es liegt ganz bei dir. Ich werde nirgendwohin gehen.«

Sabina schaute auf, ließ die Arme sinken und machte sich groß. »Ich verstehe.« Sie wandte sich zum Gehen.

Meena wusste, dass sie sie gehen lassen sollte; sie schuldete Sabina nichts und sollte nichts von ihr verlangen. »Es ist so«, sagte Meena, »dass ich sehr lange Zeit sechzehn Jahre alt war.«

Sabina blieb stehen.

»Sogar als ich älter wurde, mehr über die Welt wusste, wie man sich darin zurechtfindet, sich durchschlägt, seinen Lebensunterhalt verdient. Aber innerlich war ich immer noch dieses junge Mädchen, für das durch ein einziges Ereignis die Zeit stehen geblieben war. Ich lernte, damit umzugehen, Reife vorzutäuschen, aber die Angst, die ich mit mir herumtrug, war die Angst eines kleinen Mädchens, das alles verloren hatte. Doch dieses Haus, nicht nur die Menschen, die darin wohnen, sondern auch die Geschichte dieses Hauses, das du verwaltest, haben mir etwas gegeben, eine Vergangenheit, die sich nicht in Asche verwandelt hatte. Indem ich hierhergekommen bin und mich entschieden habe zu bleiben, ließ ich dieses sechzehnjährige Mädchen endlich erwachsen werden. Ich hoffe, du findest einen Weg, das Gleiche zu tun.«

Sabina drehte sich um. Sie hatte Tränen in den Augen.

»Du hast damals eine Wahl getroffen«, sagte Meena. »Ich nicht. Trotzdem haben wir beide etwas verloren. Ich bleibe nicht hier, um dich zu zwingen, dich dem zu stellen, es wiederaufleben zu lassen. Ich bleibe meinetwegen hier und kann nur hoffen, dass du einen Weg findest, mit deiner Wahl und diesen Umständen zurechtzukommen.«

Es gab nichts mehr zu sagen. Der Schmerz machte Meena müde. Mit erhobenem Kopf und vorgestrecktem Kinn ging sie zurück in ihre Wohnung und war froh, als Wally ihr folgte. Sie blickte zurück und sah, wie Sam mit Sabina sprach, den Arm um sie legte und sie tröstete.

Meena bewunderte sein Einfühlungsvermögen und nahm ihm das nicht übel. In ihrem Herzen war kein Hass oder Zorn mehr auf Sabina. Die Frau war genauso wie Meena gezwungen gewesen, sich ihrer Vergangenheit zu stellen. Es gab keine Schuldzuweisungen. Sabina hatte mit siebzehn die für sie beste Entscheidung getroffen, wie es ihr gutes Recht gewesen war, und es war nichts Falsches daran, diese Entscheidung nicht rückgängig machen zu wollen, weil Meena vor ihrer Tür aufgetaucht war. Nichts von alldem war fair gegenüber ihnen beiden, aber wenn sie einen Weg finden könnten, nebeneinander zu existieren, gelegentlich eine Tasse Chai zu trinken, wäre das genug.

Meena goss für Wally Wasser in eine flache Schale und streichelte ihn, während er trank. Er drehte sein nasses Gesicht und schmiegte es an ihren Hals. Dann sprang er auf sie. Sie lag auf dem Küchenfußboden und spielte mit dem Fellknäuel, das von einem Welpen zu einem zwanzig Kilo schweren Hund herangewachsen war. Lachen hallte in ihrem Zuhause wider und Meena genoss es in vollen Zügen.

KAPITEL 47

Bevor sie hinausging, überprüfte Meena ihr Gesicht in dem kleinen Spiegel, den sie neben der Tür aufgehängt hatte. Ihr Haar war locker zusammengebunden und sie trug zu ihrem langen Kleid eine kurze Kunstlederjacke, die sie im Ausverkauf bei *Anthropologie* gefunden hatte. Die winzigen roten Blumen auf der schwarzen Seide des Kleides wirkten ebenso verspielt wie der Zipfelsaum. Außerdem hatte sie ihre üblichen schwarzen Boots angezogen. Ihr war flau im Magen, aber sie wollte es tun.

Sie traf Sam auf dem Flur. »Bereit?«

Meena holte tief Luft und nickte.

Er nahm ihre Hand, als sie zu der Seitenstraße gingen, in der er sein Auto geparkt hatte. Als sie gen Westen fuhren, weg von der Stadt und den Vororten, veränderte sich die Landschaft. Sie war dünner besiedelt und grüner.

»Danke, dass du mitkommst«, sagte Meena.

»Ich bin froh, dass du mich gefragt hast.« Sam wandte den Blick kurz von der Straße ab, um ihr ein Lächeln zu schenken.

»Du bist ein echt krasser Typ. Fährst zehn Meilen schneller als das Tempolimit.«

»So sind wir verdammten Heiligen nun mal.«

Ein Teil der Anspannung löste sich in Gelächter auf, kehrte aber zurück, als Meena das Ortsschild von Northampton erblickte. Sie hatte die Adresse des Hauses, in dem sie ihre Kindheit verbracht hatte, in das Navi eingegeben, und das Handy zeigte an, dass sie in zehn Minuten dort sein würden. Als sie das Stadtzentrum passierten, erkannte Meena einige Ladenfronten und Straßen sowie das große historische Gebäude der Musikhochschule. Innerhalb weniger Minuten hatten sie sich vom Zentrum entfernt und das Navi forderte Sam auf, nach links abzubiegen. Sie überquerten den Mill River über eine einspurige Brücke und erreichten die Meadow Road. Dann hielten sie vor einem Grundstück, auf dem früher Meenas Zuhause gestanden hatte.

Meena stieg aus dem Auto und starrte auf das weiße Haus mit der umlaufenden Veranda. »Unser Haus war blau. Die Fenster hatten diese kleinen weißen Fensterläden. Wir hatten keine Veranda, aber hinter der Küche gab es eine kleine Terrasse.«

Sam lehnte neben ihr am Auto.

Meena deutete die Straße hinunter. »Die Schulbushaltestelle war ganz da unten und ich weiß noch, wie ich nach der Schule immer von dort nach Hause gelaufen bin. Im Winter war es manchmal schon dunkel, wenn ich aus dem Bus gestiegen bin. Wir kannten alle Nachbarn. Es ist so seltsam. Das könnte jede Straße sein, überall. Ich erkenne einige der Nachbarhäuser wieder, aber da unser Haus nicht mehr hier steht, ist es nicht meine Straße. Ich weiß, dass das keinen Sinn ergibt.«

»Doch, das tut es«, sagte Sam. »Es gibt keinen Anker für dein Gedächtnis.«

»Genau.«

»Weißt du, wo sie begraben sind?«

»Auf dem Friedhof Saint Mary«, sagte Meena. »Viel war nicht mehr von ihnen übrig, aber was gefunden wurde, haben sie in einen gemeinsamen Sarg gelegt. Das alles musste ich regeln. Ich hatte zwar etwas Hilfe, aber …«

»Du hast es geschafft.«

Meena nickte.

»Möchtest du ihr Grab besuchen?«

Meena öffnete die Autotür. »Ja, das möchte ich.«

Es bedurfte einiger Fragen an das Friedhofspersonal, um das Grab ihrer Eltern zu finden. Schließlich war es das erste Mal, dass sie seit der Beerdigung wieder hier war. Auf dem rosafarbenen Stein stand in weißer Schrift: JAMESON UND HANNAH DAVE. Meena fuhr mit den Händen über den abwechselnd rauen und glatten Stein. »Ich weiß noch, dass er so groß war. Imposant.« Sie setzte sich daneben auf den Boden und das kühle Gras quietschte unter ihr. »Ich hätte Blumen mitbringen sollen.«

»Nächstes Mal.« Sam setzte sich auf die andere Seite des Steins. Seine Jeans spannten an den Knien.

Meenas Augen füllten sich mit Tränen. »Ich hätte zurückkommen und sie besuchen müssen. Hätte an sie denken sollen, anstatt zu versuchen, sie zu vergessen.« Ihre Stimme brach. »Sie müssen so enttäuscht von mir sein.«

»Nach dem, was du mir erzählt hast, hast du das getan, was sie deiner Meinung nach gewollt hätten«, sagte Sam.

»Mach einfach weiter – einer der Lieblingssprüche meiner Mutter.« Meena lächelte.

»Genau das hast du getan«, sagte Sam. »Du bist nicht darüber hinweggekommen oder hast sie vergessen; du hast weitergemacht. Sie wären stolz auf dich.«

In Meenas Hals bildete sich ein Kloß und sie hörte auf, gegen die Gefühle anzukämpfen, ließ ihnen freien Lauf. Sie legte den Kopf auf den Grabstein. In leisem Flüsterton erzählte sie ihren Eltern von ihrem Leben. Dass sie gekämpft hatte, aber glücklich war, dass sie wieder ein Zuhause gefunden hatte.

Dann stand sie auf und streichelte den Stein ein letztes Mal. »Das nächste Mal bringe ich Blumen mit.«

Aus einem Impuls heraus beugte sie sich hinunter und berührte mit den Lippen den oberen Rand des Grabsteins. Sie hoffte, ihre Eltern würden ihre Liebe so empfinden, wie sie es getan hatte, wenn ihr Vater ihr heiße Schokolade und Kekse gebracht und ihr einen Kuss auf den Scheitel gedrückt hatte.

Sie griff nach Sams Hand. »Danke. Einfach nur danke.«

Er drückte ihre Hand. »Ich finde, du solltest mich zu einem späten Mittagessen einladen.«

Meena lachte. »Du versuchst immer, mich dazu zu bringen, mit dir auszugehen.«

»Und trotzdem hast du nicht gefragt.«

»Komm schon.« Meena zog ihn zurück zum Auto. »Es gibt da jenseits der Staatsgrenze eine Brauerei in Brattleboro, von der ich gelesen habe.«

Beim Mittagessen erzählte Meena Sam von ihrem nächsten Auftrag, ihrem ersten für den *Boston Globe*. Sie freute sich auf den lokalen Artikel, für den sie nicht weiter fahren musste, als sie mit der U-Bahn kam. Sie würde pünktlich zum Abendessen zurück sein.

»Ich habe eine Überraschung für dich«, sagte Meena.

»Hast du dich wieder in meine Wohnung geschlichen und dort etwas deponiert?«

Meena fischte ihr Handy aus der Tasche. »Nö.« Sie öffnete die Galerie und rief ein Foto auf. »Darf ich vorstellen? Huckleberry.«

Sam nahm ihr das Handy ab.

»Er ist vier Monate alt, ein Husky-Schäferhund-Mix. Ich habe ihn vor ein paar Tagen bei der Tierschutzorganisation kennengelernt.«

»Der ist süß.«

»Glaubst du, er wird Wallys neuer bester Freund?«

Sam stellte sein Glas ab. »Was hast du getan?«

»Ich habe einen Antrag ausgefüllt und ihnen einen Scheck gegeben«, berichtete Meena. »Sie werden dich wegen einer Referenz anrufen. Und wenn alles klappt, gehört er mir.«

»Was ist …« Sam räusperte sich. »Wenn du wegmusst?«

»Ich bleibe, Sam. Ich verpflichte mich hierzubleiben. Für mich, aber auch für dich. Für uns.« Meena wechselte vom Stuhl ihm gegenüber zu dem neben ihm. »Ich habe mich in dich verliebt, Sam. Mir gefällt, was sich da zwischen uns entwickelt.« Ihr Herz nahm Fahrt auf, als sie ihre Hand auf seinen Unterarm legte. »Du bist liebenswürdig, intelligent und zuverlässig. Und hast du schon mal in den Spiegel geschaut? Du bist auch ganz offensichtlich attraktiv. Ich fühle … ähm …, dass du mir etwas bedeutest.«

Er legte seine Hand auf ihre. Sie konnte die goldenen Flecken in seinen dunkelbraunen Augen sehen, als er sich zu ihr beugte.

»Du hast vergessen zu erwähnen, dass ich ein verdammter Heiliger bin«, sagte er.

Als Meena ihn küsste, übernahmen seine weichen Lippen die Führung, während er einen Arm um sie legte und sie näher an sich zog. Meena umfasste sein Gesicht und ließ alles, was sie für ihn empfand, in den Kuss fließen, bis Sam ihn unterbrach und mit seiner Stirn ihre berührte. »Wir müssen nach Hause.«

Noch einmal strich sie über seine Lippen. Zehn Minuten später saßen sie im Auto.

»Nach Hause. Das gefällt mir.« Sie hielt seine Hand, als er in östlicher Richtung zurück nach Boston fuhr.

Sie brauchte nicht zurückzuschauen, denn sie ließ Northampton nicht wie beim letzten Mal im Rückspiegel zurück. Sie würde wiederkommen, den Friedhof besuchen und sich daran erinnern, dass es vor dem Schmerz auch Freude gegeben hatte.

* * *

In der ersten Maiwoche war die Wohnung weitgehend fertig. Mit Dekokissen und frischen Blumen. Sie war bei Weitem nicht überfüllt, aber das passte zu Meenas Minimalismus. Sie stellte den letzten Fotorahmen auf den Kaminsims. In den letzten Tagen hatte sie die Fotos ausgedruckt, die sie von Anfang an gemacht hatte. Von Halloween bis hin zur Chai-Herstellung. Wally in verschiedenen Stadien des Wachstums, Sam in seinem James-Bond-Smoking. Die Rahmen verschönerten das Wohnzimmer, den Essbereich und das Schlafzimmer. Auf dem Kaminsims stand der größte Teil ihrer Sammlung.

Da waren die Tanten in all ihrer Pracht: vom Harken des Gartens bis hin zum Diwali-Essen. Meena hatte Sabina miteinbezogen, denn sie war ein Teil ihres Zuhauses, auch wenn sie nicht mehr miteinander sprachen. Meena saß auf ihrer neuen Couch. Die musste erst einmal richtig eingesessen werden. Die Kissen waren noch steif, aber das würde noch werden. Ihr Zuhause wirkte langsam bewohnt. Sie hatte eine Box für Huckleberry neben ihren Schreibtisch ans Fenster gestellt und ein Hundebett neben den Kamin, zusammen mit einem Korb voller Spielzeug für Wally und Huck.

Sam hatte darauf bestanden, dass sie den Namen des Welpen etwas anpassten, sodass er besser zu seinem ernsten Gesicht passte. Zuerst hatte Meena behauptet, sie werde den Namen nur behalten, um ihn zu ärgern. Jetzt nannte sie den Hund jedoch Huck und konnte es kaum erwarten, ihn nächste Woche abzuholen. In der Zwischenzeit schaute sie sich neben der Arbeit eine Menge Videos über Hundeerziehung an. Sam hatte ihr ein entsprechendes Buch gegeben, das auf Meenas Nachtschrank lag.

Meena hörte ein kurzes Klopfen an der Tür und dann kam Sabina herein.

Meena stand auf und wappnete sich.

Sabina schaute sich in der Wohnung um. Heute trug sie eine lange rote Seiden-Kurta, die wie ein Kleid aussah und bis zu den Knien reichte. Darunter schwarze Leggings. Ihr Haar war wie üblich zu einem dicken Zopf geflochten, der ihr über den Rücken hing.

»Gibt es irgendetwas, das du mir sagen möchtest?«

Sabina nickte.

Meena setzte sich, hielt aber den Rücken gerade und die Beinmuskeln angespannt.

Sabina setzte sich zu ihr aufs Sofa. »Was du gesagt hast, über das Erwachsenwerden. Ich habe einige Zeit darüber nachgedacht. Als ich damals erfahren habe, dass ich schwanger war, da war ich … So eine Angst habe ich noch nie erlebt. Es war dieses eine Mal. Ich hatte es satt, das brave Mädchen zu sein, das tat, was alle erwarteten. Nehas Cousin war für ein paar Wochen hier, um sich Colleges anzuschauen. Er war der erste Junge, der mit mir flirtete. Was für ein Klischee, oder?«

Meena schwieg.

»Als meine Periode ausblieb und dann noch eine, wusste ich nicht, was ich tun sollte.« Sabina drückte ein Kissen an sich. »Das taten indische Mädchen nicht. Sex war für die Zeit nach der Eheschließung reserviert. Ich dachte, meine Eltern würden mich verstoßen, mich auf die Straße setzen. Ich konnte nicht weg. Nicht von diesem Vermächtnis. Mehr als alles andere wollte ich dieses Haus verwalten. Ich ging zu Neha. Sie war älter. Als es kurz davor war, dass man mir die Schwangerschaft ansah, arrangierte Neha ein sechsmonatiges Scheinpraktikum für ein Landschaftsbaustudium am Smith College. Ein Praktikum, mit dem ich meine Chance auf einen Studienplatz verbessern sollte. Ich wohnte allein in einem Studio-Apartment in der Nähe des College-Campus. Es war das einzige Mal, dass ich allein lebte. Neha hatte alles arrangiert. Sie fand sogar einen Monat vor deinem Geburtstermin eine Familie. Nach deiner Geburt kümmerte sich Neha um den ganzen Papierkram und die Übergabe. Zwei Tage nach der Entbindung war ich wieder zu Hause. Ich machte weiter, als wären diese neun Monate nie passiert.«

»Hast du es geschafft zu vergessen?«

»Nicht die Angst«, stellte Sabina klar. »Ich werde nie vergessen, wie viel Angst ich davor hatte, verstoßen und aus diesem Haus geworfen zu werden, dem einzigen Zuhause, das ich je kannte, je wollte.«

»*Ich* wurde rausgeschmissen«, sagte Meena. »Nicht wegen etwas, das ich getan hatte, sondern wegen Umständen, auf die ich keinen Einfluss hatte. Aber ich habe mich durchgekämpft.«

»Das ist mir nicht entgangen«, sagte Sabina. »Du bist stärker als ich. Auch jetzt noch. Du bleibst hier, tust, was du willst, obwohl du weißt, dass ich dich nicht willkommen heiße.«

Meena drückte die Schultern zurück. Verdammt richtig. Sie war stark. »Ich habe gelernt, stark zu sein.«

»Und ich habe akzeptiert, dass du nicht ausziehst.« Sabina seufzte. »Ich möchte zu einer Einigung kommen.«

»Ich bin nicht verpflichtet, auf deine Bedingungen einzugehen.«

»Du sagtest, du hättest kein Interesse daran, mich bloßzustellen. Aber du hast es Sam verraten.«

»Er und ich stehen uns nahe«, sagte Meena. »Ich werde ihm nichts vorenthalten.«

»Ich kann meinem Mann und meinen Kindern niemals von dir erzählen.«

Es hätte nicht wehtun sollen, doch das tat es. »Mir soll's recht sein.«

Sabina stand auf. »Wir sind uns einig. Wir werden Nachbarn sein und mehr nicht. Ich hoffe, du kannst dein Wort halten.«

»Das werde ich. Wenn du Uma und Tanvi alles erzählst.« Meena wollte eine tiefgehende Beziehung zu den anderen

Tanten haben. Mit einem Geheimnis wie diesem war das nicht möglich.

»Das kann ich nicht«, jammerte Sabina. »Das würden sie mir nie verzeihen.«

»Ich werde mich nicht von ihnen abkapseln. Außerdem will ich nicht, dass das über mir schwebt. Es ist dein Geheimnis, nicht meins.«

Sabina biss die Zähne zusammen.

»Du hast die Wahl.« Meena stellte ihr ein Ultimatum. »Das ist das Einzige, was ich von dir verlange.«

»Können wir reinkommen?« Tanvi steckte den Kopf durch die Tür. »Sabina, ich wusste nicht, dass du hier bist. Ich habe dir gerade geschrieben, dass wir zu Meena gehen.«

Meena schaute auf, als Uma und Tanvi die Wohnung betraten.

»Wir haben Chai mitgebracht.« Uma schwenkte die Thermoskanne.

»Ich habe Kekse.« Tanvi hielt einen Teller hoch. »Was ist los?«

Meena zuckte mit den Schultern und nahm sich einen Keks. »Was macht ihr hier?«

»Wir brauchen dich, um eine Wette zu entscheiden«, erklärte Tanvi.

Meena lächelte. »Wer gewettet hat, dass Sam und ich am zwölften März eine feste Beziehung beginnen, gewinnt die Wette.«

Uma jubelte. »Ich habe auf den zehnten März getippt. Ich bin am nächsten dran.«

Meena lachte, als Uma einen kleinen Siegestanz aufführte. Dann unterhielten sie sich. Sabina und Meena mit den anderen beiden, aber nicht miteinander. Wenn Tanvi und Uma es mitbekamen, so ließen sie es sich nicht anmerken. Bevor die Tanten gingen, machten sie Meena Komplimente über ihre Wohnung und dann über sich selbst auf den Fotos.

Meena schloss die Tür hinter ihnen und ließ sie unabgeschlossen. Dann ging sie zu ihrem Schreibtisch. Sie hatte Fotos zu bearbeiten, E-Mails zu beantworten und einen Zeitplan für die anstehenden Aufträge zu erstellen. Später würde sie zu Sam hinübergehen. Sie würden sich etwas zu essen kommen lassen und einen Film schauen, während Wally auf dem Teppich döste. Nächste Woche würde Huck zu ihnen stoßen. Meena ging regelmäßig mit Sam zum Pubquiz. Sie lebte sich ein und das fühlte sich gut an. Richtig.

KAPITEL 48

Vier Tage später befand Meena sich gerade in der Yoga-Pose »Herabschauender Hund«, als Uma und Tanvi mit einer Thermoskanne und einem Plastikbehälter in ihre Wohnung stürmten. Ihnen stand die Sorge ins Gesicht geschrieben. Meena löste ihre Pose und kaum, dass sie wieder richtig stand, wurde sie von Tanvi umarmt. Uma streichelte ihren Arm.

»Was ist los?«

»Es tut uns so leid«, sagte Tanvi. »Wir hätten uns mehr anstrengen müssen, um das alles zu durchschauen.«

Meena löste sich aus ihrer Umarmung. »Wovon redet ihr?«

»Sabina hat uns alles erzählt.«

Erleichtert atmete Meena aus. Sie wusste nicht, wie sie vorgegangen wäre, wenn Sabina weiter geschwiegen hätte.

»Komm, setz dich.« Tanvi zog Meena zum Tisch. »Hast du Hunger? Hast du gegessen?«

»Sie ist erwachsen.« Uma öffnete den Plastikbehälter. »Lass sie in Ruhe.«

»Ich will mich nur um dich kümmern.« Tanvi holte Tassen aus der Küche und schenkte Chai ein.

»Mir geht's gut«, versicherte Meena ihnen. »Wir haben sozusagen einen Waffenstillstand geschlossen.«

Uma prustete, als sie Meena den Behälter mit den Parathas hinschob.

Tanvi tätschelte Meenas Arm. »Mir geht's nicht gut. Ich bin wütend und aufgelöst. Wir haben so viele Monate mit dir verpasst.«

»Das habt ihr nicht«, widersprach Meena. »Ihr habt euch um mich gekümmert. Und ich brauche nicht viel.«

»Ich bin so wütend auf sie. Dass sie dich so behandelt hat«, sagte Uma. »Sie hätte mit alldem besser umgehen müssen. Du hast das nicht verdient.«

»Es war ihre Entscheidung«, meinte Meena.

»Nicht wegen ihrer Entscheidung.« Uma nahm ein Paratha, faltete es in der Mitte und drückte es Meena in die Hand. »Wegen ihrer Geheimnisse und weil sie versucht hat, dich loszuwerden.«

»Dagegen kann ich nichts tun.« Meena nahm einen Bissen, wenn auch nur, damit Tanvi sich freute.

»Es liegt nicht an dir.« Uma ging in die Küche und kramte in der Speisekammer herum. Sie brachte einen Teller mit Keksen ins Wohnzimmer. »Hast du die gemacht?«

»Ich habe geübt.«

Uma biss in einen. »Zu viel Backpulver.«

»Danke für den Tipp.«

Tanvi nippte an ihrem Chai. »Wir sind ziemlich aufgebracht und es braucht Zeit. Sie hätte zu uns kommen müssen. Stattdessen hat sie sich auf Neha verlassen, hat jemandem vertraut, der so ... so, na ja, du weißt schon.«

»Wenigstens hat sie Sabina bei alldem geholfen«, wandte Uma ein.

»Und hat es ihr vorgehalten«, fügte Tanvi hinzu. »Sie hat Sabina zu ihrer persönlichen Dienerin gemacht.«

»Sie hat mir Nachrichten geschrieben.« Meena wollte, dass sie alles erfuhren.

Die Tanten schauten verwirrt. Meena ging zur Schublade ihres Schreibtisches und holte den Umschlag mit den Notizen heraus. Eines der wenigen Dinge, die sie aufbewahrt hatte. Sie betrachtete die Zettel und Karten nicht als Nehas Eigentum, sondern als ihres. Die drei Frauen überflogen sie.

»Was für ein Irrsinn.« Uma schüttelte den Kopf.

»Wem sagst du das!«, sagte Meena.

»Und ich habe nicht gemerkt, was du hier durchgemacht hast.«

»Ich war ja nicht gerade ein offenes Buch.«

»Du warst nicht einmal ein geschlossenes Buch«, meinte Uma. »Nur eine Reihe von Klebezetteln.«

»Hat Sabina dir vom Vater erzählt?«, fragte Tanvi.

»Das hat Neha getan.« Meena nahm noch einen Schluck. Es fehlte Zucker, aber dann erinnerte sie sich daran, dass es immer Sabina war, die Zucker hineintat, also trank sie ihn ohne. »Und Sabina hat Lücken gefüllt.«

»Sie hat uns erzählt, dass es Nehas Cousin gewesen sei«, sagte Uma. »Sein Name war Akash.«

»Er war sehr attraktiv.« Tanvi nahm ein Paratha, rollte es auf und tauchte es in ihren Chai, bevor sie abbiss. »Ich erinnere mich. Du hast gutes Genmaterial. Zumindest seitens deines Vaters.«

»Ich hatte mir gewünscht, dass du es bist.« Meena legte die Hand auf Tanvis Arm. »Als ich erfuhr, dass eine von euch meine leibliche Mutter sein könnte.«

»Oh.« In Tanvis Augen sammelten sich Tränen.

»He!« Uma stieß mit dem Daumen gegen ihre Brust. »Und warum werde ich ignoriert?«

»Sie ist die netteste.« Meena zuckte mit den Schultern.

»Das bin ich wirklich.«

»Und was hat das jetzt alles zu bedeuten? Mit Sabina. Ich möchte nicht, dass ihr aufhört, Freundinnen zu sein«, sagte Meena. »Und ich möchte mitmachen, teilhaben an den Aktionen hier. Vielleicht sogar an einem weiteren spaßigen Trinkgelage nach Thanksgiving.«

»Du weißt doch, dass wir alle eine Familie sind«, erklärte Uma. »In unserer Kultur gibt es keine Cousins und Cousinen; wir haben in Gujarati nicht einmal ein Wort dafür. Es heißt Bruder, Schwester, Nichte, Neffe. So ist das in unserem Haus. Sabina ist unsere Schwester. Wir sind wütend, aber wir werden das schon regeln.«

»Wie lange wird das dauern?«

»Wir haben dafür ein Verfahren«, erklärte Uma. »Wenn eine von uns etwas falsch macht, kommt diejenige in den Freundschaftsknast. Die Zeit richtet sich nach dem Vergehen. Sabina wird für lange Zeit dort sein.«

»Was ist mit dir?«, fragte Tanvi. »Wie geht es dir mit Sabina?«

Meena zuckte mit den Schultern. »Sie will mich nicht hierhaben und ich gehe nirgendwohin. Was in Ordnung ist. Ehrlich gesagt hatte ich die beste Mutter, die ich mir hätte wünschen können. Ich will und brauche keine andere.«

»Aber du brauchst deine Tanten, oder?«, fragte Tanvi.

»Jetzt, da ich sie habe, weiß ich nicht, wie ich vorher zurechtgekommen bin.«

Tanvi und Uma brachen in Gelächter aus und Meena fiel mit ein. Das war genug. Mehr als das. Mit Sam gegenüber und diesen beiden Frauen in ihrem Leben hatte sie sich ein Zuhause geschaffen.

EPILOG

Von der Veranda vor ihrem Schlafzimmer aus blickte Meena auf den üppigen Garten hinunter. Die Junihitze lastete auf allem, aber die Tanten ließen sich nicht davon abhalten, sich um die Bäume, Pflanzen und Blumen zu kümmern.

»Ich verstehe nicht, warum das hier wächst.« Sabina riss Unkraut aus dem Rasen neben dem Weg.

Es stammte von der Stelle, an der Meena die Wildblumen ausgesät hatte. Es schien, als wären die Samen entweder von Vögeln oder vom Wind fortgetragen worden und hätten sich auf dem Rasen ausgebreitet. Und einiges von dem, was sie gepflanzt hatte, war übergriffig und eroberte ein großes Stück des Gartens. Meena fühlte sich ein wenig schuldig. Allerdings nur ein wenig.

»Das ist aus meinem Wildblumenbeet«, rief Meena hinunter.

»Dann pflanz es wieder ein, wo es hingehört«, befahl Sabina.

Meena nickte. Die beiden gingen nicht gerade freundlich miteinander um, aber sie wurden langsam zivilisierter. Die anderen beiden Tanten und Sam waren gute Puffer.

»Ich finde, es sieht schön aus«, bemerkte Tanvi. »Wie kleine Akzente auf dem Rasen. Ein bisschen Lila hier, ein bisschen Gelb da.«

Meena kam die Stufen hinunter. »Wie wäre es, wenn wir das Ganze in einen wilden Garten verwandeln?«

»Nein!«, riefen Uma und Sabina einstimmig.

»Ja«, sagte Tanvi gleichzeitig.

»Ich stimme auch für ja.« Sam kam mit Wally und Huck aus seiner Wohnung.

»Nicht buddeln.« Sabina kniete sich hin, griff nach Hucks Kopf und kraulte ihn hinter den Ohren.

Während Sabina sich weigerte, auch nur eine distanzierte Zuneigung für Meena zu zeigen, hatte sie zu Huck das gegenteilige Verhältnis. Immer, wenn Meenas Hund nicht bei Wally war, rannte er die Treppe hinauf, um Sabina zu suchen. Meena vermutete, dass Sabina eine Dose mit Leckerlis für ihn hatte, aber sie fragte nie danach.

Zufrieden damit, von allen geliebt zu werden, lief Huck zu Meena und lehnte sich an ihr Bein. Sie bedachte ihn mit ein paar Streicheleinheiten. Dann atmete sie die von Geißblatt und Rosen geschwängerte Sommerluft ein. Es war ein Geruch, den sie immer mit zu Hause in Verbindung bringen würde.

DANKSAGUNG

Ich bin so dankbar und gesegnet, von so viel Liebe und Unterstützung umgeben zu sein. Es war nicht leicht, bis hierher zu kommen, und ich hätte nicht durchgehalten ohne all diejenigen, die mir auf unterschiedliche Weise geholfen haben.

Mein Dank geht an meine Eltern, Arvind Ambalal Patel und Pushpa Arvind Patel, die mir von klein auf die Liebe zum Lesen und Lernen vermittelt und mich gelehrt haben, niemals aufzugeben. Ebenso an meine Schwester Amy, die mich anspornt, nicht nachzulassen und immer besser zu werden.

An meine Freunde, die mich seit Jahrzehnten auf diesem Weg begleiten, die ersten Entwürfe schlechter Texte lasen und immer noch daran glaubten, dass ich es eines Tages schaffen würde: Kathleen Conlon, Stephanie Crane, Laura Holton (die im echten Leben Wallys Frauchen ist), Sean Rudd, Colleen Skeuse, Elizabeth McDonough, Patrick Gallagher und Sonal Patel.

An Cindy Lynch, die mir riet, mir nicht selbst im Weg zu stehen, und die daran glaubte, dass ich eines Tages Autorin sein würde. Ich hab's geschafft, Cindy!

An meine Autorenfreunde für ihre Begleitung an vorderster Front, das Feiern von Erfolgen, den Trost bei Misserfolgen, das

Tratschen und allem, was dazwischenliegt: Jennifer Hallock, Jen Doyle, Caroline Linden, Farah Heron, Nisha Sharma, Falguni Kothari, Sonali Dev, Annika Sharma, Alisha Rai, Suleena Bibra, Kishan Paul, Sophia Singh Sasson, Sona Charaipotra, Sulekha Snyder und Sarah Cassell (der dieser Titel zu verdanken ist).

An meine große Familie bestehend aus Tanten, Onkeln, Cousins und Cousinen sowie an meine Freunde in Boston, Spokane, London, New York und New Jersey. Ihr habt mich schon das eine oder andere Mal darüber reden gehört und nun ist es so weit.

An Christa Desir dafür, dass sie das Potenzial in meinen unfertigen Manuskripten erkannte und mir half, eine bessere Schriftstellerin zu werden.

An meine Lektorinnen Megha Parekh und Jenna Free, die mich anspornen, mich als Autorin weiterzuentwickeln.

An meine Agentin Sarah Younger, die die einzigartige Fähigkeit besitzt, mich eisern zu unterstützen und dabei immer die Wahrheit zu sagen. Ich kann mir nicht vorstellen, ohne dich an diesem Punkt zu stehen.

An das Team von Lake Union Publishing: S. B. Kleinman, Haley Swan, Jim Poling, Nicole Burns-Ascue und Kellie Osborne.

Und schließlich an Holly Pickett, deren Fotojournalismus und Mut mich Beharrlichkeit und den tiefen Glauben daran gelehrt haben, die Geschichten zu erzählen, die erzählt werden müssen. Das hier ist für alle, die für ihre Träume kämpfen: Hört nicht auf, an euch zu arbeiten, seid geduldig (bis zu einem gewissen Grad) und macht weiter, besonders wenn ihr gegen den Strom schwimmt.

Folge der Autorin auf Amazon

Wenn dir dieses Buch gefallen hat, folge Namrata Patel auf Amazon. Dann erhältst du eine Benachrichtigung, wenn die Autorin ihr nächstes Buch veröffentlicht. Um der Autorin zu folgen, gehe bitte folgendermaßen vor:

Desktop:

1) Suche auf Amazon.de oder in der Amazon App nach dem Namen der Autorin.
2) Klicke auf den Namen der Autorin, um auf die Autorenseite zu gelangen.
3) Klicke auf den »Folgen«-Button.

Smartphone und Tablet:

1) Suche auf Amazon.de oder in der Amazon App nach dem Namen der Autorin.
2) Klicke auf einen Titel der Autorin.
3) Klicke auf den Namen der Autorin, um auf die Autorenseite zu gelangen.
4) Klicke auf den »Folgen«-Button.

Kindle eReader und Kindle App:

Wenn du dieses Buch auf einem Kindle eReader oder in der Kindle App liest, wird dir automatisch angeboten, der Autorin zu folgen, nachdem du die letzte Seite des Buches gelesen hast.

FSC
www.fsc.org
MIX
Papier | Fördert
gute Waldnutzung
FSC® C083411

Zeitfracht Medien GmbH
Ferdinand-Jühlke-Straße 7
99095 Erfurt, Deutschland
produktsicherheit@kolibri360.de

Druck:
CPI Druckdienstleistungen GmbH
im Auftrag der
Zeitfracht Medien GmbH
Ein Unternehmen der Zeitfracht - Gruppe
Ferdinand-Jühlke-Str. 7
99095 Erfurt